HEYNE <

Das Buch

Es war ein warmer Tag. Vögel zwitscherten in den Zweigen der Bäume an der Straße, und die Gärten waren voller bunter Blumen. Hier und da sah man an Hauseingängen bereits die ersten gelben Frührosen. Der Duft von Hyazinthen lag in der Luft. Charlotte lächelte unwillkürlich, ohne zu wissen warum. Zwei Männer, die sie in der Nachbarschaft noch nie gesehen hatte, kamen ihr auf dem Gehweg entgegen. Einer von ihnen trat beiseite, um ihr Platz zu machen, der andere blieb unmittelbar am Bordstein stehen. Erst als es zu spät war, erkannte sie, wie sonderbar dieses Verhalten war. Die Männer traten gleichzeitig auf sie zu und fassten ihre Arme mit kräftigem Griff. Da sie das schmerzte, versuchte Charlotte sich loszureißen, aber sie hielten sie umso fester. »Nicht schreien«, flüsterte ihr einer der beiden drohend ins Ohr.

Als Daniels Mutter Charlotte auf offener Straße entführt wird, erkennt der junge Anwalt, in welche Gefahr er sich durch seine Ermittlungen gebracht hat – und alle, die ihm lieb und teuer sind …

Die Autorin

Die Engländerin Anne Perry, 1938 in London geboren, verbrachte einen Teil ihrer Jugend in Neuseeland und auf den Bahamas. Schon früh begann sie zu schreiben. Ihre historischen Kriminalromane, in denen sie das England des späten 19. und frühen 20. Jahrhunderts wiederauferstehen lässt, begeistern ein Millionenpublikum. Anne Perry lebt und schreibt in Schottland.

Lieferbare Titel

Der Verräter von Westminster
Die Weihnachtsleiche
Tod am Eaton Square
Nacht über Blackheath
Das Opfer von Angel Court
Verrat am Lancaster Gate
Letzte Stunde im Hyde Park
Todesurteil im Old Bailey
Flucht an die Themse
Feuer in der Tooley Street

ANNE PERRY

DER RÄCHER VON MILE END

Ein Daniel-Pitt-Roman

Aus dem Englischen
von K. Schatzhauser

WILHELM HEYNE VERLAG
MÜNCHEN

Die Originalausgabe *Death With a Double Edge*
erschien 2020 bei Headline Publishing Group, London

FSC www.fsc.org
MIX
Papier aus verantwortungsvollen Quellen
FSC® C014496

Penguin Random House Verlagsgruppe FSC® N001967

Vollständige deutsche Erstausgabe 08/2022

Redaktion: Dr. Uta Dahnke
Satz: Schaber Datentechnik, Austria
Druck und Bindung: GGP Media GmbH, Pößneck
Umschlaggestaltung: Hauptmann & Kompanie Werbeagentur, Zürich,
unter Verwendung der Motive von Shutterstock.com
(Nadezda Nikitina, AR Pictures)

ISBN: 978-3-453-42591-0

www.heyne.de

Für Rob Daly

KAPITEL 1

Daniel machte sich Sorgen. Toby Kitteridge ließ schon beinahe eine volle Stunde auf sich warten, was seiner Art in keiner Weise entsprach. Gewiss, er war nicht besonders ordentlich, so sehr er sich auch bemühte. Seine Haare standen immer zu Berge, er schien in keinem Geschäft Hemden zu finden, deren Ärmel lang genug waren, um seine knochigen Handgelenke zu bedecken, und gelegentlich trug er zwei verschiedenfarbige Socken, ohne es zu merken, aber mit der Pünktlichkeit nahm er es sehr genau. Er verspätete sich nie. Seiner Ansicht nach war so etwas nicht nur unhöflich, sondern auch ein Zeichen von Unfähigkeit und für einen Anwalt unentschuldbar.

Daniel warf einen Blick auf die Wanduhr in seinem Büro. Acht Minuten vor zehn.

Das zweimalige leise Klopfen an der Tür ließ ihn vermuten, dass der Kanzleidiener Impney davorstand, und so sagte er: »Herein.«

Der Mann trat ein und schloss die Tür hinter sich. Diesmal lag statt des üblichen Ausdrucks der Verbindlichkeit unübersehbar Verärgerung in seinen Zügen.

»Was gibt es?«, erkundigte sich Daniel in schärferem Ton, als er beabsichtigt hatte.

»Ein Polizeibeamter wünscht Sie zu sprechen, Mr. Pitt.«

»Hat er ausdrücklich nach mir gefragt, oder will er einfach zu jemandem aus der Kanzlei?«, sagte Daniel.

»Nein. Er möchte Sie persönlich sprechen. Er hat eine Ihrer Visitenkarten.«

Kitteridge. Dem Kollegen musste etwas zugestoßen sein. Daniel schluckte. Bemüht, seiner Stimme einen festen Klang zu verleihen, sagte er: »Lassen Sie ihn herein.«

»Ja, Sir.« Impney verließ den Raum und öffnete kurz darauf die Tür erneut.

Ein junger Polizeibeamter, der äußerst bekümmert zu sein schien, trat ein. »Mr. Pitt?«, fragte er.

Mit belegter Stimme gab Daniel zurück: »Ja?«

»Ich bedauere, Sie behelligen zu müssen, Sir, aber man hat diese Karte gefunden.« Er griff in eine seiner Taschen und holte die Karte hervor.

Ein flüchtiger Blick genügte Daniel – es war seine. »Woher haben Sie die?«

Der Mann trat unbehaglich von einem Fuß auf den anderen. »Man hat sie in der Manteltasche eines Mannes gefunden, der unglücklicherweise tot ist, Sir. Erst hatten wir angenommen, es sei seine eigene, aber einer unserer Kollegen kennt Sie vom Sehen und hat gesagt, dass Sie das nicht sind.«

»Und Sie wissen nicht, um wen es sich handelt?«

»Nein, Sir. Würden Sie bitte mitkommen und sich ihn ansehen? Mit großer Wahrscheinlichkeit ist es jemand, den Sie kennen.«

Daniel erhob sich. Er merkte, dass er ein wenig unsicher auf den Beinen war.

»Fehlt Ihnen auch nichts, Sir?«, erkundigte sich der Beamte besorgt.

»Es geht schon, danke«, gab Daniel zurück. Er straffte die Schultern.

Der junge Polizist war sichtlich erleichtert. Mit einem Blick zum Kleiderhaken an der Wand sagte er: »Draußen ist es schon recht warm, Sie brauchen keinen Mantel.«

»Es ist ziemlich weit«, erwiderte Daniel. Von Lincoln's Inn Fields, wo die meisten der führenden Anwaltskanzleien Englands und mithin auch die Sozietät fford Croft and Gibson ihre Büros hatten, bis zum Leichenschauhaus der Pathologie waren es gut eineinhalb Kilometer.

»Ich habe die Droschke warten lassen, mit der ich gekommen bin, Sir.« Der Beamte öffnete die Tür und trat auf den Gang hinaus.

Daniel ließ den Mantel am Haken hängen und folgte dem Mann, nachdem er Impney mitgeteilt hatte, er werde mitfahren, um der Polizei in einer dringenden Angelegenheit behilflich zu sein. Er wollte nicht ausdrücklich sagen, worum es ging; wie es aussah, machte sich Impney ohnedies bereits genug Sorgen.

»Sehr wohl, Sir.« Mit leicht schräg gelegtem Kopf fügte Impney hinzu: »Ich werde Mr. fford Croft informieren.«

Daniel dankte ihm und folgte dann dem Beamten zu der Motordroschke, die am Bordstein wartete. Es handelte sich um eines der neumodischen schwarzen Automobile, die nach und nach die Pferdedroschken verdrängten. Im Mai des Jahres 1911 lag der Übergang ins neue Jahrhundert schon eine ganze Weile zurück, und statt König Edward regierte inzwischen Georg V.

Unter anderen Umständen hätte Daniel die Fahrt genossen. Er war ein Freund des Fortschritts, empfand aber angesichts der Situation nicht das geringste Vergnügen. Ebenso gut hätte er auf einem Gemüsekarren sitzen können. Da er nicht mit dem Polizisten reden wollte, hielt er den Blick starr aus dem Fenster gerichtet. Allerlei Ängste erfüllten ihn. Ihm kamen Erinnerungen an Kitteridge, der einige Jahre vor ihm in die Kanzlei eingetreten war und unendlich viel mehr wusste. Seine Auftritte vor Gericht waren bemerkenswert. Zu Beginn einer Verhandlung fiel schlagartig jegliche Nervenanspannung von ihm ab, und bisweilen gelang es ihm sogar, sich zu ausgesprochen brillanten Plädoyers zu steigern. Außer Daniel wusste niemand, dass er vermutlich unterschiedliche Socken trug und vor lauter Zerstreutheit vergessen hatte zu frühstücken. Sie beide hatten eine ganze Reihe von Fällen gemeinsam gelöst. Manche hatten sich einfach mit Verweis auf die einschlägigen Paragrafen erledigen lassen, andere waren nicht nur verwickelt gewesen, sondern hatten auch die Gefühle aller Beteiligten tief aufgewühlt. Sie hatten gemeinsam Erfolge feiern dürfen, aber auch Niederlagen einstecken müssen, und oft genug hatten sie bis tief in die Nacht über den Akten gebrütet. Bestimmte Fälle mit tragischem Ausgang würde keiner der daran Beteiligten vergessen, ebenso wenig wie die, bei denen Menschen in großer Gefahr geschwebt hatten.

Vorhin noch hatte Daniel sich über Kitteridges Unpünktlichkeit geärgert. Jetzt empfand er eine tiefe Angst. Was hatte er am Vortag als Letztes zu ihm gesagt? Hoffentlich nichts, was er bis an sein Lebensende würde bereuen müssen, denn jetzt schien es zu spät zu sein, diese Worte zurückzunehmen.

Wie um seine Befürchtungen zu unterstreichen, saß die Droschke im dichten Verkehr fest. Um sich herum sah Daniel außer den neumodischen Automobilen Pferdefuhrwerke aller Art: neben Droschken und zweirädrigen Karren auch Tafelwagen, deren Kutscher sich gegenseitig wüst beschimpften. Er war in Eile, konnte es nicht erwarten, an Ort und Stelle zu sein, doch er musste sich damit abfinden, dass es nur gleichsam im Schritt vorwärtsging. Unruhig rutschte er auf seinem Sitz hin und her. Der Beamte warf ihm einen

Blick zu, sagte aber nichts. Fast hätte Daniel *Entschuldigung* gesagt, schluckte das Wort aber im letzten Augenblick herunter. Vermutlich gehörte es für den Polizisten zu den unangenehmsten Aufgaben seines Berufs, dass er Menschen zur Identifizierung eines Toten holen musste, den sie gekannt oder sogar geliebt hatten.

Endlich erreichten sie ihr Ziel. Der Wagen hielt an, der Beamte entlohnte den Fahrer und führte Daniel in das Gebäude, in dem es so durchdringend nach Karbol und scharfer Lauge roch, dass es ihm im Rachen brannte. Die Ausdünstungen des Todes hingen sogar noch in der Luft, nachdem man die Leichen hinausgebracht hatte.

Ein Angestellter kam herein und schloss die Tür leise hinter sich.

»Hier entlang, Sir«, sagte der Polizist und sah Daniel besorgt an.

Daniel nickte wortlos. Ihm war klar, dass der Ärmste tat, was er konnte. Er schätzte ihn auf Mitte zwanzig; sie waren also wohl beide annähernd gleich alt. Es ging durch eine Tür am Ende des Korridors, die in einen Vorraum führte. Dort sah Daniel etwas, was ihn wie ein Blitz traf. Der Schock ließ seinen Atem stocken. An einer Garderobenleiste hing ein Mantel mit einem auffallenden Karomuster. Unmöglich konnte es zwei Mäntel von so schreiender Hässlichkeit geben. Kitteridge hatte ihn erst vor Kurzem gekauft, und Daniel hatte sich zu der Behauptung hinreißen lassen, er beleidige das Auge. Was gäbe er jetzt darum, diese scherzhaft gemeinten Worte zurücknehmen zu können! Kitteridge stand mit jeder Art von Eleganz auf Kriegsfuß, und ganz davon abgesehen, dürfte es nicht einfach gewesen sein, für seine Figur überhaupt etwas Passendes zu finden.

Daniel merkte, dass ihn jemand am Arm fasste, und zwar so fest, als wolle er verhindern, dass er umfiel. Er wollte die

Hand abschütteln, doch der Polizist ließ nicht los und führte ihn in den nächsten Raum.

Wie konnten Menschen nur in einer solchen Umgebung arbeiten? Jeder, der hierher gebracht wurde, hatte einmal gelebt, war Kind, Bruder, Gattin … oder Freund eines anderen gewesen.

Der Pathologe begrüßte ihn mit einem grimmigen Lächeln. Daniel hatte den Mann früher schon einmal gesehen, doch sein Name fiel ihm nicht ein. Es war jetzt auch nicht wichtig.

»Danke, Sir«, sagte der Mann sanft. »Wenn Sie sich bitte einmal das Gesicht ansehen würden. Sind Sie bereit?«

Nein, das war er keineswegs, und er würde es nie sein. Er bemühte sich um sein seelisches Gleichgewicht. Auf keinen Fall durfte er seinen Gefühlen nachgeben. »Ja …«

Der Arzt zog das von Blut getränkte Laken vom Gesicht des Toten. Daniel zwang sich hinzusehen. Er erkannte den Mann sofort, obwohl klaffende Wunden, in denen das Blut dick geronnen war, den Hals und beide Wangen entstellten. Wer da lag, war nicht Kitteridge, sondern Jonah Drake, seit vielen Jahren in der Kanzlei tätiger Teilhaber der Sozietät, ein äußerst erfahrener Jurist, dessen Plädoyers und Beweisanträge vor Gericht ihresgleichen suchten. Auch wenn Daniel nie richtig mit ihm warm geworden war, konnte er ihm seine herausragenden Fähigkeiten nicht absprechen. Er musste sich eingestehen, dass er ihn widerwillig bewundert hatte.

Er schämte sich wegen der tiefen Erleichterung, die er darüber empfand, dass nicht Kitteridge dort lag. Es kam ihm vor, als sei an die Stelle eines körperlichen Schmerzes ein bloßes Unbehagen getreten.

»Sir?« Die Stimme des Arztes riss ihn aus seiner Versunkenheit.

»Ja …«, sagte er zögernd, wobei er den Atem ausstieß. Er hatte nicht einmal gemerkt, dass er ihn angehalten hatte. »Das ist Jonah Drake, ebenfalls in unserer Anwaltssozietät tätig.«

»Sind Sie sicher, Sir?«

»Absolut. Mr. Kitteridge, dem der Mantel im Vorraum gehört, ist Mitte dreißig, Mr. Drake hingegen mindestens sechzig. Es ist kein Irrtum möglich. Ich weiß nicht, warum er den Mantel anhatte. Vielleicht hat er sich ihn ausgeborgt …« Seine Stimme klang verlegen und wie aus weiter Ferne.

»Jonah Drake also. Hat er Angehörige, denen wir Mitteilung machen müssen? War er verheiratet, hat er Kinder?«

Um klar denken zu können, versuchte Daniel die Gedanken an die Brutalität zu verscheuchen, mit der Drake offenbar zu Tode gekommen war. »Nein, ich glaube nicht. Ich werde unseren Kanzleichef, Mr. fford Croft, informieren. Sicherlich weiß er mehr.«

»Sollen wir Ihnen diese Aufgabe abnehmen, Sir?«, fragte der Arzt.

»Vielen Dank, das ist nicht nötig. Ich kehre gleich in die Kanzlei zurück und gebe dem Chef Bescheid.« Er schluckte. »Wie ist das geschehen? Wissen Sie etwas darüber?« Er richtete den Blick erneut auf Drakes Gesicht. Trotz der Entstellung durch die Gewalttat ließ es sich noch erkennen. Unmittelbar neben seiner sonderbar geformten Nase saß ein kleiner dunkelbrauner Leberfleck. Der Hals, um den er gewöhnlich ein altmodisches Tuch trug, wirkte mit seiner schlaffen Haut und den Bartstoppeln überaus abstoßend. Daniel hatte gehört, dass Haare und Nägel nach dem Tod eine Weile weiterwuchsen, als hätten sie noch nicht gemerkt, dass das Herz aufgehört hatte zu schlagen. Von Drake war nur noch die leere Hülle übrig. Er war ein äußerst fähiger

Anwalt gewesen, der so gut wie jeden seiner Fälle gewonnen hatte, selbst aussichtslos scheinende. Er kannte sich in Rechtsfragen so aus, wie Daniel das Alphabet kannte. Seine Eitelkeit, den hässlichen Hals unter einem Tuch zu verbergen, hatte ihn irgendwie menschlich erscheinen lassen … und verletzlich.

Daniel löste den Blick vom Gesicht des Toten und sah den Arzt an.

»Jemand hat ihn mit einem Messer angefallen – es muss eine ungewöhnlich lange Klinge gehabt haben«, erklärte dieser. »Das Ganze dürfte nur wenige Sekunden gedauert haben, falls Sie das beruhigen kann. Ich bedaure, sagen zu müssen, dass man ihn in einem verrufenen Teil des Londoner Ostens gefunden hat. Ich weiß nicht genau wo, aber das wird Ihnen die Polizei sagen können. Selbstverständlich geht sie dem Fall nach.« Während er das sagte, zog er das Laken wieder über das Gesicht des Toten. »Sind Sie sich wirklich sicher, um wen es sich handelt?«

»Ja. Wie … wie groß ist er?«

»Meiner Messung nach ein Meter achtundachtzig.«

»Das kommt hin«, bestätigte Daniel. »Ich würde gern mit jemandem vom zuständigen Polizeirevier sprechen. Wissen die Leute dort Genaueres? Kennen sie den Täter?« Er wandte sich dem Polizeibeamten zu.

»Bisher nicht, Sir«, teilte ihm dieser mit. »Ein Ausfahrer oder jemand Vergleichbares hat ihn in den frühen Morgenstunden gefunden.«

»In einer Straße, an der viele Menschen wohnen?«, fragte Daniel rasch.

»Eigentlich nicht. Der Mann hat eine Abkürzung durch ein finsteres Seitengässchen genommen. Dort hat sein Pferd urplötzlich gescheut und sich geweigert weiterzugehen. Tiere können den Tod riechen.«

Unwillkürlich stellte sich Daniel vor, wie das Tier mit seinem ruckartigen Stehenbleiben den vor sich hin dösenden Kutscher aufgeschreckt hatte.

»Hat man eine Vorstellung davon, was Mr. Drake in jenen Teil des East Ends geführt haben könnte?«

Mit unsicherer Stimme gab der Polizist zurück: »Nein. Aber er muss schon ziemlich lange dort gelegen haben.« Er sah zu dem Arzt, als erwartete er von ihm eine Bestätigung.

»Meiner Schätzung nach dürfte der Tod gegen zwei Uhr nachts eingetreten sein«, sagte dieser. »Gefunden hat man ihn gegen sechs. Jetzt im Mai ist es um diese Stunde schon ziemlich hell.«

»Und davor hat ihn niemand gesehen?«, wollte Daniel wissen.

»Jedenfalls hat man uns nichts gemeldet, Sir«, erwiderte der Beamte mit einem Kopfschütteln. »Das ist was anderes als ›nicht gesehen haben‹.«

»Wo genau war das?«, fragte Daniel.

»In Mile End. Ein schmales Seitengässchen der Anthony Street. Eine ziemlich verrufene Gegend. Haben Sie eine Vorstellung davon, was ihn nachts um zwei Uhr dort hingeführt haben könnte, Mr. Pitt?«

»Leider nein. Ich weiß nicht einmal, wo er gewohnt hat – aber auf keinen Fall in Mile End oder Whitechapel.« Während er das sagte, merkte er, dass er über Jonah Drake, abgesehen von dessen überragender Fähigkeit als Anwalt und seinem ein wenig eigentümlichen Humor, nicht das Geringste wusste. Natürlich würde er dem Kanzleichef fford Croft Bericht erstatten müssen. Vielleicht wusste Impney mehr über Drake. Das bedeutete allerdings nicht, dass er der Polizei besonders viel mitteilen würde. Er war stets höflich, korrekt und durchaus angenehm im Umgang. Darüber hinaus besaß er die Fähigkeit, scheinbar offen zu sprechen, ohne dabei etwas preiszugeben. Er gehörte zu den besten Vertretern seines Standes und war verschwiegen, ohne je diesen Anschein zu erwecken.

»Wenn es Ihnen nichts ausmacht, Sir, würde Inspector Letterman gern mit Ihnen sprechen«, sagte der Polizeibeamte. »Vielleicht wissen Sie etwas, was uns weiterhilft.«

Daniel zwang sich, in die Gegenwart zurückzukehren. »Selbstverständlich«, erklärte er. Es gab keinen Grund, sich zu weigern. Er verabschiedete sich von dem Pathologen und folgte dem Beamten hinaus. Die frische Luft tat ihm gut. Sogar die Pferdeäpfel auf der Straße schienen einen im Vergleich mit der aseptischen und nach Tod riechenden Luft im Inneren des Gebäudes geradezu angenehmen Geruch zu verströmen.

Die Polizeiwache lag nur wenige Nebenstraßen entfernt. Schweigend traten sie ein. Daniel war nicht nach reden zumute, und der Beamte unternahm taktvollerweise keinen Versuch, ein belangloses Gespräch anzuknüpfen. Flüchtig ging Daniel die Frage durch den Kopf, wie oft der Mann wohl einen solchen Auftrag auszuführen hatte.

Der Polizist meldete ihn dem Diensthabenden, der ihn sogleich nach oben ins Büro des Inspectors führte. »Möchten Sie eine Tasse Tee, Sir?«, fragte er.

Daniel wollte schon dankend ablehnen, doch dann merkte er, dass sein Mund wie ausgedörrt war. Dem könnte eine Tasse Tee gut abhelfen. »Ja gern. Bitte ohne Zucker.«

»In Ordnung, Sir.« Der Beamte verschwand und kehrte zehn Minuten später mit einem dampfenden Emailbecher zurück. »Vorsicht, der Henkel ist heiß.«

Daniel nahm das Getränk dankend entgegen.

Fünf Minuten später trat Inspector Letterman ein, stellte sich vor und nahm Daniel gegenüber am Schreibtisch Platz. Mit seiner auffällig gepflegten Frisur, die nicht zu verbergen vermochte, dass seine Haare zu ergrauen begannen, wirkte er ebenso elegant wie selbstgefällig. Daniel traute seiner Freundlichkeit nicht so recht, da sie gekünstelt auf ihn wirkte. »Sie sind also derjenige, der die Leiche identifiziert hat? Jemand aus Ihrer Kanzlei in Lincoln's Inn Fields, fford Croft and Gibson, was?«

»Ja, Sir«, bestätigte Daniel. »Es handelt sich um Jonah Drake. Er ist einer unserer Teilhaber.«

Der Inspector verzog das Gesicht. »Tut mir wirklich leid. Sicher ein entsetzlicher Schlag. Haben Sie ihn gut gekannt?« Er legte etwas in seine Stimme, das wie Mitgefühl klingen sollte. In seinem Beruf hatte er so etwas bestimmt schon oft sagen müssen.

»Nein, Sir«, erwiderte Daniel. »Er war ... nicht besonders kontaktfreudig. Er hatte viel zu tun, überwiegend waren das Gerichtsverfahren.«

»Wohl ein guter Mann?«, erkundigte sich Letterman. In seiner Stimme blitzte kurz Interesse auf, und zwar mehr, als die Höflichkeit gebot, dachte Daniel.

»Herausragend. Es kam äußerst selten vor, dass er einen Fall nicht gewonnen hat.« Das entsprach der Wahrheit.

Letterman kräuselte die Lippen. »Und wissen Sie, woran er gerade gearbeitet hat? Hätte ihn das in die Gegend um Mile End führen können? Vielleicht nach Whitechapel? Das zu wissen könnte für unsere Ermittlungen sehr wichtig sein, Sir.«

»Nein, davon ist mir nichts bekannt. Vermutlich weiß Mr. fford Croft etwas darüber.«

»Immer vorausgesetzt, dass es sich bei seiner nächtlichen Unternehmung um eine juristische Angelegenheit gehandelt hat«, ergänzte Letterman mit spöttischem Lächeln.

»Ich wüsste nicht, was ihn sonst um zwei Uhr nachts dorthin hätte führen können.« Kaum hatte Daniel das gesagt, als ihm aufging, wie weltfremd das klang. Doch ihn ärgerte die unausgesprochene Unterstellung des Inspectors, so berechtigt diese auch sein mochte. Drake war tot und konnte sich nicht mehr zur Wehr setzen.

Letterman lächelte spöttisch. »Dann müssen Sie aber ein ausgesprochen fantasieloser junger Mann sein, Mr. …?«

»Pitt.« Daniel merkte, wie er errötete. »Ich denke, Mr. Drake hatte derlei nicht nötig.«

Letterman stieß die Luft aus. »Irgendwie mit Thomas Pitt verwandt?«

»Mein Vater.«

»Aha. Ich habe mal mit ihm zusammengearbeitet, als er ein einfacher Polizeibeamter war. In dem Fall sind Sie womöglich doch nicht ganz so fantasielos, wie ich gedacht habe«, stieß Letterman brummig hervor. »Was wissen Sie über Drake? Nach den Verletzungen zu urteilen, war das eine ausgesprochen brutale Attacke. Man könnte glauben, dass das nicht einfach ein besonders brutaler Raubüberfall war, sondern es eher um ein persönliches Rachegelüst ging.«

»Ich würde es Ihnen sagen, wenn ich es wüsste«, erwiderte Daniel in etwas schärferem Ton als zuvor.

»Tatsächlich? Statt die Kanzlei fford Croft and Gibson vor unangenehmem Klatsch zu bewahren? Ist das nicht ein bisschen illoyal? Sie haben wohl einen Groll auf den Mann?« Auf Lettermans Zügen lag der gleiche gekünstelt freundliche Ausdruck wie zuvor, aber in seinen Augen funkelte so etwas wie Boshaftigkeit.

»Wir sind in erster Linie den Gesetzen verpflichtet«, gab Daniel zurück. Als er merkte, wie wichtigtuerisch das klang, nahm er sich ein wenig zurück. »Sollte Mr. Drake etwas Unrechtes getan haben, wäre es für uns ohnehin das Beste, das offen zuzugeben. Andernfalls würde es, wenn herauskommt, worum es in Wahrheit ging, so aussehen, als hätten wir mit ihm unter einer Decke gesteckt. Und es wird bestimmt herauskommen … Vorausgesetzt, Sie tun, was Ihre Aufgabe ist.«

»Sie können ja richtig bissig sein, Mr. Pitt«, spottete Letterman. Er wirkte belustigt. »Der Sohn von Sir Thomas Pitt, Leiter der Abteilung Staatsschutz. Haben Sie zufällig vor, in seine Fußstapfen zu treten?«

Daniel spürte, wie ihm die Röte in die Wangen stieg. »Ich möchte es gern auch so weit bringen wie er, aber ich bin nicht bei der Polizei, sondern Anwalt.«

In jetzt sachlichem Ton sagte Letterman: »Nun, wir werden uns nach Kräften bemühen festzustellen, wer Ihren Mr. Drake ermordet hat, aber versprechen kann ich nichts. Die Menschen in jenem Teil der Stadt sind der Polizei gegenüber nicht besonders mitteilsam. Wenn ich Sie richtig verstanden habe, werden Sie Mr. fford Croft die traurige Nachricht überbringen. Sicherlich weiß er, ob Drake Angehörige hatte. Außerdem ist vermutlich jemand in Ihrer Kanzlei bevollmächtigt, seine sonstigen Angelegenheiten zu erledigen, Verwertung seines Nachlasses und so weiter.«

»Ja«, sagte Daniel mit tonloser Stimme.

»Wir werden Ihre Kanzlei aufsuchen und jeden befragen, der ihn gekannt hat. Vielleicht weiß ja jemand, warum er sich um diese sonderbare Zeit in Mile End aufgehalten hat. Außerdem werden wir uns an Ort und Stelle umhören. Aber machen Sie sich keine zu großen Hoffnungen. Es war wohl jemandem nicht recht, dass er dort welcher Angelegenheit auch immer nachgegangen ist. Allerdings kann ich mir wirklich nicht vorstellen, warum er das ausgerechnet zu jener nachtschlafenden Zeit getan hat. Manchen Leuten ist einfach nicht bewusst, welche Gefahren sie damit auf sich nehmen.« Er erhob sich zum Zeichen, dass die Besprechung zu Ende war. »Danke, Mr. Pitt.«

Auch Daniel stand auf. Ganz offensichtlich war der Mann nicht bereit, ihm mehr zu sagen. »Ja, Sir. Ich werde Mr. fford Croft informieren. Ich denke, er wird sich mit Ihnen in Verbindung setzen.«

Daniel nahm eine Droschke zurück nach Lincoln's Inn Fields. Mit fragender Miene trat ihm Impney im Vestibül entgegen. Nie wäre er auf den Gedanken gekommen, Daniel geradeheraus zu fragen, was es gegeben hatte. »Eine Tasse Tee, Sir? Und dazu vielleicht ein Stück Zitronenkuchen?«

Daniel dankte ihm. »Ja, das wäre mir jetzt sehr recht, um den Pathologie-Geschmack von der Zunge zu bekommen.«

»Ja, Sir. Soll ich Ihnen in Ihrem Büro servieren oder vielleicht in dem von Mr. Kitteridge?«

»Ist er endlich da?« Daniel hatte seine Besorgnis über dessen Ausbleiben beinahe vergessen.

»Ja, Sir, seit etwa einer Viertelstunde.«

»Dann bitte in seinem Büro. Vielen Dank.«

Daniel ging die wenigen Schritte, klopfte kräftig an Kitteridges Tür und öffnete sie, ohne auf das »Herein!« zu warten.

Kitteridge saß mit einem Aktenbündel vor sich am Schreibtisch. Erst verblüfft und dann empört, blickte er dem Eintretenden entgegen. Er holte tief Luft, um etwas zu sagen, aber Daniel kam ihm zuvor.

»Sie leben also noch, und es fehlt Ihnen nichts?«, sagte er in beißenderem Ton, als er eigentlich beabsichtigt hatte. Der Gedanke, Kitteridge sei tot, hatte ihm sehr zugesetzt. Es erfüllte ihn mit grundlosem Zorn, den Mann quicklebendig vor sich zu sehen, offenbar ohne die geringste Vorstellung davon, welche Ängste man um ihn ausgestanden hatte.

Erstaunt und zugleich gekränkt, sah ihn Kitteridge an. »Natürlich fehlt mir nichts. Wo waren Sie? Sie sehen entsetzlich aus.«

Daniel merkte, dass er mit einem Mal zitterte. Er zog sich einen der Besucherstühle heran und setzte sich. »Im Leichenschauhaus der Polizei«, sagte er. »Um die Leiche eines Mannes zu identifizieren, der Ihren affenscheußlichen Mantel getragen hatte!«

Kitteridge sah ihn verdutzt an. »Was reden Sie da? Ich habe ihn Drake geliehen …«

»Und er hatte ihn an, als man ihn umgebracht hat«, ließ Daniel Kitteridge mit finsterer Miene wissen. »Ich komme gerade von der Identifizierung seiner Leiche zurück.«

»Was?« Alles Blut war aus Kitteridges Gesicht gewichen.

»Muss ich es noch einmal sagen?«

Kraftlos ließ sich Kitteridge gegen die Lehne seines Stuhls sinken. »Nein. Nein, müssen Sie nicht. Aber wie ist es dazu gekommen?« Seine Stimme klang belegt.

»Das weiß ich nicht. Die Polizei geht der Sache nach. Er hatte nichts bei sich, womit man ihn hätte identifizieren können, und so wusste niemand, wer er war. Wohl aber wurde in einer der Manteltaschen eine meiner Visitenkarten gefunden, und daher hat man mich geholt.«

»Wozu hatte Drake denn eine Karte von Ihnen?« Kitteridge wirkte verwirrt, wie jemand, der mit einem gewichtigen Problem zu kämpfen hatte.

Daniel verstand seine Reaktion nur allzu gut. Keiner von ihnen beiden hatte viel mit Drake zu tun gehabt, obwohl sie ihn vom Tag ihres Kanzleieintritts an kannten. Bei Kitteridge lag das etwa acht Jahre zurück, bei Daniel hingegen erst zwei. Der Tod eines jeden Menschen, den sie kannten, würde sie tief treffen; aber ein gewaltsamer Tod wie dieser würde sich auf jeden Fall auf immer in ihr Gedächtnis eingraben, unabhängig davon, dass keiner von ihnen beiden Drake näher gekannt oder besondere Sympathien für ihn gehabt hatte. Angesichts dieses plötzlichen, entsetzlichen und unvorhersehbaren Todes war das nicht mehr wichtig.

»Ich wüsste nur gern«, sagte Daniel in einem Ton, als sei die Antwort von Bedeutung, »warum er Ihren verdammten Mantel anhatte. Bei dem fliegen doch sogar die Krähen vor Schreck davon!«

»Er wollte ihn sich unbedingt ausleihen«, erwiderte Kitteridge. Er schien darüber nach wie vor erstaunt zu sein. »Ich will doch sehr hoffen, dass er die Absicht hatte, ihn zurückzugeben …«

»Den wollen Sie bestimmt nicht mehr haben«, sagte Daniel, wobei er es vermied, seinen Kollegen anzusehen. »Nicht mal, wenn man ihn reinigen und flicken könnte. Denken Sie …« Er hielt inne. Er hatte fragen wollen, ob jemand Drake mit Kitteridge verwechselt haben könnte. Beide waren von ungefähr gleicher Größe. Nun bedauerte er seine Taktlosigkeit und sah den Kollegen mit einem Blick an, in dem die Bitte um Verzeihung lag. In Kitteridges Augen erkannte er, dass dieser seinen Gedankengang begriffen hatte.

»Sie haben recht, ich will ihn nicht zurück«, sagte Kitteridge mit Nachdruck. »Drake war gerade mit keinem meiner Fälle beschäftigt. Im Augenblick habe ich nichts besonders Wichtiges zu erledigen, lauter Nachlasssachen – nicht mal eine Anfechtungsklage ist dabei. Der arme Drake. Auch wenn ich ihn nicht besonders gut leiden konnte – meiner Ansicht nach war er ein ziemlich unglücklicher Mensch –, wünsche ich niemandem ein solches Ende.«

Daniel erhob sich. »Ich sollte wohl allmählich zu fford Croft gehen und ihm Bescheid geben.« Es wäre ihm recht gewesen, wenn ihm jemand diese Aufgabe abgenommen hätte, aber das war nicht möglich.

»Soll ich mitkommen?«, fragte Kitteridge, ohne sich zu rühren.

»Haben Sie eine Vorstellung davon, was hinter dieser Geschichte stecken könnte?«, fragte Daniel. »Wissen Sie wenigstens, wohin er wollte? Die Polizei vermutet, dass die Tat gegen zwei Uhr nachts begangen wurde.«

»Und wo?«

»Irgendwo zwischen Whitechapel und Mile End.«

Kitteridge verzog das Gesicht. »Was zum Teufel mag er da gewollt haben?«

»Keine Ahnung. Jedenfalls wohl keinen Zeugen unter Eid befragen, zumal nicht um die Zeit. Ich gehe jetzt zum Chef …«

»Wenn Sie wollen, komme ich mit«, bot Kitteridge erneut an.

Mit einem Lächeln gab Daniel zurück: »Sehr freundlich, aber das könnte so aussehen, als ob ich nicht Manns genug wäre, das allein zu tun.« Er ging hinaus. Auf halbem Weg kam ihm Impney mit einem Teetablett entgegen. »Ich glaube, das könnte der Chef jetzt gut brauchen«, sagte Daniel.

Impney machte kehrt und folgte ihm zu dem großen Büro, an dessen Tür ein Schild mit dem Namen Marcus fford Croft prangte.

Daniel klopfte an, trat aber erst ein, nachdem die Aufforderung dazu ertönt war. Er hielt Impney die Tür auf.

Obwohl der Kanzleichef weder besonders groß war noch seine Züge auf den ersten Blick sonderlich bemerkenswert wirkten, hatte er eine beachtliche Ausstrahlung. Sein einst kastanienbraunes Haar war weiß geworden, hatte von seiner Fülle aber nichts eingebüßt. Die Knöpfe der weinroten Samtweste über dem blütenweißen Hemd schienen seine

Körperfülle kaum bändigen zu können. Um den Hals trug er eine sorgfältig geknotete Krawatte in einem etwas helleren Farbton als die Weste. Als Impney das Tablett abstellte, sah fford Croft zu ihm hinüber, woraufhin sich der Kanzleidiener leicht verneigte und wortlos den Raum verließ.

»Was gibt es?«, wandte sich fford Croft an Daniel.

»Zu meinem großen Bedauern muss ich Ihnen eine äußerst schlechte Nachricht überbringen, Sir«, antwortete Daniel beklommen und ein wenig steif.

Marcus fford Croft runzelte die Stirn. »Was sagen Sie da? Soweit ich weiß, arbeiten Sie doch zur Zeit an keinem Fall.«

»Nein, Sir. Ich ...« Daniel hielt inne. Jetzt ganz ruhig. Eins nach dem anderen. Er bemühte sich, gefasst zu klingen. »Sir, heute Vormittag hat mich die Polizei gebeten, in der Pathologie einen Toten zu identifizieren. Der Mann hatte meine Karte in der Tasche. Er trug Kitteridges Mantel, als man ihn fand ...«

»Augenblick mal!« Donnernd fuhr fford Crofts Faust auf den Aktenstapel vor ihm. »Was für einen Unsinn reden Sie da? Und was ist Ihre schlechte Nachricht?«

Daniel straffte sich ein wenig. »Mr. Drake ist tot, Sir.«

fford Croft erstarrte. Mit weit aufgerissenen Augen fragte er: »Doch nicht unser Mr. Drake? Jonah? Großer Gott! Der Ärmste. Ich wusste gar nicht, dass er krank war.«

»Er war nicht krank, Sir. Man hat ihn erstochen, deshalb ist er in der Pathologie gelandet. In Kitteridges Mantel. Zu mir ist man gekommen, weil man meine Karte in seiner Tasche gefunden hatte und er allem Anschein nach nichts mit seinem eigenen Namen darauf bei sich führte ...« Daniel hielt inne, weil ihm aufgegangen war, was er damit indirekt gesagt hatte. »Wahrscheinlich hat man ihm die Brieftasche gestohlen, Sir.«

fford Croft schüttelte den Kopf. Er war bleich geworden; alles Blut schien aus seinem Gesicht gewichen zu sein.

»Armer Kerl. Wie in aller Welt ist das passiert? Sind die Straßen unserer Stadt inzwischen so gefährlich geworden? Ich …« Die Sache war ihm offenbar rätselhaft. Er schien verwirrt zu sein und nicht zu wissen, was er sagen sollte. Er wirkte verletzlich, und es kam Daniel vor, als sei er von einem Augenblick auf den anderen deutlich gealtert.

Daniel goss ihm Tee ein, gab etwas Milch hinzu und reichte ihm die Tasse.

fford Croft leerte sie zur Hälfte, ohne den Blick zu heben. Einen Moment lang war Daniel erleichtert.

»Die Tat ist in einer anrüchigen Gegend von Mile End geschehen, Sir …«, sagte er schließlich. »In einem finsteren Seitengässchen der Anthony Street.«

»Gibt es in Mile End Gegenden, die nicht anrüchig sind?«, fragte fford Croft. »Was kann er da um alles in der Welt gewollt haben?«

»Das weiß ich nicht, Sir. Jedenfalls hat man ihn wohl beraubt und alle seine Papiere mitgenommen.«

»Wir müssen unbedingt dafür sorgen, dass er ein ordentliches Begräbnis bekommt. Meines Wissens hatte er keine näheren Verwandten.« fford Croft schüttelte den Kopf. »Aber was kann er da nur gewollt haben?«, wiederholte er. »Keiner seiner Fälle hätte es erforderlich gemacht, in aller Herrgottsfrühe nach Mile End zu fahren.«

»Es war nicht in aller Herrgottsfrühe, Sir, sondern gegen zwei Uhr nachts. Ich vermute, dass er gestern am späten Abend dorthin gefahren ist. Vielleicht finden sich in seinem Büro Unterlagen, die uns verraten, was er dort gewollt haben könnte.«

»Möglich. Ja, möglich.« fford Croft leerte seine Tasse und sah dann Daniel erneut an. »Danke. Ich muss mir das alles in Ruhe durch den Kopf gehen lassen. Es ist eine äußerst traurige Geschichte. Sehr beklemmend. Was sagt die Polizei dazu? Glaubt man, dass er das Zufallsopfer eines Raubüberfalls geworden ist?«

Daniel überlegte, auf welche Weise er den Schock ein wenig abmildern könnte, doch dann machte er sich klar, dass er nicht das Recht hatte, seinem Kanzleichef etwas vorzuenthalten – nicht einmal, um ihn zu schonen. Er hatte einen Anspruch darauf, die ganze Wahrheit zu erfahren. »Das ist durchaus möglich«, gab er zur Antwort. »Allerdings hat sich der Täter nicht damit begnügt, ihn umzubringen, sondern ihn mit ungewöhnlicher Brutalität übel zugerichtet. Mr. Drake hat … mehrere klaffende Wunden wie von einer scharfen Klinge …«

ffford Croft sah ihn fragend an. »Sind Sie sich Ihrer Sache sicher? Oder geht hier ein Hang zum Melodramatischen mit Ihnen durch?«

»Keineswegs, Sir. Sie können sich jederzeit bei der Polizei erkundigen.«

»Das werde ich auf jeden Fall tun. Haben die Leute eine Vermutung, welche Bande dahinterstecken könnte?«

»Nein, Sir. Ich bin davon überzeugt, dass die Polizei uns dankbar wäre, wenn wir sie unterstützen könnten. Mit Sicherheit wird jemand herkommen, um sich anzusehen, an welchen Fällen Mr. Drake gerade gearbeitet hat. In seinen Unterlagen dürfte man mit größter Wahrscheinlichkeit die Erklärung für die Tat finden.«

In Gedanken verloren, starrte der Kanzleichef auf die gegenüberliegende Wand. »Das nehme ich auch an. Ich will mir gleich einmal ansehen, was er so auf dem Schreibtisch hat …«

»Das können doch Kitteridge und ich übernehmen, Sir.«

»Kommt überhaupt nicht infrage! Ich werde mir einen genauen Überblick darüber verschaffen, womit sich Drake in letzter Zeit beschäftigt hat. Er hat mich mit seinen Fällen nicht immer auf dem Laufenden gehalten … jedenfalls nicht in allen Einzelheiten.« Er stand ein wenig steif auf. »Der arme Kerl.«

Daniel versuchte, ihn zu trösten. »Bei der Polizei hat man mir gesagt, dass er wahrscheinlich nicht lange gelitten hat, Sir.«

ffford Croft war bleich und wirkte ein wenig benommen. »Was?« Er sah Daniel verständnislos an.

»Er hat nicht lange leiden müssen«, erläuterte Daniel, »er war fast sofort tot.«

»Ach so. Ja. Vielen Dank – wenigstens ein Trost.« ffford Croft schüttelte den Kopf. »Jetzt machen Sie sich wieder an die Arbeit. Ich kümmere mich um diese Angelegenheit. Der Arme hat keine Angehörigen. Ich muss mit allen in der Kanzlei reden, aber anfangen werde ich mit seinem Praktikanten Hobson. Der darf das nicht so zwischen Tür und Angel erfahren, man muss es ihm auf die richtige Weise beibringen. Außerdem muss ich natürlich jemanden damit beauftragen, sich mit Drakes Aufgaben zu beschäftigen.« Erneut schüttelte er den Kopf. »Was er nur in Mile End gewollt haben mag? Ausgerechnet Mile End. Großer Gott! Wie soll das nur enden? Danke, Pitt. Ich … danke Ihnen.«

Er kam hinter seinem Schreibtisch hervor und ging an Daniel vorbei zur Tür, gegen die er beinahe gestoßen wäre. Er öffnete sie und strebte unsicheren Schritts über den Gang Drakes Büro entgegen. Während Daniel allein zurückblieb, drängte sich ihm erneut das Bild der schrecklichen Wunden an Drakes Leiche auf. Sonderbarerweise erfüllte ihn eine plötzliche Besorgnis um seinen Kanzleichef.

KAPITEL 2

Daniel merkte, wie erschöpft er war. Der Tag hatte ihm zugesetzt – zu den Ängsten, die er um Kitteridge ausgestanden hatte, war das Entsetzen über den Anblick von Drakes grauenhaft zugerichtetem Gesicht gekommen. Ebenso hatte es ihn belastet, dem Leiter der Kanzlei das Vorgefallene berichten zu müssen, voller Sorge, wie dieser darauf reagieren würde. Obwohl Drakes Züge entstellt waren, hatten sie auf Daniel vertraut gewirkt – immerhin hatte er den Mann gekannt, seinen scharfen Verstand, seine Ansichten, allerdings nicht seine Empfindungen.

Nicht nur für den Kanzleileiter, sondern auch für Daniel wäre alles einfacher gewesen, hätte sich fford Crofts Tochter Miriam in London befunden. Während Daniel an sie dachte, sah er sie förmlich vor sich: ihr leuchtend kastanienbraunes Haar, die Art, wie sie den Kopf neigte, die lebhaften tiefblauen Augen. Mit ihrer praktischen Art würde sie sich um ihren Vater kümmern, dafür sorgen, dass er nicht mehr Kognak trank, als gut für ihn war, ohne es ihm vorzuhalten, wenn er es doch tat. Vor allem aber würde sie seinen Kummer teilen, sein Entsetzen lindern, ihn trösten.

Aber sie war nach Holland gegangen, um zu studieren. Zwar war sie bereits mit einem Großteil dessen vertraut, was man ihr dort auf den Gebieten der Medizin, der Chemie und der allgemeinen Forensik beibringen würde, aber da man in England Frauen nicht zur Gerichtsmedizin zuließ, blieb ihr die Aufnahme in Körperschaften verwehrt, denen angehören musste, wer seinen Beruf auf diesem Gebiet ausüben wollte. Sicher, sie konnte vor Gericht als Gutachterin auftreten und hatte das auch bereits getan, wurde aber als Dilettantin betrachtet, weil sie eine Frau war. In Holland war man in dieser Beziehung deutlich weiter, und so hatte Dr. Evelyn Hall – kurz Dr. Eve genannt –, möglicherweise die bedeutendste Gerichtsmedizinerin Großbritanniens, ihr geraten, ganz wie einst sie selbst ihre akademischen Abschlüsse in Holland zu erwerben. Nach längerem Überlegen hatte Miriam die Anregung ihrer Förderin befolgt. Während Daniel an Dr. Eves entschlossenes Auftreten und scharfen Verstand dachte, trat unwillkürlich ein Lächeln auf seine Züge. Zu behaupten, sie sei exzentrisch, wäre untertrieben gewesen.

Miriam konnte es sich nicht leisten, Kurse oder gar Prüfungen zu versäumen. Im Falle einer Erkrankung ihres Vaters wäre sie selbstverständlich sofort nach Hause gereist. Daniel gestand sich ein, dass er sie vermisste, so sehr es ihn freute, dass sie endlich ihren Traum verwirklichen konnte. Dann würde sie die verdiente Anerkennung finden und ihre beachtlichen Fähigkeiten für andere nutzbar machen können. Ihm fehlten ihr trockener Humor und ihr analytischer Verstand ebenso wie ihre Art, großmütig über seine kleinen Schwächen hinwegzusehen. Er gestand sich ein, dass es ihm meist zu spät aufgefallen war, wenn er sie unbeabsichtigt gekränkt oder verletzt hatte.

An diesem Abend war es ihm lieb, dass er, wann immer ihm danach war, zum Essen in seinem Elternhaus auftauchen durfte – eine Möglichkeit, von der er nicht oft Gebrauch machte. Mitunter aß er mit einer jungen Frau, die er gut leiden konnte, oder mit guten Bekannten zu Abend – es sei denn, er war dafür zu müde und froh, allein sein zu können. Doch an diesem Abend sehnte er sich nach einem Gespräch mit verständigen Menschen.

Obwohl Königin Victoria Pitt zum Ritter geschlagen hatte, bewohnte er mit seiner Frau Charlotte nach wie vor das Haus in der Keppel Street, in dem Daniel und seine Schwester Jemima in deutlich bescheideneren Verhältnissen aufgewachsen waren. Wie seit Jahren stand Pitt an der Spitze des von der Polizei unabhängigen Staatsschutzes. Aufgabe dieser Abteilung war der Kampf gegen Landesverrat und Terrorismus, wobei ihr besonderes Augenmerk Anarchisten und Bombenlegern galt.

Daniels Mutter öffnete auf sein Klingeln hin. Vielleicht hatte sie geahnt oder zumindest gehofft, er könnte es sein. In seinen Augen sah sie aus wie immer, aber natürlich waren die Jahre auch an ihr nicht spurlos vorübergegangen. Sie hielt sich nach wie vor aufrecht, und ihr Haar hatte den gleichen mahagonifarbenen Schimmer wie in seinen Kindertagen. Bei Daniels Anblick trat ein Lächeln auf ihre Züge, und ihre Augen strahlten vor Freude, als er sie in der Diele umarmte.

Sie sah ihn aufmerksam an und fragte: »Was gibt es?«

Er war zwar noch nicht bereit, seinen Eltern anzuvertrauen, was ihn beunruhigte, wollte aber auch nicht lügen, denn damit würde er das Vertrauen zwischen ihnen zerstören. So erklärte er mit bemühtem Lächeln: »Das sage ich später. Es ist allerdings eine lange Geschichte, und ich habe ordentlich Hunger.«

Mit den Worten »Komm herein und setz dich« ging sie ihm ins Wohnzimmer voraus.

Davon abgesehen, dass die Pitts vor einiger Zeit zwei Räume zu einem großen Wohnzimmer hatten zusammenlegen lassen, hatte sich dort seit Daniels Kindertagen kaum etwas geändert. Der eine Raum hatte ein kleines Erkerfenster zum Vorgarten gehabt, aus dem anderen fiel der Blick durch die Fenstertüren in den Garten hinter dem Haus mit seiner links und rechts von Blumenbeeten gesäumten Rasenfläche. Dort hatte es früher auch einen kleinen Sandkasten gegeben, in dem Daniel mit seiner Schwester gespielt hatte. Bei der Erinnerung daran trat ein flüchtiges Lächeln auf seine Züge. Jemima war schon seit einiger Zeit in Amerika verheiratet und hatte zwei kleine Töchter, während er selbst nach seinem Studium in Cambridge als Rechtsanwalt tätig war und sich in seinem behaglichen Gästehaus ausgesprochen wohlfühlte. Die Erinnerung an den schon lange nicht mehr existierenden Sandkasten war sonderbar tröstlich und beruhigend.

Inzwischen war auch seine Mutter eingetreten. Daniel sah zu seinem Vater, der in seinem Lieblingssessel saß. Seine inzwischen von vielen grauen Fäden durchzogenen Haare standen wie immer zu Berge. Zwar brachte es seine herausgehobene Position als Leiter einer Behörde mit sich, dass er sich nicht mehr so leger kleidete wie früher, doch die Gewohnheit, sich die Taschen mit allerlei Krimskrams vollzustopfen, hatte er nicht abgelegt, und seine Krawatte saß nur selten richtig. Als er Daniels Eintreten bemerkte, erhob er sich, und während er den Sohn aufmerksam musterte, entging ihm nicht, dass etwas nicht stimmte. Dass ihn der Vater so gut kannte und so einfach durchschaute, beunruhigte Daniel; er empfand es beinahe als aufdringlich. Trotzdem sah er darin einen deutlichen Hinweis darauf, dass ihn die Menschen liebten, die ihn durch und durch kannten, denen alle seine Schwächen und Fehler bewusst waren und die trotzdem an das Gute, zu dem er fähig war, glaubten – möglicherweise ausgeprägter als er selbst.

Eigentlich hatte er die Absicht gehabt, seinen Eltern nach und nach zu berichten, was ihn bedrückte, doch schwand diese schlagartig dahin, als ihn sein Vater mit festem Griff am Arm fasste und zu einem der beiden Sessel am Kamin führte, in dem an diesem lauen Maiabend kein Feuer brannte. Pitt, der sogleich gemerkt hatte, dass sein Sohn etwas loswerden wollte, nahm wortlos Platz und wartete.

»In der vergangenen Nacht ist ein Teilhaber unserer Sozietät umgebracht worden«, sagte Daniel ohne Einleitung. »Die Polizei hat mich am Vormittag in die Pathologie gerufen, weil man hoffte, dass ich ihn identifizieren könnte. Er hatte sich Kitteridges Mantel geliehen, in dessen Tasche eine meiner Karten steckte. Davon abgesehen hatte man keinerlei Papiere bei ihm gefunden.«

Pitt nahm nüchtern die Fakten zur Kenntnis. »Er hatte einen Mantel an? Dann war er also nicht zu Hause, sondern außerhalb unterwegs. Und seine Brieftasche ist verschwunden?«

»In einer besonders verrufenen Gegend von Mile End«, erläuterte Daniel. »Einem finsteren Seitengässchen der Anthony Street.« Er holte tief Luft, konnte aber nicht verhindern, dass er bei dem Gedanken an das Geschehene leicht zitterte. »Man hat ihn … mit einem Messer oder dergleichen unvorstellbar übel zugerichtet. Alles war voll Blut.«

Charlotte, die auf dem Sofa saß, beugte sich vor und legte Daniel wortlos mit beruhigender Geste eine Hand auf den Arm.

»Also ganz offensichtlich Mord«, folgerte Pitt grimmig. »Teilhaber bei euch? Wer?«

»Jonah Drake.«

Pitts Miene änderte sich kaum wahrnehmbar, so als sei ein leichter Schatten auf sein Gesicht gefallen. »Weißt du, was er dort wollte?«, fragte er.

»Noch nicht. Da er für keinen seiner Fälle nach Mile End gemusst hätte, hat sich natürlich die Frage gestellt, warum er diese verrufene Gegend aufgesucht hat – noch dazu um zwei Uhr nachts.«

»Entweder, weil es doch um einen Fall ging – oder um seines privaten Vergnügens willen«, gab Pitt mit spöttisch verzogenem Mund zurück. Er hatte seine Laufbahn als einfacher Streifenpolizist angefangen und sich allmählich bis zum Leiter einer Wache in der Mitte Londons emporgearbeitet. Bei den meisten der von ihm in jenen Jahren aufgeklärten Mordfälle war es um Angehörige der besseren Kreise und das eine oder andere Mal sogar um solche der Hocharistokratie gegangen. Infolge einer Intrige mächtiger Persönlichkeiten war er aus dem Polizeidienst entlassen worden, doch hatte ihn zum Glück schon bald der Staatsschutz übernommen. Weil dessen Tätigkeit geheim war, durfte er seither über so gut wie keinen seiner Fälle mit Außenstehenden reden, zu denen selbstverständlich auch seine Angehörigen zählten.

»Wie hat Marcus das aufgenommen?«, erkundigte sich Pitt. Daniel wusste, dass sein Vater und fford Croft seit vielen Jahren gute Freunde waren und einander mitunter einen Gefallen erwiesen. Ihm war auch durchaus bewusst, dass er seine eigene Anstellung dieser engen Beziehung zwischen seinem Vater und fford Croft verdankte, doch darüber wurde nie gesprochen.

Pitt wartete.

»Ich nehme an, dass ihn das ziemlich mitgenommen hat«, begann Daniel. »Ich …« Er wusste nicht recht, wie er seine Ansicht formulieren sollte. Er war nicht einmal sicher, ob er überhaupt sagen wollte, was er vermutete.

»Weißt du, woran Drake in letzter Zeit gearbeitet hat?«, fragte ihn sein Vater.

»Ja. Mr. fford Croft hat gesagt, dass es sich dabei um einen Fall von Unterschlagung handelte. Normalerweise ist das etwas ganz Gewöhnliches, aber der hier soll gewisse Tücken haben«, erläuterte Daniel. »Und er weist, von der ungewöhnlichen Tageszeit einmal ganz abgesehen, nicht in Richtung Mile End, sondern im Gegenteil in den Westen der Stadt, nach Eaton Place, Park Lane oder Mayfair.«

»Man hat dir aber seine Aufgaben nicht übertragen?«, erkundigte sich Charlotte mit besorgter Miene.

Daniel lächelte. »Nein, Mutter. Seine Spezialität waren komplizierte Fälle der Finanzwirtschaft. Dafür reichen weder meine bescheidenen Kenntnisse der Mathematik noch die auf dem Gebiet des Bankwesens aus. Ganz davon abgesehen, traut man einem Anfänger wie mir nicht sonderlich viel zu. Seine Aufgaben wird einer der anderen Teilhaber übernehmen.«

»Und worüber macht sich Marcus dann Sorgen?«, fragte Pitt und sah seinen Sohn aufmerksam an. »Er und Drake haben einander früher ziemlich nahegestanden. Unabhängig davon, ob man ihn leiden konnte oder nicht, ist unbestritten, dass Drake ein ausgesprochen tüchtiger Jurist war, der einen bedeutenden Teil des Einkommens der Sozietät erwirtschaftet hat …«

»Thomas, selbst wenn man einen Menschen überhaupt nicht leiden kann, erschüttert es einen doch zutiefst, wenn er in einer finsteren Gasse von Mile End erstochen wird!«, hielt ihm Charlotte vor.

»In einem solchen Fall ist man bekümmert, von mir aus bedrückt«, räumte Pitt ein und sah erneut Daniel an. »Aber man macht sich keine übertriebenen Sorgen – und auf keinen Fall fürchtet man um seine eigene Sicherheit.«

»Ich habe nicht gesagt, dass Mr. fford Croft Angst hat«, entgegnete Daniel ein wenig zu rasch. »Ich … ich denke, dieser Schlag aus heiterem Himmel hat ihn beunruhigt. So etwas erinnert uns alle daran, dass man nichts im Leben als gegeben ansehen darf.« Er versuchte in Worte zu fassen, was er empfand. »Keiner in der Kanzlei konnte Mr. Drake besonders gut leiden, aber wir waren an seine Anwesenheit gewöhnt – und offen gestanden haben wir ihn wegen seiner herausragenden Fähigkeiten bewundert. Jetzt ist er mit einem Mal nicht mehr da. Da geht einem doch unwillkürlich durch den Kopf, dass so etwas jedem zustoßen könnte. Natürlich war das schon immer so, aber Menschen, deren Leben in sicheren Bahnen verläuft, denken vielleicht irgendwann nicht mehr daran …«

Charlotte sah zuerst zu ihrem Mann und dann zu Daniel. »Hältst du dich oft um zwei Uhr nachts in Mile End auf?«

»Selbstverständlich nicht! Aber …«

»Dann willst du also wohl in Wirklichkeit sagen, dass dich dieser Vorfall dazu gebracht hat, dich mit bestimmten Seiten der Menschen an deinem Arbeitsplatz intensiver zu beschäftigen, als du es sonst getan hättest. Du siehst dich genötigt, deine ursprünglichen Annahmen zu korrigieren, auch in Bezug auf Marcus fford Croft und …«

Pitt fiel ihr ins Wort. »Marcus ist …«, begann er.

Charlotte schüttelte den Kopf. »… ein ausgesprochen freundlicher und liebenswürdiger Mensch«, beendete sie seinen Satz. »Aber jeder von uns hat Schwächen, Fehler, von denen andere nichts erfahren sollen. Je persönlicher so etwas ist, desto mehr liegt uns daran, es … vor anderen geheim zu halten.«

Daniel sah sie überrascht an.

»Du weißt, dass ich deinen Vater kennengelernt habe, als er die Ermittlungen im Zusammenhang mit der Ermordung meiner älteren Schwester führte«, sagte sie. »Das war natürlich lange vor deiner Geburt. Damals ist mir klar geworden, wie wenig wir über andere Menschen wissen, sogar über enge Angehörige. Auch die Menschen, die wir am meisten lieben, begehen Fehler, ganz wie wir selbst, wenn wir unter Druck stehen.« Die Röte stieg ihr in die Wangen, doch sie nahm den Blick nicht von seinem Gesicht. »Wir neigen dazu, Menschen, die wir lieben, zu idealisieren, und erwarten häufig zu viel von ihnen, wie vielleicht auch sie von uns. Wahre Liebe lässt uns nicht im Stich, wenn wir schwach sind und versagen. Möglicherweise wirst du dies und jenes in Bezug auf fford Croft und auch auf andere Menschen entdecken, was dir nicht sonderlich gefallen wird. Macht dir das womöglich Angst?«

Eine Weile sagte niemand etwas darauf.

Daniels Gedanken jagten sich. Ihm fiel ein, dass seine Mutter und seine Tante Emily eine weitere Schwester gehabt hatten – Sarah. Im Zusammenhang mit dem Mord an ihr waren der junge Polizeibeamte Thomas Pitt und die aus einer wohlhabenden und gesellschaftlich hochstehenden Familie stammende Charlotte Ellison einander begegnet. Sie wirkten als Paar so natürlich und fühlten sich so wohl miteinander, dass er so gut wie nie daran dachte, wie unterschiedlich ihre Herkunft gewesen war. Für das Leben, das er kannte, schien das gänzlich belanglos zu sein.

Was seine Mutter gesagt hatte, entsprach der Wahrheit. Er fürchtete sich vor den Veränderungen, die Drakes Tod mit sich bringen würde. Deutlich standen ihm dessen Auswirkungen auf die Kanzlei und auch auf Marcus fford Croft vor Augen. Daniel mochte Letzteren, hatte seine Verschrobenheit kennengelernt, seine mitunter verblüffende Gutherzigkeit und in letzter Zeit auch seine Verletzlichkeit. Wenn man es recht bedachte, wirkte er immer zerstreuter und vergaß mitunter wichtige Einzelheiten.

Pitt ließ den Blick zwischen Charlotte und Daniel hin und her wandern. »Wahrscheinlich hat es mit einem von

Drakes Fällen zu tun«, bemerkte er. »Es könnte sich empfehlen, dass du sie dir noch einmal ansiehst, bevor sich die Polizei damit befasst. Soweit ich mich erinnere, ging es in einigen davon um prominente Persönlichkeiten. Hast du dich schon mit ihnen beschäftigt? Tu es gemeinsam mit diesem Kitteridge. Du traust ihm doch, oder?« Es war eher eine Feststellung als eine Frage.

»Ja«, bestätigte Daniel. »Wir haben uns heute Nachmittag übrigens schon mindestens ein halbes Dutzend dieser Fälle vorgenommen.«

»In Marcus' Auftrag?«, erkundigte sich Pitt.

»Er hat es uns nicht ausdrücklich aufgetragen, sondern uns angewiesen festzustellen, welche noch nicht abgeschlossen sind, und sie ihm vorzulegen, damit er sie einem geeigneten Bearbeiter zuweisen kann. Zum Glück gibt es nur einen Fall, der wirklich wichtig ist – Unterschlagung und Betrug. Mutmaßlich geht es da um höhere Beträge. Von solchen Dingen lassen Kitteridge und ich die Finger, denn dafür braucht man ganz spezielle Kenntnisse wirtschaftlicher Zusammenhänge und der entsprechenden Gesetze. Möglicherweise müssen wir ihn einer anderen Kanzlei übergeben. Das wäre schlecht, weil wir dann den Mandanten verlieren würden. Aber ich kann mir nicht vorstellen, dass ein Anwalt einen Kollegen ermordet, um einen solchen Fall zu bekommen.«

»Und die anderen Fälle?«, fasste Pitt nach. »Womit hat oder hatte er sich außerdem beschäftigt? Könnte da ein Zusammenhang mit etwas aus seinem Privatleben bestehen? Offene Schulden? Hat er vielleicht etwas gewusst, was jemandem gefährlich werden konnte? Geht es möglicherweise um Erpressung?«

Daniel konzentrierte sich, so gut er konnte. Wie sollte er all diese Fragen beantworten? Er konnte das Bild des entsetzlich zugerichteten Jonah Drake auf dem kalten Metalltisch der Pathologie nicht vergessen. Zwar hatte man dessen Nacktheit mit einem weißen Laken verhüllt, doch das änderte nichts an den Drake zugefügten scheußlichen Wunden. Daniel war fest überzeugt, dass das kein Raubüberfall und Drake auch kein Zufallsopfer gewesen war.

Charlotte sah ihn an. Ihr Gesicht gehörte zu seinen frühesten Erinnerungen, aber wie oft hatte er es wirklich aufmerksam betrachtet und auf das gehört, was sie sagte – ganz gleich, ob er es hören wollte oder nicht? »Willst du wirklich darüber reden?«, fragte sie behutsam.

Er überlegte. »Ich denke, dass ich mir das noch eine Weile überlegen möchte. Ich sehe nach wie vor Mr. Drakes Leiche vor mir, ganz gleich, was ich vor Augen habe. Wir müssen uns um den Fall kümmern – und es ist besser, dass wir es tun als die Polizei. Sofern sein Tod mit einem seiner Fälle zu tun hat, sollten wir unbedingt versuchen festzustellen, was dahintersteckt, bevor Vermutungen und Gerüchte dem Ruf der Kanzlei schaden.«

Pitt sah zu seiner Frau, dann wandte er sich an Daniel. »Ja, das dürfte das Beste sein. Bei welchem oder welchen seiner Fälle hattest du den Eindruck, dass damit nicht alles in Ordnung sein könnte?«

Daniel überlegte eine Weile.

Pitt wartete.

»Kitteridge und ich haben sie ein paar Jahre zurückverfolgt«, sagte Daniel zögernd, während er sich daran erinnerte, wie sie Drakes Akten auf der Suche nach ungelösten Fällen oder solchen durchgegangen waren, die anders ausgegangen waren, als man hätte erwarten dürfen. Drake war ein ausgefuchster Jurist, der jeden Paragrafen kannte. Zwar hatte er sich auf Finanzangelegenheiten spezialisiert, aber auch immer wieder andere Fälle vor Gericht vertreten. In zweien davon war es um Mord gegangen. Daniel wiederholte die Einzelheiten so genau, wie er sich erinnern konnte.

»Im ersten der beiden Prozesse musste er einen gewissen Lionel Peterson verteidigen.« Er rief sich das Blatt mit Drakes handschriftlichen Notizen ins Gedächtnis. »Die Anklage lautete auf Mord an der Gattin eines geschäftlichen Konkurrenten. Der Aussage mehrerer Zeugen nach war die Frau ausgesprochen lebenslustig.«

»Was willst du damit sagen, Daniel?«, hakte Pitt nach. »Das ist keine klare Aussage – das Wort *lebenslustig* hat viele Schattierungen. Ohne nähere Erläuterung werden wir annehmen, dass sie es mit mehreren Männern zu tun hatte.«

Daniel verzog das Gesicht zu einem verlegenen Lächeln.

»Menschen, die vor Gericht aussagen müssen, drücken sich erfahrungsgemäß möglichst zurückhaltend aus. Mr. Drake hat die Frau in seinen Notizen als Edelhure bezeichnet. Mag sein, dass er mit dieser Formulierung etwas übertrieben hat, aber im Großen und Ganzen dürfte die Einschätzung zutreffen …« Daniel erinnerte sich an die eigenartige kleine Zeichnung am Rand des Blattes. Dort hatte Drake eine Frau skizziert, deren Unterleib in einem Fischschwanz auslief. Diese ebenso humorvoll wirkende wie eindeutige Charakterisierung deckte sich seiner Vermutung nach mit der Wirklichkeit. Einen solchen Scharfblick hätte Daniel dem Mann gar nicht zugetraut. Die wenigen Striche waren aussagekräftiger als eine ganze Seite Text.

»Ob ihm das aus erster Hand bekannt war?«, fuhr Pitt fort.

»An diese Möglichkeit habe ich noch gar nicht gedacht«, gestand Daniel. »Ich weiß auch nicht, ob ich mir das bei ihm vorstellen könnte …« Er hielt inne. Es war absurd. Auch Drake war unter seiner Robe ein Mann aus Fleisch und Blut gewesen. Wieso hatte Daniel das nicht bedacht?

Lag es daran, dass er ihn zuletzt als bemitleidenswerte Leiche gesehen hatte, als ein Wesen, das keine Gelegenheit mehr hatte, seine Würde zu wahren, ganz zu schweigen von der Fähigkeit, Begierden oder Leidenschaften zu äußern? »Ich weiß nicht«, räumte er ein. »Jemand hat sie erwürgt, und Peterson wurde der Tat verdächtigt. In erster Linie wohl deshalb, weil er mit seinem Konkurrenten wie auch dessen Gattin gesellschaftlich verkehrt hatte. Außerdem ließen sich einige Zeugenaussagen so auslegen, dass er mehr gewesen sei als einfach nur ein guter Bekannter und ein Verhältnis mit ihr hatte. Allerdings wäre er, selbst wenn das der Wahrheit entsprochen hätte, lediglich einer von vielen gewesen. Diese Möglichkeit dürfte ihm bewusst gewesen sein, weshalb er kaum angenommen haben dürfte, dass er der Einzige sei.«

»Wie lautete das Urteil?«, fragte Pitt.

»Die Geschworenen konnten sich über die Schuldfrage nicht einigen«, gab Daniel zurück. »Ich denke, dass der Mann mit diesem Urteil großes Glück gehabt hat. Immerhin ist er dem Strick des Henkers entgangen – aber sein Ruf war geschäftlich wie privat unwiederbringlich dahin. Er hat Mr. Drake schwere Vorwürfe gemacht, weil es ihm nicht gelungen war, einen Freispruch zu erwirken.«

»Würdest du sagen, dass Drake in irgendeiner Weise versagt hat?«

»Meiner Ansicht nach war es eine Glanzleistung, den Mann überhaupt herauszuhauen. Ehrlich gesagt, ist meine Hochachtung vor Mr. Drake deutlich gestiegen, nachdem ich mir die Prozessunterlagen angesehen hatte. Wenn du möchtest, können wir sie noch einmal gründlich lesen.«

»Vielleicht später.« Pitt schüttelte den Kopf. »Hat man das Verfahren noch einmal aufgenommen? Oder ist ein anderer angeklagt worden?«

»Nein. Auch hier muss Mr. Drake sozusagen im Hintergrund erstklassige Arbeit geleistet haben, um ein neues Verfahren zu verhindern. Ich fange an zu verstehen, warum Mr. fford Croft ihn so sehr geschätzt hat.« Noch während er das sagte, ging Daniel auf, was der Tod des Mannes für den Kanzleichef bedeuten musste. Kein Wunder, dass er so tief erschüttert war. Unter Umständen ließ sich der damit verbundene Verlust für die Kanzlei nicht ausgleichen.

Pitt sah ihn aufmerksam an.

»Peterson hat sich Mr. Drake gegenüber äußerst nachtragend verhalten«, fuhr Daniel fort. »Das jedenfalls entnehme ich den Briefen in Drakes Unterlagen.«

»Dann solltest du der Sache unbedingt nachgehen«, riet ihm Pitt. »Was noch?«

Daniel zögerte. »Mr. Drake und Mr. fford Croft haben sich, wie es scheint, noch lange über die Frage ereifert, ob Peterson schuldig war oder nicht. Solange er es nicht besser weiß, muss ein Anwalt die Unschuldsbeteuerungen seines Mandanten glauben. Es war eine schmutzige Angelegenheit, und Mr. Drake hat sich wacker geschlagen, indem er Zweifel geltend machte, über die niemand einfach hinweggehen konnte. Im Grunde war er hervorragend.«

»Und warum hat Marcus nach wie vor gezweifelt?«, wollte Pitt wissen. »Dir scheint da etwas entgangen zu sein.«

»Ich weiß«, gab Daniel zu. »Ich werde ihn bei passender Gelegenheit danach fragen. Im Augenblick hat er alle Hände voll zu tun, Leute zu finden, die Mr. Drakes unerledigte Aufgaben übernehmen können. Ich denke, dass es für die Kanzlei ein schwerer Schlag ist, diesen wichtigen Mann so plötzlich verloren zu haben, auch wenn manche ihn nicht sonderlich gut leiden konnten und ihm manchmal vielleicht nicht recht trauten. Mr. fford Croft hat zu diesem Thema nichts gesagt. Das ist nur mein Eindruck. Aber man darf auf keinen Fall ein Mandat nur deshalb ablehnen, weil der Mandant schuldig sein *könnte*. Wenn die Möglichkeit der Schuld nicht bestünde, hätte man ja von vornherein keine Anklage gegen ihn erhoben. Für einen Teil der Fälle mit finanziellem Hintergrund ist Spezialwissen, wie Mr. Drake es besaß, unerlässlich – und gerade die bilden sozusagen das Rückgrat der Einkünfte unserer Kanzlei.«

»Niemand möchte seine Einnahmequellen verlieren«, sagte Pitt und verzog das Gesicht. »Der Ruf eurer Kanzlei ist so gut, dass sie das überstehen kann, solange die Umstände von Drakes Tod einigermaßen rasch und zufriedenstellend aufgeklärt werden. Dabei setze ich voraus, dass er sich nichts Standeswidriges hat zuschulden kommen lassen.«

»Ich weiß«, gab Daniel zurück. »Uns bleibt keine Wahl, wir müssen feststellen, wer die Tat begangen hat und warum. Falls uns das nicht gelingt, wird die Öffentlichkeit ihre eigenen Schlüsse ziehen. Wir haben ohnehin schon mehr Konkurrenten, als uns lieb ist, und die werden keine Hemmungen kennen, wenn es darum geht, Verdächtigungen gegen uns in Umlauf zu setzen.«

»Konkurrenten, die nicht davor zurückschrecken würden, Drake zu ermorden?«, fragte Charlotte überrascht. »Befürchtest du das?«

»Nein, Mutter. Aber sicherlich werden sie raffiniert genug sein, Profit aus seinem Tod und aus Mr. fford Crofts Schwäche zu schlagen …« Er verstummte. Das hatte er nicht sagen wollen, das Wort war ihm unwillkürlich entfahren. »Ich meine … aus seiner Verwundbarkeit«, versuchte er sich zu verbessern, aber es war zu spät. Charlotte hatte erkannt, dass er sich Sorgen machte.

»Behalte das aus Treue zu deinem Dienstherrn für dich, aber bleib dir dessen stets bewusst«, sagte Pitt. »Die Leute, die ihn angreifen, werden merken, wie die Dinge liegen. Ein guter Verteidiger sieht allen Wahrheiten, selbst den schlimmsten, auch dann ins Auge, wenn er nichts von ihnen wissen will. Da sich Marcus' Tochter Miriam gegenwärtig in Holland aufhält, steht ihm niemand näher als du. Ein Anwalt ist lediglich dann von Nutzen, wenn er sich der rauen Wirklichkeit stellt – insbesondere in Situationen, in denen den Umständen nach mit beträchtlichem Schaden zu rechnen ist.«

»Ich kann mir unmöglich vorstellen, dass sich Mr. fford Croft mitten in der Nacht auf den Weg nach Mile End gemacht hätte, um Mr. Drake umzubringen!«, sagte Daniel eine Spur zu laut. »Er hätte sich für eine weniger gewalttätige Methode und ein sorgfältiger geplantes Vorgehen entschieden …«

Pitt schüttelte müde den Kopf. »Selbstverständlich«, gab er ihm recht. »Die Tat kann ohne Weiteres das ganz und gar zufällige Handeln eines Irren gewesen sein. Aber größer ist die Wahrscheinlichkeit, dass das Motiv dazu in die Vergangenheit zurückreicht, und dann muss man annehmen, dass die Tat mit einem seiner Fälle zusammenhängt.« Er senkte die Stimme und fuhr in besänftigendem Ton fort: »Wahre Treue verlangt, dass man sich der Wahrheit stellt. Dazu aber muss man vorher die Tatsachen kennen. Keinesfalls solltest du in Mile End auf eigene Faust irgendwelchen Phantomen nachjagen. Hast du das verstanden?«

»Natürlich«, sagte Daniel mit kläglicher Stimme. »Falls ich irgendwohin gehe, werde ich Kitteridge mitnehmen. Ich möchte die Wahrheit erfahren, ganz gleich, wie sie aussieht. Ich muss sie wissen – und dafür sorgen, dass die Allgemeinheit sie ebenfalls erfährt.«

Einen Augenblick lang herrschte lastendes Schweigen.

»Du hast vorhin von zwei Fällen gesprochen«, sagte Pitt schließlich. »Worum ging es bei dem anderen?«

Daniel löste sich aus seinen Gedanken. »Ja. Er liegt nicht so weit zurück wie der erste – weniger als zwei Jahre. Man hatte einen jungen Mann namens Evan Faber beschuldigt, eine Frau von Mitte dreißig totgeprügelt zu haben. Er ist häufig mit ihr ausgegangen, obwohl sie mindestens zehn Jahre älter war als er.« Er erkannte die Besorgnis auf den Zügen seines Vaters. »Was ist dagegen einzuwenden?«, fragte er mit Schärfe und spürte, wie ihm die Röte in die Wangen stieg. Miriam fford Croft war vierzig Jahre alt, und doch hatte er sich niemandem je so nahe gefühlt wie ihr. Er wusste, dass sie in Bezug auf den Altersunterschied zwischen ihnen empfindlich war. Zwar war ihre Beziehung nichts als eine Freundschaft, aber sie war tief, und er schätzte sie mehr, als er seinen Eltern gegenüber zuzugeben bereit war.

Pitt sah ihn verwirrt an. »Die Geschworenen haben den jungen Mann freigesprochen, nicht wahr? Ich glaube, ich kann mich an den Fall erinnern – Drake hat mit seiner Verteidigung eine brillante Vorstellung abgeliefert. Mir war damals nicht bewusst, dass er in Marcus' Kanzlei tätig war.«

»Dann kennst du den Fall ja«, sagte Daniel und setzte sich ein wenig im Sessel zurecht. »Hältst du das für ein Fehlurteil?«

»Ich habe keine Meinung dazu. Mir kam es damals lediglich so vor, als hätte Drake sozusagen ein Kaninchen aus dem Zylinder zaubern müssen, um den Freispruch zu erwirken. Das war aus mehreren Gründen ein beachtliches Ergebnis. Es überrascht mich nicht im Geringsten, dass Marcus der Verlust eines Mannes bekümmert, der zu einer so brillanten Leistung imstande war. Es dürfte alles andere als leicht sein, jemanden mit vergleichbaren Fähigkeiten zu finden. Aber nicht das macht mir Sorgen. Was weißt du über den Vater des jungen Mannes, Erasmus Faber?«

»Nichts. Wer ist das?«

»Faber? Ihm gehört eine der größten Schiffswerften im Lande.«

Jetzt rührte sich Charlotte unbehaglich auf dem Sofa, unterbrach ihren Mann aber nicht.

»Was hat das damit zu tun?«, erkundigte sich Daniel. »Mr. Drake hat für Evan Faber einen Freispruch erwirkt. Da es ganz danach aussieht, dass er unschuldig war, handelt es sich um eine gerechte Entscheidung am Ende eines ordnungsgemäßen Verfahrens. Er hat ihn glänzend verteidigt. Alle hatten den Eindruck, dass das nach einem heftigen Kampf erzielte Urteil genau richtig war.«

Mit undurchdringlicher Miene mahnte Pitt: »Geh diesem Erasmus Faber nach Möglichkeit aus dem Weg.«

»Warum? Steht er über dem Gesetz?«

Pitts Miene war düster. »Nein. Das Gesetz gilt für alle – jedenfalls in der Theorie …«

»Aber?«

»Aber … er ist unserer Regierung zur Zeit ungeheuer wichtig. Da du sicher zu sein scheinst, dass Drake das richtige Urteil auf einwandfreie Weise erzielt hat, gibt es keinen Grund, es infrage zu stellen. Warum hast du diesen Prozess überhaupt im Zusammenhang mit einem Verfahren erwähnt, dessen Ergebnis nicht dem Wunsch des Angeklagten entsprach?«

»Weil es für die Verteidigung ein harter Kampf war und die Polizei den Täter nie ermittelt hat«, gab Daniel steif zurück. »Aber alle Geschworenen waren sich einig, dass Evan die Tat nicht begangen hatte.«

»Wieso hat man ihn überhaupt festgenommen, wenn es keine Hinweise auf seine Täterschaft gab?«, wollte Charlotte wissen.

»Es gab Verdachtsmomente, aber Mr. Drake hat einleuchtende Erklärungen dafür vorgetragen«, erwiderte Daniel.

»Evan Faber hatte die Frau gekannt, war aber für sie, wie es aussieht, bei Weitem nicht der Einzige. Der Beschreibung nach war sie wohl attraktiv und durchaus bereit, mehrere Männer mit ihrer Gunst zu beglücken – vor allem ältere.« Mit spöttischem Lächeln fügte Daniel hinzu: »Ich denke, mit dieser taktvollen und indirekten Formulierung wollte Mr. Drake ausdrücken, dass sie sich in erster Linie an *vermögende* Männer heranmachte. Es ist ohne Weiteres möglich, dass sie Evan gut leiden konnte, und er hatte wohl keine Ahnung davon, was für eine Art Frau sie war. Die Anklage war von der Annahme ausgegangen, dass er den Kopf verloren hat, als er zufällig dahinterkam. Man hat ihm vorgehalten, er habe sie in einem Wutanfall getötet, weil sie ihn getäuscht und betrogen, vor allem aber, weil sie ihn vor aller Welt zum Narren gehalten hatte. Außerdem konnte man keinen anderen Verdächtigen finden.«

»Und warum haben die Geschworenen ihn dann für nicht schuldig befunden?«, fragte Charlotte. »Offensichtlich hatte er niemanden, der ihm ein Alibi bescheinigte, sonst hätte man ihn wohl gar nicht erst angeklagt.«

»Ich habe die Prozessakten noch nicht vollständig gelesen und kann daher nichts dazu sagen«, räumte Daniel ein. »Es genügt aber nicht, irgendwelche Zeugen zu haben – es müssen solche sein, denen die Geschworenen Glauben schenken. Auf jeden Fall war ihr Urteil einstimmig, und nach dem Prozess hat man keinen weiteren Verdächtigen wegen dieser Tat angeklagt.«

»Mit anderen Worten, der Mörder läuft noch frei herum«, ergänzte Pitt. »Bist du schon der Möglichkeit nachgegangen, dass es sich im Fall Drake um Korruption handeln könnte? Erpressung? Bedrohung?«

Daniel war überrascht. »Wie kommst du darauf? Mr. Drake hat sich für seine Mandanten immer nach besten Kräften eingesetzt, ganz gleich, was er von ihnen halten mochte. Wenn er kein Ehrenmann gewesen wäre, hätte Mr. fford Croft ihn trotz seines großen Könnens sicher nicht in der Sozietät behalten.«

Pitt dachte einige Augenblicke nach, ehe er den Mund öffnete.

Doch Charlotte kam ihm zuvor. »Thomas, weißt du etwas darüber?«

Er sah sie an. »Nein! Wohl aber weiß ich, dass Erasmus Faber einer der reichsten Männer Londons ist und in mancherlei Hinsicht auch der mächtigste. Er ist ein Genie auf dem Gebiet des Schiffbaus, seine Werftanlagen arbeiten zügig und gründlich. Evan ist sein einziger Sohn, genau gesagt, sein einziges Kind. Fabers Frau lebt bestimmt schon seit zwanzig Jahren nicht mehr. Er besitzt zwei der größten Werften in England, von denen eine zu den bedeutendsten in ganz Europa gehört. Als Seefahrernation sind wir darauf angewiesen, die Meere zu beherrschen, zumindest aber die Gewässer um unsere Insel herum, um zu verhindern, dass uns ein Feind binnen relativ kurzer Zeit die Versorgung mit lebensnotwendigen Gütern abschneidet und uns auf diese Weise aushungert, womit er uns zur Unterwerfung zwingen könnte. Männer wie Erasmus Faber halten einen der Schlüssel zu unserem Wohlergehen in der Hand, und das ist ihm durchaus bewusst.«

»Weißt du noch mehr über ihn, Thomas?«, fragte Charlotte ohne Umschweife, wie es ihrem Wesen entsprach.

Er schien ein wenig überrascht. »Nein. Aber solche Erfolge wie er haben nur kluge und starke Männer, die nicht im Traum daran denken, nach der Pfeife anderer zu tanzen.« Er wandte sich an Daniel. »Sieh zu, dass du um Marcus' … aber auch um der Kanzlei willen so viel wie möglich über Drake herausbekommst, und zwar je früher, desto besser. Aber sei sehr vorsichtig, wenn es in dem Zusammenhang nötig sein sollte, dir den Fall Faber vorzunehmen. Lass unbedingt die Finger davon, solange du auf einem anderen Weg weiterkommen kannst. Bitte.«

Ohne das *Bitte* des Vaters hätte Daniel möglicherweise Einwände erhoben. Er war dankbar für die freundschaftliche Beziehung, die zwischen ihnen bestand, die Fürsorge und die Ratschläge, die Pitt ihm auch ungefragt gab. Auf der anderen Seite ärgerten ihn dessen Belehrungen, von denen er sich mitunter gegängelt fühlte. Er hätte sich gewünscht, dass ihm sein Vater mehr vertraute und sich von der Vorstellung löste, Daniel komme ohne seinen Rat nicht aus.

Doch der besorgte Ausdruck auf Pitts Gesicht und der Ernst in seiner Stimme bewirkten – zumal er ihm keine Anweisung gegeben, sondern seinen Rat als Bitte formuliert hatte –, dass Daniel sich mäßigte.

»Ja, ich werde zuerst alle anderen Möglichkeiten ausschöpfen«, gab er zur Antwort. Dann wandte er sich seiner Mutter zu. »Können wir bald essen? Ich glaube, ich habe seit dem Frühstück nichts in den Magen bekommen.«

KAPITEL 3

Daniel hatte eine schlechte Nacht. In seinen Träumen tauchte immer wieder ein Mann auf, der zusammengekrümmt und blutbedeckt in einer menschenleeren Gasse lag, im Licht einer Straßenlaterne. Daniel wusste, dass es Drake war. Das eingefallene graue Gesicht war voller hässlicher Wunden.

Als er benommen aufwachte, hatte Daniel Kopfschmerzen, und sein Mund war wie ausgedörrt. Zwar war er immer noch müde, aber lieber wollte er aufstehen, als in diesen Traum zurückzusinken.

Sicher machte sich seine Wirtin, Mrs. Portiscale, bereits in der Küche zu schaffen, denn sie war eine ausgesprochene Frühaufsteherin. Ihm war bewusst, dass sie ihn gegenüber ihren beiden anderen Mietern vorzog. Das lag sicherlich nicht nur daran, dass er der Jüngste war, sondern hatte vor allem damit zu tun, dass er ihr als Einziger dies und jenes aus seinem Alltag und seinem Beruf erzählte und ihr geduldig zuhörte, wenn sie etwas zu berichten hatte. Sie verwöhnte ihn, und er wusste das zu schätzen.

Nachdem er sich gewaschen, rasiert und angekleidet hatte, ging er nach unten. Wie vermutet, war sie in der Küche, wo die blitzblank geputzten kupfernen Töpfe und Pfannen an der Wand und die Zwiebelzöpfe von der Decke hingen, als ob sie dort wüchsen. Ein Topf Petersilie – mit glänzenden Blättern – stand auf der Fensterbank. Ganz wie er vermutet hatte, beugte Mrs. Portiscale sich gerade über den Herd, um die Glut zu neuem Feuer anzufachen. Als sie seine Schritte auf den Bodendielen hörte, hob sie den Blick.

»Sie sind heute aber früh auf.« Mit leisem Stöhnen richtete sie sich auf und strich sich einige Haarsträhnen aus dem Gesicht. »Sie sehen ja gar nicht gut aus. Haben Sie nicht geschlafen? Eine heiße Tasse Tee wird Ihre Lebensgeister wecken.« Sie griff nach dem Wasserkessel und schob ihn auf das Kochfeld. »Sie müssen ein bisschen Geduld haben. Das Feuer kommt heute Morgen ziemlich langsam in Gang.«

»Das macht nichts«, erwiderte er. »Ich warte so lange. Kann ich Ihnen inzwischen zur Hand gehen? Brauchen Sie Kohlen?« Er hatte gesehen, dass der Korb so gut wie leer war. Sie erklärte, sie werde die Kohlen selbst holen, doch er wusste, dass es ihr schwerfiel, sie zu tragen.

»Setzen Sie sich einfach hin, und sorgen Sie dafür, dass Sie mir nicht im Weg sind«, sagte sie lächelnd.

Wortlos nahm er den Korb und ging in den Keller, um ihn zu füllen.

»Sie können wohl nicht hören?«, sagte sie, als er zurückkam. Aber er merkte, dass sie dankbar war, ohne große Worte darüber zu verlieren. Sie sah ihn aufmerksam an. »Heute im schwarzen Anzug? Etwa, weil Sie Kohlen schaufeln wollten und keiner was davon merken sollte?«

Er setzte den Korb sorgfältig ab und richtete sich auf. Sie merkte immer gleich, wenn ihn etwas bedrückte. Diesmal erleichterte es ihn sogar, darüber sprechen zu können. »Gestern ist ein Teilhaber unserer Kanzlei gestorben. Mitten in der Nacht, vermutlich gegen zwei Uhr.« Er ging zum Waschbecken, um sich den Kohlenstaub von den Händen zu waschen. »In Mile End. Wir wissen nicht, was er dort wollte. Man hat ihn im Morgengrauen gefunden. Es war entsetzlich. Jemand hat ihm mit einem langen Messer mehrere schwere Wunden zugefügt.«

»In Mile End? Das ist doch ein Elendsviertel, fast so schlimm wie Whitechapel«, sagte sie. »Was hat er da gewollt? Haben Sie das über die Polizei erfahren?«

»Indirekt. Er hatte sich von meinem Kollegen Kitteridge den Mantel geborgt, und in dessen Tasche war eine meiner Karten. Gestern Vormittag ist jemand von der Polizei in die Kanzlei gekommen und hat mich gebeten, den Toten zu identifizieren …«

Sie schüttelte den Kopf. »Der Ärmste. Da ist es kein Wunder, dass Sie mit einem Gesicht wie sieben Tage Regenwetter herumlaufen.«

»Wir müssen herausbekommen, was da geschehen ist«, setzte er an.

Sie schüttelte den Kopf. »Müssen Sie überhaupt nicht! Überlassen Sie das der Polizei. Das klingt mir ganz so, als ob der Mann in einem ziemlichen Schlamassel gesteckt hätte. Das Wasser ist gleich so weit. Sicher möchten Sie heute bald frühstücken, nicht wahr?« Ohne seine Antwort abzuwarten, machte sie sich an die Vorbereitungen. »Speck und Eier? Toast? Ich hab frisch eingekochte bittere Orangenmarmelade, was ganz Besonderes.«

»Herzlichen Dank, Mrs. Portiscale. Niemand macht die so gut wie Sie.«

»Das stimmt«, bestätigte sie. Offensichtlich gefiel ihr das Kompliment. »Jetzt bleiben Sie, wo Sie sind und laufen mir nicht zwischen den Beinen herum.«

Sie holte das Benötigte aus der Speisekammer und stellte alles auf den Küchentisch, inklusive Pfeffer und Salz, wie immer. Wobei sie Daniel häufig daran erinnerte, dass sie alles ordentlich gewürzt habe. Wie oft hatte er gehört, wie sie ihre Tischgäste tadelte, die nachsalzten, ohne von den Speisen probiert zu haben? Wie allmorgendlich stand der große Toastständer neben dem blau-weißen Milchkrug und den drei Gedecken. Die Teekanne blieb auf dem Herd, damit ihr Inhalt nicht kalt wurde.

Mrs. Portiscale summte eine Weile vor sich hin, sagte aber nichts, bis sie die Spiegeleier mit einigen Scheiben Speck und frisch geröstetem Toast vor ihn hinstellte, dazu die Butter und das Marmeladenglas. Da der Deckel immer so fest darauf saß, dass sie ihn selbst nicht mehr öffnen konnte, überließ sie diese Aufgabe Daniel, der sich zum Lohn dafür als Erster bedienen durfte. Das war geradezu ein Ritual geworden. Im Spätsommer machte sie Himbeer- und Pflaumenkonfitüre, Orangenmarmelade hingegen im Januar, wenn die reifen Bitterorangen aus Spanien ins Land kamen. Wahre Kenner ließen nur die aus der Gegend um Sevilla gelten, die der Marmelade eine besonders pikante Note gaben.

Daniel aß schweigend, überrascht, wie sehr er es genoss. Er kam sich fast so vor wie als Kind in der elterlichen Küche. Auch dort hatte Kupfergeschirr an Wandhaken gehangen, mehr zur Zierde als aus praktischen Gründen, wie auch getrocknete Kräuter an Nägeln, die so hoch angebracht waren, dass man sie fast nicht erreichen konnte, und daneben ein walisischer Tellerschrank. Während Mrs. Portiscales weiße Teller mit blauen Ringen verziert waren, hatten handgemalte blaue Wildblumen die seiner Mutter, von denen keiner wie der andere war, geschmückt. Von der Decke hing, genau wie zu Hause, ein hölzernes Wäschegestell, auf dem Bettlaken und Handtücher in der Wärme der Küche trockneten, bevor sie gefaltet und in den Wäscheschrank geräumt wurden. Alles fühlte sich vertraut … und sicher an.

Nachdem die Wirtin erst ihm und dann auch sich einen großen Becher Tee eingegossen hatte, setzte sie sich ihm gegenüber. Nach einer Weile fragte sie: »Und was werden Sie jetzt tun?«

»Wir müssen die genauen Umstände feststellen«, sagte er mit Nachdruck. »Das war kein gewöhnlicher Raubüberfall. Was hat der Mann mitten in der Nacht in so einer verrufenen Gegend gewollt? Kitteridge wird sich die Fälle genauer ansehen, mit denen sich Mr. Drake in letzter Zeit beschäftigt hat. Vielleicht übernimmt er sie sogar, aber das ist noch nicht sicher. Es geht da um äußerst komplizierte Dinge, vermutlich hat es mit Finanzen zu tun.«

»Ist es nicht Sache der Polizei, sich um die Ermittlungen zu kümmern?«

»Doch, aber die hat uns zu verstehen gegeben, dass nicht viel Hoffnung besteht, da etwas herauszubekommen.«

Er schluckte den letzten Bissen Speck hinunter und nahm eine Scheibe Toast. Sie war kross und genau so, wie er es am liebsten hatte. Während er Butter darauf strich, lächelte er Mrs. Portiscale anerkennend zu.

»Ach ja?«, fragte sie, ohne ihn aus den Augen zu lassen. »Oder haben Sie Sorge, er könnte was getan haben, wovon die Polizei nichts wissen soll? Der gegenwärtige Kunde von Ihrer Kanzlei, um den es dabei ging, hat doch sicher Familie?«

Er wusste genau, was sie meinte, und während er mit dem Löffel Marmelade aus dem Glas nahm, überlegte er, ob er sich ahnungslos geben sollte. Ihr war bewusst, dass die Kanzlei durchaus auch Mandanten vertrat, die gewissermaßen Dreck am Stecken hatten. Eines späten Abends hatte er ihr, während er ihren heißen Kakao trank, auseinandergesetzt, warum das nicht nur nötig, sondern auch gerecht sei. Nichts sei immer genau so, wie es aussehe. Man müsse immer mindestens einen weiteren Standpunkt berücksichtigen – wenn nicht gar mehrere. Ganz davon abgesehen, verdiene jeder auch dann ein ordnungsgemäßes Verfahren, wenn er sich schuldig gemacht habe.

»Ja«, gab er zu. »Mr. Drakes junger Praktikant, Hobson, unterstützt uns bei unseren Nachforschungen. Er war tief erschüttert, hat sich aber zusammengenommen und uns alles Nötige mitgeteilt. Wir sind es dem Mandanten schuldig festzustellen, ob zwischen seinem Fall und der Schreckenstat ein Zusammenhang besteht. Selbstverständlich müssen wir einen anderen Anwalt damit beauftragen, die Sache weiter zu verfolgen, und das bald. Dafür bleiben uns einige Tage, mehr aber auch nicht.«

Sie biss von ihrem Toast ab und fuhr dann fort: »Ich verstehe. Und was werden Sie tun?«

Er hatte gehofft, dass sie diese Frage nicht stellen würde. Um Zeit zu gewinnen, bestrich er eine weitere Scheibe Toast mit Butter und Orangenmarmelade.

Sie hatte begriffen, dass er die Frage nicht beantworten würde, das erkannte er an ihrem Gesichtsausdruck. Sie ließ die Sache auf sich beruhen, stand auf und begann den Tisch für das Frühstück der anderen Mieter zu decken.

»Ich werde mir die wichtigsten Fälle ansehen«, sagte Daniel unvermittelt. »Wir müssen unbedingt wissen, was geschehen ist.«

»Vermutlich, um die Kanzlei vor Schaden zu bewahren«, sagte sie, ohne ihn anzusehen. »Noch Tee?«

»Gern«, nahm er das Angebot an. Es gab ihm eine Gelegenheit, die Beschäftigung mit den Aufgaben des Tages noch eine Weile hinauszuschieben.

Als er eine halbe Stunde später in der Kanzlei eintraf, öffnete ihm Impney mit finsterer Miene die Tür. »Guten Morgen, Sir. Ich hoffe, es geht Ihnen gut.« Obwohl es die übliche Begrüßung war, klangen seine Worte hohl. Er trat beiseite und hielt Daniel die Tür weit auf.

Daniel ging durch den langen Korridor zu seinem Büro. Dort nahm er sich die Papiere auf seinem Schreibtisch vor. Sie bezogen sich auf die beiden Fälle, die auf die eine oder andere Weise in Beziehung zu Drakes Tod stehen konnten. Am besten dürfte es sein, mit dem strittigsten Fall zu beginnen, bei dem die Schuldfrage ungeklärt geblieben war. Was würde er finden? War Mr. Drake ein Versehen unterlaufen, ein Fehler, oder hatte er etwas übersehen? Befürchtete er das? Es kam ihm vor, als habe Mrs. Portiscale das gleichsam geahnt.

Nachdem er die Papiere eine halbe Stunde lang gründlich durchgegangen war, legte er sie zurück und suchte das Büro des Kanzleichefs auf. Er klopfte an und wartete.

»Herein.« fford Crofts Stimme klang matt, ausdrucks- und teilnahmslos.

Daniel trat ein und schloss die Tür.

fford Croft saß leicht vorgebeugt an seinem Schreibtisch. Wie immer war er sorgfältig gekleidet. Über einer schlichten dunkelgrünen Weste trug er ein einfach gemustertes Halstuch. Ganz gegen seine übliche Art war sein weißer Haarschopf jedoch ungekämmt. Das entsprach in keiner Weise seiner Art.

Daniel spürte, wie ihm die Brust eng wurde. »Guten Morgen, Sir«, sagte er leise. »Soll ich Ihnen eine Tasse Tee holen?«

»Bloß nicht«, gab ihm fford Croft zur Antwort. »Der läuft mir schon zu den Ohren heraus. Wenn mich jemand mit einer Nadel stechen würde, käme Tee herausgelaufen.« Er schüttelte den Kopf und fuhr sich durch das Haar, von dem ihm wie immer eine Strähne in die Stirn gefallen war.

»Was Jonah da bloß gewollt haben mag, Daniel? Was habe ich über ihn nicht gewusst, was ich hätte wissen müssen? Ich habe nicht aufgepasst. Oder habe ich es gewusst … und vergessen? Wollte ich es womöglich vergessen, weil ich nicht bereit war, mich der unangenehmen Wahrheit zu stellen?« Sein Gesicht war voller Sorgenfalten, die Augen trüb.

Was hätte Daniel wahrheitsgemäß darauf antworten können? Wäre doch nur Miriam da! Sie würde sich um ihren Vater kümmern, ihn dazu bringen, dass er alles offenlegte. Gab es tatsächlich etwas zu verbergen? Etwas, was mit Mr. Drakes Tod zusammenhing und was Mr. fford Croft verschwieg?

Dieser nickte bedächtig. »Bringen Sie es heraus, Daniel. Es wäre mir lieber, die Nase nicht in Jonahs Angelegenheiten zu stecken, aber uns bleibt nichts anderes übrig. Sie werden es allerdings allein tun müssen, denn Drakes laufenden Fall habe ich Kitteridge übergeben. Die Sache ist äußerst unübersichtlich, und er kommt mit kniffligen Angelegenheiten gut zurecht – besser als Sie.« Mit einem leichten Achselzucken fügte er hinzu: »Dafür können Sie Menschen besser einschätzen. Bestimmt haben Sie das von Ihrem Vater. Sie sind zu jung, als dass Sie sich das hätten selbst aneignen können.«

Ein längeres Schweigen trat ein, das Daniel schließlich brach, indem er erklärte: »Das habe ich von meiner Mutter, Sir.«

»Was? Ach so. Ihre Mutter. Eine interessante Frau. Und wie steht es jetzt mit diesen Fällen?«

Wollte er wirklich wissen, dass sich Daniel vorkam, als gehe er mit verbundenen Augen eine Treppe mit Stufen in unregelmäßigen Abständen hinunter, ohne eine Vorstellung davon zu haben, wohin sie führte, außer, dass es nach unten ging und er hilflos nach der nächsten Stufe tastete?

Ob der Mann wirklich nicht wusste, was Mr. Drake in Mile End gewollt hatte? Immerhin war er Inhaber und Leiter der Kanzlei. Einen Gibson hatte es in der Sozietät fford Croft and Gibson nie gegeben. Da war niemand, an den sich der Kanzleichef wenden oder auf den er sich stützen konnte.

»Ich werde noch heute Mr. Lionel Peterson aufsuchen, Sir. Ich habe mir die Akte noch einmal gründlich angesehen«, sagte Daniel in der Annahme, es sei seinem Chef klar, dass er von einem der wichtigen Fälle sprach, die Mr. Drake bearbeitet hatte.

»Was?«, fragte fford Croft in schroffem Ton. »Daniel, lassen Sie einfach …« Er beendete den Satz nicht. In diesem Augenblick wirkte er alt und verwirrt.

»Wahrscheinlich besteht da keine Verbindung, aber falls doch, werde ich sie herausbekommen«, fuhr Daniel fort und wünschte sogleich, das nicht gesagt zu haben. Wie konnte er ein solches Versprechen abgeben? Und wenn sich nun zeigte, dass fford Croft längst alles wusste? Hatte er womöglich von Drake verlangt, er solle alles daransetzen, den Prozess zu gewinnen? Hatte er trotz der Vermutung, Drake, und damit die Kanzlei, habe die eindeutige Trennlinie zwischen Anwalt und Komplize überschritten, so getan, als merke er nichts – und stillschweigend das Honorar kassiert?

»Sagen Sie schon«, forderte fford Croft ihn auf. Er klang verärgert, vermutlich, weil er nicht verstand, worum es ging. »Wie zum Teufel kann ich Ordnung in das Tohuwabohu bringen, wenn Sie mir nicht sagen, wovon Sie reden?«

Daniel blieb nichts anderes übrig, als ihm zu sagen, was er vorhatte, zumindest so viel davon, dass sich für fford Croft ein verständlicher Zusammenhang ergab. Er wollte ihn nicht mit Spekulationen belästigen, bei denen nicht abzusehen war, wie die Sache ausgehen könnte. »Tut mir leid, Sir«, sagte er in entschuldigendem Ton. »Ich werde mir die beiden problematischsten Fälle vornehmen und mit Mr. Peterson anfangen.«

ffford Croft runzelte die Stirn. »Peterson? Hatte Drake da nicht einen Freispruch erwirkt?«

»Wie man's nimmt – die Geschworenen konnten sich nicht einigen, Sir. Weder schuldig noch nicht schuldig. Aber es wird keine neue Verhandlung geben.«

»Schuldig«, schloss ffford Croft mit gekräuselten Lippen. »Wenn er es nicht gewesen wäre, hätte Drake ihn rausgepaukt!«

»Genau das möchte ich feststellen. Sollte der Mann die Tat wirklich nicht begangen haben, könnte er verärgert gewesen sein, weil es Mr. Drake nicht gelungen ist, seinen Ruf wiederherzustellen.«

Überrascht hob ffford Croft die Brauen. »Und deshalb hat er ihn in einem Gässchen in einer der zwielichtigsten Ecken Londons erstochen?«

»Das vielleicht nicht«, räumte Daniel ein. »In dem anderen Fall, den man sich genauer ansehen sollte, hat es einen Freispruch gegeben.«

»Etwa noch so eine Mordgeschichte? Jonah hat doch in allererster Linie Betrugs- und Unterschlagungsdelikte bearbeitet.«

»Es könnte durchaus sein, dass sein Tod nicht im Zusammenhang mit seiner Arbeit steht«, gab Daniel zu bedenken. »Zumindest mit nichts aus den letzten zwei Jahren.«

ffford Croft betrachtete nachdenklich seine gefalteten Hände. »Ich weiß, ich weiß. Das Einzige, was uns hilft, ist festzustellen, was wirklich dahintersteckt und …« Er hob den Blick und sah Daniel offen an. »Wir müssen der Sache auf den Grund gehen. Nicht nur um des armen Jonah Drake willen, sondern auch im Interesse unserer Kanzlei. Wenn wir es nicht schaffen, die Umstände und den Hintergrund seines Todes offenzulegen, wird man ihn in gewissen Kreisen gesetzwidriger Machenschaften verdächtigen und … Ich muss es unbedingt erfahren. Was zum Teufel hatte ein angesehener Finanzanwalt gesetzten Alters um zwei Uhr nachts in einer Gegend wie Mile End zu suchen? Gott im Himmel! Was für ein Schlamassel!« Unüberhörbar lag in seiner Stimme neben Verzweiflung noch etwas anderes. Konnte das Angst sein?

»Privatangelegenheiten?«, bot Daniel an.

»Dann aber bestimmt nichts Anständiges«, gab fford Croft zurück. »Anständige Angelegenheiten erledigt man am hellen Tag, hier in der Kanzlei. Wahrscheinlich war er hinter irgendwas oder irgendjemandem her. Ich habe Kitteridge den Auftrag erteilt, der Sache nachzugehen. Ich hoffe, dass er mit Hobsons Unterstützung etwas in all diesen verworrenen Finanzgeschichten findet – auf die Gefahr hin, dass wir den Auftrag verlieren, an dem Drake zuletzt gearbeitet hat. Eine ausgesprochen undurchsichtige Angelegenheit. Angeblich geht es dabei um Unterschlagung. Verglichen mit dem, was passieren könnte, wäre das ein verschmerzbarer Verlust …«

»Soll ich mich also mit den beiden alten Mordfällen beschäftigen?«, fragte Daniel. »Da würde sich ein genauer Blick lohnen – nicht nur bei Peterson, sondern auch bei Evan Faber.«

»Ja«, sagte fford Croft mit matter Stimme. »Sehen Sie sich die genauer an und berichten mir dann. Es wäre ideal, wenn Sie zu dem Ergebnis kämen, dass da alles in Ordnung ist. Und gehen Sie mir bei der Faber-Geschichte um Himmels willen so behutsam wie möglich vor!«

»Ja, Sir.«

Noch während er ffford Crofts Büro verließ, spürte Daniel, wie ihm immer elender zumute wurde. Den Rest des Vormittags brachte er mit der erneuten Lektüre der gegen Lionel Peterson vorgebrachten Beweise und aller Notizen zu, die sich Drake über die Zeugenaussagen gemacht hatte. Dabei nahm seine Hochachtung vor den Fähigkeiten des Mannes immer mehr zu. Obwohl dieser es stets gewissenhaft vermieden hatte, andere zu täuschen oder mit ihnen gemeinsame Sache zu machen, kamen einige seiner Gedanken und Fragen – sogar die eine oder andere als möglich erwogene Antwort – einem solchen Verhalten bedenklich nahe.

Als Impney gegen halb eins mit einem Teetablett hereinkam und Daniel fragte, ob er Sandwiches haben oder zum Essen gehen wolle, merkte Daniel, wie angespannt er war. Er hatte noch gar nicht gemerkt, dass sein Magen knurrte. Zögernd legte er die Papiere aus der Hand. »Ich … Könnten Sie mir bitte ein paar Sandwiches bringen? Ich möchte nicht den Faden verlieren.«

»Gern, Sir. Roastbeef? Schinken? Käse?«

»Bitte mit Schinken, vielen Dank. Ich …« Er sah auf. »Impney? Können Sie mir etwas über Mr. Drake sagen, was ich nicht schon weiß, nämlich dass er ein erstklassiger Anwalt war … und jemand ihn auf eine unglaublich scheußliche Weise umgebracht hat?«

Impney dachte eine Weile über die Frage nach. Statt Daniel anzusehen, richtete er den Blick auf ein großes Landschaftsgemälde an der Wand. »Er war äußerst tüchtig, Sir, vor allem in Geldangelegenheiten, fand aber manche seiner Mandanten nicht sonderlich sympathisch«, erklärte er mit einem Lächeln, »weil er deren Hinterlist durchschaut hatte.« Offensichtlich dachte er an eine bestimmte Person. »Damit soll aber nicht gesagt sein, dass er Verständnis für die Art aufgebracht hätte, wie sie sich ungerechtfertigt bereicherten und das dann bestritten – sogar sich selbst gegenüber.«

»Soll das heißen, dass er mitunter sozusagen auf einem Auge blind war?«, hakte Daniel nach.

»Besser kann man es kaum sagen, Sir. Ja, er hat die Dinge gleichsam von außen gesehen und verstanden. Mitunter hat er den falschen Leuten vertraut. Nicht jeder, der von sich behauptet, dem Recht zu dienen, tut das auch – wenn Sie verstehen, was ich meine.«

Impney richtete seinen sonderbar durchdringenden Blick erneut auf Daniel und sah ihn geradewegs an.

»Ich denke schon.« Daniel hatte eine vage Ahnung, wusste aber zugleich, dass er das Gesamtbild noch längst nicht vor Augen hatte. »Wenn Ihnen etwas einfällt, was mir von Nutzen sein könnte, sagen Sie es mir bitte. Für Mr. Drake können wir leider nichts mehr tun, wohl aber für Mr. fford Croft.« Er wusste, dass da keine nähere Erklärung nötig war.

»Gewiss, Sir. Ich gehe jetzt, um Ihre Schinken-Sandwiches zu holen.«

»Vielen Dank.« Daniel wandte sich erneut den Papieren auf seinem Schreibtisch zu.

Die Sandwiches waren ausgezeichnet; er verzehrte sie mit großem Appetit und machte sich dann wieder an die Arbeit. Er war zuversichtlich, gegen Abend so weit zu sein, dass er Lionel Peterson am nächsten Tag aufsuchen konnte.

Peterson war ein korpulenter Mann von Anfang fünfzig mit dichtem grauen Haar und einem künstlichen Lächeln. Mit Mitte zwanzig mochte er recht gut ausgesehen haben, aber inzwischen hatten sich Linien in sein Gesicht gegraben, die alles andere als schmeichelhaft waren. Seine Kleidung war kostbar – ein gut sitzendes Hemd und ein Anzug aus feinem Wollstoff, beides unübersehbar Maßarbeit. Flüchtig ging Daniel die Frage durch den Kopf, ob Mrs. Petersons Kleider auch nur die Hälfte von dem kosteten, was ihr Mann für sich ausgab. Petersons von Drake aufgezeichnete Aussagen legten den Verdacht auf eine Eitelkeit nahe, die seine Gattin ausschloss.

»Ich weiß nicht, was Sie von mir wollen«, sagte Peterson in gereiztem Ton. »Außerdem finde ich Ihr Auftauchen in meinen Geschäftsräumen unangebracht. Damit erregen Sie ein Aufsehen, das mir schadet. Es hat mir viel Ärger eingetragen, dass es Ihrem unfähigen Kollegen Drake nicht gelungen ist, meinen guten Ruf wiederherzustellen. Zwar sitze ich nicht im Gefängnis, muss aber nach wie vor für das Verbrechen eines anderen büßen! Ich habe gehört, dass Drake tot ist. Der Anstand würde verlangen, dass mich das bekümmert, aber ich bin kein Heuchler.« Er sah Daniel feindselig an. »Ich werde zu seiner Beisetzung Blumen schicken, aber das muss genügen. Wenn es nach meiner Frau ginge, würde ich nicht mal das tun.« Er sah Daniel abwartend an.

»Ich habe gelesen, dass Ihre Frau während des Prozesses sehr aufgebracht war.« Daniel nickte leicht, als sei er damit einverstanden.

»Ja. Und Drake war nicht bereit, sie als Zeugin zu benennen«, sagte Peterson mit erhobener Stimme und in anklagendem Ton. »Sie hätte beschworen, dass ich in der Tatnacht zu Hause war. Das hätte meine Schuldlosigkeit bewiesen, und ich müsste jetzt nicht mit dem Zweifel der Menschen um mich herum leben. Auch wenn ich diese bedauernswerte Frau unmöglich umgebracht haben kann, sehe ich nach wie vor den Verdacht auf den Gesichtern der anderen, erkenne ihn in dem, was sie nicht sagen. Damit leben zu müssen ist entsetzlich und in höchstem Grade ungerecht.«

Zwar konnte Daniel ihm sein Mitgefühl nicht versagen, doch zugleich dachte er an das, was sich Drake zu dem Thema notiert hatte. Er hatte Mrs. Peterson außerhalb der Verhandlung befragt. Da stand, sie habe erklärt, sie werde vor Gericht beschwören, dass es ihr nicht gut gegangen sei, sie daher so gut wie nicht geschlafen und mithin alles mitbekommen habe, was im Hause vor sich ging. Ihr Mann sei vom frühen Abend bis zum Tagesanbruch ununterbrochen im Hause gewesen. Aber Drake hatte ihr nicht getraut. Ihre Aussage konnte ebenso gut für eine erfolgreiche Verteidigung wie für eine Verurteilung des Mannes entscheidend sein. Drake hatte als sicher angenommen, dass der Frau das bewusst war und sie die Absicht hatte, künftig ihren Vorteil daraus zu ziehen. Er hatte mit seinem trockenen Humor am Rand des Blattes mit seinen Notizen eine kleine Zeichnung gemacht, auf der eine weibliche Gestalt eine Waage in der Hand hielt, wobei sie, tückisch lächelnd, mit einem langen spitzen Finger auf eine Waagschale zielte. Es waren nur einige geschwungene Striche, aber was damit ausgedrückt werden sollte, war unmissverständlich. Daniel gestand sich ein, dass darin viel Klugheit steckte, und er empfand eine plötzliche Hochachtung für den Mann, dem es in seinen Augen bis dahin an menschlicher Wärme und Humor eher mangelte. Er nahm sich vor, noch mehr von Drakes Notizen zu lesen. Wer weiß, vielleicht gab es da weitere aufschlussreiche Zeichnungen. Ob sie ihm als Gedächtnisstütze gedient hatten? Als Erklärungen? Oder hatte er in ihnen lediglich seinen ganz eigenen Humor ausgelebt?

Mit den Worten: »Können Sie mir sagen, warum man sie nicht als Zeugin aufgerufen hat?«, rief Peterson Daniel in die Gegenwart zurück.

»Wahrscheinlich wollte Mr. Drake Ihre Frau schützen, sie vor grausamen und quälenden Fragen bewahren …«, erwiderte Daniel ausweichend.

»Unsinn! Sie hätte mich entlastet!«, fuhr Peterson ihn an.

»Es wäre ohne Weiteres möglich gewesen, dass man sie eingeschüchtert, in ihrer Würde verletzt und ihr letztlich doch nicht geglaubt hätte«, gab Daniel zu bedenken.

»So ein Unsinn«, wiederholte Peterson und sah Daniel kämpferisch an. »Meine Frau ist ausgesprochen energisch.«

»Gewiss«, stimmte ihm Daniel matt zu. »Aber es lag auch in jeder Hinsicht in ihrem eigenen Interesse, Ihre Schuldlosigkeit zu bestätigen.«

»Ich *bin* unschuldig«, knurrte Peterson aufgebracht.

Daniel holte tief Luft. »Versetzen Sie sich doch einmal in die Lage eines Geschworenen, Mr. Peterson«, sagte er, um Geduld bemüht. »Welche Frau würde zulassen, dass man ihren Mann wegen Mordes verurteilt – womit zugleich seine Untreue ihr gegenüber öffentlich bestätigt würde – und sie künftig Gegenstand des Mitleids und Spottes aller wäre? Ohne eigenes Einkommen oder andere Mittel, ihr Leben zu fristen, wäre sie aus der Gesellschaft ausgestoßen, in der sie bisher eine gewisse Rolle gespielt hatte. Würde eine kluge und weitblickende Frau da nicht lieber mit einer Lüge den Ruf ihres Mannes und zugleich den eigenen schützen?«

Peterson wurde kreidebleich und schien förmlich in sich zusammenzusinken. Man hätte glauben können, dass ihm dieser Gedanke bisher nicht gekommen war.

»Mr. Drake wusste, dass es in Ihrem wohlverstandenen Interesse lag, sie nicht als Zeugin aufzurufen«, sagte Daniel leise. »Was würde eine treue Gattin anderes sagen, als dass ihr Mann unschuldig ist? Sie kämpft um ihr eigenes Überleben, ganz gleich, wie die Wahrheit aussieht.«

Peterson sah ihn mit unverhohlenem Abscheu an. Sollte er wirklich noch nicht über diesen Punkt nachgedacht haben? Spielte er Daniel etwas vor, weil seine Frau ihre eigenen Interessen gewahrt hatte und das beiden bewusst war?

»Es ist nicht ausgeschlossen, dass die Polizei den Täter noch ermittelt. Wären Ihre Schwierigkeiten damit zu Ende?«, fragte Daniel.

Peterson lächelte trübselig, und in diesem Augenblick dachte Daniel zum ersten Mal, der Mann könne tatsächlich unschuldig sein. So unangenehm seine Situation sein mochte, war sie doch auf jeden Fall erheblich besser als nach einem Schuldspruch, bei dem ihm ohne Weiteres der Galgen gedroht haben könnte. Es war Daniel klar, dass Peterson nicht nach Mile End gefahren war, um Drake umzubringen. Sofern ihm der Gedanke an eine solch heimtückische Tat gekommen wäre, hätte er sie unmittelbar nach dem Ende des Prozesses ausgeführt.

Daniel nahm sich nachzuforschen, ob Drake die Möglichkeit erwogen hatte, dass sein Mandant schuldlos sein könnte. Bisher hatte er nichts darüber gefunden.

An dem Abend ging Daniel erneut die Prozessakten samt Drakes Notizen dazu durch, nahm alles mit nach Hause, wo er sich noch bis weit nach Einbruch der Dunkelheit damit beschäftigte. Da er merkte, dass ihm Drakes detaillierte Notizen halfen, seine Zweifel zu zerstreuen, las er sie mit größter Aufmerksamkeit. Dabei fielen ihm weitere rasch hingeworfene Skizzen auf. Auch wenn sie mitunter lediglich eine Gesichtspartie zeigten, waren sie stets ausdrucksvoll. Manche sagten mehr, als Worte es vermocht hätten. Da gab es solche mit weit geöffneten lebhaften Augen, manche mit langen Wimpern, eine Hand, deren Zeigefinger auf dem Mittelfinger lag, als wolle jemand das Glück beschwören, einen lachenden oder auch einen höhnisch grinsenden Mann.

Als Daniel, mit einem Blatt in der Hand, doch einschlief, erfüllte ihn ein Gefühl des tiefen Bedauerns darüber, dass er Drake nicht näher gekannt hatte. Er hätte von ihm viel lernen können. Außerdem wünschte er, der Anblick des entstellten Gesichts wäre ihm erspart geblieben. Jonah Drake war weit mehr als das gewesen, was es da zu sehen gegeben hatte. Das Mindeste, was Daniel tun konnte, war festzustellen, wer ihn auf so brutale Weise ermordet hatte.

Was war das Motiv des Täters gewesen: Angst? Eifersucht? Rache? Habgier? Oder steckte noch etwas anderes dahinter?

Am nächsten Vormittag suchte Daniel gleich als Erstes fford Croft in dessen Büro auf.

Der Kanzleichef hob den Blick von den Akten, in denen er gelesen hatte. Sein Anzug war verknittert, als habe er die ganze Nacht am Schreibtisch verbracht, und er setzte sich steif zurecht. »Nun? Was haben Sie gefunden?«, fragte er übergangslos, und der hoffnungsvolle Ausdruck in seinen Augen schmerzte Daniel.

Nachdem er ihm in Einzelheiten von seinem Gespräch mit Peterson berichtet hatte, hielt Daniel seinem Vorgesetzten Drakes Notizen über seine letzten Fälle hin.

Ihm fiel auf, dass fford Crofts Hand leicht zitterte, als dieser die Papiere an sich nahm.

»Einige kleine … Besonderheiten«, gab er zur Antwort. »Aber wir sollten uns gründlicher damit befassen. Vielleicht bedeuten sie mehr, als ich darin gesehen habe …«

»Drake sollen Fehler unterlaufen sein?«, fragte der Kanzleichef. Er klang sonderbar nervös. Was mochte der Grund dafür sein – der verständliche Kummer über den Verlust eines Mannes, mit dem er viele Jahre zusammengearbeitet hatte, oder die Befürchtung, selbiger könnte etwas getan haben, wovon fford Croft nichts wusste – und wovor er möglicherweise sogar Angst hatte?

»Er hat bestimmte Zeugen nicht zur Aussage aufgerufen«, gab Daniel zurück. »Ich denke, dass andere Anwälte das getan hätten.«

»Ach so? Warum?« fford Croft sah ihn mit gerunzelten Brauen an. »Was wollen Sie damit sagen?«

»Er dürfte seine Gründe dafür gehabt haben – Beweismaterial, das ihm überzeugend erschien. Sofern er aber keine speziellen Gründe hatte, wäre das doch auch ganz aufschlussreich«, erwiderte Daniel, wobei ihm der Gedanke kam, dass er und fford Croft vielleicht aneinander vorbeiredeten.

»Erkennen Sie in diesen kleinen Besonderheiten ein mögliches Motiv für einen Mord?«, erkundigte sich fford Croft mit gehobenen Brauen.

»Eigentlich nicht. Aber wir sollten die Punkte aufklären, bevor ein anderer darauf stößt.«

fford Croft sah ihn erstaunt an. »Gehen Sie den beiden Fällen auf den Grund, und vergewissern Sie sich, dass wir nichts übersehen haben, was uns später schaden könnte. Es gibt Leute, die geradezu auf so etwas warten.« Ein leichter Schauer überlief ihn. Die Furcht war keinesfalls unbegründet: Die Sozietät fford Croft and Gibson hatte viele Fälle gewonnen, von denen eine ganze Reihe auf Drakes Konto gingen. Da war es nur natürlich, dass die Konkurrenz voll Neid auf diese Erfolgsbilanz schielte.

»Ja, Sir …« Daniel zögerte. Er räusperte sich und fuhr fort: »Jemand hat Mr. Drake brutal ermordet. Keinesfalls sollten wir einfach über irgendetwas nur deshalb hinweggehen, weil es auf den ersten Blick belanglos zu sein scheint oder weil Beweismittel auf etwas hinweisen, was wir lieber nicht so genau wissen wollen. Diesen Luxus können wir uns in unserer Situation nicht leisten.«

ffford Croft schien etwas dagegen sagen zu wollen, unterließ es aber. Er legte die Papiere vor sich auf den Schreibtisch. »Was werden Sie jetzt tun?«, fragte er leise mit etwas zittriger Stimme. »Ist es etwas, womit man leben kann? Sagen Sie um Gottes willen nicht, dass Sie ihn verdächtigen, einem Erpresser Geld gegeben oder jemanden für einen Meineid bezahlt zu haben. Der Ruf unserer Kanzlei steht auf dem Spiel!«, fügte er hinzu. Er beugte sich vor, seine Hände zitterten. »Wir müssen gründlich vorgehen, uns Gewissheit verschaffen. Ich will alles wissen, Daniel, alles!« Er schüttelte den Kopf. »Ich habe mir vorhin die Sache angesehen, an der Drake zuletzt gearbeitet hat. So kompliziert sie ist, sie hat nicht das Geringste mit Gewalttätigkeit zu tun. Außerdem deutet nichts daran auch nur annähernd auf die Gegend um Mile End hin. Gehen Sie alle Unterlagen gründlich durch, und sprechen Sie mit Hobson darüber.«

»Ja, Sir …«

»Und stehen Sie nicht herum wie ein Ölgötze!«, blaffte ihn der Kanzleichef an.

Daniel schluckte herunter, was ihm auf der Zunge lag, wandte sich um und verließ leise den Raum.

Gemeinsam hatten Daniel und Kitteridge bereits die Unterlagen zu Drakes jüngstem Fall durchgesehen. Ganz wie fford Croft gesagt hatte, ging es dabei um ein undurchsichtiges Gewirr von Unterschlagungen. Nachdem Daniel seine Erinnerung an die Hauptpunkte aufgefrischt hatte, machte er sich auf die Suche nach Drakes Rechtspraktikanten Hobson.

Er fand ihn in der Bibliothek der Kanzlei, wo er in einem gewaltigen Folianten etwas nachschlug.

»Guten Morgen, Sir.« Hobson musste das schwere Buch ein ganzes Stück beiseiteschieben, bevor er aufstehen konnte.

»Bleiben Sie doch sitzen«, forderte ihn Daniel auf. »Ich bin nicht gekommen, um Ihnen einen Auftrag zu erteilen.« Er zog sich einen der Sessel heran, damit sie miteinander reden konnten, ohne die Stimme heben zu müssen. Wenn sie Glück hatten, würde sie niemand stören.

»Sir?« Hobson sah ihn besorgt an.

Daniel wählte seine Worte sorgfältig. Der junge Mann hatte gewissermaßen gerade erst erfahren, dass sein unmittelbarer Vorgesetzter einer Gewalttat zum Opfer gefallen war, womit seine eigene Anstellung auf dem Spiel stand. Möglicherweise wusste oder vermutete er etwas – vielleicht hatte er auch Angst –, würde es aber womöglich für Verrat an einem Toten halten, der sich nicht verteidigen konnte, wenn er sagte, was er wusste.

»Sie befinden sich in einer schwierigen Lage, und das ist mir bewusst«, begann Daniel.

Hobson schien davon gerührt zu sein. Er lächelte kläglich, sagte aber nichts.

»Wer auch immer an Mr. Drakes Stelle tritt«, fuhr Daniel fort, »wird dankbar sein, wenn Sie ihn mit Ihrem Wissen unterstützen. Das gilt sowohl im Hinblick auf die noch unentschiedenen Fälle als auch im Hinblick auf die Abläufe in der Kanzlei ganz allgemein.«

»Mr. fford Croft hat nichts darüber gesagt, dass ich dann noch hier sein werde«, erklärte Hobson mit belegter Stimme. Zwar bemühte er sich um Selbstbeherrschung, aber seine Unruhe war unübersehbar. Es fiel Daniel auf, wie jung er mit seinem bartlosen Gesicht noch wirkte.

»Wahrscheinlich hat er angenommen, dass Sie das bereits wissen. Niemand sonst könnte Ihre Stelle ausfüllen«, versicherte ihm Daniel und hoffte, dass das stimmte. »Außerdem benötigen wir Ihre Mitwirkung bei der Suche nach dem Urheber dieser abscheulichen Tat.«

»Kümmert sich denn nicht die Polizei darum?« Das klang eher nach einem Flehen als nach einer einfachen Frage.

»Als ich nach der Identifizierung auf der zuständigen Polizeiwache war, hat man mir keine großen Hoffnungen gemacht«, teilte ihm Daniel mit. Das entsprach mehr oder weniger der Wahrheit. »Die Gegend um Mile End ist ziemlich berüchtigt. Ist Ihnen bekannt, was Mr. Drake dort hingeführt haben könnte, noch dazu mitten in der Nacht?«

Hobson rührte sich unbehaglich in seinem Sessel. »Nicht genau. Ich glaube, er wollte mit einem Geldverleiher sprechen …«, sagte er zögernd.

»Um zwei Uhr nachts?«, fragte Daniel mit gehobenen Brauen.

»Er wollte nicht gesehen werden«, erläuterte Hobson, »und der Geldverleiher wollte nicht, dass jemand etwas von seinem Kontakt mit einem Anwalt mitbekam.«

Nur mit Mühe bewahrte Daniel die Geduld. »Ist Ihnen bekannt, warum er den Mann aufgesucht hat? Wo sie sich treffen wollten? Wissen Sie vielleicht sogar seinen Namen? Seine Adresse – was auch immer?«

Hobson hob den Blick und sah Daniel offen an. »Nein, Sir, er hat nichts dergleichen erwähnt. Er hat erklärt, das sei zu meinem Schutz …«

Daniels Puls ging rascher. Konnte es wirklich so einfach sein? Hielt Hobson den Schlüssel zur Lösung in der Hand, ohne es zu wissen?

»Schutz … vor wem?«

»Auch darüber hat er nichts gesagt. Aber ich vermute, dass es mit einem Fall zusammenhängen könnte, an dem ich nicht beteiligt war. Dabei ging es um jemanden, den er schon von früher her kannte.« Hobson sah trübselig drein. »Jetzt kann ich nicht einmal helfen.«

»Wollen wir einmal versuchen, das Ganze aus dem zu rekonstruieren, was Sie wissen und was geschehen ist?«, schlug Daniel vor.

»Ich kann Ihnen alle Unterlagen zu Mr. Drakes letztem Fall zeigen und auch zu dem davor, wenn Sie meinen, dass das hilft«, bot Hobson an. »Ich denke, manches … müsste besser erläutert werden. Mr. Drake hat sich … Sorgen gemacht …« Er verstummte, weil ihm nichts weiter einfiel.

»Guter Gedanke. Bleiben Sie bitte in der Nähe, damit ich Sie fragen kann, wenn mir etwas nicht klar ist.«

»Ja, Sir. Mr. Pitt …« Er zögerte. Daniel merkte, dass dem jungen Mann die Situation unangenehm war und er Mühe hatte, seine Gefühle zu beherrschen. »Mr. Drake hat mich immer freundlich und nie von oben herab behandelt. Mit großer Geduld hat er mir alles so erklärt, dass ich es verstehen konnte. Ich habe sehr viel von ihm gelernt.«

Das überraschte Daniel. Er hatte eher erwartet, dass Hobson das genaue Gegenteil sagen würde. Auf ihn selbst hatte Drake stets kalt und berechnend gewirkt, und nie im Leben hätte er ihm zugetraut, dass er einen jungen Menschen geduldig unterwies. Doch dann fiel ihm ein, was ffford Croft gesagt hatte, nämlich dass Drake keine Angehörigen hatte und wohl auch mit niemandem in näherem Kontakt stand. Vielleicht hatte Hobson diese Lücke in seinem Leben gefüllt. Da konnte es gut sein, dass er tatsächlich eher als jeder andere in der Lage war, Näheres über Drake und das beizutragen, was nicht in dessen Unterlagen stand. Vielleicht war Hobson imstande, die kleinen Handskizzen zu deuten, in denen Drake mit wenigen Strichen ebenso geistreich wie klarsichtig Beobachtungen festgehalten hatte, die er mit hundert Worten nicht hätte formulieren können.

»Danke«, sagte Daniel. »Das ist mehr oder weniger das Einzige, was wir jetzt noch für ihn tun können. Und natürlich für unsere Kanzlei.«

Den Rest des Tages brachte Daniel damit zu, Drakes letzten Fall Punkt für Punkt durchzugehen. Nachdem er dank Hobsons Unterstützung damit fertig war, machten sie sich am nächsten Tag an den davor liegenden Fall.

Daniel erkannte, dass Drake zwar mit bemerkenswerter Gründlichkeit vorgegangen war, bei den Gerichtsverhandlungen aber dies und jenes offenbar mit voller Absicht nicht vorgetragen hatte. Warum nicht? Hatte er diese Dinge als belanglos eingeschätzt – oder als belastend? Von der Polizei schien er keine sonderlich hohe Meinung gehabt zu haben, was sich an mehr als einer spöttischen Randnotiz erkennen ließ.

Ob hinter der Geschichte doch mehr steckte, als der Augenschein zeigte? Daniel hoffte, dass das nicht der Fall war.

Am Spätnachmittag suchte er mit dem, was er sich notiert hatte, ffford Croft auf und wartete, während dieser es durchlas. Ursprünglich hatte er erwogen, ihm mündlich eine Zusammenfassung seiner Ergebnisse vorzutragen. Genauer gesagt, war es seine Absicht gewesen, ihm die schlimmsten Verstöße, Kniffe und versteckten Anspielungen vorzuenthalten und lediglich die Art und Weise zu beschreiben, wie Drake sie verschleiert hatte. Dann aber hatte er sich zögernd eingestanden, dass er damit lediglich künftigem Ärger den Boden bereitete. Sofern seine Nachforschungen dazu führen sollten, die Identität von Drakes Mörder oder einer Person aufzudecken, die den Auftrag zur Tat erteilt hatte, bestand die Gefahr, dass die Kanzlei noch mehr in die Sache verstrickt wurde.

Während fford Croft sich nach der Lektüre Daniels Kommentare wortlos anhörte, ohne auch nur ein einziges Mal aufzusehen, wurde sein Gesicht immer bleicher und angespannter. Er biss die Zähne so fest zusammen, dass ein kleiner Muskel an seiner Wange zuckte.

Nachdem Daniel zum Ende gekommen war, warf er einen letzten Blick auf seine Notizen. Er hatte alles gesagt. Jetzt musste er schweigend abwarten, wie sich fford Croft dazu äußern würde.

Es schien eine Ewigkeit zu dauern, bis er schließlich sagte: »Da habe ich wohl meine Pflichten vernachlässigt und Jonah zu viel freie Hand gelassen?« Er blinzelte mehrere Male heftig. »Aber er hat immer die richtige Lösung gefunden, nicht wahr? Es hat nie Beanstandungen gegeben. Ich meine … auf juristischer Ebene. Geld, das irgendwer …« Er beendete den Satz nicht.

»Sie können nicht alles und jeden im Auge behalten, Sir«, sagte Daniel leise. Er musste nicht nur seine Zunge hüten, sondern auch auf sein Mienenspiel achten. Ein Ausdruck von Herablassung oder Gönnerhaftigkeit wäre der Gipfel der Demütigung. Es war nicht seine Aufgabe, darüber zu befinden, welche Behandlung fford Croft verdiente. Wichtig war einzig und allein, dass bei der Sache etwas herauskam, womit alle leben konnten. Dafür hatte er zu sorgen, wusste aber nicht, auf welche Weise er dieses Ergebnis erreichen sollte.

»Sie brauchen mich nicht zu schonen, Daniel«, sagte der Kanzleichef in ernstem Ton. »Letzten Endes trage ich die Verantwortung für alles. Schließlich steht mein Name draußen auf dem Schild neben der Tür.«

»Es gibt so einiges, was wir unternehmen müssen, um die Sache in Ordnung zu bringen.« Daniel konnte selbst nicht glauben, dass er das gesagt hatte. Seine Stimme klang zuversichtlich, so, als verspreche er etwas, wovon er überzeugt war, es halten zu können. Als er sah, wie der Muskel im Gesicht seines Gegenübers aufhörte zu zucken, sank sein Herz.

»Gut«, sagte fford Croft erstaunlich gelassen. »Lassen Sie mir Ihre Notizen da. Als Nächstes sollten Sie und Kitteridge möglichst bald feststellen, was sich an Papieren, Notizen und dergleichen in Drakes Haus finden lässt, was uns weiterhelfen kann. Suchen Sie auch nach seinem Testament. Die Kanzlei ist als Vollstrecker benannt, besitzt aber möglicherweise nicht die neueste Fassung. Er hat einmal gesagt, dass er es ändern wollte. Falls er das getan hat, haben wir die geänderte Version nicht bekommen.«

»Ja, Sir.« Im Grunde wich Daniel damit einer Antwort aus, aber für den Augenblick mochte das genügen. Der lange Spätfrühlingstag neigte sich dem Ende zu, und Daniel war müde. »Ich mache mich gleich morgen früh daran, oder zumindest, sobald Mr. Drakes Wirtschafterin zu erreichen ist.«

»Vielleicht um halb neun?«, schlug fford Croft vor.

Daniel stand auf. »Ja, Sir. Ich gebe Mr. Kitteridge Bescheid.«

Kitteridge blieb keine Wahl, als mitzukommen, obwohl es ihm eigentlich nicht recht war. »Was glauben Sie da finden zu können?«, fragte er, während er Daniel vorausging und den Schritt beschleunigte. Es war ein frischer Maimorgen, die Bäume standen in voller Blüte, und in der Wärme der hoch stehenden Sonne war der Morgentau auf den Blättern der Büsche und dem Gras der Vorgärten mit ihren Blumenbeeten längst verdunstet.

Daniel bemühte sich, mit seinem Begleiter Schritt zu halten. Das war alles andere als einfach, denn Kitteridge war größer als er. »Warum haben Sie es denn so eilig? Es hat doch keinen Sinn, dort anzukommen, bevor die Wirtschafterin aufgestanden ist.«

»Ich will das so schnell wie möglich hinter mich bringen«, gab Kitteridge zurück, ohne sich umzudrehen. »Der bloße Gedanke, dass ich in den Habseligkeiten eines Toten herumwühlen soll, ist mir zuwider.«

»Mir auch. Aber wer sollte das Ihrer Ansicht nach sonst tun? Etwa jemand, der ihn nicht gekannt hat?«

»Ja«, sagte Kitteridge in entschiedenem Ton. »Jemand, bei dem es Drake egal wäre, was der über ihn denkt.«

»Glauben Sie denn, den interessiert das jetzt noch?«, fragte Daniel.

»Ach, Sie meinen wohl, wenn einer tot ist, ist er einfach weg?« Diesmal drehte sich Kitteridge zu ihm um. Im hellen Sonnenlicht war die Überraschung auf seinem Gesicht deutlich zu erkennen.

Daniel blieb ruckartig stehen, um nicht mit ihm zusammenzustoßen. »Ich glaube nicht, dass Tote ihre Zeit damit zubringen, uns zu beobachten«, sagte er. »Wenn Mr. Drake verärgert wäre, dann wohl am ehesten über die Art, wie er zu Tode gekommen ist. Wenn Sie seine Leiche gesehen hätten, würde es Ihnen genauso gehen.« Es gelang Daniel nicht, das entsetzlich zugerichtete Gesicht zu vergessen, das ihn noch in seinen Albträumen heimsuchte.

Kitteridge sah ihn gequält an, sagte aber nichts weiter. Auch Daniel schwieg, während sie ihren Weg fortsetzten, wobei Kitteridge seinen Schritt merklich verlangsamte.

Als sie an die Tür von Drakes Haus klopften, öffnete ihnen schon bald eine Frau in mittleren Jahren. Sie trug ein schlichtes schwarzes Kleid, und auf ihren Zügen lag ein verhärmter und zugleich angespannter Ausdruck. Offensichtlich hatte sie damit gerechnet, dass jemand von der Kanzlei kommen würde, und sie führte die Besucher durch das Vestibül ins Arbeitszimmer, das dem Vorbesitzer des Hauses als Wohnzimmer gedient haben mochte. Die Vorhänge an den hohen Erkerfenstern zur Straße hin waren geschlossen, wie es sich für ein Trauerhaus gehörte, aber die Wirtschafterin zog sie zurück, damit Licht hereinkam. Augenblicklich wurden die Farben des dunklen türkischen Teppichs lebendig, und ein heller Schimmer legte sich auf das Kirschholz des Schreibtischs, der Bücherregale und des Beistelltischchens.

»Wenn die Herren wünschen, kann ich Ihnen um elf Uhr Tee mit Gebäck bringen«, bot sie an.

Sie dankten ihr und begannen sich umzusehen, als die Frau gegangen war. Viele der Bücher in den Regalen waren in Leder gebunden, manche sogar mit Büttenrand und Goldprägung. Neben einigen Bildern – ziemlich dunklen Landschaften – enthielt der Raum drei Marmorbüsten. Eine von ihnen stellte, wie sich leicht erkennen ließ, Napoleon Bonaparte dar, zu den beiden anderen musste Daniel sich vorbeugen, um die Inschrift auf dem jeweiligen Sockel zu entziffern. Wie sich zeigte, stellte die eine den athenischen Gesetzgeber Drakon dar, dessen Reformen des Strafrechts seinerzeit als grausam galten, was im noch gebräuchlichen Begriff ›drakonisch‹ seinen Niederschlag gefunden hatte, die andere den byzantinischen Kaiser Justinian, der für die Kodifizierung des römischen Zivilrechts gesorgt hatte. Dadurch, dass sich Drake erkennbar mit der Geschichte und den Ursprüngen von Recht und Gesetz beschäftigt hatte, gewann er in Daniels Augen mit einem Mal eine weitere Dimension, zusätzlich zu seinem genau beobachtenden und scharfsinnigen Humor.

»Was für eine herrliche Bibliothek«, sagte Kitteridge ehrfurchtsvoll, während er eins der Bücherregale musterte. »Ob er das meiste davon gelesen hat?«

»Sicher«, gab Daniel, ohne zu zögern, zurück. Ihm war aufgefallen, dass die Werke nach Themen und nicht nach

Größe oder Farbe angeordnet waren. Hier ging es nicht darum, dem Auge, sondern dem Geist zu gefallen. Offenbar waren die Bücher nach Gebrauch jeweils an ihren Platz zurückgestellt worden. Daniel entdeckte nicht das geringste Staubkörnchen, ein Hinweis darauf, dass sie nicht zur Zierde dort standen, sondern regelmäßig benutzt worden waren. Liebend gern hätte er Zeit gehabt, sich näher mit ihnen zu beschäftigen. In gewissem Sinne befand sich hier der ganze Reichtum der Welt: neben Geschichte, Gesetzen und philosophischen Lehren auch Dramen von der griechischen Antike bis zur Gegenwart, darunter außer Shakespeare und Marlowe auch Shaw, sowie eine ganze Reihe von Lyrikern. Hier hatte jemand Bücher nach seinen persönlichen Bedürfnissen zusammengestellt, kurz, Jonah Drakes Bibliothek spiegelte die Vorlieben eines Mannes wider, der die Literatur liebte.

»Nun gut«, sagte Kitteridge zögerlich und holte damit Daniel in die Gegenwart zurück. »Auch wenn wir eventuell nichts finden, müssen wir auf jeden Fall suchen.«

Allein die gründliche Sichtung der auf dem Schreibtisch befindlichen Papiere beschäftigte sie den ganzen Vormittag, und nach einer Weile fanden sie den Schlüssel zum Tresor. Während sie ihn öffneten, hatten sie beide das unangenehme Gefühl, damit in das Leben eines Mannes einzudringen, der sich nicht dagegen wehren konnte. Wie sich zeigte, enthielt der Tresor außer Bankunterlagen, Kontoauszügen, der Besitzurkunde für das Haus sowie der offenbar jüngsten Fassung seines Testaments, die er einen Monat zuvor niedergeschrieben hatte, so gut wie nichts. Daniel zögerte, das Siegel des Dokuments zu erbrechen, weil das eigentlich fford Croft zustand, doch dann befand er, dass sie keine Zeit zu verlieren hatten und auf jeden Fall wissen müssten, was darin stand.

Das Testament war einfach gehalten: Das Haus samt allem, was sich darin befand, fiel an die Sozietät fford Croft and Gibson; lediglich einige Bücher, Bilder und gewisse Papiere hatte Drake seinem Praktikanten »Charles J. Hobson, gegenwärtig in besagter Sozietät beschäftigt« vermacht.

»Was das Haus wohl wert sein mag?«, fragte Kitteridge mit einem Gesichtsausdruck, als habe er nicht die geringste Vorstellung davon.

»Mehr, als Sie und ich zusammen in zehn Jahren verdienen«, gab Daniel zurück. »Und dabei sind die Bücher und die Einrichtung nicht berücksichtigt. Großer Gott, der Mann hat in diesem Raum mehr Bücher als unsere Kanzleibibliothek. Ob die Bilder von Wert sind, weiß ich nicht. Die müssen wir von einem Experten schätzen lassen. Wir brauchen ohnehin ein Wertgutachten für das alles hier.«

Kitteridge machte ein bedenkliches Gesicht. »Hat er wirklich so viel verdient, um sich all das leisten zu können? Glauben Sie …«

»Vielleicht hat er geerbt?« Daniel sah sich um. »Viele der Möbel sind ziemlich alt, wenn nicht sogar antik, und auf jeden Fall von guter Qualität.«

»Ob Hobson weiß, dass er im Testament bedacht worden ist?«

»Das bezweifle ich.«

»Und der Chef?«

»Möglich. Aber als er noch lebte, war Drake für die Kanzlei wertvoller«, gab Daniel zurück. »Kommen Sie, wir wollen uns weiter umsehen.«

»Womöglich hat er hier ja noch Unterlagen über anhängige Fälle«, spekulierte Kitteridge. »Er scheint ziemlich viel über eine ganze Menge Leute gewusst zu haben«, fügte er spitz hinzu. »Vielleicht war er in einer Sache unterwegs, die er weiterverfolgen wollte, jetzt aber nicht abschließen kann …«

»Sie meinen, weil man ihn mitten in der Nacht in Mile End niedergemetzelt hat«, sagte Daniel voll Sarkasmus.

Kitteridge warf ihm einen bedeutungsvollen Blick zu.

Daniel zuckte die Achseln, sagte aber nichts.

Sie setzten ihre Suche fort und machten bis zum Einbruch der Dunkelheit Notizen, ohne zu wissen, ob diese von Wert waren. Daniel ging der Gedanke durch den Kopf, dass sie eine Fülle von Einzelheiten über einen ausgesprochen reservierten, vermögenden Herrn gesammelt hatten, der unter Standesgenossen Hochachtung und Respekt genossen hatte, während ihn andere gefürchtet … und beneidet hatten. Der junge Hobson schien der einzige Mensch gewesen zu sein, dem er so etwas wie Zuneigung entgegengebracht hatte, doch wies nichts auf Kontakte zwischen ihnen außerhalb der Kanzlei hin.

Schließlich fragten sie die Wirtschafterin, ob je ein junger Mann Drake besucht oder dieser ihr gegenüber von ihm gesprochen hatte. Sollte Hobson ihn aufgesucht haben, konnte er unmöglich länger dort geblieben sein, denn die Frau teilte ihnen ungefragt mit, sie habe nie für einen anderen Menschen als Drake gekocht und kein Besucher habe je im Haus übernachtet. Allerdings ließ das nicht unbedingt den Schluss zu, dass Hobson nie dort gewesen wäre.

Es war bereits dunkel, als sie das Haus verließen. Sie fühlten sich schuldbewusst, so, als hätten sie jemanden ausgespäht, und zugleich bedrückt, weil die Situation sie deutlich an die eigene Sterblichkeit gemahnt hatte. Während sie dahinschritten, hing Daniel diesem Gedanken nach und stellte sich vor, wie er bereits in der nächsten Minute aufhören könnte zu leben … Erst würde das Bewusstsein schwinden … dann die Empfindungen, und zum Schluss wäre er nur noch eine Erinnerung im Gedächtnis anderer.

KAPITEL 4

Am nächsten Morgen erwachte Daniel ermattet nach einer unruhigen Nacht, in der die Schreckensträume einander förmlich gejagt hatten. Da es dabei immer auf die eine oder andere Weise um Miriam gegangen war, dachte er auch jetzt an sie, erleichtert, dass es lediglich Träume gewesen waren. Natürlich war sie nicht da, sie hielt sich nach wie vor in Holland auf, bemüht, ihrem Leben eine für den Beruf bedeutsame Wendung zu geben.

Er hatte sich in so großer Eile fertig gemacht und in der Küche gefrühstückt, dass er beinahe vergessen hätte, sich bei Mrs. Portiscale zu bedanken, weshalb er dazu kurz vor der Haustür noch einmal hatte umkehren müssen. Während er an dem milden Frühlingsmorgen dahineilte, hoffte er, das Büro vor allen anderen – abgesehen von Impney – zu erreichen. Doch das gelang ihm nicht: Wie sich zeigte, war Kitteridge nahezu eine halbe Stunde vor ihm eingetroffen.

Er ging zu dessen Büro, klopfte an und trat ein. Der Kollege saß am Schreibtisch, das Jackett hatte er nachlässig an den Kleiderständer gehängt. So viele Papiere lagen vor ihm ausgebreitet, dass dort kein einziges Blatt mehr Platz gefunden hätte. Ohne den Blick zu heben, sagte Kitteridge, als er hörte, wie die Tür geschlossen wurde: »Stellen Sie ihn einfach auf den kleinen Tisch, vielen Dank. Ich trinke ihn, wenn ich hier fertig bin.« Offensichtlich nahm er an, dass Impney den Tee gebracht hatte.

»Guter Gedanke«, sagte Daniel und nahm auf dem Besucherstuhl Platz, bevor Kitteridge seinen Irrtum erkennen konnte. »Hoffentlich bringt er eine zweite Tasse mit.«

Kitteridge sah ihn missbilligend an. »Wie kommen Sie dazu, sich so heimlich hier hereinzuschleichen? Das gehört sich nicht, verflixt! Man möchte doch nicht einfach so gestört werden …«

»Ich habe angeklopft, und Sie haben geantwortet«, gab Daniel zurück. »Wenn jemand am frühen Morgen so bissig ist, kann das nur heißen, dass er mit irgendwas nicht recht vorankommt. Ich brauche Ihre Hilfe, zumindest aber Ihren Rat.« Bevor Kitteridge auch nur den Mund auftun konnte, fuhr Daniel fort: »Man erwartet von mir, dass ich nach Fällen suche, die einen Grund für einen Racheakt an Drake hätten liefern können. Peterson scheidet in dieser Hinsicht aus. Der Mann kann von Glück sagen, dass er nicht im Knast sitzt, und das ist ihm auch bewusst.«

»Was haben Sie denn bisher unternommen?«, erkundigte sich Kitteridge, während er seufzend den Federhalter beiseitelegte.

»Genau das, was mir der Chef aufgetragen hat. Ich habe mich mit den Fällen beschäftigt, die am ehesten für böses Blut hätten sorgen können. Die Verletzungen an der Leiche weisen darauf hin, dass man ihn mit voller Absicht und äußerster Brutalität ermordet hat. Jemand hat genau gewusst, wie …«

»Ich weiß«, fiel im Kitteridge ins Wort. »Ich habe verstanden.«

»Ich habe mir den Fall Peterson angesehen. Der Mann hat allen Grund, seinem Schöpfer auf Knien dafür zu danken, dass die Geschworenen sich nicht einigen konnten, denn sonst hätte man ihn aufgehangen.«

»Aufgehängt«, korrigierte ihn Kitteridge. »Erst wird er gehängt, dann hat er gehangen. Das ist doch nicht schwer auseinanderzuhalten ...«

»Kitteridge!«

Der Angesprochene fuhr sich durch die Haare, die dadurch noch wirrer als ohnehin schon von seinem Kopf abstanden. »Was? Entschuldigung! Der Teufel soll Drakes Mörder holen. Kein Mensch außer Drake würde sich in dem verflixten Zahlendickicht hier zurechtfinden. Ganz gleich, wie ich es anstelle, die Rechnung geht nie auf.« Seinen Worten war anzuhören, dass ihm das unangenehm war und er sich gleichsam dafür entschuldigte. Er war unübersehbar niedergeschlagen. »Ich weiß nicht, wie wir je jemanden finden sollen, der Drake ersetzen kann. Ich komme dafür jedenfalls bestimmt nicht infrage.«

»Haben Sie denn genug herausbekommen, um sagen zu können, ob bei seinen Angelegenheiten alles einwandfrei war?« Nur zögernd stellte Daniel die Frage, weil er die Antwort fürchtete.

Kitteridge sah ihn mit undurchdringlicher Miene an.

»Sagen Sie es schon, wenn Sie es nicht wissen!«, drängte Daniel. »Wir müssen die Sache in den Griff bekommen. Immerhin könnte der Ruf der Kanzlei auf dem Spiel stehen. Man kann dem Chef die Angst vom Gesicht ablesen.«

»Ich weiß es nicht«, gestand Kitteridge in kläglichem Ton, »vermute aber, dass Drake es in Gelddingen mitunter nicht so genau genommen hat. Er hat Beträge einfach gerundet. Um viel geht es bei den einzelnen Posten nicht, aber es kommt zusammen. Alles in allem dürfte sich das auf ein paar Tausend Pfund belaufen. Ich kann nicht sagen, ob der Chef das gewusst hat oder nicht. Früher war er in solchen Dingen ausgesprochen wachsam. Wenn sich jemand unredlich verhalten hatte, hat er das sozusagen gewittert, bevor er den Beweis dafür in der Hand hatte. Aber das ist Jahre her, das war, bevor … Nun ja, sein Gedächtnis ist nicht mehr wie früher.« Bei diesen Worten errötete Kitteridge, als sei er in die Privatsphäre eines anderen eingedrungen, habe dabei etwas Peinliches entdeckt und es zu allem Überfluss hinaustrompetet. »Ich bin nicht sicher, ob ihm das bewusst ist oder nicht«, fügte er hinzu, als mache das die Sache besser.

»Aber Sie meinen, dass sich Drake irgendwie geirrt hat?«, fasste Daniel nach. Nachdem er den Punkt angesprochen hatte, war er entschlossen, die Sache zu Ende zu bringen, damit er sich nicht noch einmal damit beschäftigen musste.

»Ich weiß es nicht«, wiederholte Kitteridge. »Wirklich nicht. Es sieht so aus, als seien gewisse Beträge von einem Konto der Kanzlei auf ein anderes und schließlich ein drittes gebucht worden. Manchmal von Drake, dann wieder vom Chef selbst. Ob dabei am Ende ein positiver oder ein negativer Saldo herauskommt, kann ich nicht sagen. Sorgen bereitet mir, dass dahinter kein Sinn zu stehen scheint, es sei denn, jemand hätte mit voller Absicht Verwirrung stiften wollen.« Er schluckte. »Welchen Sinn hat so etwas, wenn nicht den, etwas zu verbergen?«

»Und was könnte das sein?«, fragte Daniel. Er fürchtete die Antwort, noch mehr aber die Ungewissheit.

Mit unglücklicher Miene sagte Kitteridge: »Sollte damit vielleicht der Gewinn der Kanzlei verschleiert werden? Oder wollte man vertuschen, dass manchen Mandanten zu viel und anderen zu wenig berechnet wurde? Steckt womöglich Erpressung dahinter? Das Schlimmste, was ich mir vorstellen kann, wäre die Zahlung von Schmiergeldern an Geschworene oder Zeugen …«

»Malen Sie den Teufel nicht an die Wand!«, stieß Daniel keuchend hervor.

»Ich habe gesagt, das wäre der schlimmste Fall!«, entgegnete ihm Kitteridge in verweisendem Ton. »Vielleicht steckt ja weiter gar nichts dahinter, und ich durchschaue nur die verzwickte Buchführung nicht.«

»Unsinn!«, tat Daniel das ab. »Irgendwas stimmt da nicht, und wenn es sich nur um Unfähigkeit handelt. Wir müssen dahinterkommen, bevor es ein anderer tut – wenn nicht ohnehin längst jemand Wind davon bekommen hat.«

»Und was soll das mit Drakes Ermordung zu tun haben?«, fragte Kitteridge.

»Jemand ist ihm auf die Schliche gekommen, was auch immer er auf dem Kerbholz haben mochte«, erläuterte Daniel. »Der Gedanke drängt sich geradezu auf …«

»Wie kommen Sie darauf?«

»Drake hat weiß Gott genug Leute vor Gericht dadurch geärgert, dass er seine Prozesse fast immer gewonnen hat. Er war ein brillanter Anwalt. Vielleicht stammen das schöne Haus und all die Erstausgaben aus unsauberen Machenschaften mit Geschworenen oder Zeugen? Ich habe Angst vor dem, was wir finden könnten, wenn wir der Sache auf den Grund gehen. Nach der Wahrheit zu forschen ist gut und schön, aber so etwas sieht gleich ganz anders aus, wenn es dabei um Menschen geht, die einem nahestehen und gewissermaßen das eigene Weltbild prägen. Es ist …« Daniel brachte den Satz nicht zu Ende.

»Sollte beispielsweise jemand wie dieser Peterson schuldig gewesen sein, Drake das gewusst und verheimlicht haben, würde es das Ende unserer Kanzlei bedeuten, wenn das ans Licht käme«, führte Kitteridge den Gedanken für Daniel zu Ende. »Wer Unrecht tut, handelt nicht immer im eigenen Interesse, sondern will mitunter auf diese Weise andere, die ihm nahestehen oder auf die er angewiesen ist, vor Unheil bewahren. Das ist alles sehr kompliziert, ungefähr so, wie wenn man einen Splitter aus dem Finger zu ziehen versucht, ohne die Wunde zu öffnen. Manchmal ist es besser, beherzt hineinzuschneiden, weil man sonst den Splitter zerbricht und die Wunde sich entzündet, bis man schließlich …«

»… die ganze Hand amputieren muss«, beendete Daniel den Satz.

»Übertreiben Sie nicht!«

»Das tue ich auch nicht. Es wäre eine Übertreibung zu sagen, dass man dann Blutvergiftung bekommt und daran stirbt! Ich wüsste gern, ob irgendwas von all dem mit dem Mord an Drake zu tun hat. Das ist im Augenblick die einzige Frage, auf die es ankommt.«

»Was werden Sie jetzt tun?«, fragte Kitteridge. »Was sollen, was können wir …?«

»Das weiß ich nicht. Ich bin gekommen, um zu erfahren, ob Sie irgendwas gefunden haben. Wir …«

Er wusste nicht recht, wie er sich ausdrücken sollte.

»Sofern es da um irgendeine schwerwiegende Vertuschung geht, müssen wir dahinterkommen, bevor das einem anderen auffällt.«

»Und was tun wir dann?« Kitteridge sah ihn verwirrt und besorgt an. Er schien am Ende seiner Weisheit zu sein.

»Das kann ich Ihnen nicht sagen«, gab Daniel zu. »Wir müssen warten, bis wir wissen, ob es sich um eine bloße Unachtsamkeit oder eine Straftat handelt, ob der Chef mit in die Sache verwickelt ist oder nicht. Ob er wirklich nichts davon gewusst oder absichtlich weggeschaut hat.«

Kitteridge hob zweifelnd die Brauen. »Und wie sollen wir das Ihrer Ansicht nach herausbekommen?«

Wenn Kitteridge gesagt hätte, er wisse einen Weg zur Wahrheit, wäre Daniel unendlich erleichtert gewesen. Da das nicht der Fall war, wusste er, was er als Nächstes zu tun hatte. »Erinnern Sie sich an Roman Blackwell und seine Mutter Mercy?«

Kitteridge schloss die Augen, als hoffte er, dass Daniel verschwunden sein würde, wenn er sie wieder öffnete. »Gewiss. Aber …«

»Ich schlage vor, dass er sich im Fall Drake einmal umhört. Er würde nicht so vorgehen wie wir, denn ihm stehen … andere Mittel und Wege als uns zu Gebote. Bestimmt würde auch Mr. Drake wollen, dass wir den Täter ermitteln. Irgendjemand muss ihn zutiefst gehasst oder entsetzliche Angst vor etwas gehabt haben, was Drake ihm angetan hätte oder hätte antun *können*. Blackwell kann uns helfen.«

Kitteridge biss sich auf die Lippe. »Sind Sie sicher, dass er der richtige Mann für diese Aufgabe ist? Haben Sie eigentlich schon mal überlegt, was wir tun würden, wenn sich dabei herausstellte, dass Drake betrogen, gestohlen, Meineide stillschweigend geduldet oder gar den einen oder anderen Geschworenen dazu angestiftet hat?« Mit vor Mutlosigkeit scharfer Stimme fuhr er fort: »Was, wenn der Chef das gewusst hat oder es jedenfalls hätte wissen müssen, den Dingen aber lieber nicht auf den Grund gehen wollte?«

»Sie meinen, er könnte ganz bewusst darüber hinweggesehen haben?«, fragte Daniel enttäuscht. »Auf jeden Fall müssen wir das in Erfahrung bringen, so oder so …«

Kitteridge wich seinem Blick nicht aus. »Ja, genau das meine ich.«

In diesem Moment klopfte Impney an und kam mit einem Teetablett herein.

Da es noch ziemlich früh am Tag war, sodass er damit rechnen konnte, Roman Blackwell zu Hause zu erreichen, machte sich Daniel gleich auf den Weg. Er klopfte an die Haustür und tat einen Schritt zurück. Unruhig trat er von einem Fuß auf den anderen. Er fürchtete, zu spät gekommen zu sein. Vielleicht war der Mann bereits im Zusammenhang mit einer seiner nicht immer ganz einwandfreien Angelegenheiten in einem Teil der Stadt unterwegs, in dem ihn Daniel nie finden würde. Ihm war bekannt, dass Blackwell unter anderem eine Schwäche für Schmuggelgeschäfte hatte.

Blackwell bewegte sich mit bemerkenswertem Geschick in einer Grauzone scharf am Rande der Gesetze entlang, wobei er es mit der Frage, ob sein Handeln rechtmäßig war, nicht immer sonderlich genau nahm. Vor einigen Jahren hatte man ihn bei einer Straftat ertappt, woraufhin er eine Gefängnisstrafe verbüßen musste. Statt sich zu bessern, hatte er in der Haft so manches gelernt, was ihm später nützlich sein konnte, und eine Reihe von Freundschaften geschlossen, die dem gleichen Zweck dienten. Nach seiner Entlassung hatte er sich, so gut es ging, an den Rahmen der Gesetze gehalten. Er war staunenswert einfallsreich und hielt seinen Freunden unverbrüchlich die Treue. Zu ihnen zählte er auch Daniel, seit dieser als Verteidiger Blackwells, der wegen eines Mordes vor Gericht stand, den er nicht begangen hatte, seinen ersten Prozess gewonnen hatte.

Blackwells Hang zu den Genüssen des Lebens hatte in dem Maß zugenommen, in dem er Grund hatte, ihren Verlust zu befürchten: gutes Essen, guter Wein, Musik, die Gesellschaft von Freunden in angenehmer Atmosphäre, zumal, wenn witzige und kluge Gespräche sie bereicherten. Doch freute er sich ebenso über einen stillen Vormittag am Wasser, einen strahlenden Himmel am frühen Morgen oder an Wolken in der Abendröte. Vor allem aber liebte er es, knifflige Aufgaben zu lösen.

Die Tür wurde geöffnet, und Blackwells Mutter Mercedes trat auf die Schwelle. Sie hatte dunkle Augen und schwarze

Haare mit einer weißen Strähne, die sich durch den ganzen auf ihrem Kopf aufgetürmten Zopf zog. Ihr Alter war schwer zu schätzen. In ihrer Jugend war sie eine üppige Schönheit gewesen, jetzt wirkte sie hoheitsvoll.

»Kommen Sie doch rein«, sagte sie zu Daniel, der sie zögernd anlächelte. Sie erwiderte sein Lächeln und öffnete die Tür ein Stück weiter. »Haben Sie schon gefrühstückt?« Aus ihrer anfänglichen Dankbarkeit dafür, dass Daniel ihrem einzigen Kind das Leben gerettet hatte, war inzwischen eine Art mütterliche Zuneigung geworden.

»Ja …« Er folgte ihr durch die Diele, an deren Wänden zu allen Seiten Spiegel hingen. Sie hatten nicht nur die Aufgabe, das Tageslicht einzufangen, sondern dienten auch dazu, allerlei optische Täuschungen hervorzurufen. Da Daniel diese Effekte mittlerweile gut kannte, ließ er sich davon nicht mehr verwirren. »… aber das ist schon eine Weile her, und ich könnte sicher noch etwas vertragen«, fügte er hoffnungsvoll hinzu.

Sie bog um die Ecke in die Küche, wo ihr Sohn saß und neugierig zur Tür herübersah.

Bei Daniels Anblick lächelte er breit. Wie immer kam er ohne Einleitung zur Sache. »Was ist es diesmal? Setzen Sie sich doch. Tee? Toast? Die Orangenmarmelade ist hervorragend.«

Daniel zog einen Stuhl unter dem Tisch hervor und wartete, bis Mercy Platz genommen hatte, ehe er es ihr nachtat.

Sie goss ihm Tee mit Milch ein, ohne Zucker, denn sie wusste, dass er keinen nahm. Er nickte ihr dankbar zu und berichtete ihnen dann von Drakes Tod.

»Und mehr wissen Sie nicht?«, fragte Blackwell, als Daniel fertig war. »Hat die Polizei Ihrem Chef denn nichts weiter mitgeteilt?«

»Nein. Soweit wir wissen, hatte Mr. Drake keine Angehörigen. In seinem Testament, das ausschließlich die Sozietät und seinen Mitarbeiter Hobson bedenkt, werden auch keine erwähnt.«

»Wer ist dieser Hobson?«, wollte Blackwell wissen.

»Ein angenehmer junger Mann. Er hat Drake in guter Erinnerung, weil ihm dieser alles geduldig erklärt hat. Seinen Worten nach war Drake ein wirklich guter Mentor.«

»Ein bemerkenswerter Bursche, dieser Drake.« Blackwell schüttelte kaum wahrnehmbar den Kopf.

»Ach, haben Sie ihn gekannt?«

»Er war in gewissen Kreisen geradezu berühmt, und das mit Grund. Ausgebuffter Anwalt, dem keiner was vormachen konnte. Hatte einen dunklen Leberfleck auf dem rechten Nasenflügel. Konnte fantastisch zeichnen. Genialer Beobachter und witzig obendrein. Der hätte ohne Weiteres auch als Karikaturist Karriere machen können. Ich hatte mal mit ihm zu tun – eine ehrliche Haut, immer offen heraus. Er war schon lange in Ihrer Kanzlei … Ich denke, so an die dreißig Jahre. Hat allein gelebt und auch meistens allein gearbeitet. Kluger Bursche. Wenn man glaubte, man hätte ihn ausgetrickst, merkte man auf einmal, dass das Gegenteil der Fall war. Er konnte sozusagen um die Ecke denken und hat die Geschworenen um den kleinen Finger gewickelt. Auch wenn man ihn dabei noch so genau beobachtete, hat man nie mitgekriegt, wie er das angestellt hat.«

»Man könnte glauben, dass Sie ihn bewundert haben«, sagte Daniel verblüfft.

»Und wie!«, bestätigte Blackwell. »Außerdem konnte ich ihn gut leiden.«

»Meinen Sie, dass er in Gelddingen ehrlich war?«, fragte Daniel. »Hätte er sich auf Marcus fford Crofts Kosten bereichert?«

Blackwell schüttelte den Kopf. »Nein. Ihm kam es nur darauf an, seine Prozesse zu gewinnen, Geld hat ihn nicht interessiert.«

»War ihm das so wichtig, dass er einen Geschworenen oder einen Zeugen bestochen hätte, um zu gewinnen?« Daniel hatte Angst vor der Antwort. »Ich muss das wissen …«

»Sie sagen immer, dass Sie was wissen müssen.« Blackwell lächelte. »Nein, er war einsam und stolz, aber einen Prozess auf unredliche Weise zu gewinnen, hätte ihm nichts bedeutet.«

Daniel nickte stumm.

»Also, wer hat da Geschworene bestochen?«, erkundigte sich Blackwell.

»Möglicherweise niemand.«

»Vermutlich suchen Sie nach Gründen, die zu seiner Ermordung geführt haben. Um welche seiner Prozesse aus jüngerer Zeit geht es Ihnen?«

Daniel hatte mit dieser Frage gerechnet und daher eine Liste der von Drake in den vergangenen zwei Jahren bearbeiteten Fälle vorbereitet. Er gab sie Blackwell. Während dieser sie überflog, trank Daniel seinen Tee. Die Stille im Raum wurde lediglich durch das Ticken der Wanduhr unterbrochen.

Außer den Namen von Mandanten enthielt die Liste die jeweiligen Anklagepunkte und ergangenen Urteile. In der Mehrzahl der Fälle handelte es sich um öffentlich zugängliche Angaben, die sich dem Zentralarchiv entnehmen ließen und in komprimierter Form Drakes Tätigkeit nachzeichneten. Es waren überwiegend schwerwiegende Fälle von Betrug, Unterschlagung oder Diebstahl. Manchen Urteilen waren tagelange Beratungen vorangegangen, denn allen diesen Fällen war gemeinsam, dass es dabei um hohe Schadenssummen ging. Nicht nur der Zeitaufwand des Gerichts für diese Prozesse war hoch gewesen, sondern auch das Honorar, auf das die Kanzlei fford Croft and Gibson, unabhängig von Erfolg oder Misserfolg der Klage, Anspruch hatte. Allerdings unterlag sie nur äußerst selten. Das war Daniel gleich aufgefallen. Ihm ging auf, warum Drake für die Kanzlei so wertvoll gewesen war: Sein Beitrag zu deren Einkommen überstieg den der meisten anderen Mitarbeiter nahezu um das Dreifache.

Andere Anwälte vertraten Fälle von Rufschädigung durch Verleumdung oder Beleidigung von Männern, deren guter Name ihr wichtigstes Betriebskapital war. Sie erwarteten, dass Skandale, die durch hohe Zeitungsauflagen in der breiten Öffentlichkeit bekannt werden konnten, um so gut wie jeden Preis verhindert wurden. Außerdem gehörten der Kanzlei junge Anwälte wie Daniel oder Kitteridge an, die ohne recht zu wissen, was sie taten, aussichtslos erscheinende Fälle vor Gericht vertraten. Diese Prozesse erregten gewöhnlich großes Aufsehen, weil die von den beiden jungen Männern vertretene Sache von vornherein zum Scheitern verurteilt zu sein schien. Die Presse berichtete darüber, weil das Publikum den Kitzel der dramatischen Umstände genoss oder weil die Angeklagten allgemein bekannt waren. So unwahrscheinlich es anfangs schien, war es den beiden mehrfach gelungen, einen Freispruch für ihre Mandanten zu erwirken. Der Ruf der Kanzlei profitierte davon, und ihre Bekanntheit reichte bis in die höchsten Kreise.

»Und was sagen Sie?«, fragte Daniel.

Blackwell hob den Blick. »Das passt haargenau zu seinem Ruf«, sagte er und sah Daniel dabei aufmerksam an. »Vorzügliche Arbeit, alles haarscharf am Rand des gerade noch Zulässigen.« Er hielt Daniel die Blätter entgegen. »Ich sag es ja, kluger Bursche, dieser Drake. Er wird fford Croft fehlen. Könnte ganz schön lange dauern, bis er wieder einen so gewieften Anwalt findet. Sie sprechen von Geld? Er hat genau gewusst, wie viel er wert ist und wann es richtig war, einen Mandanten gratis zu vertreten, weil das vorteilhaft für den Ruf der Kanzlei war.« Während er das sagte, beobachtete Blackwell Daniel aufmerksam. »Über die Geschäftspraktiken der Mandanten, um die es in den Fällen hier ging, wissen Sie wohl nichts?«

Daniel spürte, wie ihn zu frösteln begann. Die Kälte stieg aus seiner Magengrube empor und breitete sich langsam aus. »Wollen Sie damit sagen, dass die Leute so klug waren, im Rahmen der Gesetze zu handeln?«

»Haben Sie das aus den Akten geschlossen?« In Blackwells Blick lag ein Ausdruck von Überraschung. »Ich weiß das, weil ich die Leute auf der Liste kenne. Wie sind Sie dahintergekommen?«

»Überhaupt nicht. Es ist eine bloße Vermutung ...«

Blackwell runzelte die Stirn. »Wollen Sie damit sagen, dass Sie Angst haben, weil Sie nicht wissen, ob Ihr Chef nebenbei fragwürdige Geschäfte betrieben hat? Sie fragen sich, ob er nicht gründlich genug kontrolliert, was in seiner Kanzlei vorgeht, weil er geistig abbaut, oder ob er sehr wohl den Überblick hat und beide Augen fest zudrückt, um hinterher behaupten zu können, dass er nichts gewusst hat.«

Damit erhob sich die nächste Frage: Hatte sonst jemand davon gewusst? Kitteridge bestimmt nicht. Er gehörte nicht zu denen, die ihre Mitmenschen täuschen wollen – und hätte es auch nicht gekonnt. Aber in der Kanzlei gab es mindestens ein halbes Dutzend weitere Mitarbeiter – war einer von denen eingeweiht?

Blackwell ergriff erneut das Wort. »Halten Sie die hier alle für unschuldig?« Dabei wies er auf die Namensliste, die ihm Daniel gegeben hatte. »Ich kann mir nicht vorstellen, dass so viele Männer wegen Delikten vor Gericht gestanden haben sollen, die sie nicht begangen haben – und auch nicht, dass die Polizei so schlampig arbeitet.«

»Das weiß ich nicht«, erwiderte Daniel. »Wirklich nicht. Die Fälle, die ich mir angesehen habe, kamen mir äußerst verwickelt vor. Bei den meisten davon dürfte Mr. Drake dem Vertreter der Anklage juristisch überlegen gewesen sein. Um eine Verurteilung zu vermeiden, genügt es, wenn das Gericht berechtigte oder begründete Zweifel hat. Ich habe die Protokolle einiger Verhandlungen gelesen. Da wohl kaum ein Geschworener mit den darin aufgeführten juristischen Feinheiten vertraut ist, werden die meisten, ganz gleich, wie die Anklage lautet, sich hüten, jemanden als schuldig zu bezeichnen, wenn sie nicht genau wissen, worum es geht. Den Männern ist doch klar, dass ein Angeklagter, sollten sie sich irren oder einen Fehler machen, auch dann auf Jahre ins Gefängnis kommen kann, wenn er niemanden tätlich angegriffen hat.«

»Diese Liste enthält so gut wie keinen Fall von Gewaltkriminalität«, bemerkte Blackwell. »Aber in den anderen Unterlagen ist die Rede von zwei Mordfällen, und in beiden ist es Ihrem Drake gelungen, eine Verurteilung zu verhindern.« Er hob die Brauen.

»Ich habe sie mir gründlich angesehen«, gab Daniel zurück. »Sie haben recht, ein Prozess hat mit einem glatten Freispruch geendet, und in dem anderen konnten sich die Geschworenen nicht einigen. Es ist also kein Unschuldiger verurteilt worden. Auch hat man in beiden Fällen das Verfahren weder neu aufgerollt noch eine andere Person als tatverdächtig vor Gericht gestellt. Wer könnte also einen solchen Hass auf Drake gehabt haben, dass er ihn umbringen wollte? Es müsste für jemanden schon eine Menge auf dem Spiel stehen, damit er einem Mann in eine Gegend wie Mile End folgt und ihn auf offener Straße mit einem Messer überfällt. Noch risikoreicher wäre es gewesen, jemanden für diese Aufgabe anzuheuern, denn das könnte ohne Weiteres so ausgehen, dass der Auftraggeber bis ans Ende seiner Tage damit erpresst wird.«

Blackwells Züge verdüsterten sich. »Damit wären wir wieder bei Drake. Mile End ist eine üble Gegend. Gleich neben Whitechapel, wo Jack the Ripper sein Unwesen getrieben hat. Auch wenn das inzwischen achtundzwanzig Jahre her ist, wie Sie wissen, hat sich in der Gegend nicht viel geändert.«

Daniel zuckte die Achseln. Obwohl diese Verbrechen auf die Zeit vor seiner Geburt zurückgingen, wurde nach wie vor darüber gesprochen. »Hobson vermutet, dass Mr. Drake dort vielleicht einen Geldverleiher aufsuchen wollte«, erläuterte er und brachte damit das Gespräch wieder auf die Frage, was Drake in der Nacht seines Todes getan haben mochte. Daniel stand das tiefe Entsetzen lebhaft vor Augen, das fford Croft erfasst hatte, als er von Drakes Ermordung und deren näheren Umständen erfahren hatte. Der Kanzleichef war unübersehbar erschüttert gewesen, aber hatte er auch überrascht gewirkt? Hatte er etwas in der Art für möglich gehalten oder gar befürchtet? Und falls ja – warum? Die Antwort auf diese Frage lag auf der Hand: Drake hatte für die Kanzlei beträchtliche Summen hereingeholt, und fford Croft hatte ihm rückhaltlos vertraut. Bedeutete das, dass er ihm freie Hand gelassen hatte, die vom Gesetz vorgegebenen Grenzen zu missachten?

Daniel war nicht bereit, das zu glauben. Vermutlich hatte fford Croft tatsächlich nicht erkannt, wie die Dinge lagen, und wusste nicht, woher oder von wem das Geld kam. Trug er deshalb zumindest einen Teil der Verantwortung für

Drakes Tod? Der Gedanke erschütterte Daniel. Er hatte seinem Kanzleichef vertraut, geradezu an ihn geglaubt.

Blackwell legte beide Hände auf den Tisch und beugte sich mit ernster Miene vor. »Mr. Pitt! Sie müssen der Sache auf den Grund gehen. Sollten Sie das nicht tun, wird sie Ihnen immer im Weg sein, bis Sie irgendwann darüber stolpern. Wenn Sie jetzt danach gefragt werden, können Sie mit gutem Gewissen sagen, dass Sie von irgendwelchen krummen Machenschaften Drakes nichts gewusst haben – in sechs Monaten oder einem Jahr würden Sie damit nicht mehr durchkommen. Wer Tatsachen oder Vorgänge vermutet und bewusst beiseitesieht, macht sich zum Mittäter. Mir ist klar, dass Sie nie und nimmer die Unwahrheit sagen würden – weil Sie wissen, dass sich das nicht gehört, ganz davon zu schweigen, dass Sie nicht überzeugend lügen können.«

Als Daniel nicht darauf einging, fuhr Blackwell fort: »Was werden Sie der rothaarigen jungen Dame sagen, die Sie so gut leiden können? Dass Sie tatenlos zugesehen haben, wie ihr Vater in sein Unglück gerannt ist?« Er verstellte seine Stimme, um Daniels Sprechweise nachzuahmen. »*Ich habe mich den Tatsachen lieber nicht gestellt, weil ich ihn damit womöglich verärgert hätte.* Ich mag mir gar nicht ausmalen, was sie Ihnen darauf antworten würde.«

Daniel wusste, dass Blackwell recht hatte. Es gab nur eins: Wenn er nicht mitansehen wollte, dass fford Croft in den Abgrund gerissen wurde, weil es zu spät war, um ihm zu helfen, musste er alles tun, was in seinen Kräften stand, um die Wahrheit herauszubekommen, und anschließend dementsprechend handeln. Zwar legte er Wert auf fford Crofts Meinung, am wichtigsten war ihm aber, Miriam offen in die Augen sehen und ihr reinen Herzens sagen zu können, dass er alles getan hatte, was ihm möglich war, um ihrem Vater beizustehen.

Blackwell erkannte das an Daniels Gesichtsausdruck. »So ist es richtig! Jetzt wollen wir uns mal Ihren Chef und Drake zusammen ansehen. Wie lange die beiden einander gekannt haben, wissen wir – aber welche Geheimnisse haben sie miteinander geteilt? Solche, die ihrem Ruf schaden oder sogar die Kanzlei zugrunde richten könnten? Wir müssen das wissen und jeder Spur nachgehen, die uns der Lösung der Frage näherbringt.«

»Und wie wollen Sie das schaffen?«, fragte Daniel in zweifelndem Ton.

»Fragen Sie nur dann danach, wenn Sie die Antwort wirklich wissen wollen«, gab Blackwell zurück. »Es ist besser, wenn ich es Ihnen nicht verrate. Sie sind, wie gesagt, kein guter Lügner, und deshalb würde Ihnen niemand glauben, wenn Sie nicht die Wahrheit sagen. Tun Sie einfach, was Ihre Aufgabe ist, und überlassen Sie mir alles andere. Ich werde mich mal gründlich in der Vergangenheit von Marcus fford Croft und Jonah Drake umsehen. Es gibt Menschen, die eine Menge über die beiden wissen.«

Daniel sah erst zu Blackwells Mutter Mercedes und dann zu ihm.

»Und Miss Miriam sagen Sie am besten erst mal nichts«, schaltete sich Mercy ein. »Vielleicht braucht sie es nie zu erfahren. Bei uns allen gibt es Dinge, an die man besser nicht rührt.«

Daniel schüttelte den Kopf. »Ich kann sie doch nicht …«

»Belügen?«, fragte sie. »Natürlich nicht! Aber Sie können sie vor dem Verdacht bewahren, ihr Vater habe zugelassen, dass Drake gestohlen, die Wahrheit verdreht oder zu seinem eigenen Nutzen die Unwahrheit gesagt hat …« Sie schüttelte den Kopf. »Sie wissen nicht, ob er sich in dieser Hinsicht schuldig gemacht hat, und falls es so sein sollte, kennen Sie die Gründe dafür nicht. Sie sind kein Kind mehr, mein Freund. Sie müssen sich der Aufgabe stellen, die Wahrheit zu ermitteln und Miriam dann zu beschützen, wenn es nötig ist und soweit das in Ihren Kräften steht. Natürlich ohne sie zu belügen. Falls Sie nicht wissen, wie Sie das anstellen sollen, wird es höchste Zeit, dass Sie es lernen.«

Daniel wusste nicht, was er darauf antworten sollte. Während er nach Worten suchte, begriff er, dass sie recht hatte. Er musste zumindest so viel von der Wahrheit erfahren, dass es ihm möglich war, sich für seinen Kanzleichef einzusetzen. Dieser Aufgabe durfte er sich nicht entziehen. Die einzigen Menschen, denen er vertrauen konnte, waren Kitteridge und die beiden Blackwells. Mercy verfügte über ein geradezu enzyklopädisches Wissen. Obwohl Daniel keinen Wert darauf legte, zu erfahren, woher sie es hatte, konnte er sich die eine oder andere Möglichkeit vorstellen. In jungen Jahren war sie eine ebenso lebensfrohe wie tapfere Schönheit gewesen, und auch jetzt dachte sie nicht daran, sich dem Alter oder irgendeiner anderen Macht zu beugen. Die unverbrüchliche Anhänglichkeit der beiden Blackwells war für Daniel ein Segen, bedeutete aber zugleich eine moralische Verpflichtung.

Daniel wusste, dass Roman Blackwell recht hatte: Er musste feststellen, ob und inwieweit fford Croft in die Aktivitäten und die Ereignisse verwickelt war, die zu Drakes Tod geführt hatten. Es war ihm zuwider, diese Nachforschungen hinter dem Rücken seines Kanzleichefs betreiben zu müssen, denn er hielt es für heimtückisch, ihn nicht selbst zu fragen. Andererseits durfte er nicht ausschließen, dass fford Croft ihm nicht die ganze Wahrheit sagen würde, um kleine Schwächen zu verbergen, beispielsweise eine Affäre, die er geheim halten wollte, Fehler, die ihm bei seiner anwaltlichen Tätigkeit unterlaufen waren. Passierte so etwas nicht von Zeit zu Zeit allen Menschen? Auf jeden Fall würde es ihn schmerzen, wenn er Daniel gegenüber unaufrichtig war. Normalerweise hätte Daniel gesagt, man müsse dem Mann seine Privatsphäre lassen, doch das konnte er sich in der gegenwärtigen Situation nicht leisten. Wenn man die Vergangenheit verschleierte, konnte das zu Lügen und Täuschung führen, zumindest aber zu Ernüchterung und Entfremdung.

Mithin musste er, wie man so sagte, die bittere Pille schlucken und Erkundigungen über fford Crofts Vergangenheit einziehen. Das würde es ihm vielleicht ermöglichen, ihn zu beschützen.

Dazu musste er am Anfang beginnen. Welche Schule hatte der Mann besucht? Eton? Das wäre nicht weiter verwunderlich, auch wenn er, ein brillanter Kopf, jeglichem Sport ablehnend gegenüberstand, auf den solche Eliteinternate ganz besonderen Wert legten. Als Daniel die biografischen Daten nachsah, zeigte sich, dass die von fford Croft besuchte Schule nicht erwähnt wurde. Dann war er mit Sicherheit kein Zögling Etons! Jeder, der dort zur Schule gegangen war, hatte das größte Interesse daran, dass das in seinem Lebenslauf erwähnt wurde.

Der nächste Schritt erwies sich als einfach. Drake hatte ein Stipendium für die Universität Oxford bekommen und sein Studium der Rechtswissenschaft dort mit einem herausragenden Ergebnis abgeschlossen.

Hatte auch fford Croft in Oxford studiert? Ja! Und zwar vor Drake. Allerdings hatte Letzterer im dritten Studienjahr an den gleichen Lehrveranstaltungen wie fford Croft teilgenommen – da waren beide Anfang zwanzig gewesen. Hatten sie sich da miteinander angefreundet, oder ging ihre nähere Bekanntschaft darauf zurück, dass sie dasselbe Fach belegt hatten?

Wer könnte das wissen? Impney? Oder sollte Daniel einfach fford Croft selbst danach fragen? Hatte Drake Kenntnis von Fehlern gehabt, die dieser in den ersten Berufsjahren begangen hatte? In dem Fall hätte fford Croft in Drakes Schuld gestanden und einen Grund gehabt, die Augen zuzudrücken, wenn Drake sich nicht immer genau an die Regeln hielt. Oder gab es in Drakes Vergangenheit unbedachte Handlungsweisen, von denen fford Croft wusste? Da nicht damit zu rechnen war, dass er ihm dergleichen aus eigenem Antrieb berichtete, gab es für Daniel keine Möglichkeit, das zu erfahren. Ganz davon abgesehen, legte er auch keinen Wert darauf, Kenntnis von schmutzigen Details zu erhalten.

Er beschloss, diese Fragen Blackwell vorzulegen – mochte der sich darum kümmern. Dem Mann standen andere Mittel zu Gebote als ihm.

Nur gut, dass Miriam in Holland war und sich auf ihr Studium konzentrierte. Ihr wäre das alles zuwider. Daniel fragte sich, wie er damit zurechtkommen würde, wenn er zu viel über seinen eigenen Vater wüsste. So musste es sein, wenn man versehentlich ins Badezimmer eines Menschen trat, der vergessen hatte, die Tür zu verriegeln – nur noch schlimmer.

Vielleicht wäre es gar kein schlechter Gedanke, Impney zu fragen. Möglicherweise wusste dieser eine ganze Menge. Allerdings war er nicht nur verschwiegen, sondern seinem Vorgesetzten auch treu ergeben. Sicherlich würde er die Weitergabe privater Einzelheiten als Vertrauensbruch ansehen.

Sei nicht so feige!, tadelte sich Daniel. *Möchtest du lieber mit ansehen, wie dein Chef mit Schimpf und Schande bedeckt wird? Oder die Kanzlei zugrunde gerichtet wird?*

Er fand Impney in der Teeküche. Als Daniel ihn ansprach, fuhr er erschrocken herum.

»Entschuldigung«, sagte Daniel und schloss die Tür hinter sich.

»Sir?« Impneys Stimme klang überrascht und vorwurfsvoll.

»Mir ist bewusst, wie schwierig das alles ist«, sagte Daniel, ohne auf den tadelnden Ton zu achten. »Aber die Sache ist ernst, und wir haben nicht genug Zeit für umständliche Einleitungen. Ich habe Mr. Drakes Leiche identifiziert …«

»Das ist mir bekannt, Sir. Sicherlich war das entsetzlich für Sie.«

»Ja. Der Überfall ist allem Anschein nach aus … sehr persönlichen Gründen geführt worden. Sie wissen wohl nicht, was Mr. Drake in Mile End wollte? Bitte, Impney, dies ist nicht der richtige Augenblick für Geheimnisse. Wir müssen wissen, wer ihn umgebracht hat, und vor allem … warum. Bevor die Polizei das herausbekommt. Oder bevor der Täter den nächsten Schlag führt. Selbstverständlich kann es gut sein, dass all das nichts mit der Kanzlei zu tun hat, aber wir können es uns nicht leisten, uns mit dieser Vermutung zu begnügen und wegzuschauen.«

Ein düsterer Schatten legte sich auf Impneys Züge, als fange er gerade erst an, den Ernst der Lage zu erfassen. Die Maske dienstbeflissener Höflichkeit fiel von ihm ab.

Daniel atmete tief durch. »Das kann nur eine persönliche Angelegenheit gewesen sein, Impney. Es ist denkbar, dass der Chef etwas darüber weiß. Wenn wir ihn beschützen wollen, und das ist unsere Aufgabe, müssen wir die Umstände genauer kennen. Da er und Mr. Drake einander von ihrer gemeinsamen Zeit an der Universität her kennen, besteht die Möglichkeit, dass es Dinge gibt, die beide geheim halten wollten … Wie gesagt, wir müssen Mr. fford Croft beschützen. Ich …«

»Ja, Sir«, sagte Impney und ließ die Schultern hängen, bemüht, das nicht merken zu lassen. »Ich verstehe.«

»War dem Chef Mr. Drakes Angewohnheit bekannt, es bei Verfahrensangelegenheiten mit den Vorschriften nicht immer genau zu nehmen?«

»Eine blumige Umschreibung, Mr. Pitt. Im Großen und Ganzen hat er davon gewusst, aber in letzter Zeit wohl nicht mehr so sehr auf … Einzelheiten geachtet wie früher. Ich …«

»Ich verstehe, aber ich muss es unbedingt wissen. Hat Mr. Drake dabei auch gesetzliche Vorgaben in einer Weise missachtet, die zu Schwierigkeiten mit der Anwaltskammer oder der Polizei hätten führen können? Sofern Ihnen da etwas bekannt ist …«

»Meines Wissens nicht, Sir, aber viel hat nicht gefehlt. Ich denke, er hat stets … darauf geachtet, nicht gegen den Standeskodex zu verstoßen, auch wenn andere das möglicherweise anders sehen.«

»Worauf müssen wir besonders achten?« Daniel war sicher, dass Impney diese Frage richtig verstehen würde.

Der Kanzleidiener dachte eine Weile nach. Dann sagte er, aber so leise, dass selbst jemand, der im Korridor mit dem Ohr an der Tür gelauscht hätte, das kaum hätte verstehen können: »Viele Mandanten enthalten ihrem Anwalt die Wahrheit vor, Sir. Vielleicht denken sie, dass es sich dabei um Dinge handelt, die für die jeweilige Angelegenheit nicht von Bedeutung sind. Aber ob sich das so verhält oder nicht, kann man erst nach Abschluss des Falles wissen. Ich würde es auf meinen Eid nehmen, dass Mr. fford Croft keinesfalls [illegible] gelogen hat. Was Mr. Kitteridge betrifft, ist er sozusagen ein offenes Buch, wenn Sie mir den Ausdruck gestatten. Wie im Übrigen auch Sie.«

»Ich werde mich bemühen, das zu ändern«, erwiderte Daniel mit entschlossener Miene.

»Sie entwickeln Ihren eigenen Stil, Sir. Ich an Ihrer Stelle würde es dabei belassen«, gab Impney unverzüglich zurück.

Daniel fiel nicht sofort eine Antwort darauf ein.

Impney holte tief Luft. »Ich weiß, dass Sie sich bemühen, Mr. fford Croft zu beschützen. Verlassen Sie sich darauf, Mr. Pitt, ich werde die erforderlichen Unterlagen finden. Es könnte sein, dass ich einige davon lasse, wo sie sind. In dem Fall …«

»Ich muss die Wahrheit wissen«, beharrte Daniel, der verstanden hatte, was Impney damit andeutete.

»Sie entschuldigen, Sir, aber es genügt, wenn Sie wissen, wer Mr. Drake getötet hat und warum. Das ist nicht unbedingt dasselbe.«

Daniel sah Impneys ausdrucksloses Gesicht an und erkannte dessen umschattete Augen. »Ich kann nicht verteidigen, was ich nicht weiß …«

»Bitte verzeihen Sie mir, wenn ich Ihnen erneut widerspreche, Sir, aber Sie irren. Mitunter ist Unwissenheit des Menschen einzige Verteidigung und zugleich die einzige Möglichkeit, diejenigen zu schützen, deren Wohl uns am Herzen liegt. Eine Teilwahrheit mag die Dinge verzerrt darstellen und sie zweidimensional statt in ihrer wahren Gestalt zeigen. Mr. fford Croft weiß das. Wünschen Sie Tee, Sir? Und vielleicht etwas Gebäck dazu?«

»Nein!« Daniel stieß die Luft aus. »Ich meine … ja. Ja, bitte.«

»Wie wäre es mit einem Stück würzigen Ingwerkuchen, Sir?«

Daniel sah ihn wortlos an.

Mit undurchdringlicher Miene öffnete Impney ihm die Tür. »In etwa zehn Minuten, Sir.«

Daniel nickte und verließ den Raum.

KAPITEL 5

Es war Daniel durchaus recht, zumindest einstweilen alle Fragen beiseiteschieben zu können, bei denen es um Zahlungen ging, ob Honorare oder Bestechungsgelder, und ob fford Croft davon gewusst hatte. Er machte sich an die Lektüre der Akten von Drakes zweitem Mordprozess, bei dem es um Gewalttätigkeit sowie menschliche Tragödien ging. Auch wenn Drake ihn gewonnen hatte, waren neben einem unangenehmen Nachgeschmack eine Reihe unbeantworteter Fragen zurückgeblieben.

Es war der Fall Faber, mit dem Daniel sich, der dringenden Bitte seines Vaters nach, möglichst gar nicht befassen sollte. Für den Fall, dass es sich nicht vermeiden ließ, hatte er ihn zu äußerster Vorsicht gemahnt.

Daniel ging daran, Drakes Unterlagen durchzusehen, las nicht nur die Anklagepunkte, sondern auch die Notizen, die sich der Anwalt über Beweismittel und Zeugen gemacht hatte, und zum Schluss dessen eigene Kommentare. Anfangs schienen sie Daniel von Argwohn zu zeugen, doch je mehr er sich an Drakes trockenen Humor und eigenwillige Art gewöhnte, literarische Bezüge herzustellen, desto klarer wurde ihm vieles. Auch musste er sich eingestehen, dass ihm die lustigen und bisweilen karikierend gezeichneten

Personendarstellungen nicht nur gefielen, sondern auch verborgene Charaktermerkmale deutlicher hervorhoben, als viele Worte das vermocht hätten. Die meisten waren von aufschlussreicher Schärfe der Beobachtung, eine oder zwei hingegen sonderbar wohlwollend, um nicht zu sagen, von kindlicher Unbefangenheit. Erstaunlich, wenn man bedachte, dass ein Mann sie gezeichnet hatte, der seine Gefühle gewöhnlich verbarg.

Schließlich kam Daniel zu den Punkten, vor denen sich zu hüten sein Vater ihn eindringlich gemahnt hatte. Als ob es ihm möglich wäre, sie auszulassen oder sich mit einer flüchtigen Betrachtung zu begnügen!

Das Mordopfer im Fall gegen Evan Faber, Sohn des Schiffbaumagnaten Erasmus Faber, hatte Marie Wesley geheißen. Drake hatte sie ohne jeden Anflug von Sarkasmus oder Grausamkeit mit viel Verständnis als einsame und tief verletzte Frau beschrieben. Daniel hätte gern den Grund dafür gewusst. Als Verteidiger ihres angeblichen Mörders hatte er sie vermutlich zu Lebzeiten nicht gekannt. Was mochte er über sie erfahren haben, dass er sie mit solcher Weitherzigkeit betrachtet hatte?

Erneut bedauerte Daniel, dass er Drake nicht besser gekannt hatte. Hinter seinem verschlossenen Wesen schien sich ein Mann von tiefem Einfühlungsvermögen verborgen zu haben. Jetzt war es zu spät. Was, fragte sich Daniel, mochte ihm noch entgangen sein?

Die Presse hatte den in jeder Hinsicht abscheulichen Fall gründlich ausgeschlachtet, denn immerhin war Marie Wesley, das Opfer, eine hinreißend aussehende Frau von fünfunddreißig Jahren, eine schillernde Persönlichkeit von zweifelhaftem Ruf, die mit den Größen der Gesellschaft von gleich zu gleich verkehrte und zu deren Festen eingeladen wurde. Eine ganze Reihe besserer Herren hatte Umgang mit ihr gepflegt, sich bei der Befragung durch die Polizei allerdings beeilt, darauf hinzuweisen, es habe sich um nichts weiter als eine flüchtige Bekanntschaft gehandelt.

Unter seine Beschreibung der Frau hatte Drake eine kleine Karikatur der Zwillinge Zwiddeldum und Zwiddeldei aus Lewis Carrolls Buch *Alice hinter den Spiegeln* gezeichnet. Daniel glaubte zu wissen, was er damit gemeint hatte – die beiden Brüder beschuldigen einander fortwährend, bis sie sich schließlich zum Zweikampf rüsten. Belustigt legte er einen Finger auf die Zeichnung.

Als Nächstes las er die Aussagen von Menschen, die erklärt hatten, Marie Wesley mehrfach in Begleitung Evan Fabers, also des Angeklagten, gesehen zu haben. Daneben hatte Drake mit roter Tinte eine Karikatur gezeichnet. Sie zeigte eine Schachfigur, nämlich den auf dem Rücken liegenden Roten König aus *Alice hinter den Spiegeln*, neben die er einige Zitate geschrieben hatte. Daniel las sie: »Wir alle sind etwas, das im Traum des roten Königs vorkommt« sowie »Weck ihn bloß nicht auf, sonst werden wir verschwinden«. Was mochte Drake damit gemeint haben? War das eine Warnung? Oder wollte er darauf hinaus, dass sich Evan Faber eine gänzlich andere Welt vorgestellt hatte – vielleicht eine idealisierte? Eine, von der er wusste, dass sie nichts mit der Wirklichkeit zu tun hatte und nicht von Dauer sein konnte?

Es sah ganz so aus, als sei Marie Wesley, was Männer anging, nicht besonders wählerisch gewesen – vielleicht hatte sie Geld gebraucht. Sie war auch gelegentlich in Begleitung von Evans Vater Erasmus Faber gesehen worden. Über die Daten konnten oder wollten die Zeugen nichts Genaues sagen. Drakes Karikaturen am Rand des Blattes bestanden aus wilden Strichen, zeigten Zähne und Schnurrhaare – die Grinsekatze, die über die Fähigkeit verfügt zu verschwinden, während ihr Grinsen in der Luft stehen bleibt. Einmal hatte er den ganzen Kopf des Tieres gezeichnet, dann nur die Hälfte des Grinsens: eine Reihe von Zähnen in der Luft.

Daniel saß eine ganze Weile nachdenklich da, den Blick auf Drakes Notizen gerichtet. Was mochte er mit diesem Grinsen gemeint haben? Im Bericht über die Abenteuer der kleinen Alice hatte die Katze rätselhafte Äußerungen getan. Allem Anschein nach verstand sie Dinge, deren Sinn den Menschen verborgen blieb, war aber nicht bereit, ihn zu erklären. Das Tier löste sich nach und nach förmlich in der Luft auf, bis nur noch das Grinsen übrig blieb, das allmählich verschwand, ganz wie Drake es gezeichnet hatte.

Sollte das heißen, dass er nicht gewusst hatte, was da gespielt wurde? Oder hatte er – wie auch alle anderen – genau gewusst, wo sich das Tier befinden musste, das man nicht sehen konnte?

Der Vertreter der Anklage hatte vorgetragen, Evan Faber habe sich aufgrund seiner Jugend und Unerfahrenheit eingebildet, Marie Wesley liebe auch ihn. Als er nicht umhinkonnte, sich einzugestehen, dass das nicht der Fall war, habe er sie in einem Anfall blinder Wut zu Tode geprügelt.

Drake hatte seine Verteidigung auf das Argument gestützt, es gebe nicht nur keinerlei Beweise für ein solches Verhalten des jungen Faber, wohl aber liege angesichts von Marie Wesleys Ruf die Annahme nahe, zahlreiche weitere Männer hatten wie Evan in dem Glauben sein können, ihre Zuneigung gelte ihnen, bis sie ihren Irrtum erkannten. Es war ihm auch gelungen, eine unverfängliche Erklärung dafür zu finden, dass man in ihrem Zimmer Gegenstände aus Evans Besitz gefunden hatte. Gewiss, hatte er eingeräumt, der junge Mann sei dort gewesen, habe das aber auch nie abzustreiten versucht.

Je mehr Zeugenaussagen Daniel las, desto glaubwürdiger erschien ihm der junge Faber. Sicherlich spielte dabei seine Bereitschaft eine Rolle, das zu glauben, weil Drake ihn verteidigt hatte und es um den Ruf der Kanzlei ging. Aber vor allem schälte sich nach und nach das Bild eines sympathischen jungen Mannes heraus, der ein wenig weltfremd sein mochte und trotz aller Bosheit, Habgier oder Schwäche in der Lage war, im Mitmenschen das Gute zu sehen.

Und wie stand es um Evans Vater, Erasmus Faber, den unermesslich reichen Schiffbauer? Er gehörte zu den Hauptlieferanten der britischen Handelsflotte, und man hatte ihm in jüngster Zeit die Aufgabe übertragen, als Maßnahme gegen das Flottenbauprogramm des deutschen Kaiserreichs die Kriegsmarine des Landes zu verstärken. Faber verfügte über die finanziellen Mittel, für die Verteidigung seines Sohnes die besten Anwälte aufzubieten. Ganz augenscheinlich war er überzeugt gewesen, in Jonah Drake den allerbesten gefunden zu haben. Unwillkürlich empfand Daniel ein Gefühl des Stolzes auf die Kanzlei, das insbesondere Marcus fford Croft galt. Am Prozessende zeigte sich, dass Drake die in ihn gesetzten Erwartungen erfüllt hatte: Die Geschworenen hatten Evan Faber für nicht schuldig befunden.

Trotz dieses eindeutigen Freispruchs war danach sonderbarerweise kein anderer Verdächtiger angeklagt worden. Was wusste die Polizei?, fragte sich Daniel. Mit wem war Marie Wesley noch gesehen worden? Hatte sie einen heimlichen Geliebten gehabt? War sie gar verheiratet gewesen? Um zu ergründen, was für eine Frau sie gewesen war, musste Daniel mehr über sie erfahren.

Er wollte eine Begegnung mit Evan Faber herbeiführen, um sich ein genaueres Bild von ihm machen zu können.

War er angenehm im Umgang oder langweilig? Ob Marie Wesley ihn wohl seinen Rivalen vorgezogen hatte? Wer könnte seiner Ansicht nach die Tat begangen haben?

Es war schon fast Abend, als Daniel Kitteridge aufsuchte, um ihm rückhaltlos alles vorzutragen, was ihn bewegte. »Evan Faber und Marie Wesley hatten mit Sicherheit eine Affäre«, begann er. »Das hat er auch nie geleugnet. Wie es heißt, war sie mehr als nur hübsch, eine richtige Schönheit. Sie war geistreich und amüsant, eine blendende Tänzerin und konnte gut zuhören. Sie war ebenso abenteuerlustig wie leicht zu begeistern. Sie war keineswegs hinter dem Geld der Männer her, bekam aber allem Anschein nach von irgendwoher … oder von irgendjemandem regelmäßig gewisse Beträge …«

»Sie meinen, von einem anderen als Evan Faber?«, unterbrach ihn Kitteridge.

»Ganz genau«, bestätigte Daniel.

»Das würde bedeuten, dass Evan Faber sozusagen einen Vorteil oder Nutzen aus etwas gezogen hat, wofür ein anderer bezahlt hatte.«

»Man kann einen Menschen nicht kaufen«, hielt Daniel ihm entgegen. »Auch wenn man glaubt, ihn gekauft zu haben, bekommt man lediglich einen gewissen Teil seiner Zeit.« Er zuckte die Achseln.

»Hat nicht Drake genau das durchblicken lassen?«, fragte Kitteridge.

»Ja. Aber da kommen ziemlich viele mögliche Nutznießer infrage. Wer wäre so taktlos gewesen, ihre Namen zu nennen? Oder darauf hinzuweisen, dass Marie Wesley auf deren Zuwendungen angewiesen war? Ich denke, Drake hat die Frau in gewisser Weise dafür bewundert, dass sie die Situation genoss und sich köstlich über die Männer amüsierte.«

Auf Kitteridges Gesicht spiegelten sich die unterschiedlichsten Empfindungen. »Klingt so, als hätte sie ziemlich gefährlich gelebt.«

Daniel seufzte. »Ja. Ich habe einige Zeitungsfotos von ihr gesehen. Sie war auf eine sonderbare Weise schön und hatte ein Gesicht, das man nicht leicht vergessen würde.«

Kitteridge biss sich auf die Lippe und sah Daniel bestürzt an. »Eine entsetzliche Schande! Sie müssen sich unbedingt gründlicher mit der Sache beschäftigen. Im Zusammenhang mit dem Prozess hat eine Menge Geld den Besitzer gewechselt, und soweit ich gesehen habe, hat Drake dabei gut abgeschnitten.« Er schob seinen Bürostuhl ein wenig zurück und streckte sich. »Teilweise war das gerechtfertigt. Allein schon das Anwaltshonorar war enorm, wahrscheinlich das höchste, das uns ein einzelner Mandant je für einen Prozess gezahlt hat. Aber der Mann hat ja auch bekommen, was er haben wollte: einen Freispruch ohne Wenn und Aber.« Er zuckte leicht mit der Schulter. »Ich träume davon, einmal so gut zu sein wie Drake. Es geht mir nicht um das Geld«, fügte er eilig hinzu, »sondern einzig und allein um die Fähigkeit. Na ja, und außerdem um die Befriedigung, die darin liegt, einem unschuldigen Mandanten das Leben zurückzugeben und seinen Ruf wiederherzustellen.«

»Was hat Drake eigentlich genau getan?«, fragte Daniel gedehnt, so, als denke er laut. »Nachgewiesen, dass Evan Faber nicht schuldig war, ohne einen möglichen Täter zu nennen? Da stellt sich doch die Frage, ob er die Gerechtigkeit gewonnen oder gekauft hat. Oder war es etwas dazwischen? Es könnte doch sein, dass sich Evans Vater den besten Anwalt der Zunft gekauft hat. Bedeutet das, dass man sich damit zugleich den Anspruch auf ein bestimmtes Urteil erwirbt – oder nicht?«

»Stellen Sie sich doch nicht so dumm«, sagte Kitteridge mit vorwurfsvoller Stimme. »So funktioniert das System nun einmal, und das haben Sie auch von Anfang an gewusst. Die Reichen konnten sich schon immer die besten Anwälte leisten. Es gibt nur eine Möglichkeit, das zu ändern: Wer sich für die Partei einsetzen will, von der er annimmt, dass sie es am ehesten verdient, muss für weniger Honorar arbeiten, als er von der Gegenseite bekommen könnte. Allerdings gibt es auch noch den Typ des Angeklagten, der kein gerechtes Verfahren bekommt, weil er vor Angst vergeht, ein schlichtes Gemüt, unbedarft oder ungehobelt ist und wegen all dessen auf den ersten Blick den Eindruck erweckt, er sei schuldig.«

»Ich weiß«, stimmte ihm Daniel zu. »Das System ist unvollkommen. Es neigt zu sehr dazu, sich auf die Seite des Geldes zu schlagen; der Preis für die Gerechtigkeit ist zu hoch.«

Kitteridge zögerte nicht mit der Antwort. »Für einen klaren und uneingeschränkten Freispruch? Auf keinen Fall. Was Drake an Honorar bekommen hat, ist keinesfalls übertrieben. Jeder andere Anwalt seines Kalibers hätte ebenso viel verlangt … wenn nicht noch mehr.«

Wie hoch mochte fford Crofts Anteil am Honorar für den Fall gewesen sein? Wurde das als Gewinn der Kanzlei verbucht, oder diente es dazu, Schulden zu tilgen? Mit dieser Frage würde sich Daniel erst dann beschäftigen, wenn ihm nichts anderes übrig blieb. Gegebenenfalls würde sich das nicht vermeiden lassen, aber schon jetzt bereitete ihm der bloße Gedanke daran Unbehagen.

Kitteridge lehnte sich auf seinem Stuhl zurück. »Und was werden Sie jetzt tun?«

»Zur Polizei gehen«, erwiderte Daniel.

»Wie wollen Sie denen gegenüber das begründen?«

»Drake ist tot. Ich bin entschlossen, alles, aber auch wirklich alles, aufzuarbeiten, was in dieser Angelegenheit noch nicht erledigt worden ist, damit wir den Fall zu den Akten legen können.«

»Ist das denn nicht schon geschehen?«, fragte Kitteridge in seiner nüchternen Art.

»Ich sage einfach, dass einige von Drakes Unterlagen fehlen oder unlesbar sind. Für den Fall, dass man der Kanzlei Fragen stellt, müssen wir uns absichern und alles erklären können.«

»Tatsächlich?«, fragte Kitteridge. Er schien unsicher zu sein. »Machen Sie keine Dummheiten. War Drake im Unrecht? Ich meine, hat er gelogen, um Evan Faber zu decken? Falls Sie Hinweise auf standeswidriges Verhalten entdeckt haben, sollten Sie …«

»Nein, es gibt nichts dergleichen. Aber jemand hat Mr. Drake auf eine ganz und gar abscheuliche Art umgebracht. Man hat ihn verunstaltet und einfach in einer Seitengasse von Mile End liegen lassen. Jemand muss ihn in unvorstellbarer Weise gehasst haben. Ich will nicht nur wissen, wer das war, sondern auch sein Motiv herausbekommen. Ich *muss* das tun.«

Der Ausdruck ungeheuchelter Angst trat auf Kitteridges Züge. »Befürchten Sie, dass als Nächste wir an der Reihe sind? Oder der Chef?«

»Ich werde um Mile End einen großen Bogen machen«, versprach Daniel, womit er einer Antwort elegant auswich. »Vor allem nach Mitternacht.«

Urplötzlich verlor Kitteridge die Geduld. »Stellen Sie sich nicht so dumm! Die Sache ist ernst! Sie könnten selbst dabei draufgehen. Nehmen Sie doch Vernunft an.«

Daniel war sich der Gefahr durchaus bewusst. Die Furcht saß wie ein harter, kalter Stein in seiner Brust. »Fällt Ihnen was Besseres ein?«

»Wenn dem so wäre, hätte ich Ihnen das schon gesagt. Seien Sie einfach vorsichtig. Ich möchte nicht Miss Miriam erklären müssen, dass ich zugelassen habe, dass Sie umgekommen sind … und ihr Vater im Gefängnis sitzt.«

Daniel zuckte zusammen. Er merkte, wie das Bewusstsein vom Ernst der Lage in ihm immer mehr um sich griff. »So weit lasse ich es nicht kommen. Ich will doch nur mit der Polizei reden. Ich pass schon auf. Immerhin habe ich Drakes Leiche gesehen. Unter keinen Umständen möchte ich so enden wie er.«

Kitteridge erwiderte nichts darauf.

»Ich pass schon auf«, wiederholte Daniel, diesmal in weniger schroffem Ton.

»Dann ist es ja gut«, sagte Kitteridge und wandte sich erneut den Akten zu.

»Guten Morgen, Sir«, sagte der diensthabende Polizeibeamte und sah Daniel misstrauisch an. Ob er sich erinnerte, dass Daniel am Vormittag nach Drakes Tod dort gewesen war?

»Guten Morgen«, gab Daniel höflich zurück. »Sicherlich wissen Sie noch, dass mich Ihre Dienststelle vor einigen Tagen gebeten hat, die Leiche eines Teilhabers unserer Sozietät zu identifizieren?«

»Ja, Sir. Ich bedaure sehr, dass es jemand aus Ihrer Kanzlei war. Soweit ich weiß, sind wir in der Frage nach dem Täter und dem Tatablauf noch nicht recht vorangekommen. Haben Sie inzwischen feststellen können, was den Mann nach Mile End geführt hat?« Der Beamte sah ihn erwartungsvoll an. Es war offensichtlich, dass er jede Kritik an der Arbeit der Polizei zurückweisen würde.

»Leider nein«, gab Daniel zurück. »Aber wir sind dabei, uns alle Fälle näher anzusehen, die Mr. Drake in den letzten zwei oder drei Jahren bearbeitet hat, um festzustellen, ob eine Beziehung zwischen einem davon und dem Mord bestehen könnte. Wir haben inzwischen einiges in Erfahrung gebracht, was für Sie von Interesse sein dürfte.«

»Das besprechen Sie am besten mit Inspector Letterman, Sir. Er bearbeitet den Fall.«

»Ja, vermutlich. Es könnte uns helfen, die Hintergründe der Tat zu verstehen.«

»Mr. Pitt, wir haben Ihnen bereits gesagt, dass wir Sie informieren würden, sobald wir nähere Angaben haben.« Der Vorwurf in der Stimme des Beamten war unüberhörbar.

»Das ist mir bewusst.« Es kostete Daniel Mühe, das in gleichmütigem Ton zu sagen. »Aber wir müssen Mr. Drakes Fälle auf andere Anwälte verteilen, das verstehen Sie doch sicher?«

»Selbstverständlich, aber …«

»Jedes noch so unbedeutende Detail würde uns helfen, festzustellen, warum er sich in Mile End aufgehalten hat. Auch wüssten wir gern, wen er dort treffen wollte. Die Polizei kennt die Gegend um Mile Ende deutlich besser als wir.«

»Wenn Sie eine Weile warten wollen, Sir. Ich werde sehen, ob Inspector Letterman Zeit für Sie hat. Sie können auf der Bank da Platz nehmen.« Das Lächeln, mit dem er seine Worte begleitete, wirkte auf Daniel unfreundlich, doch er befolgte die Aufforderung, ohne sich seine Ungeduld anmerken zu lassen. Nach nahezu einer halben Stunde, die Daniel doppelt so lang vorkam, begleitete ihn der Beamte nach oben zum Dienstzimmer des Inspectors. Es sah mehr oder weniger genauso aus wie das seines Vaters vor zwanzig Jahren, als Pitt noch Leiter einer Polizeiwache in der Londoner Innenstadt war.

Obwohl Daniels erster Besuch auf der Wache nur wenige Tage zurücklag, konnte er sich kaum an Letterman erinnern – die Begegnung mit dem Mann war im Albtraum der Ereignisse untergegangen. Daniel mahnte sich, ihm höflich und mit einer gewissen Achtung zu begegnen.

Als Daniel eintrat, hob Letterman den Blick von den Papieren auf seinem Schreibtisch.

Beim Anblick des drahtigen Mannes mit den scharf geschnittenen Gesichtszügen kamen Daniel Bruchstücke ihrer ersten Begegnung in Erinnerung. Er hatte auf ihn unter anderem den Eindruck einer gewissen Hochnäsigkeit gemacht.

»Nehmen Sie doch Platz, Mr. Pitt.« Letterman wies auf den Besucherstuhl vor dem Schreibtisch.

Zwar wusste Daniel diese Höflichkeitsgeste zu schätzen, doch wollte er ohne Umschweife zur Sache kommen, so wie er es Geschworenen gegenüber zu tun pflegte. »Der Mörder ist mit außergewöhnlicher Brutalität vorgegangen, Inspector«, sagte er mit Nachdruck und sah Letterman dabei offen an. »Das sieht weniger nach einem Raubüberfall als nach der Tat eines von Hass getriebenen Menschen aus. Sofern es sich um einen Racheakt handelt oder jemand Mr. Drake für immer zum Schweigen bringen wollte, stecken dahinter mit Sicherheit persönliche Motive. Übrigens hat er sehr zurückgezogen gelebt, und wir haben weder Verwandte noch nähere Bekannte gefunden, die als Erben infrage kämen.«

»Und wer bekommt seinen Nachlass?«, fragte Letterman, ohne sich erkennbar für die Antwort zu interessieren.

»Die Kanzlei Ford Croft and Gibson, mit Ausnahme eines kleineren Vermächtnisses an seinen Rechtspraktikanten.«

»Ist es viel? Ich meine, ein schuldenfreies Haus? Wertvolle Möbel?«

»Ja, das Haus hat ihm gehört. Was die Möbel angeht, weiß ich nicht, ob sie antik oder nur alt sind.«

»Aha. Könnte die Tat Ihrer Ansicht nach im Zusammenhang mit einem Fall stehen, bei dem der Mandant mit Mr. Drakes Vorgehen unzufrieden war, oder mit einem noch laufenden Verfahren, bei dem er vielleicht zu forsch vorgegangen ist?«, fragte Letterman.

»Mr. Drakes einziger anhängiger Fall ist noch nicht prozessreif, aber seinen Unterlagen zufolge ist da alles in bester Ordnung. Er hat nahezu sämtliche Prozesse gewonnen, die er geführt hat, Sir. Er ist, ich meine, er war für die Kanzlei äußerst wichtig, und wir haben für ihn bisher keinen geeigneten Ersatz gefunden.« Daniel war sich der Bedeutung seiner Worte bewusst und merkte, wie tief er deren Richtigkeit empfand. Auch auf Letterman schienen sie ihre Wirkung nicht verfehlt zu haben, wie er an dessen Gesichtsausdruck zu erkennen glaubte.

»Also frühere Fälle?«, nahm der Inspector den Faden wieder auf. »Und was hat das mit mir zu tun? Hat es bei einem davon irgendeine Verbindung zu Mile End gegeben?«

»Ich glaube nicht, aber wir müssen der Sache nachgehen. Ich bin auf zwei Fälle gestoßen, in denen er die Verteidigung in einer Mordsache übernommen hatte. Für einen der beiden Angeklagten hat er einen Freispruch erwirkt, bei dem anderen konnten sich die Geschworenen nicht einigen, und trotzdem hat man den Fall nicht wieder aufgenommen. Damit ist also auch dieser Angeklagte davongekommen. Ich habe mit ihm gesprochen. Er fühlt sich ungerecht behandelt.«

»Falls er schuldig war, hat er großes Glück gehabt. Sprechen Sie etwa von Lionel Peterson?«

»Ja«, gab Daniel zu. Er mahnte sich innerlich zur Vorsicht. Da hatte sich also auch Letterman die Mühe gemacht, Erkundigungen über Drake einzuziehen. Vielleicht hatte er auf die eine oder andere Weise mit dem Fall Peterson zu tun gehabt, und jetzt plagte ihn das schlechte Gewissen. »Sie kennen den Fall also? Meinen Sie, dass die Geschworenen falsch entschieden haben?«

Letterman schien kurz nachzudenken, als müsse er abwägen, was er als Nächstes sagen sollte. Schließlich erklärte er: »Dem Gesetz nach nicht, aber es gab Beweismaterial, dessen Verwertung nicht zugelassen wurde, sodass die Geschworenen nichts davon erfahren haben. Hätte man es ihnen vorgelegt, wären sie in der Lage gewesen, ein klares Urteil zu fällen. Ihr Mr. Drake war mit allen Wassern gewaschen, das kann man nicht anders sagen.« Lettermans Gesichtsausdruck war undurchdringlich, so, als verberge er mit Absicht etwas.

»Er hat sich immer an den Rahmen der Gesetze gehalten …«, entgegnete Daniel.

»O ja, er hat es mit bemerkenswerter Sorgfalt vermieden, die feine Linie zu ungesetzlichem Handeln zu überschreiten«, bestätigte Letterman. »Zweifellos bedeutet sein Tod für Ihre Kanzlei einen schweren Verlust. Ein ausgesprochen gewitzter Mann … der Verbindungen in alle Richtungen hatte.«

»Bis hin nach Mile End«, ergänzte Daniel. »In den Akten zum Fall Peterson habe ich keinen Hinweis auf diesen Stadtbezirk gesehen. Ich denke, dass wir mehr darüber erfahren müssen«, sagte Daniel mit Nachdruck. »Die Tat sieht sehr nach einem besonders ausgeklügelten Racheakt aus. Als hätte der Täter gefürchtet, Mr. Drake könne ihm immer noch schaden.«

»Ich verstehe Ihren Standpunkt, Mr. Pitt. Auch wir würden den Fall gern abschließen, denn wir stehen bisher nicht besonders gut da«, sagte Letterman in ausdruckslosem Ton, doch in seinen Augen blitzte kaum wahrnehmbar etwas auf. Es konnte ebenso gut ein Hinweis auf seinen schwarzen

Humor wie ein Reflex des Lichts von seiner Schreibtischlampe sein.

Daniel nickte. »Wenn wir uns die beiden Fälle ansehen, von denen ich gesprochen habe – wen könnte man da außer dem jeweils Angeklagten der Tat bezichtigen? Soweit wir wissen, ist in keinem von beiden ein weiterer Tatverdächtiger angeklagt worden.«

»Im Fall Peterson hat man auf jeden Fall gegen den Richtigen Anklage erhoben«, betonte Letterman. Diesmal war sein Gesichtsausdruck unmissverständlich. »Die Anklageseite hat den Fall einfach nicht gründlich genug vorbereitet. Dann ist da die Geschichte, die Sie bisher nicht namentlich angesprochen haben: Evan Faber. Ich denke, dass er wirklich schuldlos war.«

Diesmal gelang es Daniel nicht, seine Überraschung zu verbergen. Der Mann kannte den Fall! Letterman merkte das und erläuterte: »Man hat Drake in meinem Revier ermordet, Mr. Pitt. Haben Sie etwa geglaubt, ich würde mir nicht genauer ansehen, womit er sich beschäftigt hatte, vor allem in den letzten zwei oder drei Jahren? Dabei habe ich mich keineswegs ausschließlich auf die … sagen wir, fragwürdigen Fälle beschränkt. Hätten Sie das nicht ebenfalls getan?«

In seiner Stimme lag eine Art Erregung, die sich Daniel nicht erklären konnte. »Doch, natürlich. Auch ich habe … nachgeforscht. Gibt es im Fall Faber noch etwas anderes, was Ihr Misstrauen erregt hat?«

Letterman schüttelte den Kopf. »Nein. Aber da besteht ja auch kein Zweifel. Das Gericht hat Faber für schuldlos befunden. Mit diesem Urteil bin ich ganz und gar einverstanden. Meiner Einschätzung nach hatte man da von vornherein den Falschen verdächtigt. Natürlich weiß ich nicht alles. Ist es denkbar, dass Drake in der Sache weiter nachgeforscht hat?« Das Interesse des Mannes war unverkennbar, doch schon im nächsten Augenblick setzte er wieder seine betont gleichgültige Miene auf.

»Ich kann in seinen Notizen nichts finden, was darauf hinweist. Das Einzige …« Daniel hielt inne. Er wusste nicht recht, ob er über ein durch nichts gerechtfertigtes Gefühl sprechen sollte.

»Was? Raus mit der Sprache!«, blaffte ihn Letterman an.

»Ich hatte den Eindruck, dass das für Mr. Drake im Grunde ein Fall wie jeder andere war. Er hat immer gesagt: ›Niemand kann ohne Gerichtsverfahren verurteilt werden, und für einen Prozess braucht es einen Verteidiger. Der muss sich auch dann ins Zeug legen, wenn er den Angeklagten nicht raushauen kann.‹ Aber ich denke, dass auch er von Evan Fabers Schuldlosigkeit überzeugt war.«

»Und warum hat er die Sache dann nicht einfach auf sich beruhen lassen?«, fragte Letterman in etwas verbindlicherem Ton. »Oder hat er es sich anders überlegt, weil er, vielleicht durch Zufall, auf etwas gestoßen war?«

»Haben Sie nach einem anderen möglichen Täter gesucht?«, erkundigte sich Daniel, ohne auf die Frage einzugehen.

»Nicht ernsthaft.« Letterman zuckte mit den Achseln.

»Ich kenne das Opfer, Marie Wesley, lediglich aus den Übertreibungen der Presse. Was für ein Mensch war sie wirklich?«

Erneut zuckte der Leiter der Polizeiwache die Achseln. »Wenn Sie mich danach gefragt hätten, bevor die ganze Sache hochgekocht ist, hätte ich gesagt, eine hübsche, wirklich hübsche Frau, die aber zu verblühen begann. Sie war voller Leben, ein geistvoller Mensch mit den unterschiedlichsten Interessen. Sie hat sich für Musik, Theater und Kunst begeistert – ja, sogar für die Naturwissenschaften. Soweit ich weiß, hat sie sich intensiv mit der Königlich Geografischen Gesellschaft beschäftigt.« Mit einem bekümmert wirkenden Lächeln fügte er hinzu: »Aber sie war immer auf ein Abenteuer mit Männern aus. Fest entschlossen, ihr gutes Aussehen zu nutzen, solange sie es noch hatte. Sozusagen als Investition in die späteren Jahre.« In seiner Stimme lag ein trauriger Unterton, als bringe er Verständnis für sie auf. »Ihr war bewusst, dass sie auf der Straße landen würde, wenn sie es nicht rechtzeitig schaffte, eine gute Partie zu machen.«

Daniel wollte schon etwas entgegnen, merkte dann aber, dass er nichts Sinnvolles beizutragen hatte. Drake hatte all diese Punkte in seinen Notizen bedacht und war zum selben Ergebnis gekommen. Es gab keinen Grund, an Lettermans Worten zu zweifeln. Er schien zu verstehen, was der Verlust eines Lebens bedeutete. »Halten Sie es für möglich, dass sie etwas über ihren Mörder gewusst hat, was keinesfalls an die Öffentlichkeit gelangen durfte?«

»Sie denken an Erpressung?« Letterman schien das eine Weile zu erwägen. »Auch wir haben uns mit dieser Frage beschäftigt, aber nichts gefunden, was darauf hinwies.«

»Welche Art Spuren würde es in einem solchen Fall geben?«, ließ Daniel nicht locker.

»So gut wie keine.« Letterman beugte sich ein wenig vor. »Gewöhnlich hat sie aus ihren Affären kein Geheimnis gemacht, sodass Ehefrauen ohne große Mühe hätten dahinterkommen können, wenn sie sich mit verheirateten Männern einließ. Aber die meisten haben es gar nicht versucht. Außerdem war sie zu klug, um einen Mann zu erpressen, mit dem sie eine Beziehung hatte. Damit wäre die Affäre zu Ende gewesen und ihre Einkommensquelle versiegt. Gerade weil sie nie zu viel verlangte, ist es ihr gelungen, eine so große Anzahl von Bewunderern um sich zu scharen. Sie war ein fröhlicher Mensch, amüsant und großzügig. Sie mag leichtlebig gewesen sein, war aber weder habgierig noch dumm.«

»So, wie Sie über sie reden, könnte man glauben, dass Sie sie gut leiden konnten«, bemerkte Daniel. Sogleich kam ihm der Gedanke, er könne damit zu weit gegangen sein.

Lettermans Gesicht verfinsterte sich vor Zorn. »Das stimmt. Sie hat mich zum Lachen gebracht, wie so viele andere. Niedertracht oder Gemeinheit waren ihrem Wesen fremd. Jemand hat sie zu Tode geprügelt, und mir wäre es mehr als recht, wenn eines Tages der Richtige dafür zur Rechenschaft gezogen wird. Den vorgelegten Beweismitteln nach war angeblich Evan Faber der Täter, aber das habe ich keine Sekunde geglaubt.«

»Könnte der Täter dieselbe Person sein, die Drake getötet hat?«, fragte Daniel.

Letterman dachte einen Augenblick lang konzentriert nach und erklärte dann mit ruhiger Stimme: »Sieht mir nicht danach aus. Man hat sie mit bloßen Fäusten totgeschlagen, während Drake mit einer langen und sehr scharfen Klinge getötet wurde. Wenn Sie meine Meinung hören wollen, hat jemand Marie Wesley in einem Anfall von Jähzorn umgebracht. Die bei Drakes Ermordung verwendete Tatwaffe würde nur jemand mit sich führen, der von vornherein die Absicht hatte, sie zu benutzen. Da Drake unbewaffnet war, konnte er sich nicht zur Wehr setzen. Wir wüssten wirklich selbst gern, wer der Täter war.«

Daniel antwortete nicht darauf. In seinem Kopf jagten sich Bilder, die er nicht sehen wollte, doch es gelang ihm nicht, sie zu verscheuchen.

»Ich wüsste es sehr zu schätzen, wenn Sie uns dabei unterstützen könnten, den Schweinehund zu finden«, fuhr Letterman fort. »Ich würde Drake liebend gern von unserer Liste ungelöster Fälle streichen können. Andererseits würde es mich sehr überraschen, wenn Sie das fertigbrächten. Wir haben unser Bestes gegeben und bisher nichts erreicht …« Er zögerte kurz und stand dann auf. »Viel Glück«, fügte er hinzu und hielt Daniel zum Abschied die Hand hin.

Als dieser sie nahm, spürte er den eisenharten Händedruck des Leiters der Polizeiwache.

Es dauerte eine Weile, bis Daniel sich entschieden hatte, auf welche Weise er sich am besten mit Evan Faber in Verbindung setzen konnte. Er scheute sich davor, den Eindruck zu erwecken, als sei die Begegnung ein Zufall. Der Mann würde ein so leicht zu durchschauendes Vorgehen nicht nur für töricht halten, sondern auch als kränkend auffassen. Die einzige redliche Art, mit ihm Kontakt aufzunehmen, bestünde darin zu sagen, dass er im Zusammenhang mit seinen Aufgaben die Prozessakten gelesen hatte und annahm, da Drake ganz offensichtlich etwas für Faber übrig gehabt hatte, dieser werde es zu schätzen wissen, wenn man ihm das Datum der Beisetzung mitteilte.

Da die Zeit nicht drängte, ging Daniel im Büro die Akten noch einmal sehr sorgfältig durch und notierte sich die Anschrift, an die Drake alle Post in dieser Angelegenheit geschickt hatte. Dorthin würde er zuerst gehen.

Erst beim zweiten Versuch hatte er Erfolg. Da er nicht wusste, wie Evan Faber aussah, musste er dem Mann an der Tür von dessen Wohnung, wohl seinem Diener, sagen, wen er in welcher Angelegenheit sprechen wollte. Da der Diener den Namen Drake kannte, empfahl er Daniel, es im Club seines Herrn zu versuchen. Es war Daniel bewusst, dass er als Nichtmitglied dort keinen Zutritt hätte, und so erklärte der Diener, unter Umständen sei Faber auch im Pub *The Dog and Duck* anzutreffen.

Daniel dankte dem Mann für den Hinweis und suchte die zwei Straßen weiter befindliche Gaststätte auf. Obwohl es erst früher Abend war, herrschte dort Hochbetrieb. Vor allem junge Männer erholten sich dort von der Mühe des Arbeitstags in den umliegenden Büros, in denen sie die Anweisungen ihrer Vorgesetzten zu befolgen hatten. Jetzt waren sie Herren ihrer Zeit, hatten Durst und waren voller Geschichten, die sie einander erzählten. Hier und da sah man auch etwas besser gekleidete ältere Herren mit Bauchansatz.

Daniel trat an den Tresen und sprach den Schankgehilfen an. »Ich suche Evan Faber«, sagte er mit entschuldigendem Lächeln. »Leider habe ich schlechte Nachrichten für ihn. Ein gemeinsamer Freund ist vergangene Woche gestorben, und ich weiß nicht, ob er das schon gehört hat. Auf jeden Fall nehme ich an, dass er zur Beerdigung gehen möchte. Ich kenne Evan nicht persönlich – könnten Sie mir bitte sagen, ob er hier ist? Ich nehme ein Pint von dem, was er trinkt.« Mit den Worten »Der Rest ist für Sie« legte er ungefähr das Doppelte dessen auf den Tresen, was das Getränk seiner Annahme nach kosten würde.

Der Schankgehilfe nahm das Geld, legte die Hälfte in die Kassenschublade, steckte den Rest ein und schob Daniel den gefüllten Krug hinüber. »Danke, Sir. Mr. Faber steht dahinten am Fenster; der blonde Herr mit der gestreiften Krawatte.«

»Danke.« Mit dem Krug in der Hand trat Daniel zu dem jungen Mann, der etwa so groß war wie er. Er hatte ein sympathisches und kluges Gesicht und wirkte wie jemand, der sich für mancherlei interessierte.

Daniel setzte den Krug auf dem Tisch neben sich ab und stellte sich vor. »Daniel Pitt. Der Schankgehilfe hat mir gesagt, dass Sie Evan Faber sind.« Dabei hob er fragend die Brauen.

»Ja«, gab der junge Mann zurück. Er schien Ende zwanzig zu sein und nahm den Krug vom Tisch, dessen Griff Daniel ihm zugekehrt hatte. »Vielen Dank, Daniel Pitt. Womit habe ich das Bier verdient? Sagen Sie bloß nicht, dass Sie sich zufällig für Schiffbau und Werftanlagen interessieren.«

»Nicht im Geringsten«, gab Daniel mit breitem Lächeln zurück. »Ich bin Rechtsanwalt.«

Evan sah verwirrt drein. »Ich habe bereits einen Anwalt«, begann er, »einen erstklassigen Mann.« Unverkennbar war ein Ausdruck von Misstrauen auf seine Züge getreten. Links von ihnen ertönte lautes Gelächter, während jemand krachend unter Beifallsrufen seinen Bierkrug auf den Tisch donnerte.

»Jonah Drake?«, fragte Daniel, als sich der Lärm gelegt hatte.

»Ja.« Jetzt war Evan sichtlich beunruhigt. Das freundliche Lächeln war mit einem Schlag verschwunden. »Was geht Sie das an, Mr. Pitt?« Er trat einen Schritt zurück, als wolle er die Distanz zwischen ihnen betonen.

Daniel, der keinen Grund hatte, etwas vorzutäuschen, sagte in fragendem Ton: »Von der Kanzlei fford Croft and Gibson, nicht wahr? Ich arbeite ebenfalls dort. Es tut mir sehr leid, aber ich dachte, Sie sollten wissen, dass man Mr. Drake ermordet hat. Ich musste seine sämtlichen Unterlagen durchgehen ...« Er hielt inne. Evan Faber wirkte erschüttert. Sein Gesicht war mit einem Mal grau geworden. Rasch stellte er den Krug zurück auf den Tisch, damit er ihm nicht aus der Hand fiel.

»Es tut mir leid«, wiederholte Daniel. »Da Sie gegenwärtig wohl nicht in Verbindung mit ihm stehen, habe ich angenommen, dass Sie das nicht wissen würden. Die Art, wie er sich in den Akten über Sie geäußert hat, zeigt, dass er große Sympathie für sie empfunden hat. Offenkundig ist ihm die Ungerechtigkeit der gegen Sie erhobenen Anklage nahegegangen, und so dachte ich, dass Sie rechtzeitig vor der Beerdigung von seinem Tod erfahren sollten. Im Augenblick kann sie noch nicht stattfinden, weil wir warten müssen, bis der Pathologe die Leiche freigibt.« Daniel sah, wie ein Ausdruck von Kummer auf Evans Gesicht trat. »Es ist mir wirklich unangenehm, Sie aus einem solchen Grund aufsuchen zu müssen …«

»Aber nein, keineswegs. Sie haben völlig recht«, fiel ihm Evan ins Wort. »Wie entsetzlich. Vermutlich wollten Sie mir schonend beibringen, dass es sich bei dem in Mile End überfallenen und getöteten Mann um Mr. Drake handelt? Ich habe es in der Zeitung gelesen.« Seine Stimme klang gequält.

»Ja …«, bestätigte Daniel.

Evan schüttelte den Kopf, als würde, was er da gehört hatte, verschwinden, wenn er sich weigerte, es zu glauben.

»Es tut mir leid«, wiederholte Daniel noch einmal mit leiser und freundlicher Stimme. »Ich habe … ihn identifiziert. Er sah …« Er suchte nach dem treffenden Wort. »Er sah anders aus, gewissermaßen *abwesend*, aber er war es bestimmt.«

»Wissen Sie, wer das getan hat?«, fragte Evan mit einem Hoffnungsschimmer auf den Zügen.

»Nein, aber ich bemühe mich, es festzustellen«, erwiderte Daniel. »Ich hoffe, dass ich in den Unterlagen über einen der Fälle, an denen er gearbeitet hat, etwas finde. Es ist die einzige Spur, der man folgen kann. Es sieht nicht so aus, als hätte er persönliche Feinde gehabt. Er war …« Er wusste nicht, wie er den Gedanken beenden sollte.

»Das wäre auch gar nicht möglich«, sagte Evan mit einem wehmütigen Lächeln. »Ich meine, dass er Feinde gehabt hätte. Er war sehr einsam, jedenfalls war das mein Eindruck. Ich nehme an, Sie wissen, dass er sich bei seiner Arbeit ziemlich ins Zeug gelegt hat, jedenfalls bei meinem Prozess, und das habe ich ihm wirklich hoch angerechnet. Natürlich ist mein Vater für sein Honorar aufgekommen, aber Mr. Drake hat mich immer so behandelt, als käme das Geld von mir.«

»Immerhin stand ja auch Ihr Leben und nicht das Ihres Vaters auf dem Spiel«, gab Daniel zu bedenken. Sekunden später fragte er sich, ob er damit zu weit gegangen war, aber gesagt war gesagt.

Evan erkannte Daniels Unbehagen und lächelte; es kam ganz unvermittelt und wärmte Daniel das Herz. »Sie haben völlig recht, genauso war es. Aber es hätte seinem Ruf erheblich geschadet, wenn man mich für schuldig befunden hätte, meinen Sie nicht auch?«

Daniel sah sich den jungen Mann genauer an, der ihm da gegenüberstand, und erkannte, dass er selbst unter anderen Umständen wie er hätte sein können – beispielsweise, wenn sein Vater nicht ein einfacher Polizist gewesen wäre, sondern einer der Herrensöhne aus wohlhabendem Hause, mit denen seine Mutter in jungen Jahren bekannt gewesen war. Mit jungen Herren aus der Schicht, der Evan entstammte, war er im Studium in Cambridge in Berührung gekommen. Sie hatten es nicht nötig gehabt, eifrig zu studieren, und sich stattdessen die Nächte um die Ohren geschlagen und gewisse Geheimnisse miteinander geteilt. Möglicherweise war auch Evan zur Universität gegangen, womit sie einen gemeinsamen Hintergrund hätten. Mit Sicherheit aber hatten sie beide einen berühmten und mächtigen Vater. Erasmus Fabers Macht beruhte auf seinem unermesslichen Reichtum, die Thomas Pitts auf Wissen, Verbindungen zu Polizei und Regierungskreisen sowie einem Einfluss, der auf nahezu vierzig Jahre des Dienstes an der Öffentlichkeit zurückging. Hinzu kam, dass ihm Königin Victoria höchstpersönlich ihre Anerkennung dafür ausgesprochen hatte, dass er den Ruf des Kronprinzen gerettet hatte, der ihr auf dem Thron nachgefolgt war. Auch der neue König, ihr Enkel, hatte diesen Dienst an der Krone nicht vergessen.

Daniel merkte, dass Evan ihn aufmerksam ansah und auf eine Antwort wartete.

Er lächelte. »Entschuldigung. Ich habe gerade darüber nachgedacht, wie es ist, wenn von einem die Tugenden des eigenen Vaters erwartet werden. Auch meiner wirft einen sehr langen Schatten.«

Evan lachte, und die Anspannung auf seinem Gesicht schien sich teilweise zu lösen. »Seien Sie doch nicht so taktvoll. Der Prozess war entsetzlich, ein Albtraum, aus dem man nie wieder aufwacht.« Er schüttelte leicht den Kopf. »Und wenn man denkt, man ist doch aufgewacht, geht einem auf, dass er andauert. Wie gesagt, ist mein Vater für das Anwaltshonorar aufgekommen, und vermutlich hätte Drake den Auftrag sonst nicht übernommen – aber er hat sich mit so großem Nachdruck für mich eingesetzt, als ginge es um ihn selbst. Er hat übrigens wunderbare Zeichnungen angefertigt, mit ganz wenigen Strichen. Er hat mir nie etwas vorgemacht, mich auch nicht nur wie einen Fall behandelt, bei dem sein eigenes Ansehen auf dem Spiel stand, je nachdem, ob er ihn gewann oder verlor. Wissen Sie, was ich meine?« Seine Stirn legte sich unwillkürlich in Falten, während er nach treffenderen Worten suchte.

»Ja«, gab Daniel sogleich zurück. »Wir Anwälte verlieren mitunter aus dem Auge, worum es eigentlich geht, weil wir gern gewinnen möchten, und sehen das dann eher als unseren eigenen Erfolg als den des Mandanten an.« Er zuckte die Achseln. »Aber ein Misserfolg kann den Ruin unseres Mandanten bedeuten, den Verlust all dessen, was für ihn wichtig ist: der Würde, der Identität oder gar des Lebens.

Man kann das nicht miteinander vergleichen. Für einen Anwalt bedeutet ein Misserfolg vor Gericht lediglich, dass die eine Seite gewonnen und die andere verloren hat.« So bitter seine Worte klangen, so sehr entsprachen sie der Wahrheit. Das Bewusstsein dessen, was eine Niederlage vor Gericht bedeuten konnte, war dazu angetan, einem allen Mut zu nehmen. Aber jeder wusste, dass sie mitunter unvermeidlich war, denn niemand konnte – oder sollte – ständig gewinnen.

»Manche sind ja auch schuldig.« Diese Bemerkung Evans riss Daniel wieder aus seinen Gedanken. »Aber zu denen gehöre ich nicht. Drake hat sogar an mich geglaubt, als ich mich zu fragen begann, ob ich vielleicht verrückt war, und die Hälfte der Zeit nicht wusste, was ich tat.« Es machte Evan verlegen, seine Empfindungen so offen vorzutragen, und er sah beiseite, als er merkte, dass er rot wurde.

»Danke, dass Sie mir Ihre Eindrücke von Mr. Drake geschildert haben«, sagte Daniel nach kurzem Schweigen. »Ich glaube nicht, dass jemand in unserer Kanzlei diese Seite an ihm gekannt hat. Uns gegenüber war er gewöhnlich recht kurz angebunden.«

»Vielleicht, weil er wusste, dass Sie nicht auf ihn angewiesen waren.«

Daniel dachte einen Moment darüber nach. War Drake gar nicht ein gefühlskalter Mensch gewesen, der mit niemandem etwas zu tun haben wollte, sondern ein einsamer, der zu stolz war, seine Bedürfnisse auszusprechen? Dieser Gedanke war ihm bisher noch nicht gekommen. Wie blind er doch gewesen war!

»Werden Sie versuchen festzustellen, wer ihn getötet hat?«, fragte Evan. »Sofern ich Ihnen dabei behilflich sein kann, geben Sie mir dazu bitte eine Gelegenheit. Mir ist zwar momentan nicht klar, wie diese Hilfe aussehen könnte, aber sofern es sich um jemanden aus der bewussten Zeit handelt, werde ich ihn wiedererkennen. Diese Erinnerungen sind unauslöschlich.«

»Ich gebe Ihnen Bescheid, wenn sich diese Notwendigkeit ergibt«, sagte Daniel in geschäftsmäßigem Ton. »Im Augenblick weiß ich allerdings nicht, wo ich suchen soll. Hat er Ihnen gegenüber jemals von Mile End gesprochen? Über Spitzel oder Zuträger? Geldverleiher?«

Evan dachte eine Weile nach. »Er hat einmal etwas Interessantes gesagt«, begann er schließlich. »Ich werde mir Mühe geben, mich an die Namen zu erinnern, die er genannt hat. Eigentlich habe ich versucht, möglichst alles über jene Zeit zu vergessen, aber vielleicht kommen mir einige Erinnerungen wieder. Wie kann ich mich mit Ihnen in Verbindung setzen?«

Daniel nahm eine seiner Visitenkarten heraus und gab sie Evan.

»Danke. Darf ich Sie zum Abendessen einladen? Das ist hier recht gut.«

Daniel dankte ihm aufrichtig.

Am nächsten Abend suchte Daniel seinen Vater auf, um ihm zu berichten, was er in Erfahrung gebracht hatte. Während Charlotte in die Küche ging, um der Köchin mitzuteilen, dass sie statt wie sonst zu zweit an diesem Abend zu dritt sein würden, waren Vater und Sohn einige Minuten allein.

»Mr. Drake hatte eine uns zuvor völlig unbekannte Seite«, begann Daniel. Er wollte die Sache möglichst hinter sich bringen, bevor seine Mutter zurückkehrte, denn in ihrer Gegenwart würde Pitt nicht offen sprechen. »Ich habe dir ja schon gesagt, dass er Evan Faber verteidigt und für ihn einen Freispruch herausgeholt hat.«

»Ich hatte dir doch ans Herz gelegt, dich nach Möglichkeit aus der Sache herauszuhalten«, gab Pitt zurück. Seine Miene verfinsterte sich.

»*Nach Möglichkeit* habe ich das auch getan«, erwiderte Daniel. »Aber ich habe mit Evan Faber gesprochen und mit ihm zu Abend gegessen.«

»Daniel …«

»Ich weiß!«, sagte er. »Ich hätte mich da auch ganz herausgehalten, wenn ich die Sache auf sich hätte beruhen lassen können, aber das geht nicht. Obwohl Drake den Fall eindeutig und endgültig gewonnen hat, ist nach Evans Freispruch kein anderer wegen der Tat angeklagt worden.«

»Ist das alles?«, fragte Pitt in neutralem Ton, ohne seinen Sohn aus den Augen zu lassen.

Daniel holte tief Luft und stieß sie wieder aus. »Nein. Er hat mir viel über Drake gesagt. In der Kanzlei haben wir ihn lediglich als brillanten Anwalt und … eher gefühlskalten Menschen gesehen. Er hat sich nie mit jemandem einfach so unterhalten und schien nichts als seine Arbeit zu kennen. Der Mann, den Evan kennengelernt hat, war ein gänzlich anderer Mensch. Drake hat zwar unaufhörlich gearbeitet, aber darüber hinaus hat er sich Zeit genommen, Evan die Zusammenhänge zu erklären und ihm Mut zu machen. Natürlich hat Evans Vater die Honorare gezahlt, aber so wie Evan es darstellt, ist Drake ihm mit Freundlichkeit und Güte gegenübergetreten.«

»Sprich weiter«, sagte Pitt. Er wirkte gespannt.

»Außerdem habe ich erfahren, mit wem Drake in Mile End zusammengetroffen sein könnte. Sein Rechtspraktikant Hobson vermutet, dass das ein Geldverleiher gewesen sein könnte, der bei seinem Zusammentreffen mit Mr. Drake keine Zeugen haben wollte.« Noch während Daniel diesen Versuch einer Erklärung formulierte, merkte er selbst, wie fragwürdig das klang. Er atmete tief ein und fuhr fort: »Ich weiß, du hast gesagt, ich soll die Finger von der Faber-Geschichte lassen, wenn ich kann. Nun, ich kann nicht. Es tut mir leid.« An den Augen seines Vaters sah er, dass dessen Zorn verflogen war. Daniel hatte ein schlechtes Gewissen, weil er ihn in diese Situation gebracht hatte. Er wollte ihm sagen, dass er Evan Faber gut leiden konnte und sich ihm auf eine gewisse Weise seelenverwandt fühlte. Dass es Evan bewusst war, was es bedeutete, die Erwartungen eines übermächtigen Vaters erfüllen zu müssen, was ihm nie auch nur annähernd gelingen würde. Doch nach kurzem Nachdenken beschloss Daniel, diese Gedanken für sich zu behalten.

Er verstand, dass Pitt verärgert war. Er hatte dessen Mahnung in den Wind geschlagen. Aber sie zu beherzigen und einem möglichen Weg zur Wahrheit nicht zu folgen, erschien Daniel unzumutbar, und Pitt wäre der Erste, der das ebenfalls so sah. »Ich muss der Sache nachgehen …«

»Musst du das wirklich?«, unterbrach ihn Pitt. »Wieso übergibst du die Angelegenheit nicht der Polizei?«

»Nicht jeder Polizist ist wie du«, gab Daniel umgehend zurück. »Außerdem erscheint es mir, offen gesagt, verdächtig, dass die Polizei bisher nicht das Geringste vorzuweisen hat.«

»Was meinst du, sind die Leute unfähig oder korrupt?«, fragte Pitt mit ausdrucksloser Stimme und ernster Miene.

»Ich weiß nicht. Es könnte etwas von beidem sein. Darauf kommt es aber gar nicht an. Entscheidend ist, dass sie bisher nichts erreicht haben …« Daniel versuchte die Gefühle zu unterdrücken, die in ihm aufstiegen – das plötzliche Bedauern darüber, dass er sich nie die Zeit genommen hatte, Drake näher kennenzulernen, weil er so alt war und so verschroben wirkte.

Pitt wartete schweigend.

»Vielleicht fällt Evan jemand ein, den Drake in Mile End aufgesucht haben könnte«, fuhr Daniel fort. »Wir haben bisher nichts darüber in Erfahrung bringen können, und die Polizei begnügt sich allem Anschein nach damit, die üblichen Fragen zu stellen. Und …« Er zögerte. »… und außerdem wäre es mir lieber, wenn *wir* hinter die Wahrheit kommen und nicht die Polizei. Es ist immerhin möglich …«

Pitt entspannte sich ein wenig. »Schön, ich verstehe, worauf du hinauswillst. Aber sei auf der Hut, Daniel. Es kann nicht gut ausgehen, sich einen Mann wie Erasmus Faber zum Feind zu machen.«

Daniels Dankesworte wurden dadurch abgeschnitten, dass Charlotte ins Wohnzimmer zurückkehrte, um mitzuteilen, dass man in einer halben Stunde essen könne. Er war dankbar für die kurze Erleichterung und drückte seinen Dank mit einem Lächeln aus.

KAPITEL 6

Die nächsten beiden Tage gingen rasch vorüber. Daniel verabredete sich noch einmal mit Evan Faber zum Abendessen, woraus eine Kneipentour wurde, die die ganze Nacht dauerte. Es war die erste nach seiner Zeit in Cambridge, wo er am Gonville and Caius College studiert hatte, während Evan, wie sich herausstellte, ein Ehemaliger des von Heinrich VIII. gegründeten Trinity College war.

Beide genossen diese Unternehmung in vollen Zügen. Gegen Mitternacht waren sie so weit, dass sie über alberne Witze lachten und sich in Erinnerungen ergingen, die durch zeitliche Ferne und ein Gefühl der Zugehörigkeit an Schärfe verloren hatten. Sie spotteten über die Eigenarten ihrer Dozenten, die sie gemocht oder verabscheut hatten, erzählten sich gegenseitig von Streichen, die teils gelungen und teils fehlgeschlagen waren, von Erfolg und Versagen. Sie erinnerten sich an Menschen, die nie aus ihrem Gedächtnis verschwinden würden, auch wenn sie ihnen aus den Augen geraten waren.

»Er war eine richtige Witzfigur«, sagte Evan, und die Zuneigung, die in seiner Stimme mitschwang, verriet, was er wirklich empfand. Inzwischen zogen er und Daniel über eine gepflasterte Straße ein wenig oberhalb der Themse.

Von dort sahen sie die zahlreichen Lichter am gegenüberliegenden Ufer, die sich kaum weniger hell im Wasser zu ihren Füßen brachen.

»Lass uns da rübergehen und ein Stück flussabwärts fahren«, sagte Evan voll Begeisterung. »Ich hab immer gesagt, dass ich eines Tages die Themse bei Nacht runterfahren möchte.«

»Eines Nachts«, verbesserte ihn Daniel, und beide mussten lachen. »Flussabwärts, wohin? Nicht nach Gravesend. Zu weit. Und zu langweilig. Da gibt es nahe der Mündung nur plattes Land. Im Dunkeln sieht man ja nicht mal die Vögel.«

»Ich weiß nicht. Vielleicht an der Isle of Dogs vorbei und dann zum Royal Naval College von Greenwich. Danach kommt, glaube ich, Sumpfland, das ist mir unheimlich. Nichts als Schlamm, der alles in sich einsaugt. Wer weiß, was schon da drin verschwunden ist? Bestimmt spuken da die Geister von Seeräubern …«

»Wie wär's mit Traitor's Gate?«, regte Daniel an. »Du weißt schon, das Wassertor, durch das man die Leute, die im Tower enthauptet werden sollten, über die Themse da reingeholt hat. Bestimmt wimmelt es da drin förmlich von Gespenstern! Ich sage nur Königin Anne Boleyn und Sir Walter Raleigh!«

»Großartig!«, erwiderte Evan munter und tat so, als laufe ihm ein Schauer über den Rücken. »Außerdem liegt es auf unserer Seite des Flusses. Sieh mal!« Er wies themseaufwärts nach Westen, wo man Stunden zuvor hätte sehen können, wie sich das Abendrot in den Wellen brach.

»Oder Tower Bridge«, schlug Daniel vor. »Mal sehen, ob wir eine Fähre finden, die noch in Betrieb ist. Mit der könnten wir unter der Brücke durchfahren. Das ist ein herrlicher Anblick.«

»Großartiger Gedanke«, stimmte ihm Evan zu.

Sie machten kehrt und überquerten das Kopfsteinpflaster der Fahrbahn, um zu den Stufen oberhalb des Fähranlegers zu gelangen.

Am Fuß der Treppe hörte man den Wellenschlag gegen die Steinstufen. Während die beiden jungen Männer erneut Erinnerungen an Bekannte austauschten, zu denen sie den Kontakt verloren hatten, merkten sie nicht, wie kalt der Wind wehte.

»Erinnerungen sind so empfindlich wie manche Blumen im Beet«, sagte Evan, wobei er fast auf den glatten Steinen ausgeglitten wäre, die vom auflaufenden Wasser überspült wurden. »Sie welken rasch dahin, wenn man sich nicht um sie kümmert. Aber wenn man das Unkraut regelmäßig jätet und sie gießt, blühen sie immer wieder aufs Neue …«

Daniel lachte unvermittelt laut auf. »Meine Erinnerungen sind von Unkraut geradezu überwuchert«, sagte er in fröhlichem Ton und kicherte in sich hinein. Ihm war klar, dass ihm am nächsten Morgen der Schädel brummen, Drake immer noch tot und ffford Croft in Gefahr sein würde, aber das kümmerte ihn in diesem Augenblick nicht.

»Das waren gute Zeiten«, sagte Evan, während er sich vorsichtig über einige zerbrochene Steine vorantastete. »Danach wurde das Leben fürchterlich kompliziert.«

Daniel warf einen raschen Blick zu ihm hinüber und erkannte im Licht einer Laterne den ernsthaften Ausdruck auf Evans Gesicht. »Ja«, stimmte er ihm zu. »Als Student nimmt man alles Mögliche einfach nicht zur Kenntnis. Für solche Dinge ist im Kopf kein Platz. Man bemüht sich zu verstehen, was man liest – die tiefere Bedeutung. Man erinnert sich … versucht seinen Mann zu stehen, sich zu bewähren, und all das ohne große Worte!« Erneut sah er zu Evan hinüber, erkannte im Halbdunkel zwischen zwei Straßenlaternen aber lediglich sein Profil.

»Das Leben war so viel einfacher«, bestätige Evan nachdenklich. »Ich glaube nicht, dass mir das damals bewusst war.«

»Aber jetzt ist es das«, gab Daniel zurück. »Es kann ganz nützlich sein, wenn man zulässt, dass man eine Sache für richtig hält und um ihretwillen alles andere verdrängt. Dinge, mit denen man nicht fertig wird, schiebt man einfach beiseite. Großer Gott, studieren ...« Mehr oder weniger mit Absicht führte er den Gedanken nicht zu Ende. Er würde nie eine bessere Gelegenheit als diese haben, offen mit Evan zu reden. Als Evan nichts sagte, fuhr Daniel unvermittelt fort: »Man kann sich unsterblich verlieben und doch mehr oder weniger wissen, dass das nicht von Dauer sein wird. Alles ist ein Traum, nur das Studium ist wirklich.«

»Ein schöner Traum«, sagte Evan mit Gefühl. »Selbst im größten Kummer liegt eine Art Unwirklichkeit ...«

Daniel erkannte die Qual in seiner Stimme. Träume waren flüchtig und nicht von Dauer. »Denkst du gerade an Marie Wesley?«, fragte er und verabscheute sich im selben Augenblick dafür.

»Vermutlich weiß jeder davon«, sagte Evan leise und mit Verbitterung in der Stimme.

»Nein«, versicherte ihm Daniel. »Ich weiß es aus den Akten meiner Kanzlei, der auch dein Verteidiger angehört hat. Da er vor einigen Nächten ermordet wurde, gehört es zu meinen Aufgaben, auf der Suche nach Hinweisen seine Unterlagen gründlich durchzuarbeiten.«

»Sind wir deshalb hier?« Die Bitterkeit war aus Evans Stimme verschwunden, jetzt hörte man nur noch den Schmerz.

»Du meinst, dass ich dich deshalb aufgesucht habe?«, gab Daniel zurück. »Natürlich, gewissermaßen. Mr. Drake konnte dich gut leiden und hat dich für schuldlos gehalten. Ich habe dich aufgesucht, weil ich der Ansicht war, dass du von seinem Tod erfahren solltest. Das habe ich dir doch auch gesagt ...«

»Entschuldige«, antwortete Evan. »Natürlich habe ich sie nicht umgebracht. Ich mochte sie wirklich. Ich denke, du hättest sie auch gemocht. Sie war Realistin, weißt du? Sie kannte das Leben, und ihr war klar, dass es nicht lange so weitergehen würde, jedenfalls nicht für sie. Aber Selbstmitleid war ihr fremd. Sie war großzügig, klug und witzig. Ganz unschuldig bin ich übrigens nicht an ihrem Tod ...«

Mit einem Mal kam es Daniel vor, als ob sich der Nebel über dem Wasser der Themse wie Eis auf seine Haut legte. Er wusste nicht, was er sagen sollte. Er hatte Evan von Anfang an gut leiden können.

»Ich habe ihr keine Geschenke gemacht«, sagte Evan, gleichsam zu sich selbst. »Ich habe sie einfach gemocht, war gern mit ihr zusammen und habe ihr auch vertraut. Sie wollte nichts von mir außer angenehme Gesellschaft und ein wenig Spaß. Und sie war gut im Bett ...«

»Und was wirfst du dir dann vor?«, fragte Daniel.

»Dass ich so ein verdammter Idiot war! Irgendjemand, der unfähig war, sie mit anderen zu teilen, hat sie in einem Anfall blindwütiger Eifersucht umgebracht. Ich hätte mir denken sollen, dass es einen solchen Menschen gibt. Ich habe das nicht ernst genug genommen ...«

Daniel holte tief Luft. »Weißt du, wer das war?«

Evans Stimme klang überrascht, als er erklärte: »Natürlich nicht, sonst hätte ich das der Polizei gesagt. Großer Gott, man hätte mich hängen können! Ohne Drakes Einsatz hätte man das sogar getan.«

»Hatte er einen Verdacht?« Daniel hätte die Frage ohne Weiteres herunterschlucken können, entschied sich aber dagegen. Er musste es wissen.

»In dem Fall hätte er es bestimmt gesagt«, erwiderte Evan. »Vielleicht war er noch auf der Suche? Womöglich hat man ihn deshalb umgebracht? In gewisser Hinsicht bin ich auch dafür verantwortlich.«

»Nein!«, sagte Daniel mit Nachdruck. »Vielleicht hat sie dich mehr geliebt als ihn, wer auch immer er war, und er konnte nicht damit leben. Mit dir hatte das nichts zu tun. Früher oder später wäre sie einem anderen begegnet, der genauso reagiert hätte. Wer glaubt, er könne der Eifersucht aller anderen Zügel anlegen, nimmt sich zu wichtig.«

»Ich weiß. Lass uns unsere Schwierigkeiten für den Augenblick vergessen und ein bisschen den Fluss hinunterfahren.«

Es dauerte eine Viertelstunde, bis sie einen Fährmann gefunden hatten, der noch wach war. Auf dem Fluss war es kalt, aber das leise Geräusch, mit dem das Wasser gegen die Planken des Bootes schlug, und der gleichmäßige Rhythmus der Riemen erfüllten die beiden jungen Männer mit Wohlbefinden. Was machte es da schon, wenn sie hin und wieder fröstelten.

Sie unterhielten sich über Erinnerungen, die weiter in der Vergangenheit lagen. Evan konnte sich mit Mühe an seine Mutter erinnern. Ihr Verlust schmerzte ihn nach wie vor, und das hörte man seiner Stimme an. Er sprach nicht unmittelbar von ihr, sondern lieber von den Dingen, die ihr am Herzen gelegen hatten: Tautropfen an Grashalmen, der Geruch von Stiefmütterchen, der Gesang von Lerchen, die so hoch in den Himmel gestiegen waren, dass man sie nicht sehen konnte.

Daniel stellte keine Fragen; es war besser, schweigend zuzuhören.

Nach einer Weile glitt das Boot unter dem gewaltigen Bogen der Tower Bridge dahin, und sie genossen den Anblick. Als sie am Südufer ausstiegen, bestand Evan darauf, den Fährmann zu entlohnen. Sie fanden ein gemütliches Pub, in dem sie ein weiteres Bier und dann noch eines tranken. So saßen und unterhielten sie sich eine Weile, bis sie sich schweigend auf den Rückweg machten. Erst gegen drei Uhr morgens trennten sie sich. Evan sang vor sich hin, während er davonging.

Die Unterschiede zwischen ihnen waren anregend, und die Ähnlichkeiten wohltuend.

In seinem Schlafzimmer gelang es Daniel gerade noch, die Schuhe auszuziehen, bevor er vollständig angekleidet auf das Bett fiel. Mit einem Lächeln auf dem Gesicht schlief er ein.

Thomas Pitt hatte alle Hände voll damit zu tun, eine Gruppe von Anarchisten aufzuspüren, die sich vorgenommen hatten, Fabriken in die Luft zu sprengen. Zu solchen Gewaltakten gegen Industrieanlagen kam es in ganz Europa immer häufiger. Die Unruhe in der Gesellschaft wurde nicht nur durch politische Versammlungen und willkürliche Festnahmen verstärkt, sondern auch durch die ausgeprägte Ungleichheit zwischen den gesellschaftlichen Schichten, die im krassen Gegensatz zwischen verzweifelter Armut und demonstrativ zur Schau gestelltem Wohlstand deutlich wurde. All das fand ein Ventil in offenen Protestkundgebungen und Sabotageakten bis hin zu Bombenanschlägen.

So wenig Pitt Gewalttätigkeit billigte, so sehr konnte er angesichts dieser Situation ihren Ausbruch verstehen. Zugleich war ihm bewusst, dass man damit keins der Probleme lösen würde. Das Heilmittel bestand nicht darin, die zur Verzweiflung getriebenen Menschen einzukerkern. Nichts als ein grundlegender gesellschaftlicher Wandel wäre dazu angetan, etwas an ihrer Lage zu ändern.

An jenem Abend folgte Pitt zusammen mit Charlotte der Einladung eines der führenden Mitglieder des Oberhauses. Er wäre viel lieber zu Hause geblieben, aber die Teilnahme an solchen Abendgesellschaften gehörte zu den Pflichten seines Berufs, denen er sich nicht entziehen konnte und die mit einer gewissen Gelassenheit zu ertragen er inzwischen gelernt hatte. Von Charlotte mit den Bräuchen der Gesellschaftsschicht vertraut gemacht, in die sie hineingeboren worden war, fühlte er sich in dieser Rolle mittlerweile einigermaßen wohl. Ihm war klar, dass solche Zusammenkünfte der besonders mächtigen Männer unter anderem dem Austausch von Geheiminformationen dienten, ohne deren Kenntnis er seine Aufgabe nicht erfüllen konnte.

Es überraschte ihn nicht, dass nach einem exquisiten Mahl und nachdem man die üblichen Höflichkeitsfloskeln ausgetauscht hatte, Sir James MacPherson vom Innenministerium scheinbar beiläufig auf ihn zutrat. Ihm war nicht entgangen, dass der Mann rasch dem Butler etwas zugeflüstert hatte, zweifellos die Anweisung, dafür zu sorgen, dass sie nicht gestört würden, bis Sir James mit Pitt alles Wesentliche besprochen hatte. Charlotte, die ein herrliches Kleid aus flammend roter Seide trug, plauderte am anderen Ende des riesigen Salons mit einer Herzogin.

»Wie geht es Ihnen, Pitt?«, fragte MacPherson im Gesprächston und fuhr fort, bevor Pitt antworten konnte: »Die Geschichte mit der Bank in Grimsby haben Sie gut hinbekommen. Dadurch, dass Sie die Burschen rechtzeitig gefasst haben, dürfte beträchtlicher Schaden vermieden worden sein.«

Pitt bedankte sich. Das Lob hatten er und seine Leute verdient.

»Wir dürfen keinesfalls zulassen, dass die eine oder andere unserer Werften in die Luft gejagt wird«, fuhr MacPherson fort. »Wir brauchen die dringend, eine wie die andere.«

Pitt seufzte. Es sah ihm ganz danach aus, als werde er wieder einmal einen Vortrag über die unbestreitbar ernste

Notlage der britischen Kriegsmarine über sich ergehen lassen müssen. Viel zu lange hatte sich das Land auf den Lorbeeren des überlegenen Siegs in der Seeschlacht am Kap Trafalgar ausgeruht, der mittlerweile ein volles Jahrhundert zurücklag. Das war noch in der Zeit der Segelschiffe gewesen! Zuvor hatte das spanische Linienschiff *Santísima Trinidad*, das seinesgleichen suchte, als Schrecken der Meere gegolten, doch der englische Seeheld Nelson hatte mit seinen kleineren, schnelleren und wendigeren Schiffen Sieg um Sieg errungen, was dazu führte, dass Großbritannien schließlich statt Spanien die Weltmeere beherrschte. Viel zu lange hatte sich das Land seither im Glanz von Nelsons ruhmreichen Erfolgen gesonnt. Dabei war all das inzwischen nur noch eine ferne Erinnerung, die bewirkte, dass man sich der Selbsttäuschung hingab, nach wie vor ein international bedeutendes Land zu sein.

»Der deutsche Kaiser hält sich für einen großen Admiral«, sagte MacPherson mit bedeutungsschwerer Stimme.

»Ja, das ist mir bekannt, Sir James«, gab Pitt zurück. Niemand wusste das besser als er, denn er selbst hatte MacPherson vor nahezu zehn Jahren darauf hingewiesen. »Genau deswegen bewachen wir unsere Werften ja mit Argusaugen.«

»Selbstverständlich wissen Sie das«, bestätigte MacPherson mit besorgt gekräuselten Lippen. »Aber zu viele Leute in unserer Regierung wissen das nicht, weshalb sie den Ernst der Lage verkennen. Der Schiffbau ist eine unserer vorrangigen Aufgaben. Gott weiß, dass ich einem Burschen wie diesem Faber nicht um den Bart gehen würde, wenn uns das Wasser nicht bis zum Halse stünde. Verdammter Emporkömmling! Aber uns bleibt nichts anderes übrig, als ihn bei Laune zu halten. Und um ein Haar wäre es noch zu einem entsetzlichen Skandal gekommen! So etwas könnte jedem passieren.«

»Ich weiß. Eine junge Frau ist zu Tode geprügelt worden«, ergänzte Pitt. »Aber das war ein Fall für die Polizei und hat nichts mit dem Staatsschutz zu tun. Außerdem hat man Fabers Sohn Evan freigesprochen.«

»Und dann geht irgendein Mistkerl her, bringt dessen Verteidiger um und lässt ihn in Mile End einfach auf der Straße liegen«, fuhr MacPherson fort, wobei er Pitt aus zusammengekniffenen Augen ansah. »Sagen Sie ja nicht, dass Sie nichts von der Geschichte gehört haben. Natürlich kennen Sie die.«

Ein Diener mit einem Tablett voller Champagnergläser trat auf sie zu und machte unverzüglich auf dem Absatz kehrt, als er den Ausdruck auf MacPhersons Gesicht sah. Am anderen Ende des Raums lachte jemand. Aus dem Augenwinkel erkannte Pitt Charlottes leuchtendes Kleid, als sie einige Schritte tat.

»Dass man Mr. Drake ermordet hat, ist mir in der Tat bekannt«, bestätigte er. »Jeder weiß davon. Doch ich habe weder eine Vorstellung vom Täter noch von seinen Motiven. Aber warum«, fuhr er fort, »sagen Sie nicht einfach, was Sie von mir wollen, statt über Dinge zu reden, die uns beiden bekannt sind?«

»Ich denke, Sie sind ein geborener Herr, wenn auch wohl kaum im Sinne der gehobenen Gesellschaft«, sagte MacPherson mit schiefem Lächeln, so, als habe er etwas geschluckt, was erst köstlich schmeckte, aber einen sauren Nachgeschmack hatte. »Was ich will? Sie sollen es erfahren. Dieser Erasmus Faber ist ein buchstäblich aus der Gosse emporgestiegener grässlicher Mensch, aber in seinem Beruf geradezu ein Genie. Er, und nur er, kann die Schiffe bauen, die unser Land wohl brauchen wird, um zu überleben, falls die Deutschen unangenehm werden, was ohne Weiteres möglich ist. Kontinentaleuropa ist gegenwärtig ein Pulverfass.

Wenn wir Glück haben, legt sich die soziale Unruhe dort wieder, aber vorher wird es noch die eine oder andere Revolution wie die von 1848 geben. Wenn wir Pech haben, könnten die sich allerdings aufschaukeln, und dann würde die nackte Gewalt herrschen. Es sieht ganz so aus, als ob es bald dazu kommen wird. Zwar kann niemand gesellschaftliche Veränderungen auf Dauer aufhalten, aber sie kommen selten auf friedlichem Wege ...«

»Auch das ist mir nicht neu«, entgegnete ihm Pitt. »Wirklich nicht!«

»Denken Sie ein wenig weiter«, knurrte MacPherson. »Seit einem vollen Jahrhundert beherrscht unser Land die Weltmeere. Damit dürfte aber bald Schluss sein, wenn wir nicht dafür sorgen, dass unsere Kriegsmarine von Grund auf erneuert wird. Dafür brauchen wir erstklassige Schiffe, und zwar deutlich mehr, als wir im Augenblick haben ...«

»All das ist mir bekannt«, unterbrach Pitt MacPhersons Ausführungen.

»Und um dieses Ziel zu erreichen, müssen wir uns zu meinem großen Bedauern mit Gestalten wie diesem Erasmus Faber herumschlagen«, fuhr MacPherson fort, als hätte Pitt nichts gesagt. »Wir sind gezwungen, diesen Mistkerl zu ertragen, der sich anmaßt, in die bessere Gesellschaft aufsteigen zu wollen. Man hat mir sogar nahegelegt, ihn heute Abend einzuladen. Das konnte ich gerade noch mit Mühe und Not verhindern, aber auf lange Sicht wird mir das nicht gelingen. Der Preis, den wir für seine dauerhafte Mitwirkung an unserem Projekt zahlen müssen, ist hoch ...«

»Zahlen wir ihm denn nicht genug?«

»Doch, durchaus. Jedenfalls so viel wir können!« Angewidert verzog MacPherson das Gesicht. »Aber sein Ehrgeiz geht in eine andere Richtung. Stellen Sie sich vor, Pitt: Er will einen Ritterschlag, einen Sitz im Oberhaus und später ein hohes Regierungsamt. Es würde mich nicht im Geringsten überraschen, wenn er sich in seinem Größenwahn einbildet, er könnte eine Aristokratin heiraten. Gott steh der armen Frau bei! Und das Schlimme ist, dass er vermutlich bekommen wird, was er will. Er ist zwar alles andere als ein Herr – meiner Ansicht nach gehört er auf einen Bauernhof –, aber wie ich schon gesagt habe, er ist ein genialer Schiffbauer.«

»Wer würde seine Schiffe kaufen, wenn wir sie ihm nicht abnähmen?«, fragte Pitt, doch eine kalte Stimme in seinem Inneren sagte ihm, dass ihm die Antwort klar war, bevor MacPherson sie formulieren konnte.

»Natürlich die verdammten Deutschen!«, raunzte dieser. »Haben Sie die letzten zehn Jahre verschlafen? Die Hälfte unserer verdammten königlichen Familie stammt aus Deutschland! Ist Ihnen das etwa nicht aufgefallen? Angefangen hat das mit Prinz Albert, auch wenn der ein guter Mann war. Der vorige König war ein Vetter des Kaisers, und die Gattin des jetzigen war eine deutsche Prinzessin. Die Mitglieder der königlichen Familie unterhalten sich auf Deutsch, verdammt! Wir wandeln auf einem sehr schmalen Grat, Pitt. Sparen Sie sich die Mühe, um mehr Gerechtigkeit für Marie Wesley zu kämpfen. Die Frau ist tot. Lassen Sie sie in Frieden ruhen. Und fassen Sie Faber, auch wenn Ihnen das noch so zuwider ist, um Himmels willen mit Samthandschuhen an, so, wie wir alle das müssen.«

Innerlich lehnte sich Pitt gegen das Ansinnen auf. Auch MacPherson stand deutlich ins Gesicht geschrieben, dass er die Zumutung, mit diesem Parvenü gesellschaftlich verkehren zu sollen, als unerträglich ansah. Die Vorstellung, Faber könne eines Tages dem Oberhaus angehören und, als ob dieser Zuwachs an Macht nicht genüge, darüber hinaus noch ein wichtiges Regierungsamt bekleiden, nahm ihm buchstäblich den Atem. Aber Großbritannien war eine Insel, über die man eine Blockade verhängen konnte. Niemand hatte vergessen, dass das Napoleon beinahe gelungen wäre, so wie vor ihm zur Zeit Königin Elisabeths I. dem spanischen König Philipp II. mit seiner Armada.

MacPherson sah Pitt abwartend an.

»Ich verstehe«, sagte dieser schließlich. »Ich nehme zwar nicht an, dass er wirklich an die Deutschen verkaufen würde, aber ich bin ebenso sicher wie Sie, dass sie bereit wären zu kaufen. Gott sei Dank hat man seinen Sohn freigesprochen. Da hat der arme Drake wirklich erstklassige Arbeit geleistet.«

»Ja«, pflichtete ihm MacPherson bei. »Der Ärmste.«

Nach dem Empfang ließ sich Pitt mit seiner Frau nach Hause fahren. Regelmäßig einen Wagen benutzen zu können, eines der Privilegien seiner herausgehobenen Position, war nicht nur angenehm, sondern auch sicher. Über eine mögliche Gefährdung wollte er lieber nicht nachdenken und erst recht nicht darüber reden.

Er wandte den Kopf zu Charlotte, die neben ihm saß. Im Licht der Straßenlaternen, das durch die Scheiben hereinfiel, erschien sie ihm als die schönste Frau, die er je gesehen hatte. Die Jahre waren gnädig zu ihr gewesen. Sie pflegte zu sagen, dass ihr Glück der Grund dafür war. Er hatte beschlossen, dem nicht zu widersprechen, denn es war ein wohltuender Gedanke, der ihm nach dem Gespräch mit MacPherson eine vorübergehende Zuflucht bot, die er überaus zu schätzen wusste.

Zu Hause angekommen, gingen sie ins Wohnzimmer, wo die verglimmende Glut im Kamin noch ein wenig Wärme von sich gab. Die Uhr auf dem Sims zeigte Viertel vor elf, aber Pitt konnte vor Anspannung noch nicht schlafen. Charlotte, die zu spüren schien, dass er sich etwas von der Seele reden wollte, beugte sich in ihrem Sessel vor, um das Feuer neu zu entfachen. Sie legte ein Scheit auf die Glut, das auch bald darauf zu brennen begann, und griff sogleich nach einem weiteren Stück Holz. Als das Feuer richtig in Gang gekommen war, fragte sie: »Macht dir etwas Sorgen?« Sie lehnte sich zurück und sah ihn an.

»Wie kommst du darauf?«, fragte er, setzte sich ihr gegenüber und sagte dann: »Ich weiß nicht recht«, wobei er unwillkürlich lächelte. »Hoffentlich bin ich nicht für alle Welt so leicht zu durchschauen.«

»Sicher nicht«, beruhigte sie ihn. »Wenn es um etwas geht, was ich nicht wissen darf, sag das ruhig, dann mache ich mir im Stillen Sorgen, ohne dich weiter damit zu behelligen. Wenn es nur nichts mit Daniel und dieser elenden Geschichte um den armen Drake zu tun hat. Steckt Marcus in Schwierigkeiten, Thomas?«

Dass sie ihn so gut kannte, war ebenso trostreich wie beunruhigend. Er durfte dieser Frage nicht ausweichen, denn damit würde er eine Schranke zwischen ihnen aufrichten, und das wollte er nicht. Es gab bereits zu vieles, worüber er nicht mit ihr reden konnte, weil es der Amtsverschwiegenheit unterlag. Wenn es um solche Dinge ging, wich er ihr weder aus noch nahm er seine Zuflucht zu Unwahrheiten, sondern schwieg einfach. »Ich weiß nicht recht«, wiederholte er, »und das ist keine Ausrede. In seiner Kanzlei hatten sie vor einer Weile einen ziemlich üblen Fall zu bearbeiten. Das hat nichts mit Daniel zu tun, sondern bezieht sich auf Jonah Drake …«

»Betrifft das denn den Staatsschutz? Sollst du den Fall übernehmen?«

»Bisher nicht. Ich denke auch nicht, dass man das von mir erwartet. Man hat mir ganz im Gegenteil deutlich zu verstehen gegeben, es sei höheren Ortes erwünscht, den Fall auf sich beruhen zu lassen.«

»Warum denn das? Wer ist der Täter?«

In dieser Hinsicht hatte sie sich in all den Jahren, seit sie einander kennengelernt hatten, nicht verändert. »Das weiß ich nicht«, sagte er aufrichtig. »Man möchte, dass der Fall kein Aufsehen erregt, weil die Leute sonst möglicherweise wieder über den Fall der jungen Frau sprechen würden, die der junge Faber umgebracht haben soll.«

»War er es also doch? Hatte Drake das irgendwie ... öffentlich machen wollen?« Sie runzelte fragend die Stirn. »Inwieweit ist Daniel in die Angelegenheit verwickelt?«

»Überhaupt nicht, außer dass er Drake gekannt hat. Sie haben in derselben Kanzlei gearbeitet.«

»Du sollst mich nicht schonen, Thomas! Da muss eine Verbindung bestehen, sonst hätte MacPherson bestimmt nicht eine halbe Stunde lang mit dir geredet.«

»Übertreib nicht ...«, setzte er an, ohne den Satz zu vollenden. »Der ältere Faber will hoch hinaus. Er möchte in der Politik ganz oben mitreden ... Nicht gleich, aber später. Da unser Land auf seinen überlegenen Sachverstand auf dem Gebiet des Schiffbaus angewiesen ist, können wir es uns nicht leisten, ihn vor den Kopf zu stoßen.«

»Weil er sonst ... was machen würde? Seine Schiffe woanders verkaufen? Ernsthaft?«

Er gab keine Antwort.

»Ich verstehe«, sagte sie. »Mit seiner Machtbesessenheit will er unsere Zwangslage ausnutzen. Wie widerwärtig!«

»Wie schnell du das durchschaut hast!«, sagte er erstaunt.

»Liebling, man merkt, woher du kommst! Gerade das gefällt mir an dir, bleib also bitte, wie du bist. Der Aristokratie, selbst dem niederen Landadel, ist es über die Jahrhunderte hinweg gelungen, gegen alle Widrigkeiten zu überdauern.« Sie verstummte, sodass man in dem vertrauten Raum nichts hörte als das Knistern des Feuers, das leise Zischen, mit dem ein Scheit zerfiel, und das Geräusch der Regentropfen auf dem Glas der Fenstertür zum Garten.

»Wir beide haben einander aus Liebe geheiratet«, fuhr sie fort, »ganz wie Jemima ihren Patrick – und wie es hoffentlich eines Tages auch Daniel tun wird. Aber je höher jemand in der Gesellschaft aufsteigt, desto weniger darf er auf ein solches Glück hoffen. Meinst du wirklich, ein Mann wie dieser Faber würde zulassen, dass sein Sohn eine in seinen Augen unvorteilhafte Ehe eingeht?«

»Auf Geld ist er nicht erpicht – davon hat er selbst mehr als genug«, gab Pitt zu bedenken.

»Ich verstehe. Was er aber nicht hat, sind Lebensart, gesellschaftliches Ansehen und Bildung. All das zu kaufen kann er sich leisten, vor allem, wenn unser Land am Rande eines Konflikts steht. Es muss ja nicht gleich etwas so Schreckliches wie ein Krieg sein, da genügen schon andere Unannehmlichkeiten.«

Er sah sie aufmerksam an. Nicht ihre Schönheit hatte es ihm in erster Linie angetan, obgleich sie ihn faszinierte, und auch nicht ihre Klugheit, wohl aber ihre Unerschrockenheit – die vor allem. Obwohl ihre offene Art ihn mitunter bestürzte, war ihm bewusst, dass sie der Kern ihres Wesens war. Ihre seelische Hingabe war bedingungslos.

»Ja«, stimmte er ihr zu. »Ich halte den Mann für äußerst gefährlich. Es wäre mir lieber, wenn wir nicht auf ihn angewiesen wären, aber das sind wir bedauerlicherweise, wie MacPherson mit Nachdruck betont hat.«

Sie zögerte kurz. »Hat Daniel damit zu tun?«

»Großer Gott«, seufzte er, »ich hoffe nicht.«

KAPITEL 7

Nach einem langen Arbeitstag war Daniel, dem die nächtliche Unternehmung mit Evan Faber noch immer in den Knochen steckte, früh zu Bett gegangen. Nur zögernd tauchte er aus den Tiefen des Schlafs auf und öffnete widerwillig die Augen. Im schwachen Lichtschimmer, der vom Treppenabsatz durch die offene Tür hereinfiel, sah er, dass seine Wirtin, Mrs. Portiscale, in einem abgetragenen blauen Morgenmantel neben seinem Bett stand.

»Was gibt es?«, fragte er und rieb sich die Augen. »Fehlt Ihnen etwas?«

»Nein, mir geht es so gut, wie es um diese frühe Morgenstunde möglich ist«, gab sie zurück. »Grundgütiger, es ist ja noch nicht einmal hell. Ein Herr möchte Sie sprechen. Er hat gesagt, dass es dringend ist.«

Daniel setzte sich auf. »Wer? Was ist passiert?« Angst erfasste ihn. Ohne auf die Gebote des Anstands zu achten, warf er die Bettdecke zurück und stand auf. »Wer?«, wiederholte er. »Ist einem meiner Angehörigen etwas zugestoßen?«

»Nein, Mr. Pitt«, versicherte sie ihm. »Es scheint beruflich zu sein. Der Herr hat sich als ein Dr. Ottershaw vorgestellt und gesagt, dass er Sie kennt …«

Eine Welle der Erleichterung überlief Daniel. »Ja, ich kenne ihn. Ich ziehe mich gleich an und komme nach unten. Legen Sie sich doch bitte wieder schlafen, Mrs. Portiscale. Es tut mir leid, dass man Sie gestört hat.«

Sie tat seine Worte mit einem leichten Achselzucken ab. »Ich mach Ihnen eine Tasse Tee, das hilft Ihnen, wach zu werden. Und Toast«, fügte sie hinzu, während sie hinausging. Sie ließ die Tür offen, damit er genug sehen konnte, um die Gaslampe an der Wand neben seinem Bett zu entzünden.

Nachdem er sich flüchtig gewaschen und rasch angezogen hatte, ohne sich zu rasieren, ging er die Treppe so leise wie möglich hinab, um die Mitbewohner nicht zu stören. Was mochte Dr. Octavius Ottershaw veranlasst haben, ihn zu dieser unchristlichen Zeit aufzusuchen? Von Beruf war er Pathologe, doch seine Leidenschaft galt der Forensik. Daniel kannte ihn, weil er ein guter Freund Miriams war, der ihre bemerkenswerten Fähigkeiten erkannt und ihr die Möglichkeit gegeben hatte, mit ihm zusammenzuarbeiten.

Als Daniel in die Küche trat, sah er Ottershaw mit einer Teetasse in der Hand am Tisch sitzen. Wortlos wies er auf die gegenüberliegende Seite, wo Tee und Toast für Daniel bereitstanden. Von Mrs. Portiscale war nichts zu sehen. Ottershaw machte wie immer einen sonderbaren Eindruck. Beim Anblick seines wilden weißen Haares und der eingefallenen Wangen hätte man ohne Weiteres auf Zerstreutheit und ins Kraut geschossene Fantasie schließen können. Allerdings kannte Daniel ihn als Naturwissenschaftler, dem die Wahrheit über alles ging, sowie als einen überaus gütigen Menschen.

»Sie hat sich wieder hingelegt«, erklärte Ottershaw. »Essen Sie etwas, und trinken Sie Ihren Tee. Es kann gut sein, dass

Sie später keine Zeit zum Frühstücken haben werden.« Er nahm einen Schluck aus seiner Tasse. »Er tut gut und ist schön heiß.«

»Was gibt es denn?«, fragte Daniel, während er sich setzte und nach dem Glas mit der Orangenmarmelade und der Butterschale griff.

Eine Weile sagte der frühe Besucher nichts. Daniel sah ihn an, um nach Möglichkeit in seinem Gesicht zu lesen. Ottershaws ernste Miene beunruhigte ihn. »Was ist geschehen?«, wiederholte er. Die Angst ließ seine Stimme unwillkürlich schärfer klingen als beabsichtigt.

Ottershaw seufzte. »Ich nehme an, dass Sie den jungen Evan Faber kennen?«

»Ja, aber noch nicht lange. Woher wissen Sie das?«

Ein trübseliges Lächeln trat auf Ottershaws Gesicht.

»Sie beide haben in der Nacht auf gestern eine ziemlich deutliche Spur hinterlassen.«

Tiefe Röte überzog Daniels Gesicht bei dem Gedanken daran, was für peinliche Enthüllungen ihm bevorstehen mochten. Wenn er es recht bedachte, konnte er sich an kaum etwas erinnern, auf keinen Fall an Einzelheiten. Er wusste nur, dass er jene Stunden genossen hatte.

»Was ist mit ihm?«, erkundigte er sich.

»Zu meinem Bedauern muss ich Ihnen sagen, dass man ihn spät in der Nacht tot aufgefunden hat«, gab Ottershaw zurück. »Man hat mich hinzugerufen. Es tut mir aufrichtig leid.«

»Tot? Ihm fehlte nichts, als wir uns verabschiedet haben«, begehrte Daniel auf, als ob das eine Rolle spielte.

Ottershaw hob die Hand, um ihm Schweigen zu gebieten. »Es tut mir leid. Das einzig Gute daran ist, dass er nahezu sofort tot gewesen sein muss. Ich denke, er hat nicht einmal wirklich mitbekommen, was da geschehen ist. Alles ging so schnell, dass er kaum Schmerzen empfunden haben dürfte …«

»Er hatte doch wohl keine Herzgeschichte? Auf mich hat er durchaus …« Daniel brach ab. Dadurch, dass er redete, als ob er damit etwas bewirken könnte, schob er das Unvermeidliche nur hinaus.

»Ein Stich ins Herz mit einem langen Messer«, sagte Ottershaw so langsam, als wolle er sich auf diese Weise vergewissern, dass er es nie wieder würde sagen müssen.

Daniel schüttelte den Kopf. »Sie meinen Mord? Das kann ja unmöglich ein Unfall gewesen sein!«

»Ja, Mord«, bestätigte Ottershaw. »Man hat ihn in einer finsteren Seitengasse von Mile End gefunden. Man muss ihn nachträglich dorthin geschafft haben. Allerdings gibt es nicht den geringsten Hinweis darauf, wo sich die Tat ereignet hat.«

»Wie kommen Sie zu dieser Annahme?«

»An der Fundstelle finden sich keine Blutspuren. Flecken, die man an seiner Kleidung gefunden hat, könnten von einem Gemüse-Transportkarren stammen. Oder sind die während Ihrer … nächtlichen Abenteuer dorthin gelangt?«

»Ich wüsste nicht. Nein, natürlich nicht. Aber warum hat man ihn vom Tatort dorthin gebracht?«

»Das wissen wir nicht.«

»Und woher kennen Sie die Verbindung zwischen ihm und mir?«

»Er hatte eine Ihrer Karten in der Tasche.«

»Gerade so wie Jonah Drake aus unserer Kanzlei, als man ihn tot in Mile End fand«, stieß Daniel leise hervor. Es war ein Albtraum, wie eine Wiederholung der Umstände von Drakes Tod. Was hatte Evan in Mile End verloren? Innerlich wehrte Daniel sich dagegen, was er da gehört hatte, für wirklich zu halten, als sei es möglich, dass nicht Evan

Opfer dieser Tat geworden war, sondern ein anderer. Aber war es wirklich unwahrscheinlich? Als sie sich voneinander verabschiedeten, hatte Evan noch fest auf den Beinen gestanden, war weniger betrunken gewesen als Daniel. Hatte er sich – noch in der Nacht oder in dieser – auf den Weg nach Mile End gemacht, um dort, gleichsam eine Anregung Daniels aufgreifend, die Person zu finden, die Jonah Drake hatte aufsuchen wollen? War er dabei ganz wie dieser mit einem langen Messer umgebracht worden, hoffentlich ohne mitzubekommen, was ihm widerfuhr? Nach dem, was Ottershaw gesagt hatte, war es ein vergleichsweise gnädiger Tod gewesen.

»Wissen Sie etwas?«, fragte Ottershaw eindringlich. Er beugte sich ein wenig über den Tisch. »Worin besteht die Verbindung zwischen Drake und dem jungen Faber?«

Daniel überlegte. »Er hat Evan verteidigt, als man ihn zu Unrecht wegen Mordes angeklagt hatte, und für ihn einen Freispruch erwirkt.« Das Schuldbewusstsein legte sich wie ein eiserner Reifen um seine Brust, und zugleich schien er innerlich vor Hitze zu glühen. Den Blick auf das Tischtuch gerichtet, um Ottershaw nicht ansehen zu müssen, fuhr er fort: »Ich habe Evan von Mr. Drakes Tod in Kenntnis gesetzt, weil ich ihm die Möglichkeit geben wollte, an der Beisetzung teilzunehmen, sofern er das wünschte. Er hatte das vor, es war ihm wichtig.« Er hob den Blick. »Aber ich wollte auch wissen, ob er mir sagen konnte, was Mr. Drake möglicherweise in Mile End gewollt hatte.« Es fiel Daniel schwer, das zu sagen, weil er den Eindruck hatte, dass Ottershaw bis in die Tiefen seiner Seele blicken konnte. Erkannte er dort die Torheit seines Unterfangens, hielt er ihn etwa für mitschuldig an Evans Tod? Vielleicht war er das sogar.

»Und hat er es gewusst?«

»Er hat gedacht, dass er es herausbringen könnte«, gab Daniel in kläglichem Ton zurück. Erneut richtete er den Blick auf den Teller, auf dem der unberührte Toast lag. Es war ihm nicht möglich, etwas zu essen, denn seine Kehle war wie zugeschnürt. Er bemühte sich, seine Gefühle zu beherrschen, den Kummer, das schlechte Gewissen und seinen großen Zorn darüber, dass so etwas geschehen konnte. Evan war so lebendig gewesen, ein Mensch mit intensiven Empfindungen. Wie war es möglich, dass er von einem Augenblick auf den anderen nicht mehr lebte? Daniel meinte noch sein unbeschwertes Lachen zu hören, erinnerte sich daran, wie er liebevoll über seine Mutter gesprochen hatte, an die er so gut wie keine Erinnerungen hatte.

Mit den Worten »Vielleicht ist ihm das ja gelungen?«, riss Ottershaw ihn aus seinen Gedanken. Dass er nicht sagte, es sei nicht seine Schuld, war Daniel ganz recht. Er wollte nicht wie ein Kind behandelt werden, das nicht imstande war, zu seiner Schuld zu stehen oder einen verdienten Tadel zu ertragen. »Er wäre nicht dorthin gegangen, wenn ich ihm die Sache mit Mr. Drake nicht erzählt hätte.«

»Möglich«, bestätigte Ottershaw. »Nach allem, was Sie gesagt haben, hat er Drake großen Dank geschuldet. Da läge der Gedanke nahe, dass ihm genauso viel wie Ihnen daran lag, den Mörder zu finden.«

»Ich schulde Mr. Drake nichts weiter, als was der Anstand gebietet«, erwiderte Daniel. »Eigentlich geht es mir mehr um Mr. fford Croft.«

Ottershaw richtete sich ein wenig auf. »Mr. fford Croft?«

»Mr. Drake war Teilhaber unserer Sozietät. Ich denke, dass wir ihm gegenüber zu einer gewissen Loyalität verpflichtet sind. Die Frage ist, ob sein Tod mit einem seiner früheren Fälle oder einem unerledigten Fall zu tun hat.« Er dachte nicht daran, Ottershaw von den bislang ungeklärten Geldbewegungen in Kenntnis zu setzen.

»Und, besteht da ein Zusammenhang?«, fragte Ottershaw.

»Ich glaube schon. Ich möchte wissen, warum sich Mr. Drake in Mile End aufgehalten hat. Da man Evan augenscheinlich dort in der Nähe umgebracht hat, möchte ich außerdem wissen, was er herausbekommen hatte, das jemanden dazu veranlasst hat, ihn ebenfalls aus dem Weg zu räumen. Es fällt mir schwer, da an einen Zufall zu glauben.«

»Seien Sie vorsichtig«, mahnte Ottershaw. »Ich denke, der alte Faber wird dafür sorgen, dass die Zeitungen den Fundort der Leiche verschweigen und die Sache herunterspielen. Man wird sagen, jugendlicher Leichtsinn habe seinen Sohn dazu veranlasst, so spät in der Nacht in London unterwegs zu sein. Sollten die wahren Umstände aber doch herauskommen, wird die Öffentlichkeit darin die Tragödie eines jungen Mannes sehen, den man auf dem Heimweg überfallen hat und der sich nicht zur Wehr setzen konnte. Glauben Sie mir, der Vater hat genug Einfluss, dafür zu sorgen, dass die Leute das schlucken. Er beschäftigt Hunderte, wenn nicht Tausende von Arbeitern. Es dürfte ihm nicht schwerfallen, unter ihnen ein Dutzend zu finden, die bereit sind zu beschwören, dass sich Evan zur Tatzeit woanders aufgehalten hat.«

»Aber wird die Polizei ihm das abnehmen?« Im Geiste sah Daniel bereits, wie sich alle Türen vor ihm schlossen.

»Nein, doch man wird sich den Anschein geben, als ob man es glaubte.«

Daniel war von Wut erfüllt. Ein solches Gefühl ließ sich allemal leichter ertragen als Schmerz. »Dann bleibt die Frage, wer ihn umgebracht hat und warum. Hatte er Schulden? Könnte sich sein Vater geweigert haben, ihn freizukaufen?«

Ottershaws Augen weiteten sich. »Eine Geiselnahme mit tragischem Ausgang? Auf diese Möglichkeit war ich noch gar nicht verfallen, aber denkbar ist es. Sollte es sich tatsächlich so verhalten, wird der Vater alles tun, um die Täter aufzuspüren, und sie dann qualvoll töten. In dem Fall brächte ich sogar ein gewisses Mitgefühl für ihn auf, wenn auch nicht allzu viel. Falls man den jungen Mann wegen Geld umgebracht hat, müssen die Täter mit einer unerbittlichen Bestrafung rechnen.«

Daniel hielt den Blick auf den Tisch gerichtet, eine Insel des Lichts in der frühmorgendlichen Dämmerung. Die Teekanne, der Milchkrug und das blaugeränderte Porzellan darauf wirkten tröstlich. Er erinnerte sich so deutlich an sein Gespräch mit Evan, als säße dieser dort bei ihnen. »Er war Mr. Drake zutiefst dankbar«, sagte er.

»Evan?«

»Ja. Um festzustellen, wer ihn umgebracht hat, müssen wir das Motiv kennen«, sagte Daniel, als liege das auf der Hand.

»Wissen Sie etwas über Drake? Oder darüber, was er in Mile End wollte?«

»Nicht viel.« Daniel versuchte sich genau an das zu erinnern, was Kitteridge gesagt hatte. »Geldverleiher, Bordelle und dergleichen. Rauschgifthändler. Was führt einen ehrbaren Bürger mitten in der Nacht in eine Gegend wie die von Mile End? Sucht er Informationen? Falls ja, wissen wir weder worüber noch über wen.« Dann kam ihm ein Gedanke, der ihn bedrückte. »Wollte er vielleicht Geld eintreiben – jemanden erpressen?«

»Hatte Drake dort Haus- oder Grundbesitz?«, erkundigte sich Ottershaw. »Das herauszubekommen müsste doch möglich sein.«

»Falls ja, gibt es weder in seinem Haus noch in unserer Kanzlei einen Hinweis darauf.« Vergeblich überlegte Daniel, was er noch sagen könnte; zu sehr peinigte ihn der Gedanke, dass Evan, den er so gut hatte leiden können, nicht mehr lebte. Von einem Augenblick auf den anderen hatte jemand seinem Leben ein Ende gesetzt. Eine weitere Leiche, um die sich die Polizei kümmern musste.

»Es tut mir leid«, sagte Ottershaw erneut. Seine Stimme klang sanft. »Ich wollte nicht, dass Sie es aus den Zeitungen erfahren oder von irgendeinem Klatschmaul. Als ich Ihre Visitenkarte …« Er sprach nicht weiter.

Daniel hob den Blick. »Danke. Wird sein Vater jetzt im East End das Unterste zuoberst kehren, Himmel und Hölle in Bewegung setzen, um herauszubekommen, wer das getan hat?«

Ottershaw krauste die Stirn. »Ich habe ihn kurz gesehen, im Leichenschauhaus. Ein Hüne. Evan dürfte eher auf seine Mutter gekommen sein. Als Faber seinen Sohn identifizierte, wirkte er erschöpft. Der Mann kann einem leidtun. Es sah so aus, als stünde er am Anfang des schlimmsten Tages seines Lebens. Er hat den Polizeibeamten aufgetragen, so wenig wie möglich an die Öffentlichkeit dringen zu lassen, insbesondere über den Fundort der Leiche. Übrigens hat er damit recht. Möglicherweise hatte sein Sohn, wie Sie gesagt haben, dort etwas über Drakes Mörder in Erfahrung bringen wollen, und es würde niemandem nützen, wenn das bekannt würde.« Er seufzte. »Die Leute neigen dazu, alles negativ auszulegen, vor allem, wenn es um junge, gut aussehende und sehr wohlhabende Menschen geht. Evans Vater hat darum gebeten, dass man seinen Sohn in Frieden ruhen lässt. Ich gebe zu, dass er mir leidgetan hat. Wenn es in meinen Kräften stünde, hätte ich ihm versprochen, dass das geschieht.«

»Aber warum sind Sie denn zu nachtschlafender Zeit hergekommen, um mir das mitzuteilen?«, fragte Daniel plötzlich, weniger aus Verärgerung und Verwirrung, wohl aber, weil er sich gewisse Sorgen machte, wie er sich eingestand. Dabei dachte er nicht an sich selbst, sondern an fford Croft und letztlich auch an dessen Tochter Miriam. Er vermisste ihre furchtlose Entschlossenheit, ihren Humor und sogar ihren gelegentlich etwas bissigen Spott. Bisweilen gelang es ihm, ihre Gedanken so deutlich zu erfassen, als habe sie ihm diese auf dem Präsentierteller hingehalten; bei anderen Gelegenheiten erschien sie ihm so fremd und rätselhaft, als gehöre sie einer anderen Spezies an.

Noch besser als zuvor hatte er sie im Verlauf der jüngsten Prozesse kennengelernt, in deren Verlauf man sie bei ihren Auftritten vor Gericht in so gehässiger Weise angegriffen hatte. Auch sie war verletzlich, und ihr waren Fehler unterlaufen, für die sie sich schämte. Doch war es ihr peinlich gewesen, das öffentlich einzugestehen, noch dazu im Zeugenstand, denn Gerichtsreporter würden diese Schwäche in den Zeitungen, für die sie arbeiteten, genüsslich vor aller Welt ausbreiten. An die Stelle seiner anfänglichen Bestürzung war Erbitterung über die Art getreten, wie man mit ihr umsprang, und er hatte sich ihr näher gefühlt als je zuvor. Es ging ihm nicht darum, sie wegen ihrer Fehler zu kritisieren; er hatte angesichts ihrer Verletzlichkeit und ihrer in den Augen anderer Personen törichten Vorstellungen von Menschen und Dingen ein stärkeres Bedürfnis, sie zu beschützen, als er vermutet hätte. Jetzt fragte er sich, wie er ihr mitteilen könnte, was da geschehen war, ihr die grausame Wirklichkeit schildern, ihr klarmachen, wie nahe ihm das ging. Und wie tief es ihn ängstigte, weil es da so vieles gab, wovon er nichts wusste.

Dieser Gedanke rief ihm in Erinnerung, dass er fford Croft beschützen musste, soweit das menschenmöglich war. Das aber konnte er nur, wenn er die Wahrheit wusste. Wer hatte Drake getötet und, vor allem, warum? War der Mord an Evan ein Zufall, oder bestand ein Zusammenhang zwischen den beiden Taten? Möglicherweise würde Erasmus Faber das Rätsel um den Tod seines Sohnes lösen und ihn vielleicht rächen. Oder hatte ihn der Verlust so tief getroffen, dass ihm solche Gedanken noch gar nicht gekommen waren?

Hatte Evan in Mile End nach Hinweisen suchen wollen, die er Daniel mitteilen konnte, um ihn auf diese Weise bei der Aufklärung des Mordes an Drake zu helfen? Diese Vorstellung hing wie ein schwarzer Schatten über dem Ganzen. Der Gedanke, dass Evan möglicherweise noch am Leben wäre, wenn er ihn nicht aufgesucht hätte, quälte Daniel.

»Seien Sie vorsichtig«, wiederholte Ottershaw.

»Wenn Sie von mir erwarten, dass ich die Hände in den Schoß lege«, hielt Daniel dagegen, »wieso sind Sie dann hier?« Er hörte die Schärfe in seiner Stimme und bemühte sich, sie zu mildern. Dieser frühe Morgen hatte etwas von einem Albtraum an sich. Vielleicht würde er aufwachen und voll Erleichterung feststellen, dass die ganze Szene ausschließlich in seiner Einbildung existierte? Rasch fügte er hinzu: »Sie brauchen nicht darauf zu antworten. Man hat wieder einen mit einem Messer ermordeten Mann aufgefunden, der eine meiner Visitenkarten in der Tasche hatte.«

Ottershaw sah ihn fest an. »Ich habe Ihnen den Vorfall mitgeteilt, damit die Polizei Sie nicht mit Fragen überrumpelt, die Sie unmöglich beantworten können«, sagte er in ernstem Ton. »Wieso Drake und der junge Faber Ihre Karte bei sich hatten, lässt sich leicht erklären. Aber bei den anderen Fragen, die man Ihnen stellen wird, müssen Sie Ihre Antwort parat haben: Sie kennen Evan, weil Sie ihn aufgesucht haben, um ihm die Ermordung Drakes mitzuteilen, des Mannes, der ihn vor dem Galgen bewahrt hat. Sie werden immer um ihn trauern, ganz gleich, wie die Sache ausgeht. Aber in fford Crofts Interesse liegt mir daran zu erreichen, dass die Angelegenheit ihm persönlich und seiner Sozietät so wenig wie möglich schadet. Über Kummer kommt der Mensch im Laufe der Zeit hinweg, aber Verdächtigungen haben ein langes Leben. Ungelöste Fälle hinterlassen viel Schmerz, Ängste und finstere Gedanken, die sich wie Ratten vermehren …«

Daniel hörte ihm in dem Bewusstsein zu, dass hier nicht der Pathologe sprach, sondern Miriams guter Freund. Ganz wie Daniel war er bemüht, sie und ihren Vater zu beschützen.

Bei dem von Ottershaw herangezogenen Vergleich zuckte Daniel innerlich zusammen. Ratten waren schmutzige und gefährliche Tiere. Sie hatten scharfe Zähne und gingen zum Angriff über, wenn man sie in die Enge trieb. Es war eine widerliche Vorstellung, dass Verdächtigungen, denen man nichts entgegenzusetzen hatte, im Verborgenen gediehen und sich dort wie die Ratten vermehrten.

Er sah in Ottershaws bleiches Gesicht und merkte, wie abgekämpft der Mann war. »Machen Sie sich keine Sorgen«, sagte er. Es kam ihm fast vor wie eine Kapitulation. »Mir ist klar, dass unbedachtes Handeln viel zu gefährlich wäre. Erst Mr. Drake und jetzt Evan.« Er senkte den Kopf und fuhr sich durch die Haare. »Aber damit hat es nicht angefangen, nicht wahr?«

»Nein«, gab ihm Ottershaw recht. »Machen Sie sich gar nicht erst die Mühe, nach dem Anfang zu suchen. Die Sache reicht wahrscheinlich so weit zurück, dass den niemand finden kann. Suchen Sie einfach nach einem Faden, dem Sie folgen können. Drake hat man übel zugerichtet und Evan mit einem einzigen gezielten Stich ins Herz getötet. Trotz dieser unterschiedlichen Art des Vorgehens könnte es sich um ein und dieselbe Waffe gehandelt haben. Evans' Wunde war sehr tief, mindestens fünfundzwanzig Zentimeter.« Er schüttelte den Kopf, als komme er über etwas nicht hinweg. Daniel hatte den Eindruck, Ottershaw nehme die freundliche Umgebung der Küche nicht mehr wahr, sondern glaube, sich in der Pathologie zu befinden. »Unter Umständen sogar noch tiefer«, fuhr Ottershaw fort.

»Sie meinen, es handelt sich um denselben Täter?« Diese Vorstellung durchfuhr Daniel so kalt wie die Klinge, der die beiden Männer zum Opfer gefallen waren. Wer führte eine solche Waffe mit sich? Oder benutzte der Täter sie nur, wenn er sich bereits jemanden als Opfer ausersehen hatte? »Die Sache wächst uns über den Kopf, nicht wahr?«, sagte er schließlich.

»Ja«, bestätigte Ottershaw. »Und ich habe nicht die geringste Vorstellung davon, was dahintersteckt. Sie müssen unbedingt versuchen, so viel wie möglich über Drake herauszubekommen, denn ich denke, die Annahme ist nicht falsch, dass auch Evan Faber in dieser Richtung gesucht hat. Und halten Sie sich um Gottes willen von Mile End fern«, fügte er mit Nachdruck hinzu. »In einer Haftzelle der Polizei wären Sie besser aufgehoben als da. Tot nützen Sie niemandem etwas.«

»Ist mir klar«, gab Daniel zurück. »Aber ich denke nicht daran, müßig herumzusitzen und mit anzusehen, was passiert. Ich hoffe, möglichst viel herauszubekommen …« Nach einer Pause fügte er hinzu: »Vielen Dank, dass Sie gekommen sind.«

Ottershaw seufzte. »Sie müssen sich den Tatsachen stellen. Für den Fall, dass fford Croft in die Sache verwickelt sein sollte, ob vorsätzlich oder zufällig, lassen Sie mich das bitte wissen, bevor Sie etwas unternehmen. Geben Sie mir Ihr Wort, sonst wende ich mich an Ihren Vater, damit er der Sache ein Ende macht. Allerdings könnte dann die Gefahr bestehen, dass damit auch Ihre Karriere zu Ende ist.«

»Sie können doch nicht …«, setzte Daniel an. Ein Blick in Ottershaws Augen zeigte ihm, dass der Mann entschlossen war, seine Ankündigung wahr zu machen. »Was für eine fürchterliche Geschichte«, sagte er kaum hörbar.

Ottershaw nickte zustimmend. »Draufgängertum führt zu nichts. Das beste Ergebnis lässt sich mit überlegtem Vorgehen erzielen. Jemand, der in seinem unbeherrschbaren Drang, alle zu retten, voll Wagemut und Idealismus blind drauflosstürmt, wäre allen anderen nur im Wege. Noch schlimmer ist, dass man dann alles stehen und liegen lassen muss, um ihn zu retten!«

Unwillkürlich begann Daniel zu lachen. In der Situation klang es entsetzlich unpassend, geradezu hysterisch. »Ich weiß. Heldenmut in Verbindung mit Hirnlosigkeit. Unverantwortlich. Ich gebe Ihnen mein Wort, dass ich nichts Übereiltes tun werde.«

»Danke. Wenn es Ihnen nichts ausmacht, hätte ich jetzt gern noch eine gute Tasse Tee.«

Daniel beugte sich vor und nahm die Kanne vom Tisch.

Daniel traf kurz nach Impney in der Kanzlei ein.

»Guten Morgen, Sir«, grüßte ihn Impney überrascht. »Sie sehen ein wenig bleich aus, wenn ich mir diese Bemerkung gestatten darf.«

»Das dürfen Sie.« Mit betrübter Miene erklärte Daniel: »In der vergangenen Nacht ist ein weiterer Mord geschehen. Dr. Ottershaw war vor vier oder fünf Stunden bei mir, um mir das mitzuteilen. Nach seinem Weggang habe ich mich noch eine Weile hingelegt und über die Sache nachgedacht. Ich muss unbedingt Mr. fford Croft und Kitteridge von dem Vorfall berichten, aber zuvor hätte ich gern eine Tasse kräftigen Tee, wenn es Ihnen recht ist.«

Impney sah ihn beunruhigt an. »Noch ein Mord? Etwa wieder in Mile End?«

»Ja. Ich weiß nicht, was die Leute im Einzelnen vorhaben, aber auf jeden Fall dürften sie entschlossen sein, alles zu tun, um die Sache deutlich harmloser erscheinen zu lassen, als sie ist«, teilte ihm Daniel mit, ohne zu erklären, dass er sich damit auf Erasmus Faber sowie die Polizeibeamten und die Pressevertreter bezog, die Faber für die Vertuschung der wahren Umstände bezahlen würde.

»Die Morgenzeitungen sprechen von einem Unfall, Sir, wenn Sie den jungen Mr. Faber meinen.« Ohne auf eine Antwort zu warten, machte sich Impney auf den Weg zur Teeküche, um Wasser aufzusetzen. Daniel folgte ihm. »Möchten Sie vielleicht auch etwas Toast, Sir?«, fragte Impney ihn über die Schulter hinweg. »Es ist schwer, auf leeren Magen sein Bestes zu geben.« Nachdem er den Kessel auf die Gasflamme gestellt hatte, musterte er Daniel genauer. »Und vielleicht eine Aspirintablette, bevor Ihre Kopfschmerzen schlimmer werden. Die wirken wahre Wunder, Sir.«

»Danke.« Daniel bedachte ihn mit einem gequälten Lächeln. Der Schmerz begann in seinen Schläfen zu hämmern. »Ich konnte ihn gut leiden, wissen Sie? Wir haben einen Zug durch die Pubs gemacht, der die halbe Nacht gedauert hat. Ich hatte den Eindruck, ihn gut zu kennen.« Er holte tief Luft. »Für den Fall, dass da ein Zusammenhang mit Mr. Drakes Tod bestehen sollte, müssen wir das nach Möglichkeit selbst herausbekommen.«

»Glauben Sie denn, dass es eine solche Verbindung geben könnte, Sir?« Impney machte ein überraschtes Gesicht. »Was veranlasst Sie zu dieser Annahme? War der junge Mann etwa einer unserer Mandanten?«

»Gegenwärtig nicht. Aber ich hatte ihn um seine Hilfe gebeten, weil er Mr. Drake recht gut kannte, und ich habe ihn wirklich sehr geschätzt. Man hat ihn ganz in der Nähe der Stelle gefunden, an der Mr. Drake umgekommen ist.«

»Also doch Mord und nicht das, was die Zeitungen schreiben.« Impney sah besorgt drein. Mit mechanischen Bewegungen und ohne hinzusehen begann er das Teetablett herzurichten.

»Das kann nur heißen, dass Erasmus Faber bereits mit den Zeitungsleuten gesprochen hat«, erläuterte Daniel. »Und er wird auch die Polizei dazu gebracht haben, sich entsprechend seinen Vorstellungen zu äußern.«

»Der bedauernswerte junge Herr.« Impney wärmte die Kanne mit heißem Wasser vor, gab Teeblätter hinein und goss sie mit siedendem Wasser auf. »Wenn Sie möchten, Sir, bringe ich Ihnen den Tee und einige Scheiben Toast in Ihr Büro. Wünschen Sie ein zweites Gedeck, wenn Mr. Kitteridge eintrifft?«

Am liebsten wäre Daniel in der kleinen Teeküche geblieben, wo es keinen Ärger gab und niemand ihn mit weiteren Neuigkeiten behelligen konnte, aber ihm war bewusst, dass das nicht möglich war. »Danke, Impney, gern, das ist ein guter Gedanke.«

Kitteridge kam eine Dreiviertelstunde später. Da die Tür zu Daniels Büro offen stand, trat er ohne anzuklopfen ein. Daniel sah, dass er keinen Mantel anhatte – kein Wunder, dass er durchfroren wirkte. Zwar hatte die Polizei ihm den karierten Mantel zurückgegeben, doch wahrscheinlich mochte Kitteridge ihn nicht mehr tragen. Auch wenn man ihn hätte wieder in Ordnung bringen können, war sein Besitzer nicht mehr an ihm interessiert. Daniel konnte das verstehen.

»Ich höre gerade von Impney, dass man heute Nacht den jungen Faber ermordet hat. Stimmt das?«, begann Kitteridge.

»Nehmen Sie doch Platz«, forderte Daniel ihn auf und wies einladend auf den Besucherstuhl. Ein bequemerer Sessel, der zwangsläufig mehr Platz beansprucht hätte, ließ sich in dem kleinen Raum nicht unterbringen. »Ja, es stimmt, leider. Man hat ihn in Mile End gefunden, was die Zeitungen übrigens verschwiegen haben.«

»Und woher wissen Sie das?«, fragte Kitteridge, während er sich bemühte, seine langen Gliedmaßen irgendwie unterzubringen.

»Ottershaw hat mich gegen drei aus dem Schlaf gerissen und es mir gesagt. Es ist eine ausgesprochen üble Angelegenheit.«

»Betrifft sie uns?« Kitteridge witterte sogleich die drohende Gefahr. »Hängt das etwa mit der Drake-Geschichte zusammen?«

»Wahrscheinlich. Ich hatte Evan gebeten, mir zu helfen. Jedenfalls hatte ich mir das so vorgestellt. Mit Sicherheit wäre er nicht in Gefahr geraten, wenn ich nicht mit ihm über den Mord an Mr. Drake gesprochen und ihn gefragt hätte, ob er sich ein Motiv dafür denken konnte.«

»Und, konnte er?«

»Ich halte es für möglich«, sagte Daniel. »Wenn er es nicht sicher wusste, stand er auf jeden Fall kurz davor, es zu finden. Wenn meine Vermutung stimmt, ist er so nahe an die Hintermänner herangekommen, dass sie es für erforderlich hielten, ihn an weiteren Nachforschungen zu hindern.« Endlich hatte er es in Worte gefasst.

Kitteridge fragte mit düsterer Miene: »Er wollte Ihnen helfen? Welchen Grund hätte er dazu gehabt?«

»Immerhin hatte Mr. Drake ihn vor dem Galgen bewahrt. Genügt das nicht? Das Honorar war Drake sicher, ganz gleich, ob er den Prozess gewonnen oder verloren hätte – aber er hat sich Tag und Nacht bemüht, den Freispruch zu erreichen. Ihm ging es nicht einfach um den Geschworenenspruch ›nicht schuldig‹, er wollte ein Urteil, das Evan von jedem Verdacht reinigte, und das hat er bekommen. Die Geschworenen haben den Gerichtssaal in der festen Überzeugung verlassen, dass Evan ganz und gar schuldlos war. Interessant, dass man trotzdem gegen sonst niemanden Anklage erhoben hat. Weil seither nicht mehr der geringste Makel auf seinem Namen lag, empfand Evan Faber Mr. Drake gegenüber tiefe Dankbarkeit.« Daniel sah Evans fröhliches Gesicht deutlich vor sich, den Ausdruck von Dankbarkeit und Bedauern über das Schicksal seines Retters. Daniel würde eine ganze Weile brauchen, um über die tiefe Trauer hinwegzukommen, die in ihm aufstieg.

Kitteridge senkte den Blick und wartete.

»Wir müssen die Sache aufklären«, sagte Daniel schließlich. »Warum hat man Mr. Drake umgebracht? Und was weiß der Chef darüber? Was wissen andere, was er womöglich vergessen hat? Wir …« Er holte tief Luft. »Wir müssen ihn möglicherweise vor etwas schützen, wogegen er sich nicht selbst verteidigen kann, weil er … sich nicht an alle Fakten erinnert.«

Kitteridge beugte sich vor, um ihn zu unterbrechen, lehnte sich dann aber wieder zurück, als habe er gemerkt, dass er nichts hätte sagen können. Seine Verwirrung ließ sich deutlich von seinem Gesicht ablesen.

»Ich wünschte nur, wir wüssten, wie tief der Chef in der Sache steckt«, fuhr Daniel fort. »Wie viel er wirklich weiß und woran er sich erinnern kann …« Er biss sich auf die Lippe. »Oder wie viel der alte Faber möglicherweise ihm oder auch Mr. Drake direkt gezahlt hat, weil er sicher sein wollte, dass der Prozess in seinem Sinne ausging. Um Falschaussagen zu kaufen, den einen oder anderen Geschworenen zu bestechen.«

Mit gequälter Miene führte Kitteridge den Gedanken weiter: »Oder was er damals von der Sache wusste.« Er holte tief Luft und fuhr fort: »Wie wird der Chef reagieren, wenn sich zeigen sollte, dass ihm ein eventuelles Fehlverhalten Drakes bekannt war? Würde er sich in dem Fall unter Berufung auf sein fortgeschrittenes Alter, den damit verbundenen Gedächtnisverlust und seine Konzentrationsschwäche aus der Verantwortung stehlen …?«

»Ich verstehe«, schnitt ihm Daniel das Wort ab. »Sie brauchen es nicht weiter auszuführen.«

»Wir können ihn nicht schützen, wenn wir nicht wissen, wie tief er … und damit letztlich die ganze Kanzlei in die Angelegenheit verstrickt ist.«

»Schön«, sagte Daniel. »Dann müssen wir eben so viel wie möglich über Jonah Drake in Erfahrung bringen.«

Kitteridge rutschte auf seinem Stuhl herum, als könne er keine bequeme Position finden. »Es gefällt mir gar nicht, aber uns bleibt nichts anderes übrig, als uns gründlicher mit seinen Fällen, seinen Finanzen und auch den Buchungsunterlagen der Kanzlei zu beschäftigen. Machen Sie nicht so ein Gesicht! Ich rechne fest damit, dass wir nichts Zweifelhaftes finden werden, aber ich möchte es wissen und nicht nur vermuten. Auf welche Weise hat Drake es geschafft, den Freispruch für Evan Faber zu erreichen? War der junge Mann wirklich schuldlos?« Er biss sich auf die Lippe. »Hat in dem Zusammenhang womöglich Geld den Besitzer gewechselt? Ich meine, unrechtmäßig.«

»Denken Sie an eine mögliche Bestechung von Zeugen?«, fragte Daniel mit belegter Stimme.

»Ich möchte einfach wissen, ob es in dem Zusammenhang etwas anderes als aufrichtiges Vertrauen und Hoffnung gegeben hat«, gab Kitteridge zurück. »Wenn wir der Sache auf den Grund gehen, müssen wir mit der Möglichkeit rechnen, auf etwas Übles zu stoßen. In dem Fall ist es besser, dass wir es finden und nicht die Polizei.«

»Wenn andere als wir es finden, stehen wir ohne Verteidigungsmöglichkeit da«, stimmte ihm Daniel zu. »Sollte Mr. Drake in der Sache dringesteckt haben … Er ist tot und kann uns weder etwas darüber sagen noch sich verteidigen, und auch wir hätten keine Möglichkeit, ihn in Schutz zu nehmen. Das würde aber die anderen von nichts abhalten. Sollte der Chef in die Angelegenheit verwickelt sein, können wir ihn nur dann beschützen, wenn wir die ganze Wahrheit kennen. Das ist im Interesse aller unerlässlich.«

»Anders gesagt, wir können uns dem nicht entziehen«, schloss Kitteridge. »Ich werde meine laufenden Fälle zur Weiterbearbeitung an die Kollegen im Hause verteilen. Ich kenne den Chef so gut wie jeder andere und …« Er sprach nicht weiter. Ein unglücklicher Ausdruck trat auf sein Gesicht.

»Und Sie wissen, dass die Wahrheit ans Licht kommen wird, ganz gleich, wie sie aussieht«, beendete Daniel den Gedanken. »Aber handeln Sie rasch. Wir müssen Gewissheit haben, bevor andere uns zuvorkommen.« Er sah Kitteridge mit kläglicher Miene an und erkannte, dass er nicht deutlicher zu werden brauchte. »Ich werde Roman Blackwell bitten, sich mit noch größerem Nachdruck um die Sache zu kümmern. Wenn es überhaupt jemanden gibt, der das fertigbringt, dann er.«

»Trauen Sie ihm denn?« Kitteridge hob langsam den Kopf.

»Uns wird nichts anderes übrigbleiben«, gab Daniel zurück. Er selbst vertraute Blackwell, erwartete das aber nicht von Kitteridge. »Wir wollen hoffen, dass der Mord an Mr. Drake in keiner Verbindung zu einem seiner vor Gericht vertretenen Fälle steht. Wie wäre es, wenn man ihn sozusagen aus

Versehen umgebracht hätte, als er in Mile End Bekannte besucht hat – weiß der Geier, warum er das um diese nächtliche Stunde getan hat. Dann hat sich Evan Faber dort in der Gegend nach ihm umgehört und ist ebenfalls zufällig einem Messerstecher zum Opfer gefallen. Wenn es so wäre, hätte nichts von all dem mit uns zu tun. Und wenn Sie jemanden dazu brächten, diese Geschichte auch noch zu glauben, hätten Sie es verdient, die Leitung der Kanzlei zu übernehmen – ich wäre mit Sicherheit nicht dazu in der Lage.«

Kitteridge fuhr sich durchs Haar, sodass seine Frisur aussah wie ein Heuhaufen nach einer Windbö. »Dann sehen Sie zu, dass Sie etwas finden, was wir alle glauben können«, sagte er matt. »Etwas Plausibles.«

Daniel wollte Inspector Letterman erneut aufsuchen, um zu erfahren, ob die Polizei im Mordfall Drake zu neuen Erkenntnissen gelangt war. Hatte sie die Ermittlungen womöglich inzwischen eingestellt, weil sie dabei in eine Sackgasse geraten war? Schlimmer noch war die Vorstellung, dass sie nie ernsthaft versucht hatte, etwas zu finden. Wussten die Männer auf der Polizeiwache von Mile End, wer das Verbrechen begangen hatte, und bezahlte jemand sie gut dafür, dass sie die Hände in den Schoß legten und nichts unternahmen, um die Tat aufzuklären? An diese Möglichkeit wollte Daniel nicht denken. Er nahm sich vor, höflich aufzutreten, ganz gleich, wie schwer ihm das fallen mochte.

Im hellen Sonnenschein wirkte die Straße noch trostloser, auch wenn er von ferne freudigen Kinderlärm hörte. Er musste unwillkürlich lächeln, obwohl er und die Kinder einander nicht sehen konnten.

In besserer Stimmung, als er angenommen hatte, betrat er die Polizeiwache. Hoffnungsvoll fragte er den diensthabenden Beamten, ob er mit Inspector Letterman sprechen könne. Es war nicht der Mann, der ihn bei seinem ersten Besuch empfangen hatte, und so wusste er weder, wer Daniel war, noch, welchen Beruf er ausübte.

»Ich muss Sie bitten zu warten, Sir«, teilte ihm der Beamte mit. »Sie können sich gern setzen.«

»Ich heiße Pitt«, stellte sich Daniel vor. »Es geht um den Mordfall Drake.«

Der Gesichtsausdruck des Beamten änderte sich von einem Augenblick auf den anderen. Mit einem Mal fand er sogleich Zeit, Letterman aufzusuchen. Wenige Minuten später war er zurück. »Der Inspector ist bereit, Sie zu empfangen«, teilte er Daniel mit, wobei er ihn verblüfft ansah, als sei er von seinen eigenen Worten überrascht.

»Danke.« Daniel stand auf und folgte ihm durch die Eingangshalle und die Treppe empor zu Lettermans Dienstzimmer.

Mit den Worten »Dort hinein, Sir« wies der Mann auf die Tür, wandte sich um und eilte wieder davon.

Daniel klopfte an und trat nach kurzem Warten ein.

Der Inspector saß hinter seinem mit Papieren bedeckten großen Schreibtisch. Er wirkte angespannt, seine Lippen bildeten eine schmale Linie, und seine Fingerknöchel standen weiß hervor.

»Guten Morgen, Sir«, sagte Daniel in freundlichem Ton. »Vielen Dank, dass Sie bereit waren, mich so kurzfristig zu empfangen.«

»Kommen Sie im Auftrag Ihres Vaters?«, erkundigte sich Letterman. Es klang nervös.

Daniel überlegte rasch und sagte dann: »Wir arbeiten gelegentlich zusammen.« Er sah, dass sich die Gesichtszüge des Beamten anspannten und ein sonderbarer Ausdruck in seine Augen trat.

»Wir haben nichts Neues«, sagte Letterman mit gepresster Stimme. »Dafür, dass sich Ihr Mr. Drake hier in Mile Ende aufgehalten hat, kann es ein Dutzend Gründe geben. Ebenso gut ist es möglich, dass er sich ein paar schöne Stunden machen wollte. Immerhin war er ein … älterer Herr. Da findet man mitunter nicht so ohne Weiteres …« Er zögerte, nicht etwa, weil er nicht gewusst hätte, was er sagen wollte, sondern weil ihm keine höfliche Umschreibung einfiel.

Daniel hatte nicht die Absicht, ihm bei der Formulierung behilflich zu sein. Er blieb ruhig sitzen und machte ein interessiertes Gesicht.

»Das hätte alles Mögliche sein können«, fuhr Letterman schließlich in schroffem Ton fort. »Eine Frau, die er für das, was sie ihm bot, nicht zu bezahlen brauchte. Oder Opium. Davon gibt es hier in der Gegend jede Menge, wenn man weiß, wo man danach suchen muss.«

»Oder Geldverleiher«, sagte Daniel in halb fragendem Ton.

»Die gibt es hier auch«, bestätigte Letterman. »Außerdem Fälscher, Falschspieler – was immer Sie wollen. Allerdings kann ich mir nicht vorstellen, was ein Spitzenanwalt von solchen Leuten gewollt haben könnte.«

»Hätten für die Tat nicht auch persönliche Gründe ausschlaggebend sein können?«, gab Daniel zu bedenken. »Sie muss nicht unbedingt mit einem seiner Fälle zu tun gehabt haben.«

Letterman erhob sich bedächtig. »Machen Sie sich da keine übertriebenen Hoffnungen«, sagte er. »Wie ich das sehe, hat sich der Mann Ärger eingehandelt. Vielleicht hat er sich geweigert zu bezahlen.«

»Wie dumm von ihm«, sagte Daniel. Er hatte begriffen, dass er nichts erfahren würde.

»Das hätte ich ihm auch sagen können!«, beendete Letterman das Gespräch in bitterem Ton.

Daniel verließ den Raum und schloss die Tür betont leise. Seiner festen Überzeugung nach hielt Letterman mit etwas hinter dem Berg, doch hatte er keinerlei Handhabe, da er ihm nicht auf den Kopf zusagen konnte, was das war. So war es denkbar, dass der Inspector die Hand über eines der Bordelle hielt, anders gesagt, dass er die Namen von Männern in hohen Positionen schützte, die seine Verschwiegenheit zu schätzen wussten und ihn entsprechend belohnten, wahrscheinlich mit Geld. Sie legten keinen Wert darauf, dass bekannt wurde, in welcher Art von Etablissement sie verkehrten. Vermuten war eines, Wissen etwas gänzlich anderes.

Als Daniel die Polizeiwache verließ, lag die Straße nach wie vor im Sonnenschein. Wenige hundert Schritte weiter stieß er auf einen kleinen Tabakwarenladen. Als er im Schaufenster eine Auswahl schwarzer Stumpen sah, fiel ihm ein, dass Drake die Angewohnheit gehabt hatte, solche Stumpen zu rauchen. Er erinnerte sich, dass sie gestunken hatten wie die Pest. Ob er sie hier gekauft hatte? Es schien ihm den Versuch wert, im Laden nachzufragen.

Als er eintrat, läutete die Türglocke mit einem überraschend angenehmen Klang. Hinter der Theke stand eine ausnehmend schlanke junge Frau mit einem attraktiven Koboldgesicht unter den blonden Locken.

»Gu'n Morg'n, Sir«, begrüßte sie ihn mit freundlichem Lächeln. Ihre Zähne waren von strahlendem Weiß.

»Was wünsch'n Se?«

Daniel erwiderte ihr Lächeln. »Da fällt mir bestimmt was ein …«

»Sicher.« Sie legte den Kopf leicht schief und musterte ihn ungeniert von oben bis unten, nach wie vor lächelnd.

»Womöglich sogar was, wofür Se nich' zahl'n brauch'n …«, fügte sie kess in neckendem Ton hinzu.

Er merkte, dass ihm eine leichte Röte ins Gesicht stieg, beschloss aber, das als Kompliment zu nehmen. »Hab noch nie bezahlt«, sagte er munter.

Sofern sie angenommen hatte, ihn damit in Verlegenheit zu bringen, war ihr das nicht gelungen. Anfangs wirkte sie verdattert, lachte dann aber. »Denk ich mir. Ihn'n fällt wohl alles in 'n Schoß, was?«

»Kommt vor«, bestätigte er und erwiderte ihr Lächeln. »Manchmal fühlt sich aber alles so schwer an, als müsste man einen Sack Kohlen schleppen.«

Erneut musterte sie ihn von Kopf bis Fuß. »Se ha'm Ihr Lebtag noch kein'n einzig'n Sack Kohl'n geschleppt. Was woll'n Se hier überhaupt?«

»Sie haben da hübsche Stumpen im Schaufenster …«

Sie riss die Augen weit auf. »Sag'n Se bloß nich', dass Se die Dinger rauch'n! Das is' was für alte Knacker. Wie das Zeug schon riecht!«

»Ich habe auch an einen älteren Herrn gedacht …«

»Ihr Vater? Ihr Opa?«

»Mein Chef«, erklärte er. »Der raucht die ab und zu. Und Sie haben recht, die riechen entsetzlich. Zum Glück raucht er sie in seinem Büro und nicht in meinem.«

»Mit dem ham Se sich wohl verkracht?«, sagte sie, nach wie vor lächelnd. Sie war sonderbar anziehend und wusste das auch. Das machte das Spiel noch interessanter.

»Noch nicht, aber ich habe es vor.«

»Kleiner Schlauberger, was? Ich hab was für Männer übrig, die wiss'n, was se woll'n.« Sie nickte billigend. »'ne bestimmte Sorte?« Sie wandte sich um und musterte die im Regal hinter ihr gestapelten Zigarrenkisten.

»Ich bin nicht sicher. Was empfehlen Sie?«

Sie hob missbilligend die Brauen. »Na so was! Se kenn'n nich' ma' seine Marke?«

Daniel wusste lediglich, dass er Drake gelegentlich Stumpen hatte rauchen sehen. Die Kiste, aus der er sie nahm, war ihm nie aufgefallen.

»Groß, dunkle Haare, in den Sechzigern. Hat einen Leberfleck auf der rechten Wange, direkt neben der Nase. Kann es sein, dass er seine Stumpen hier gekauft hat?« Hatte er sich zu weit vorgewagt? »Er hatte ab und zu in der Gegend zu tun«, fügte er hinzu.

»Na hör'n Se mal! Ich kann mir doch nich' jed'n Kund'n merk'n!« Sie sah ihn herausfordernd an. Er fand ihre Augen bemerkenswert.

»Ich dachte, wenn er hier gekauft hat, wäre er Ihnen vielleicht aufgefallen.« Sofern Drake mit der Verkäuferin gesprochen hatte, könnte er etwas gesagt haben, was Daniel weiterbrachte. Er konnte sich nicht vorstellen, dass Drake nicht mit der jungen Frau gesprochen hätte, denn sie sah nicht nur gut aus, sondern war ausgesprochen lebhaft und gewitzt. »Wie heißen Sie?«, fragte er.

»Belinda May, aber alle nennen mich Bella.« Sie sah ihn fragend an. »Und Sie?«

»Daniel.«

»Also, Daniel-der-sei'm-Chef-'ne-Freude-mach'n-will-nachdem-er-ihm-'n-Streich-gespielt-hat, schon möglich, dass ich den sogar geseh'n hab. Ich weiß, wen Se mein'n. So'n alter Griesgram, der schwarze holländische Stump'n raucht. Die Dinger stink'n wie … 'ne Dame sagt so was nich', schon gar nich', wenn 'n netter Herr wie Sie dabei is'. Die hier hat er immer gekauft.« Sie nahm eine Kiste aus dem Regal. »Sei'n Se nett zu dem arm'n alt'n Kerl, aber nich' zu sehr, sons' wird er misstrauisch. Der wollte immer alles Mögliche aus mir rausfrag'n. Werd'n Se auch mal so?«

»Ich würde mich freuen, wenn ich so viel auf dem Kasten hätte wie er …«

Er sprach nicht weiter und sah, dass sie einen Augenblick lang wie erstarrt dastand. Hatte sie Drake wirklich gekannt – und wusste sie, dass er nicht mehr lebte?

Flüchtig kreuzten sich ihre Blicke. Ihre ins Türkis spielenden blauen Augen waren klar wie das Wasser tropischer Meere. Gleich darauf sah sie beiseite. In diesem Augenblick begriff er nicht nur, dass sie in der Tat Stumpen an Drake verkauft hatte, sondern auch wusste, dass er tot war. Sollte er das sagen? Oder lügen? Sie würde es durchschauen. Er saß in der Falle.

Sie überraschte ihn. »Wollt'n Se das wiss'n? Ob er hier war? Ja, war er. Hat alle Leute ausgefragt. Dumm von ihm. Pass'n Se auf sich auf, Daniel-der-sei'm-Chef-'nen-Streich-spiel'n-will. Se woll'n keine Stump'n, glaub'n Se mir. Se würd'n entsetzlich stink'n.«

Er schob die Zigarrenkiste über die Theke zurück. »Danke für Ihren Rat, Belinda May.«

Sie schenkte ihm ein strahlendes Lächeln.

Während er den Laden verließ, schmunzelte er vor sich hin.

KAPITEL 8

Gegen halb elf steckte Impney den Kopf durch die Tür von Daniels Büro und teilte ihm mit, Mr. fford Croft wolle ihn sprechen.

»Ach ja, danke.« Zögernd erhob sich Daniel. Am besten brachte er die Sache möglichst bald hinter sich, nicht nur, weil fford Croft Leiter der Kanzlei war, sondern auch, weil er selbst dann seine Ruhe haben würde. Vor der Tür des Chefbüros strich er noch rasch sein Jackett glatt und fuhr sich mit einem Kamm durchs Haar, bevor er anklopfte.

»Kommen Sie herein«, forderte ihn fford Croft auf.

»Guten Morgen, Sir«, sagte er beim Eintreten betont ernst. Es war nicht der richtige Zeitpunkt für einen munteren Ton. Er hatte mit Drake nur selten zu tun gehabt, empfand aber jetzt dessen Abwesenheit wie einen kühlen Hauch, der das ganze Gebäude durchzog.

Der Kanzleichef saß hinter seinem wie immer mit Papieren übersäten Schreibtisch. Er sah trübselig drein und wirkte auf Daniel kleiner als sonst. Während er sich gewöhnlich gern farbenfroh kleidete, trug er jetzt zu einem weißen Hemd eine schwarze Samtweste und eine schwarze Fliege. Er machte einen verlorenen Eindruck.

»Setzen Sie sich«, gebot er. »Berichten Sie mir, was Sie in Erfahrung gebracht haben. Und machen Sie vor allem die verdammte Tür zu!«

»Ja, Sir«, sagte Daniel gehorsam, schloss die Tür und zog den Besucherstuhl ein wenig näher heran, sodass er ffbord Croft genau gegenübersaß.

»So bedauerlich die Sache mit dem jungen Faber ist«, begann ffbord Croft, »es ist nicht Ihre Schuld.«

»Meine ... Schuld?« Daniel kam sich vor, als sei er in Treibsand geraten und versinke rasch darin.

»Wir forschen doch Drakes sämtlichen Fällen nach, oder nicht?«, fragte ffbord Croft mit gehobenen Brauen. »Der Faber-Prozess war sein Meisterstück. Man ist nie dahintergekommen, wer die arme Frau auf dem Gewissen hat, aber trotzdem hat er den jungen Mann rausgepaukt, einwandfreier Freispruch. Ein verflucht gewiefter Strafverteidiger.« Er schüttelte den Kopf. »Wir werden nie einen Ersatz für ihn bekommen, jedenfalls keinen gleichwertigen.«

Dieser Aussage konnte man nur beipflichten. »Nein, Sir.«

»Hat da irgendwas nicht gestimmt? Ich meine, bei der Sache mit dem jungen Faber? Welchen Grund hätte jemand haben können, Drake ausgerechnet jetzt umzubringen? Hatte er noch weitere Nachforschungen in der Angelegenheit betrieben?«

»Darauf gibt es keine Hinweise, Sir.«

»Was zum Teufel hatte er überhaupt in Mile End zu suchen?« Er starrte Daniel anklagend an. Oder lag Furcht in seinem Blick? »Normalerweise hat er sich vor allem mit Finanzangelegenheiten beschäftigt, außerdem mit Fällen von Betrug, Unterschlagungen und dergleichen. Die Leute, die in Mile End wohnen, sind einer wie der andere arme Schlucker, von denen hätte keiner auch nur annähernd seine Honorare bezahlen können.« Er sah verwirrt drein, als könne nicht einmal er selbst die Frage verstehen, die er Daniel gestellt hatte.

»Genau über diesen Punkt habe ich mich mit Evan Faber unterhalten«, gab Daniel zurück. Eigentlich hatte er das ffford Croft vorenthalten wollen, doch widerstrebte es ihm, die Unwahrheit zu sagen, auch indirekt durch Verschweigen. ffford Croft war in letzter Zeit zwar vergesslich geworden, aber was Daniel dachte, sprang ihm fast immer so unvermittelt ins Auge wie eine Zeitungsschlagzeile.

ffford Croft beugte sich leicht vor. »Sie haben ihn danach gefragt?«

»Ich habe das Gespräch in die Richtung gelenkt. Er hat große Stücke auf Mr. Drake gehalten«, erwiderte Daniel. »Er war ihm nicht nur dankbar, sondern ihm auch persönlich ausgesprochen zugetan.«

»Und ist ebenfalls umgebracht worden«, kommentierte ffford Croft mit finsterer Miene. »Ich nehme an, Sie wissen, wessen Sohn er ist?«

»Ja, Sir. Von meinem Vater …«

»Hätte ich mir denken können! Die Angelegenheit wird Thomas gar nicht gefallen. Haben Sie den jungen Faber etwa gebeten, nachzuforschen, was Drake in Mile End wollte? Und hat er Ihnen gesagt, was er herausbekommen hat?« ffford Crofts Stimme klang vor Besorgnis gepresst.

Daniel entging das nicht, doch er tat so, als sei ihm nichts aufgefallen. »Eigentlich nicht. Er hat mir lediglich erzählt, wie glänzend Mr. Drake ihn verteidigt hatte.« Er schluckte. Die Unterhaltung entwickelte sich in die Richtung, die er befürchtet hatte. »Ich hatte angenommen, dass es ihm ein Bedürfnis sein würde, Mr. Drakes Beerdigung beizuwohnen, und er hat gesagt, dass das in der Tat sein Wunsch sei. Dann hat er mich nach Einzelheiten über seinen Tod gefragt, und ich habe ihm gesagt, was ich wusste. Natürlich auch, wo die Tat geschehen war.«

»Ganz der Vater.« ffordCroft schüttelte den Kopf. »Der hält es auch für richtig, immer jede Frage ausführlich zu beantworten. Zum Henker! Glauben Sie ja nicht, Sie könnten mir Sand in die Augen streuen, mein Junge. Der Sohn Faber wollte doch nur deshalb herausbekommen, warum Drake nach Mile End gefahren war, weil Sie ihn quasi aufgezogen haben wie ein mechanisches Spielzeug und dann in die richtige Richtung gedreht haben. Da brauchen Sie gar nicht so ein unschuldiges Gesicht zu machen! Ich bin zwar nicht mehr der Jüngste, aber deshalb noch lange kein Dummkopf.«

Daniel schluckte. »Nein, Sir.«

ffordCroft sah ihn unverwandt an. Er hatte tiefblaue Augen, ganz wie Miriam. »Ich möchte Ihrem Vater nicht mitteilen müssen, dass man Ihre Leiche in Mile End gefunden hat«, sagte er in scharfem Ton.

Diese entsetzliche Vorstellung drang wie eine stählerne Klinge in Daniels Bewusstsein. »Keiner von uns wird allein oder nach Einbruch der Dunkelheit dorthin gehen«, sagte er voll Überzeugung, doch ihm war bewusst, dass seine Stimme dabei zitterte.

»Und wo zum Teufel glauben Sie dann die Lösung finden zu können?«, erkundigte sich ffordCroft mit finster gerunzelten Brauen.

Daniel hätte diese Frage lieber nicht beantwortet, aber ihm blieb keine Wahl. Sollte ffordCroft den Eindruck gewinnen, dass man ihm nicht die Wahrheit sagte oder ihn nicht ernst nahm, würde er alles abblocken. In seinen Augen war es unverzeihlich, dass die jungen Männer, die er in seiner Kanzlei beschäftigte, gegen ihn arbeiteten. Daher wählte Daniel seine Worte mit äußerster Sorgfalt. »Wir vermuten, dass Mr. Drake in einem alten Fall eine Spur verfolgt hat, und es sieht ganz danach aus …«

»Reden Sie kein dummes Zeug, mein Junge«, fuhr ihn ffford Croft an.

»Entschuldigung, Sir. Wir halten es für wahrscheinlich, dass Mr. Drake annahm, im Mordfall Marie Wesley auf eine Spur gestoßen zu sein. Vielleicht hatte er sogar eine Vorstellung davon, wer der Schuldige war; zumindest aber dürften ihm die Zusammenhänge bekannt gewesen sein.«

»Wollen Sie damit sagen, dass es im Fall Wesley um etwas anderes gegangen sein soll als eine heftige Auseinandersetzung zwischen einem jungen Mann und seiner Geliebten, die seiner überdrüssig geworden war?« ffford Croft saß reglos in seinem Sessel und machte keinen Hehl aus seiner Verärgerung und seinem Unbehagen. Braute sich da etwa über Daniel ein richtiges Gewitter zusammen?

So, wie Daniel die Behauptung formuliert hatte, wirkte sie übermäßig kühn und geradezu aus der Luft gegriffen. »Ja, Sir.« Er hörte selbst, wie wenig überzeugend seine Worte klangen. »Kitteridge hat die Verfahrensakte vollständig durchgearbeitet, und man kann immer wieder nur sagen, dass Mr. Drake einfach brillant war.« Während er weitersprach, hob er die Stimme ein wenig. »Er hat alle Register gezogen. Evan Faber war ein ausgesprochen sympathischer Zeuge. Der Vertreter der Anklage hat ihm vorgehalten, sein Kummer weise, bei Licht besehen, auf seine Schuld an Marie Wesleys Tod hin, aber Mr. Drake hat ihm den Wind aus den Segeln genommen. Ich muss zugeben, dass ich bis dahin nicht gewusst hatte, ein wie hervorragender Strafverteidiger er war …«

»Ach nein, tatsächlich?«, fragte ffford Croft mit unüberhörbarem Sarkasmus in der Stimme.

»Entschuldigung«, sagte Daniel kläglich. »Selbstverständlich war er das. Ich hatte es nur noch nicht mitbekommen …«

»Ich hatte gesagt, Sie sollen kein dummes Zeug reden, mein Junge. Wir sind uns darüber einig, dass Jonah Drake ein verdammt guter Anwalt war. Jetzt sehen Sie zu, dass Sie dahinterkommen, wer ihn umgebracht hat und warum. Es ist mir egal, wer das war, selbst wenn es jemand aus unserer Kanzlei gewesen sein sollte. Ganz gleich, wie wir uns verhalten, sobald wir es wissen – wir müssen die Wahrheit erfahren. Andernfalls werden wir über unsere eigenen Füße stolpern und mit dem Gesicht im Schlamm landen.«

Ob sich fford Croft darüber im Klaren war, was er da geradezu herausforderte? Oder hatte er die Einzelheiten vergessen?

»Worauf warten Sie noch?«, knurrte er. »Machen Sie sich an die Arbeit. Und berichten Sie mir regelmäßig. Falls Sie etwas so spät entdecken, dass Sie es mir nicht sofort sagen können, dann gleich am nächsten Morgen. Haben Sie das verstanden?«

»Ja, Sir.« Etwas anderes hätte Daniel nicht sagen können. Immerhin wusste er inzwischen, was er tun würde. Er musste die Wahrheit herausbekommen, ganz gleich, wie sie aussah, und das so bald wie möglich.

Es war höchste Zeit, sich mit Roman Blackwell in Verbindung zu setzen und festzustellen, ob er etwas Brauchbares gefunden hatte. Was hatte Drake in Mile End gewollt? Was hatte Evan Faber dorthin geführt? Und warum hatte man seine Leiche vom Tatort fortgeschafft? Weil sonst klar gewesen wäre, wer hinter dem Mord steckte?

Es zeigte sich, dass Blackwell nicht zu Hause war, und so musste Daniel in einem Gasthaus auf seine Rückkehr warten. Zwar wusste er, dass Blackwell auf dem Heimweg dort vorbeikommen musste, aber nicht, wann mit seiner Rückkehr zu rechnen war. Er nutzte die Wartezeit, um seine Gedanken zu ordnen. Er bestellte eine Tasse Kaffee, aß nach einer Weile zu Mittag und trank am frühen Nachmittag ein großes Glas helles Bier. Dabei zahlte er jedes Mal sofort, damit er nötigenfalls von einem Augenblick auf den anderen aufbrechen konnte. Er wollte verhindern, dass Blackwell, kaum zurückgekehrt, das Haus schon wieder verlassen hatte, bevor er mit ihm hatte sprechen können.

Tat er in dem Versuch, dem Kanzleichef zu helfen, wirklich das Richtige? Oder handelte er in Wahrheit hinter dessen Rücken?

Ihm fiel der Brief an Miriam ein, den er am Vorabend begonnen, aber nicht beendet hatte. Um zu verhindern, dass sie sich unnötige Sorgen machte und zu einem für ihren Erfolg entscheidenden Zeitpunkt ihre Studien abbrach, um ihrem Vater zu Hilfe zu eilen, durfte er ihr nicht alles erzählen. Aber war es nicht unredlich, ihr die Vorfälle und den Stand der Dinge zu verschweigen? Zweifellos würde sie sagen, sie habe einen Anspruch darauf zu erfahren, was vor sich ging, ganz gleich, wie verworren oder tragisch die Situation sein mochte. Auch habe sie das Recht, ihren Vater nach Kräften zu beschützen, und das dürfe Daniel ihr nicht nehmen.

Hätte er den Wunsch, davon zu erfahren, wenn sein Vater den Bezug zur Wirklichkeit verlor oder – schlimmer noch – in eine unlautere oder gar kriminelle Angelegenheit verwickelt wäre? Und würde er sich, wenn man ihm vorenthielte, wie es um seinen Vater stand, nicht hintergangen und wie ein Kind behandelt fühlen? Doch, selbstverständlich! Dann würde er jeden verabscheuen, der dafür verantwortlich war, dass man ihm das verheimlichte. Er würde immer denken, er hätte helfen können, selbst wenn er sich insgeheim eingestehen müsste, dass er dazu gar nicht in der Lage gewesen wäre.

Dann fiel ihm ein, wie es war, als er in Cambridge studierte. In wie vielen Fällen, an denen sein Vater damals gearbeitet hatte, mochte seine Sicherheit oder Ruf, wenn nicht gar sein Leben, auf dem Spiel gestanden haben, ohne dass ihm seine Mutter davon Mitteilung gemacht hatte? Sie hatte Daniel stets nach Kräften beschützt, denn er war ihr Kind.

Seine Eltern hatten bis zu einem gewissen Punkt das Recht, ihn zu beschützen. Doch Marcus fford Croft gegenüber konnte er sich nicht auf ein solches Recht berufen.

Noch während er das dachte, ging ihm auf, was er tun würde. Es gab in dieser Angelegenheit noch einen weiteren Aspekt: Solange es nicht unerlässlich war, fford Croft zu informieren, brauchte dieser nichts zu wissen.

Der Anblick Roman Blackwells, der, gegen den Wind gestemmt, mit flatterndem Mantel die Straße entlangeilte, riss Daniel aus diesen Gedanken. Er sprang auf, legte für die Kellnerin, die ihn mit großer Nachsicht behandelt hatte, ein Trinkgeld auf den Tisch und eilte hinaus, um Blackwell so schnell wie möglich einzuholen.

Er folgte ihm mit raschen Schritten, bis er ihn erreicht hatte. Gemeinsam betraten sie das Haus, ohne etwas zu sagen. Erst in der Diele mit ihrem sonderbaren Arrangement von Spiegeln, die allerlei Sinnestäuschungen hervorriefen, richtete Daniel das Wort an ihn. »Ich brauche Ihren Rat. Inzwischen sieht die Sache ziemlich übel aus.« In Wahrheit wollte er damit sagen, dass er die Hilfe des Mannes benötigte, was Blackwell ebenso verstand wie er selbst. Aber zuvor waren einige Erläuterungen nötig.

Blackwell, den Hut noch auf dem Kopf und einen Arm noch im Mantelärmel, drehte sich zu ihm um und brummte: »Natürlich tut sie das, und es wird bestimmt noch schlimmer. Ich bin fest überzeugt, dass Sie noch hinter ein paar

Sachen kommen werden, die Sie lieber nicht wüssten. Ich sage Ihnen, das ist nichts, womit Sie leben könnten. Aber eine andere Möglichkeit haben Sie nicht.« Während er in den Gang zur Küche trat, sagte er: »Ich friere und habe Hunger. Erst warmer Sonnenschein, dann mit einem Mal kalter Wind und Regen, der einen bis auf die Haut durchnässt, sodass man vor Kälte zittert. Dabei sieht man überall Blumen.« Nachdem er den Mantel vollständig ausgezogen hatte, nahm er den Hut ab, hängte ihn an den Kleiderhaken und ging Daniel voraus ins Wohnzimmer.

»Meine Mutter ist nicht da«, erklärte er. »Wenn Sie Tee wollen, müssen Sie ihn selbst machen.«

»Nein, vielen Dank. Ich habe so viel Tee getrunken, dass ich ein Schiff vom Stapel lassen könnte.«

»Haben Sie auf mich gewartet? Setzen Sie sich, und sagen Sie mir alles, was Sie über diesen Drake wissen. Bestimmt haben Sie schon genaue Vorstellungen. Lassen Sie nichts aus.«

»Drake … und Evan Faber«, gab Daniel zurück, während er in einem der Sessel Platz nahmen. Auf jedem von ihnen lagen Samtkissen in schreienden Farben: Karmesin, Pflaumenblau, Flamingorot, hier ein grelles Rosa und da ein Burgunderrot. Blackwells Mutter Mercedes hatte sie ausgesucht, und der Sohn schien sich damit wohlzufühlen.

Daniel berichtete, auf welche Weise er Evan Fabers Bekanntschaft gemacht und dass er ihn sympathisch gefunden hatte. Er beschränkte sich darauf, nur einige der Dinge zu nennen, die sie gemeinsam hatten, denn Blackwell bedeutete ihm mit einer ungeduldigen Handbewegung weiterzusprechen. Vielleicht hatte er verstanden, wie sehr Daniel das Geschehene schmerzte. Es war so grausam und sinnlos.

»Bestimmt wollte er in Mile End feststellen, was Mr. Drake dort hingeführt hatte«, erklärte Daniel.

»In Ihrem Auftrag?«, fragte Blackwell, wobei er sich leicht vorbeugte.

»Indirekt«, bestätigte Daniel. »Mr. Drake hatte ihn mit einer glänzenden Verteidigung buchstäblich vor dem Galgen gerettet. Möglicherweise war gerade das der Grund für Drakes Ermordung, und das war Evan bewusst. Wenn Mr. Drake den Fall nicht übernommen hätte, würde er vielleicht noch leben.«

»War der junge Faber schuldig?«, fragte Blackwell eher neugierig als kritisch.

»Nein.«

»Hat er das selbst gesagt?«, fasste er mit ungläubiger Miene nach.

Daniel vermied eine direkte Antwort. »Man hat nie herausbekommen, wer der Täter war, falls Sie das meinen.«

»Genau das …«

»Ich habe ihm geglaubt«, sagte Daniel fest.

Mit breitem Lächeln erwiderte Blackwell: »Natürlich. Ihre Leichtgläubigkeit macht Ihren ganzen Reiz aus, und ich würde es bedauern, wenn Sie sie eines Tages ablegten. Hat in dem Zusammenhang Geld den Besitzer gewechselt, abgesehen vom Anwaltshonorar, das vermutlich saftig war und für das Fabers Vater aufgekommen sein dürfte?«

»Bisher habe ich keine Hinweise darauf gefunden, aber Kitteridge wird sich noch heute darum kümmern«, teilte ihm Daniel mit. »Da unsere Kanzlei in Mr. Drakes Testament als Vollstrecker benannt ist, haben wir Zugriff auf alle Unterlagen.«

»Dieser Drake hat doch sicher auf großem Fuß gelebt, was?« Blackwell zog ein scharlachrotes Kissen hervor, schlug zwei- oder dreimal darauf, bis es die gewünschte Form hatte, und legte es wieder zurück.

»Soweit wir feststellen konnten, kann davon keine Rede sein. Er hatte ein schönes Haus, schöne Möbel und viele Bücher, aber weder kostbare Gemälde noch teures Tafelsilber.« Daniel wusste nicht, wie er fortfahren sollte. Er hatte in Drakes Haus den Eindruck gewonnen, dass der Mann mit dem mürrischen Äußeren Geschmack und ein gewisses Feingefühl besessen hatte – so hatte er ihn nicht eingeschätzt. Inzwischen kannte er ihn deutlich besser als zuvor. Er hatte ein schlechtes Gewissen und bedauerte aufrichtig, dass es zu spät war, etwas daran zu ändern. Daniels Gefühl, mit Drakes Tod etwas verloren zu haben, war deutlich ausgeprägter, als es noch vor wenigen Wochen gewesen wäre.

»Sie haben also dem jungen Faber gesagt, dass man Drake ermordet hat«, nahm Blackwell den Faden wieder auf. »Und der hat Gutes über ihn gesagt. Dann haben Sie gesagt, er könnte Ihnen helfen rauszukriegen, was Drake in Mile End gewollt hatte. Daraufhin ist er hingegangen und ebenfalls umgebracht worden.«

So nüchtern, wie Blackwell das sagte, schmerzte es, aber genauso verhielt es sich. »Ich habe ihm gesagt, er soll achtgeben und auf keinen Fall allein hingehen«, erwiderte Daniel. Aber hatte er das wirklich so formuliert? Er konnte sich nicht daran erinnern.

»Und wen hätte er mitnehmen sollen?«, erkundigte sich Blackwell.

»Er hatte Geld wie Heu«, gab Daniel schroff zurück. »Außerdem wahrscheinlich jede Menge Freunde. Er war reich, sah gut aus und war umgänglich. Er hätte auch einen Dienstboten mitnehmen können. Er hatte bestimmt mindestens einen.«

»Dann hat er dort wahrscheinlich jemandem auf die Füße getreten oder ist irgendeinem etwas zu nahe gekommen«, fuhr Blackwell fort. Dabei sah er Daniel mit seinen schwarzen Augen unverwandt an, als versuchte er jenseits der Worte etwas zu erkennen. »Sind Sie sicher, dass er die Frau nicht umgebracht hat?«

»Falls meine Menschenkenntnis überhaupt etwas wert ist, ja, ganz sicher.«

»Schön. Er hat also zu jemandem was gesagt und ist damit an die falschen Leute geraten. Wenn Sie wollen, dass ich was über Drake rauskrieg, und wahrscheinlich wollen Sie das, müssen Sie sich darauf gefasst machen, dass die eine oder andere von Ihren angenehmen Illusionen den Bach runtergeht. Können Sie das vertragen? Vielleicht wollte er sich da ja ein bisschen amüsieren? Möglicherweise wollen Sie das nicht wissen. Jeder von uns ist auf seine Selbsttäuschungen angewiesen.«

»Die können wir uns in diesem Fall nicht leisten«, entgegnete Daniel. Die Gedanken, die ihm durch den Kopf schwirrten, waren beklemmend. »Wir müssen es wissen.«

»Und was ist mit dem Hintergrund des jungen Faber?«, fragte Blackwell. »Soll ich mir auch seine Vorlieben, Schulden und persönlichen Feinde genauer ansehen? Oder wollen Sie das lieber nicht wissen?« In der letzten Frage schwang ein bitterer Humor mit.

Daniel wusste, dass Blackwell ihm zugetan war, doch ihm war auch klar, dass dieser ihn für klug, aber lebensfremd hielt. »Doch, unbedingt, alles, was Sie in Erfahrung bringen können, über beide«, antwortete er. »Schulden, Gefälligkeiten, Neigungen, Begierden. Die Polizei wird Sie dabei übrigens nicht unterstützen«, warnte er ihn. »Evans Vater ist steinreich, aber vor allem hat er geradezu unendlich viel Macht. Ihm gehören die größten Schiffswerften im ganzen Land, und wir sind dringend darauf angewiesen, unsere Flotte zu vergrößern. Das bezieht sich keineswegs nur auf die Handelsflotte, sondern auch auf die Königliche Kriegsmarine.«

Blackwell stieß langsam den Atem aus. »Aha! Dann hat sein Vater also gute Beziehungen zu hohen Tieren. Und falls er sich für den Tod seines Sohnes rächen will … dürfte er sich kaum an die Polizei wenden, denn ein Skandal wäre das Letzte, woran ihm liegt.«

»Er hat dafür gesorgt, dass die Presse Evans Tod als tragischen Unfall hingestellt hat.«

»Der Mann sollte Märchen verfassen! Das scheint er gut zu können«, kommentierte Blackwell bitter.

»Ich kann mir nicht vorstellen, dass ihm jemand das abnimmt«, stimmte ihm Daniel zu. »Aber die Leute tun so und werden für ihre taktvolle Zurückhaltung zweifellos belohnt.«

»Natürlich alle außer Ihnen«, erklärte Blackwell und schlug erneut auf das Kissen.

»Ich konnte Evan gut leiden, und Mr. Drake war Teilhaber unserer Kanzlei. Ich will die Wahrheit wissen.«

»Und bestimmt lassen Sie nicht eher locker, bis Sie sie kennen«, ergänzte Blackwell. »Dieser Drake kommt mir allmählich wie jemand vor, der ein bisschen zu schlau sein wollte. Was weiß Ihr Chef über die Angelegenheit? Oder ist das eine dumme Frage?« Seine Augen weiteten sich. »Das wissen Sie wohl nicht? Sie haben Angst um Ihren Chef. Was hat er vergessen? Oder wovor verschließt er ganz bewusst die Augen? Eigentlich wollen Sie das und nichts anderes wissen, aber statt das klar und einfach zu sagen, reden Sie um den heißen Brei herum. Stimmt doch, oder?«

Obwohl Daniel es sich keinesfalls mit Blackwell verderben durfte, spürte er, wie sich seine Muskeln unwillkürlich anspannten. »Für einen Anwalt gilt grundsätzlich die Unschuldsvermutung. Das bedeutet, jeder ist für unschuldig zu halten, solange seine Schuld nicht einwandfrei erwiesen ist. Als ob Sie das nicht wüssten – schließlich waren Sie selbst schon darauf angewiesen …« Sogleich bereute Daniel die letzten Worte, aber mit einer Entschuldigung würde er alles nur verschlimmern. Schließlich wusste Blackwell sehr wohl, worauf er anspielte.

Einige Augenblicke herrschte Schweigen, dann lachte Blackwell schallend. »Richtig so, mein Junge. Ich hatte schon befürchtet, dass Sie ein zu weiches Herz haben. Halten Sie von mir aus ruhig jeden für unschuldig, bis Sie Ihre Meinung ändern müssen. Aber passen Sie gut auf, damit Sie den richtigen Augenblick dafür nicht verschlafen.« Jeder Anflug von Heiterkeit verschwand aus seinem Gesicht. »Vor allem besorgen Sie sich auf keinen Fall eine Schusswaffe. Das wäre das Dümmste, was Sie machen können. Haben Sie verstanden? Das Einzige, was dabei herauskäme, wäre, dass jemand Sie damit erschießt. Verlassen Sie sich lieber auf Ihren Verstand – der ist Ihre beste Waffe. Wahrscheinlich sogar Ihre einzige.«

Daniel beschloss, sich den Rat zu merken, und kam dann sofort auf ein anderes Thema zu sprechen. »Die Waffe, mit der Mr. Drake ermordet und mehrfach entstellt wurde, hatte eine lange Klinge, ganz wie die, mit der man Evan getötet hat – anders als Drake mit einem einzigen gezielten Stich ins Herz. Bei Drake ist man brutal vorgegangen, bei Evan hingegen beinahe mitleidsvoll. Nach Auskunft des Arztes kann es sich trotz der unterschiedlichen Vorgehensweise in beiden Fällen um dieselbe Waffe gehandelt haben.« Er spürte, wie sich sein Magen hob, während er das sagte, und das Bild von Drakes bleichem Gesicht und zerfetzten Fleisch trat ihm wieder vor Augen. Es war, als habe er es erst am Vortag gesehen. »Ich denke nicht daran, den Blick abzuwenden, nur weil es unangenehm wird«, sagte er.

Blackwell seufzte. »Natürlich nicht. Der Teufel soll es holen! Ich komme mit. Das bin ich Ihnen schuldig. Vielleicht brauch ich Sie ja auch noch mal.« Er lächelte fröhlich.

»Aber damit warten Sie bitte noch eine Weile, ja?« Daniel erwiderte das Lächeln. »Gerade jetzt bin ich ungewöhnlich beschäftigt.«

Daniel kehrte in die Kanzlei zurück und arbeitete einige kleinere Fälle auf seinem Schreibtisch ab. Das Gespräch mit Blackwell hatte ihn ein wenig beruhigt. Schon das Bewusstsein, dass dieser ihm mit seinen erprobten Fähigkeiten beistehen würde, war tröstlich.

Etwa eine Stunde später klopfte Kitteridge bei ihm an und trat sofort ein, ohne eine Antwort abzuwarten. Er lud einen ganzen Arm voller Papiere auf Daniels Schreibtisch ab, schloss die Tür und setzte sich ihm gegenüber auf den Besucherstuhl.

»Was soll das?«, fragte Daniel.

»Das weiß ich selbst nicht so recht«, gab Kitteridge zu. »Ich war auf der Bank und habe den ganzen Packen dort bekommen.« Er nickte zu dem Papierstapel hinüber. »Allem Anschein nach hat man eine Menge Beträge, von denen ich nicht weiß, wofür sie sein sollen, von einem Konto auf das andere hin und her geschoben. Und ich weiß, dass Erasmus Faber Mr. Drake für die erfolgreiche Verteidigung seines Sohnes ausgesprochen gut bezahlt hat. Das hatte Drake allerdings auch verdient, das ist klar. Er hat alle überrascht, denn keiner von uns hätte je gedacht, dass er vor Gericht eine so dramatische Vorstellung abliefern könnte, und das ohne Zauberkunststückchen.« Er schüttelte den Kopf, als müsse er sich von einer lange gehegten irrigen Meinung trennen. »Wir hatten ihn immer als fleißig, gewissenhaft und eher langweilig eingeschätzt. Er hat es hervorragend verstanden, ein oder zwei beweisbare Tatsachen zu finden, und wir haben es immer für selbstverständlich gehalten, dass er genau wusste, was er tat … und damit haben wir ja auch richtiggelegen.«

»Also langweilig, aber erfolgreich. Inwiefern bringt uns das weiter?«, fragte Daniel hoffnungsvoll.

»Überhaupt nicht.« Kitteridge schüttelte bedauernd den Kopf. »Es handelt sich dabei um eine einseitige und alles andere als unparteiische Zusammenfassung der Fakten. Er und der Chef kannten einander seit ihrer Studentenzeit; beide waren zur selben Zeit in Oxford. Drake hat da angefangen, als fford Croft schon drei Jahre dort war. Nach Aussage der Leute, mit denen ich gesprochen habe, waren die beiden von Anfang an sozusagen ein Herz und eine Seele. Möglicherweise hing das damit zusammen, dass sie einen ähnlichen familiären Hintergrund hatten. Akademiker aus der Provinz – Drake aus der Grafschaft Shropshire und fford Croft aus der Grafschaft Durham. Damit waren beide in gewisser Weise Außenseiter und …«

»Spielt das denn eine Rolle?«, unterbrach ihn Daniel in der Hoffnung, dann etwas zu hören, was ihn weiterbringen würde.

»Und ob.« Kitteridges Gesicht veränderte sich, als sei ein Schatten darauf gefallen. »An der Universität Außenseiter zu sein, ist ein hartes Los. Wer aus London und den unmittelbar umliegenden Grafschaften kommt, wie Sie zum Beispiel, kann das nicht wissen, aber ich schon.« Er verzog das Gesicht, als ob ihn eine Erinnerung schmerzte. »Als jemand aus der tiefsten Provinz habe ich mich immer als Außenseiter gefühlt und kam mir im Vergleich mit den Söhnen von Landadligen, vom Hochadel ganz zu schweigen, ungefähr so kultiviert vor wie ein Landarbeiter.«

Daniel empfand Gewissensbisse, weil er daran denken musste, mit welcher Herablassung er selbst an der Universität Stipendiaten aus der mittelenglischen Industrieregion und dem Bergbaugebiet im Norden des Landes gegenübergetreten war. Vielleicht hatte das daran gelegen, dass auch er sich als Außenseiter gesehen hatte. Sein Vater war Polizeibeamter, und seinen Großvater, Wildhüter auf dem Landsitz eines Gutsbesitzers, hatte man wegen angeblicher Wilddieberei nach Australien deportiert. Niemand hatte seither wieder von ihm gehört. Aber natürlich hatte das in Cambridge außer ihm niemand gewusst.

War es Drake in Oxford ebenso ergangen? Womöglich auch fford Croft? Daniel hatte immer angenommen, dieser habe stets in sicheren Verhältnissen gelebt, seine unbestreitbare Selbstsicherheit sozusagen mit der Muttermilch eingesogen und Erfolg als etwas angesehen, was ihm von Natur aus zustand. Was für eine oberflächliche Einschätzung!

Kitteridge sprach immer noch. »Auf keinen Fall war Drake dem Glücksspiel ergeben«, fuhr er fort. »Ich kenne durchaus diesen oder jenen, den ich danach fragen konnte, und nichts von dem, was sie gesagt haben, lässt dergleichen vermuten. Wohl aber hat er ausgesprochen geschickt in Aktien investiert, und zwar, wie es aussieht, ohne dabei je Verluste gemacht zu haben.« Er schüttelte den Kopf. »Ich habe mir alles genau angesehen und nichts gefunden, was ungesetzlich oder auch nur fragwürdig wäre. Er hatte deutlich mehr Geld als die meisten Anwälte, scheint aber auch einige ziemlich bedeutende Fälle bearbeitet zu haben. Er hat viel für wohltätige Einrichtungen gespendet und die Studiengebühren für Stipendiaten aus seiner Heimatstadt in Shropshire bezahlt. Er hat das nicht an die große Glocke gehängt, sondern geradezu ein Geheimnis daraus gemacht.« Er sah Daniel abwartend an.

»Da sieht man wieder, dass wir einander nicht so gut kennen, wie wir glauben. Hat fford Croft davon gewusst?«

»Ich bin nicht sicher. Möglicherweise nicht.«

»Es gibt nicht viel, was wir sicher wissen, oder?«

Kitteridge seufzte und setzte sich ein wenig anders hin. »Bisher nicht …«

»Dann sollten Sie sich zusätzlich zu dem, was sich sonst noch in und auf seinem Schreibtisch befindet, von der Bank alle Kontounterlagen besorgen und zusehen, ob sich irgendwas davon bis an die Quelle zurückverfolgen lässt«, schlug Daniel vor. »Außerdem würde es sich empfehlen festzustellen, ob er Haus- oder Grundbesitz hat, von dem wir bisher nichts wissen. Aktien … einfach alles.«

Gegen sechs Uhr war Daniel so erschöpft, dass die Buchstaben vor seinen Augen verschwammen, sobald er auf ein beschriebenes Blatt Papier sah. Vor allem aber war er verwirrt. Es schien keinen roten Faden zu geben, der irgendwohin führte. Je mehr er suchte, desto weniger vermochte er ein zusammenhängendes Muster zu erkennen. Je intensiver er nachforschte, desto verwickelter schien das Ganze zu sein. Hatte der Kanzleichef leichtsinnig gehandelt, oder steckte gar Vorsatz hinter seiner Nachlässigkeit? Fehlte es ihm ganz allgemein an Durchblick, oder hatte er lediglich hier und da etwas übersehen? Jeder vergaß einmal etwas – konnte es sein, dass fford Croft einfach vergesslich war? Aber früher war er nie leichtsinnig oder unachtsam gewesen. Sah Daniel Verschulden, wo es keines gab … oder versuchte er, nicht so genau hinzusehen?

Er beschloss, seine Bemühungen für diesen Tag aufzugeben und seine Eltern zu besuchen, bei denen ihn jederzeit ein Abendessen erwartete. Vielleicht fand er den ersehnten roten Faden, der ihn ans Ziel führte, wenn er die Dinge seinem Vater darlegte, der sein ganzes Erwachsenenleben damit zugebracht hatte, solche Geheimnisse zu entwirren.

Diesem Faden würde er selbst dann folgen, wenn sich dabei herausstellen sollte, dass sein Kanzleichef in die Angelegenheit verwickelt war. Daniel wusste: Wer nicht bereit war, sich einer plausiblen Erklärung mitsamt der damit verbundenen bitteren Enttäuschung und dem Kummer zu stellen, handelte wie jemand, der ein Heftpflaster auf ein Geschwür klebte. Wer es wirklich heilen und nicht alles noch schlimmer machen wollte, musste es öffnen, so schmerzhaft das auch sein mochte.

Für den Weg von der Kanzlei zur Keppel Street leistete er sich den Luxus einer Fahrt mit der Kraftdroschke. Während sich der Fahrer durch den Verkehr kämpfte, lehnte Daniel sich zurück und hing seinen Gedanken nach.

fford Croft hatte nur sehr wenig über Drake gesagt. Was mochte er wirklich von ihm gehalten haben? Verdächtigte er ihn, wollte ihm aber lieber nicht so genau auf die Finger sehen? Da die beiden einander während des größten Teils ihres Erwachsenenlebens gekannt hatten, musste er Drakes Wesen einschätzen können. Da dieser nur wenige Jahre jünger war als er selbst, hatte er sicher viel Verständnis für ihn aufgebracht. Im Privatleben hatten sie sehr verschiedene Wege eingeschlagen, aber das war unerheblich. Daniel zwang sich, erneut an das zu denken, worum es ging. Bei Drake hatte es so behagliche Lebensumstände wie bei fford Croft nicht gegeben, jedenfalls was die äußerlichen wie gesellschaftliches Ansehen und Familie anging. Hatte Drake fford Croft deshalb beneidet? Geschätzt oder nicht leiden können? fford Croft war liebenswürdig und gesellig. Drake war klug gewesen, aber es war nicht leichtgefallen, ihn zu mögen. Er war ein Einzelgänger gewesen und hatte nur von Zeit zu Zeit einen beißenden Humor an den Tag gelegt. Was verband die beiden, wenn man von ihrem Beruf absah? Drake schien im Mittelpunkt all der Gewalttätigkeit zu stehen. Er hatte Evan glänzend verteidigt, nicht nur dessen Freiheit und Ruf gerettet, sondern auch seine Stellung in der Gesellschaft, und das, ohne irgendeinem Menschen Schaden zuzufügen. Ob er gewusst hatte, wer Marie Wesley getötet hatte? Oder war er erst nach dem Ende des Prozesses darauf gekommen? Das war ein neuer Gedanke, gefährlich und zugleich schmerzlich. War es denkbar, dass er seine Entdeckung ffford Croft mitgeteilt und dieser ihn angewiesen hatte, die Sache auf sich beruhen zu lassen?

Warum hatte Drake in der fraglichen Nacht Mile End aufgesucht? Hatte man ihn umgebracht, bevor er mit der Person zusammengetroffen war, mit der er sprechen wollte, oder danach? Das zu wissen konnte aus mehreren Gründen wichtig sein. Angenommen, er hatte nach Informationen gesucht und sie gefunden – war die Möglichkeit, dass er Gebrauch davon machte, jemandem zu gefährlich erschienen? Hatte er jemandem etwas mitteilen oder von jemandem etwas erfahren wollen? War ihm sein Vorhaben gelungen, und wer hatte sich dadurch bedroht gefühlt?

Ganz offensichtlich beeilte sich die Polizei nicht sonderlich, Drakes Mörder auf die Spur zu kommen – die Leute hatten kaum Ergebnisse vorzuweisen, und Daniel fragte sich, ob sie überhaupt etwas unternahmen. Was war der Grund dafür, einmal angenommen, dass ein Zusammenhang zwischen dem Mord an Drake und dem fast zwei Jahre zurückliegenden Tod Marie Wesleys bestand? Was hatte sich seither verändert?

Wieder wies alles auf Mile End und auf das, was Drake dort gewollt hatte. War er dem Mörder Marie Wesleys auf der Spur gewesen? Aber warum? Was hatte ihn dazu veranlasst, nach ihm zu forschen?

Daniel fragte sich, ob Evan Fabers Vater Drake den Auftrag erteilt haben könnte, der Sache nachzugehen. Aber das ergab keinen Sinn. Es sei denn … jemand hätte versucht Erasmus Faber mit einem Beweis zu erpressen, dessen Vorlage dazu geführt hätte, dass das Verfahren neu aufgerollt wurde. Aber nichts hätte etwas daran ändern können, dass man Evan freigesprochen hatte, denn ein zweiter Prozess gegen ihn wäre, entsprechend den Gesetzen des Landes, sogar dann ausgeschlossen gewesen, wenn er nachträglich ein Geständnis abgelegt hätte. Es musste also etwas Neues sein … Aber was?

Die Droschke hielt mit einem Ruck an, und Daniel sah überrascht, dass er sich vor der Tür des Hauses befand, in dem er einen Großteil seines Lebens verbracht hatte. Er entlohnte den Fahrer großzügig und stieg aus. Zu seiner Erleichterung sah er, dass im Haus Licht brannte. Er kam unangemeldet – wenn seine Eltern nicht da gewesen wären, hätte er auf sie gewartet. Die Köchin hätte auf jeden Fall etwas zu essen für ihn gehabt, auch wenn es nicht dasselbe gewesen wäre wie ein gemütliches Mahl mit seinen Eltern.

Charlotte hatte zwar nicht mit dem Besuch ihres Sohnes gerechnet, doch freute sie sich wie immer, ihn zu sehen, und begrüßte ihn herzlich. Sie erkannte die Besorgnis in seinen Augen sofort, tat aber so, als habe sie nichts davon bemerkt.

»Komm rein«, sagte sie mit einem Lächeln und trat beiseite. Er sah müde aus, und sein Gang war nicht so federnd wie sonst. »Du kommst gerade rechtzeitig zum Abendessen. Sicher ist das kein Zufall?«

Er drehte sich zu ihr um und lächelte ihr zu. »Ach, ja? Wie schön. Danke, Mutter.« Dann ging er weiter ins Wohnzimmer. »Guten Abend, Vater. Wie geht es dir?«

Pitt gab ihm die übliche Antwort. Nicht die Worte waren entscheidend, sondern der Klang der Stimme, der Ausdruck der Augen, das Lächeln, das sie begleitete.

Daniel setzte sich auf seinen üblichen Platz und streckte behaglich die Beine aus. Bei diesem Anblick begann sich Charlotte ein wenig zu entspannen. Vermutlich würde er ihnen, wenn es so weit war, erzählen, was so schwer auf ihm lastete.

Sie unterhielten sich über alltägliche Dinge, bis das Essen aufgetragen wurde. Es gab dicke Scheiben Kochschinken mit viel Frühlingsgemüse, zum Nachtisch gedeckten Apfelkuchen und dazu natürlich Schlagsahne.

Während des Essens sprachen sie über dies und jenes, angenehme Belanglosigkeiten, Neuigkeiten von Bekannten und vor allem von Daniels Schwester Jemima, die mit Mann und Kindern in Amerika lebte.

»Na?«, sagte Pitt, als der Tisch abgedeckt war und sie ins Wohnzimmer zurückgekehrt waren. »Kommst du mit deinem Fall voran?« Es war deutlich, dass er ernsthaft an der Antwort interessiert war. »Möchtest du darüber reden?«

Charlotte, die sicher war, dass er Daniel nicht bedrängen würde, falls dieser lieber schwieg, machte keine Anstalten, den Raum zu verlassen. Auch sie wollte hören, was Daniel zu sagen hatte. Seit dem entsetzlichen Mordfall, durch den sie vor gut dreißig Jahren den jungen Polizeibeamten Pitt kennengelernt hatte, war sie an der Lösung vieler seiner Fälle beteiligt gewesen, Zeugin tragischer Ereignisse geworden und hatte einen Einblick in die Abgründe der menschlichen Seele gewonnen. All das hatte zu ihrer ganz besonderen Bindung an Pitt geführt. Zu ihrem großen Bedauern war dieses gemeinsame Handeln nicht mehr möglich, seit er beim Staatsschutz arbeitete, denn da war alles, womit er sich beschäftigte, geheim.

Pitt wartete. »Nun sag schon«, forderte er Daniel mit leicht ungeduldigem Unterton auf.

Charlotte unterdrückte den Impuls, ihn zur Geduld zu mahnen. Sie sah, dass Daniel bereit war zu sprechen, aber noch nach den richtigen Worten suchte. Daher schwieg sie, um die allgemeine Anspannung nicht noch zu verstärken.

»Mit Sicherheit besteht zwischen Evan Faber und Mr. Drake eine Verbindung«, begann Daniel, »die sich nicht allein mit dessen erfolgreicher Verteidigung erklären lässt. Inzwischen frage ich mich, ob der Mord an Marie Wesley der eigentliche Auslöser für die Gewalttaten ist, denen die beiden zum Opfer gefallen sind. Da man in dieser Sache außer Evan niemanden unter Anklage gestellt hat, ist der Fall, genau genommen, nach wie vor ungelöst.« Er sah seinen Vater an.

»Die Polizei scheint das anders zu sehen«, erklärte Pitt. »Es muss jemanden geben, der den genauen Hintergrund kennt, und sei es nur der Täter selbst.« Er konzentrierte sich auf Daniel, als sei Charlotte nicht anwesend. Ihr war klar, dass er sie nach ihrer Meinung fragen würde, wenn ihr Sohn gegangen war. »Glaubst du, dass Drake wusste, wer das ist?«, fragte er. »Vielleicht hat Erasmus Faber diesem Menschen Geld für sein Schweigen gegeben und die Zahlungen plötzlich eingestellt? Jedenfalls gibt es da mit Sicherheit etwas, was eine Krise ausgelöst hat. War Drake wirklich auf etwas Neues gestoßen, oder stand er kurz davor, etwas zu entdecken? Hat er möglicherweise einfach Pech gehabt, war zum falschen Zeitpunkt dort?«

Von Daniels Gesicht ließ sich deutlich ablesen, dass er nicht recht wusste, was er darauf sagen sollte. Ob sie wohl in der falschen Richtung suchten?

Wieder musste sich Charlotte zusammennehmen, um sich nicht einzumischen. Ihr war aus allzu schmerzlicher Erfahrung bekannt, dass so etwas auf die Dauer zu nichts führte.

»Ich weiß nicht«, gab Daniel offen zu. »Ich bin nicht bereit zu glauben, dass es sich da um bloße Zufälle handelt.

Warum hätte man Mr. Drake umbringen sollen, wenn er nicht unmittelbar davorstand, etwas aufzudecken? Das gilt erst recht für Evan.« Seine Stimme bebte vor Zorn. »Abgesehen davon, dass das … schändlich wäre, ergibt es auch keinen Sinn.«

Charlotte verstand seine Empörung. Ihr Luft zu machen war weit einfacher, als die inneren Qualen zu ertragen, die solche Ereignisse hervorriefen. Wer sich seinem Kummer überließ, wurde nur allzu leicht von selbigem überwältigt.

»Ein Erpresser hätte sein Wissen an die Polizei oder die Zeitungen weitergeben können«, dachte er laut nach.

»Könnte es nicht jemand anders sein?«, mischte sich Charlotte nun doch ein. »Jemand, an den du bisher nicht gedacht hast?«

»War Drake vielleicht mit von der Partie?«, fragte Pitt. »Oder hat er den Mittelsmann gespielt?«

Daniel sah zu Boden. »Denkst du an Mr. fford Croft?«, fragte er.

Charlotte zögerte kurz, sagte dann aber doch, was sie dachte. Sie ließ den Blick zwischen ihrem Mann und ihrem Sohn hin und her wandern. »Was, befürchtet ihr, könnte er getan haben? Was verbirgt sich hinter euren Andeutungen?«

Einen Augenblick lang trat Schweigen ein. Daniel und sein Vater vermieden es, einander anzusehen. Schließlich sagte Pitt: »Ich denke, dass es hier um Geld oder die Wahrung des Rufs und die Erfolge der Kanzlei geht, was letzten Endes auch wieder aufs Geld hinausläuft …«

Daniel fuhr auf, als wollte er protestieren, doch dann begriff er, dass auch er zu diesem Ergebnis gekommen war, aber nicht gewagt hatte, sich das einzugestehen. Geld, Fortführung des Geschäfts, der Ruf der Kanzlei.

Charlotte sah ihn an. Sie brauchte ihre Frage nicht in Worte zu fassen.

»Auf die eine oder andere Weise hängen all diese Dinge zusammen …«, begann Daniel.

»Das kannst du nicht wissen«, widersprach sie. Sie wandte sich Pitt zu. »Du kennst Marcus seit vielen Jahren. Da hast du doch sicherlich eine klare Vorstellung von seinen Stärken … und Schwächen? Kannst du dem Jungen nicht weiterhelfen, Thomas?«

Mit der Andeutung eines bitteren Lächelns erklärte er: »Es sind dieselben wie bei uns allen. Ein Übermaß an Großmut. Ein Übermaß an Verständnis, das so weit geht, dass man die Fehler anderer nicht mehr sieht. Charme, mit dem man Freunde gewinnt und Menschen von sich abhängig macht, die man dann beschützen zu müssen glaubt, ganz gleich, was das kostet. Scheu vor Unannehmlichkeiten und eine Tendenz, Konflikten auszuweichen. Disziplin. Viele Tugenden verwandeln sich in Schwächen, wenn man sie übertreibt. Das ist nicht nur bei Marcus so. Wer die Aufgabe hat, andere zu führen, ist einsam.«

Daniel schwieg.

Charlotte dachte eine Weile nach und erwog, was er gesagt hatte. Pitt wusste, was Einsamkeit war, hatte aber allem Anschein nach noch nicht erkannt, dass sie nicht nur die von anderen geachtete oder bewunderte Führungspersönlichkeit belastete, der man gehorchte, sondern ebenso den einfachen Mitarbeiter im Büro, der sich Einfluss und Macht erst noch erobern musste.

Pitt sprach nicht weiter, aber die Unsicherheit auf seinen Zügen war deutlich zu erkennen.

Charlotte sah ihn, angespannt schweigend, an.

Schließlich sagte Pitt: »Ich hatte angenommen, Marcus könnte versucht haben, Drake aus der Klemme zu helfen, falls ihn jemand zu erpressen drohte. Möglicherweise besteht, abgesehen davon, dass auch Evan unangenehme Fragen gestellt hat, zwischen Drakes und Evans Tod kein Zusammenhang. Meiner Vermutung nach liegt der Ursprung des Ganzen irgendwo in der Vergangenheit. Wir haben noch nicht erkannt, was diese Ereignisse ausgelöst hat.«

»Könnte es etwas anderes sein als die Verteidigung Evans durch Drake in dem Prozess?« Charlottes Gedanken überschlugen sich. »Hatte Evan möglicherweise einen Verdacht, wer die arme Frau umgebracht hat? Niemand bestreitet, dass er sie ebenso gut gekannt hat wie viele der anderen, die mit ihr Umgang hatten. Vielleicht stand er kurz vor der Entdeckung des Täters – oder dieser hat das vermutet.«

Daniel setzte sich gerade hin. »Das wäre möglich. Evan hat gesagt, dass er sich sehr zu der Frau hingezogen fühlte und sie wirklich mochte. Sie war weit mehr als einfach nur hübsch. Außerdem scheint sie ein fröhlicher Mensch gewesen zu sein, der andere zum Lachen gebracht hat.« Er schüttelte den Kopf. »Könnte sie ihm etwas gesagt haben? Sie hatte Umgang mit Menschen aus den unterschiedlichsten Gesellschaftskreisen …« Er verstummte, und es schien Charlotte, als wandten sich seine Gedanken Evan zu, der so leicht zum Opfer eines Erpresser hätte werden können. Sie dachte an hohe Schulden, einen Unfall im Zustand der Trunkenheit, an all die diversen Katastrophen, die jeden männlichen Angehörigen der besseren Gesellschaft treffen konnten, wenn die Musik zu laut war, der Wein zu reichlich und eine attraktive Frau so gut wie nichts zu verlieren hatte.

»Ach je!« Mit einem Mal überfiel Charlotte eine tiefe Traurigkeit. »Da dürfte es eine geradezu unendliche Fülle von Möglichkeiten geben, nicht wahr?« Sie wandte sich Daniel zu. »Hat er sie wirklich gern gehabt? Ich meine Evan?«

»Du willst wissen, ob er sie geliebt hat? Ein wenig, vermute ich. Sie war, wie gesagt, ein fröhlicher Mensch, und aus dem Reichtum seines Vaters hat sie sich nichts gemacht …«

Pitts Gesichtsausdruck ließ keinen Zweifel daran, dass er Letzteres keine Sekunde lang glaubte.

»Gut möglich, dass sie so klug war, sich nicht auf sein Geld zu kaprizieren«, gab Charlotte zu bedenken. »Vielleicht reichte ihr Ehrgeiz weiter als bis zum Besitz eines Colliers oder Armreifs …«

Pitt sah sie aufmerksam an.

Sie zuckte leicht die Achseln. »Oder sie hat ihn wirklich gut leiden können. Hast du Evan danach gefragt, Daniel? Hat er erwogen, sie zu heiraten?«

»Erasmus Faber ist unermesslich reich«, sagte Daniel mit Bedauern in der Stimme. »Aber dessen Vater hatte sich mit Schrotthandel oder etwas in der Art aus eigener Kraft emporgearbeitet. Erasmus Faber hat dann eine gute Partie gemacht. Evans Mutter gehörte dem niedrigen Landadel an, wie er mir gesagt hat. Allerdings ist sie früh gestorben, als er noch sehr jung war, zehn oder elf. Auf jeden Fall sollte er nach dem Willen seines Vaters mindestens die Tochter eines Grafen heiraten oder besser noch die eines Herzogs.«

»Wie schrecklich!«, sagte Charlotte voll Mitgefühl.

»Wen bedauerst du?«, erkundigte sich Pitt mit einem trüben Lächeln. »Evan, weil er der Familie den Weg in die Kreise der oberen Zehntausend bahnen sollte, statt aus Liebe zu heiraten, oder die Herzogstochter, die dafür verschachert worden wäre?«

»Ach, Thomas.« Sie seufzte. »Selbstverständlich beide. Die Herzogstochter hätte wahrscheinlich ohnehin mit etwas in der Art gerechnet, aber Evan scheint mir ein angenehmer junger Mann gewesen zu sein.« Erneut wandte sie sich Daniel zu. »Jedenfalls hätte ihm sein Vater offenbar nicht einmal dann eine Ehe mit Marie Wesley erlaubt, wenn er sie hätte heiraten wollen. Und du darfst mir glauben, dass ihr das bewusst war.« Sie lächelte flüchtig. »Nicht um alles Geld in der Welt hätte ich Evan heiraten wollen, wenn ich dadurch Erasmus Faber zum Schwiegervater bekommen hätte!«

»Wobei ich bezweifle, dass es überhaupt etwas gäbe, was du für Geld tun würdest«, bemerkte Pitt mit spöttischem Lächeln.

»Das stimmt«, gab Charlotte ihm recht. »Aber es gibt noch andere Zwänge.« Sie sah Daniel an. »Wie wäre es, wenn du dir überlegtest, wem Marie Wesley sonst noch etwas bedeutet hat; welchen Menschen ihr Leben oder Tod nicht gleichgültig war? Vielleicht gibt es da jemanden, der von Evans Schuld überzeugt war und die Sache nicht auf sich beruhen lassen wollte. Es wäre doch möglich, dass Drake da auf etwas Wichtiges gestoßen ist, was es erlaubt hätte, den Fall neu aufzurollen.«

Pitt beugte sich mit ernster Miene vor. »Warum wollte Faber unbedingt, dass man den gewaltsamen Tod seines Sohnes als Unfall hinstellt? Hat er der Polizei Geld gegeben, damit sie die wahren Umstände unter der Decke hält? Wenn ich den Fall zu untersuchen hätte, würde ich in erster Linie festzustellen versuchen, ob da ohne nachvollziehbaren Grund Gelder geflossen sind.«

»Genau für so etwas war Mr. Drake der richtige Mann«, versicherte ihm Daniel. »Einen Sinn ergäbe es, wenn Evan ermordet worden wäre und Mr. Drake da nachgeforscht hätte. Aber so war es nicht, sondern genau andersherum.«

»Weißt du denn inzwischen, was Drake in Mile End wollte?«, fragte Pitt.

Charlotte hatte einen plötzlichen Einfall. »Und wenn es ein Werkzeug gewesen wäre?«, stieß sie hervor.

»Ein was?«, fragten Daniel und Pitt wie aus einem Munde.

»Nun ja, eine bezahlte Kreatur«, erklärte sie. »Jemand, der so etwas für andere erledigt, die sich nicht mit der schmutzigen Arbeit besudeln wollen.«

»Und wen soll der umgebracht haben?«, fragte Pitt. »Drake oder Marie Wesley?«

»Leute dieses Schlages übernehmen jede gefährliche oder schmutzige Arbeit für andere, die sie dafür bezahlen können«, gab sie ein wenig ungeduldig zurück. »Solche, die ein Motiv und die nötigen finanziellen Mittel haben, aber nicht unbedingt bereit oder in der Lage sind, das selbst zu tun … also in diesem Fall … erst einmal Marie Wesley aus dem Weg zu räumen.«

Mit trübseligem Lächeln sagte Pitt: »Durch diese Annahme wird die Sache zehnmal schlimmer – und ich setze noch einen drauf: Warum stellt die Polizei Evans Tod als Unfall hin? Die Leute wissen sehr genau, dass es keiner war. Niemand bekommt bei einem Unfall ein Messer zielgenau mitten ins Herz gestoßen. Und warum würde sich jemand, der in der Nähe war und den Täter beschreiben könnte, vom Tatort entfernen und spurlos verschwinden?«

Charlotte sah ihn mit großen Augen an. »Du bist der Sache schon nachgegangen, nicht wahr?«, sagte sie, da sie plötzlich begriff. Sie konnte es ihm nicht verübeln, denn an seiner Stelle hatte sie ebenso gehandelt, und das war ihm auch klar.

»Selbstverständlich«, bestätigte Pitt. »Wenn jemand das einem meiner Freunde angetan hätte, würde ich alle Hebel in Bewegung setzen, um zu beweisen, wer das war. Und wenn die Tat an einem Ort wie Mile End begangen worden wäre, würde ich versuchen herauszubekommen, warum er sich dort aufgehalten hatte … Es sei denn, ich hätte einen gewichtigen Grund, das zu unterlassen!«

»Und wie sähe ein solcher Grund aus?«, fragte sie. »Schuldgefühl, weil es Mord war? Oder etwas anderes?«

Pitt nickte. »Du hast den Nagel auf den Kopf getroffen«, stimmte er ihr zu. »Schuldgefühl oder etwas in der Art.«

Charlotte merkte, dass Daniel sie ansah. Sie sagte nichts, aber ihre Gedanken überschlugen sich.

KAPITEL 9

Nachdem sowohl die Köchin als auch das junge Dienstmädchen Minnie Maude das Haus für die Nacht verlassen hatten, nahm Pitt das Gespräch über den Mord an Evan Faber erneut auf.

»Die Polizei hat sich die Version zu eigen gemacht, dass es sich um einen Unfall handelte. Übermütige junge Männer, die mit Messern in der Hand herumalbern und so tun, als ob sie miteinander kämpfen. Einer rutscht aus, im nächsten Augenblick steckt das Messer tief im anderen drin, und keiner kann die Blutung stillen. Weil die Polizei nicht so tun kann, als hätte es keinen Toten gegeben«, erläuterte Pitt, »behauptet man einfach, der Mann sei in der Martha Street gestorben. Aber da hat man weit und breit keine Blutspuren gefunden, und der Schmutz an seiner Kleidung stammte auch nicht von dort. Mile End gehört doch zu Lettermans Revier, nicht wahr?« Er sah Daniel fragend an.

Daniel nickte. »Die Frage, um die sich alles dreht, ist: Warum hat man die Leiche vom Tatort fortgeschafft?«

»Vielleicht, weil man verhindern möchte, dass sich da jemand genauer umsieht?«, schlug Charlotte vor. »Wer waren die anderen jungen Männer, die angeblich an diesem Unfug beteiligt waren? Niemand hat Namen genannt …«

»Möglicherweise stammen sie aus Familien, die es sich leisten können, dafür zu bezahlen, dass das nicht bekannt wird?«, vermutete Daniel.

»Und wenn es sie gar nicht gibt?«, fragte Charlotte mit finsterer Miene.

»Wir können nicht warten, bis das geklärt ist«, sagte Pitt, als ihm aufging, was diese Worte bedeuteten. »Wenn wir wüssten, wo man ihn umgebracht hat, würden wir unter Umständen zu ganz anderen Ergebnissen gelangen. Vielleicht kämen wir auf eine Person, an die bisher niemand gedacht hat.«

»Oder wir würden erkennen, was Evan dort wollte«, sagte Charlotte mit leichtem Abscheu. »Mile End, so eine anrüchige Gegend.«

»Woher weißt du, wie es da zugeht?«, wandte sich Daniel an sie.

Charlotte sah ein wenig verwirrt drein, und eine leichte Röte stieg ihr in die Wangen.

Pitt versuchte seine Belustigung zu verbergen, was ihm misslang. »Was die Schattenseiten des Lebens betrifft, ist deine Mutter nicht so unwissend, wie sie dich gern glauben machen möchte …«, sagte er zu Daniel.

»Thomas!« Sie warf ihm einen bösen Blick zu, der ihn unter normalen Umständen zum Schweigen gebracht hätte.

Daniels Unbehagen war mit Händen zu greifen.

Pitt sah sich genötigt, die Situation zu retten. »Es wäre viel einfacher, dem allen aus dem Weg zu gehen, aber das können wir uns nicht leisten. Du schon gar nicht, Daniel, denn jemand aus eurer Kanzlei ist gewaltsam zu Tode gekommen. Wir haben allen Grund zu der Annahme, dass das geschehen ist, weil Drake etwas über eine üble Geschichte erfahren hat – oder in sie verwickelt war –, die in irgendeiner Weise mit Mile End in Verbindung steht. Ob es da einen Zusammenhang mit dem Mord an Marie Wesley gibt, ist uns unbekannt … jedenfalls bisher.« Er ließ eine Pause eintreten. »Und dann haben wir Evan. Ein junger Mann, den Drake vor dem Galgen bewahrt hat und der dir sympathisch war, wird ebenfalls umgebracht. Möglicherweise mit derselben Waffe und vielleicht sogar an derselben Stelle, woraufhin man ihn von dort fortschafft, um das zu vertuschen. Wir wissen noch nicht, wer das getan hat oder warum. Damit ergeben sich mehrere Fragen.« Er sah von einem zur anderen, aber weder Daniel noch seine Mutter sagte etwas.

»So wenig wir das anzunehmen wünschen, ist eine davon die, ob dieser Täter etwas mit Drakes oder Marie Wesleys Tod zu tun hatte.«

»Hat man sie nicht zu Tode geprügelt?«, fragte Charlotte. Tiefe Trauer lag auf ihrem Gesicht. »Und war das nicht im West End, am anderen Ende der Stadt, weit von Mile End entfernt?«

»Ja«, erwiderte Pitt. »Man hat Evan der Tat beschuldigt und ihm dafür den Prozess gemacht. Und bisher gibt es keinen Hinweis darauf, dass außer durch ihn eine Verbindung zwischen Drake und Marie Wesley besteht.« Er wandte sich an Daniel. »Hast du dir den Fall näher angesehen? Welche Beweismittel hat die Polizei damals vorgelegt? Sie müssen überzeugend gewesen sein, sonst hätte man den jungen Mann nicht vor Gericht bringen können. Genauer gesagt, müssen sie sogar erdrückend gewesen sein, um ein solches Vorgehen zu rechtfertigen.«

Daniel schwieg eine Weile.

Pitt wartete, nicht bereit, die Sache auf sich beruhen zu lassen.

Charlotte sah zu ihm hin und wartete dann ebenfalls.

»Zu der Tat ist es in einem Privathaus in Chelsea gekommen«, sagte Daniel schließlich. »Bei einer feiernden Gesellschaft mit über hundert Personen. Der Täter ist wohl mit bloßen Fäusten auf Marie Wesley losgegangen, denn eine Waffe wurde nicht gefunden. Da sie ziemlich oft in Begleitung Evans gesehen worden war, hatte man allgemein vermutet, er sei einer ihrer Liebhaber, was er im übrigen nie bestritten hat. Manche Männer waren eifersüchtig auf ihn, durchaus mit Grund. Mr. Drake hat Zeugen aufgetrieben, die unmittelbar vor der Tatzeit mindestens zwei junge Bewunderer in ihrer Nähe gesehen hatten. Entschuldigt bitte.« Er sah erst Pitt und dann Charlotte an. »Ich rede um die Sache herum. Man hat die arme Frau übel zugerichtet.« Sein Gesicht zeigte, was er bei dem Gedanken daran empfand.

»Es war ein riesiges Haus, beinahe eine Art Palast«, fuhr er fort, »und dort hat diese ziemlich … ausschweifende Gesellschaft stattgefunden, an der zahlreiche Angehörige der gehobenen Kreise teilgenommen haben. Die meisten wollten nicht, dass ihre Namen in dem Zusammenhang genannt wurden. Drake hat es geschafft, einige von ihnen der Lüge zu überführen, und hat durchblicken lassen, dass es denen am liebsten gewesen wäre, mit der ganzen Geschichte nicht in Verbindung gebracht zu werden. Mindestens drei von ihnen hatten sich sogar die Mühe gemacht, bei ihren Aussagen der Polizei gegenüber die Vorgänge nach ihren Vorstellungen auszugestalten. Evan gehörte zu den wenigen, die bei der Wahrheit geblieben sind. Der Polizeiarzt konnte an Marie Wesley keine alten Narben oder Spuren sonstiger früherer Verletzungen finden. Außerdem wies manches darauf hin, dass ein deutlich schwererer Mann als Evan sie misshandelt haben musste, jemand, der so kräftig war, dass er sie hochheben und zu Boden schleudern konnte …«

Pitt runzelte die Stirn. »Das ist nicht unbedingt überzeugend …«

»Nein, aber Evan war völlig fassungslos. Ich … ich vermute, dass er sie wirklich geliebt hat.« Daniel hob den Blick und sah seinen Vater an. »Ich habe ihm geglaubt, wie übrigens auch die Geschworenen.«

»Und man hat nie Anklage gegen einen anderen erhoben?«, erkundigte sich Pitt.

Daniel nickte. »Wahrscheinlich, weil die zwei oder drei anderen Verdächtigen mit Namen oder Titeln aufwarten konnten, die mehr wert sind als Geld.«

Mit einem gewissen Zögern stimmte Charlotte ihm zu. »Manche Leute gehen förmlich in die Knie, sobald sie solche Namen hören.«

»Außerdem gab es keine spezifischen Verdachtsmomente gegen diejenigen«, fuhr Daniel fort. »Wie es aussieht, haben die einen wie die anderen gelogen, um sich gegenseitig zu decken. Was sie gesagt haben, konnte auf keinen Fall die Wahrheit sein, denn es wimmelte darin von Widersprüchen. Vermutlich hat die Polizei darauf verzichtet, sie für schuldig zu halten, weil man sich die hochstehenden und mächtigen Familien nicht zu Feinden machen wollte. Also hat man es so hingedeichselt, dass Evan als Außenseiter den Kopf hinhalten musste. Sein Vater ist zwar steinreich, aber da man ihn in diesen Kreisen nicht ernst nimmt, weil er als Emporkömmling gilt, hat man dafür gesorgt, dass die Tat seinem Sohn Evan zur Last gelegt wurde. Diese Annahme hat Mr. Drake vorgetragen, und die Geschworenen sind ihm bei seiner Argumentation gefolgt.«

»Und was sagst du?«, fragte Pitt.

»Ich glaube nicht, dass er es war, und ich denke, dass Mr. Drake das bewiesen hat.«

Pitt konnte sich die Situation lebhaft vorstellen. Angehörige der Oberschicht, die sich gegenseitig Alibis verschafften und die Schuld dem Außenseiter zuschoben, der so unverfroren war, mehr Geld zu besitzen als die meisten von ihnen. Wie oft hatte er dergleichen miterlebt und sich selbst als Außenseiter empfunden? Jedenfalls öfter, als er seinem Sohn zu sagen bereit gewesen wäre. Nicht einmal Charlotte brauchte das zu wissen, obwohl sie sich früher häufig über das Verhalten der sogenannten feinen Leute ihm gegenüber geärgert und unter der Art gelitten hatte, wie man ihren Mann ablehnte. Aber er wollte nicht, dass Daniel das wusste. Vor den Augen des eigenen Kindes gedemütigt zu werden, war für jeden Mann unerträglich.

»Ich verstehe«, sagte er. Durch das, was er in jüngster Zeit erfahren hatte, war Drake in seiner Achtung gestiegen. Vielleicht hatte auch dieser Mann aus dem Norden, der den Menschen im Süden des Landes als unkultiviert galt, Verständnis dafür aufgebracht? »Daniel, du hast Drakes Aufzeichnungen gelesen. Lässt sich aus ihnen ersehen, dass er Evan wirklich für unschuldig hielt? Oder war der Freispruch lediglich das Ergebnis einer raffinierten, wenn nicht sogar fragwürdigen, verfahrenstechnischen Rabulistik? Es kann weder ihm noch Evan schaden, also lass es mich wissen. Wenn dir bekannt ist, wie sich das verhalten hat, du dich aber verpflichtet fühlst, Drakes Unterlagen als vertraulich zu behandeln, sag das ruhig.«

Er sah Daniel abwartend an.

Dieser erwiderte seinen Blick und sagte offen: »Ich habe Mr. Drake nicht gut genug gekannt, um sagen zu können, ob er sich dazu herabgelassen hätte, einen Schuldigen zu verteidigen und sich dazu irgendwelcher juristischer Kniffe zu bedienen – aber in diesem Fall hat er das nicht getan.« Er hielt dem Blick seines Vaters stand, ohne zu zwinkern.

»Dann muss jemand anders schuldig sein«, folgerte Pitt. »Vermutlich einer der anderen jungen Männer, die man anfangs verdächtigt hatte.« Er hielt einen Moment inne, als denke er noch einmal nach. »Das muss aber nicht unbedingt so sein. Es ist auch denkbar, dass Miss Wesley einen …« Er wollte den Begriff *Zuhälter* vermeiden, mit dem er unter Umständen Charlottes Gefühle verletzt hätte, vor allem aber sollte Daniel nicht den Eindruck gewinnen, dass sich sein Vater als Sittenrichter über das Opfer aufspielte, was auch keineswegs seine Absicht war. Er kannte die Qualen der Armut weit besser als sein Sohn oder seine Frau, doch davon brauchten sie nichts zu wissen. Vermuten war eines, Wissen etwas völlig anderes.

»Aber da muss es doch eine Verbindung geben«, sagte Daniel mit gerunzelter Stirn. »Mr. Drake hat entdeckt, dass zwischen dem Mord an Marie Wesley und irgendjemandem oder irgendetwas in Mile End offenbar irgendeine Art von Beziehung bestand, auch wenn sie am entgegengesetzten Ende der Stadt umgekommen ist.«

»Nicht zu beweisen, dass etwas stimmt, ist nicht dasselbe wie zu beweisen, dass es nicht stimmt«, gab Charlotte zu bedenken. »Er kann ohne Weiteres im Zusammenhang mit einem anderen Fall dort gewesen und aus einem gänzlich anderen Grund ermordet worden sein.«

»Aber Evan war von der Existenz einer solchen Beziehung überzeugt«, beharrte Daniel. »Und er muss sie entdeckt haben, sonst hätte man ihn nicht ebenfalls umgebracht.«

»Dann müssen wir die eben auch finden«, gab sie zurück, wobei sie erst Pitt und dann ihren Sohn ansah. »Ich vermute, dass du dir sämtliche Notizen Drakes angesehen hast? Warum wollte er ausgerechnet dorthin? Man fährt doch nicht einfach mitten in der Nacht ganz allein nach Mile End.«

»Vielleicht wegen einer bestimmten Angelegenheit«, sagte Pitt, »und dann ist er dort zufällig auf eine andere gestoßen? Die Leute vom Innenministerium haben mir, sagen wir einmal, nahegelegt, mich von allem fernzuhalten, was mit

Erasmus Faber zu tun hat. Keine Nachforschungen, keine Durchsuchungen, weil das Land seine Fähigkeiten als Schiffbauer braucht, die, wenn man den Leuten glauben will, nicht ihresgleichen haben.«

Charlotte wandte sich ihm zu. »Soll das heißen, die verschließen bewusst die Augen vor der Wirklichkeit? In einem Mordfall?« In ihrem Blick lag der Ausdruck von Unglauben.

»Sie wollen eher vermeiden, dass es einen Skandal gibt«, sagte Pitt rundheraus. »Irgendjemand will etwas vor der Öffentlichkeit geheim halten.«

»Und Evan hat man umgebracht, weil er dahintergekommen ist, worum es dabei geht?«, fragte Daniel mit betrübter, aber zugleich hoffnungsvoller Miene.

»Vielleicht eine Geldschuld, die er seinem Vater nicht gestehen wollte?«, äußerte Pitt seine Vermutung. »In Mile End gibt es eine große Zahl von Geldverleihern. Speziell junge Leute geraten mitunter in Schwierigkeiten, wenn sie der Ansicht sind, dass sie sich alles Beliebige kaufen können. Zum Beispiel Geheimhaltung … Stillschweigen.«

»Stillschweigen? Für wie lange? Ist das nicht ziemlich kurzsichtig?«, fragte Charlotte.

»Wie bitte? Wir reden hier über den Schutz von Erasmus Faber. Wir brauchen den Mann und seine Werften. Auf seinem Gebiet ist er, wie man mir versichert hat, eine Art Genie.« Pitt sagte das ungern, aber es entsprach den Tatsachen.

»Ist unser Land so sehr auf ihn angewiesen, dass man ihm sogar einen Mord durchgehen lassen würde?«, fragte Charlotte.

»Er hat niemanden umgebracht, Charlotte, sondern lediglich die Wahrheit ein bisschen verdreht, um seinen Sohn zu schützen.«

Sie senkte den Blick und biss sich auf die Lippe. »Gehörte dazu auch die Bereitschaft zuzulassen, dass ein Mordfall ungelöst blieb, weil jemand in ihn verwickelt war, den er liebte? Öffnet man mit einem solchen Verhalten nicht letzten Endes allem Möglichen Tür und Tor?«

»Es ist einfach, sich zu entscheiden, wenn sämtliche Aussichten zu gewinnen auf einer Seite liegen«, gab Pitt zurück. »Gewöhnlich muss man einen Preis zahlen. Manchmal ist der höher, als man anfangs sehen konnte. Wenn ich jemanden dafür bezahle, dass er für mich mordet, stehe ich Zeit meines Lebens in seiner Schuld, oder … ich bringe ihn um. Dann sind die Ermittlungen Aufgabe der Polizei. Noch eins«, sagte er und senkte die Stimme. »Was ich über den Wink vom Innenministerium in Bezug auf Erasmus Faber gesagt habe …« Er wandte sich Daniel zu und sah ihn an. »Dieser Hinweis war vertraulich, aber ich denke, du solltest das wissen.«

Als Charlotte das Thema wechselte, begriff Pitt, dass es besser war, das Gespräch nicht weiter fortzusetzen, zumindest jetzt nicht.

Sie las ihnen den neuesten Brief Jemimas vor, in dem diese über ihre beiden Töchter Cassie und Sophie berichtete. Allem Anschein nach führte sich Cassie, seit sie eine kleine Schwester hatte, mit einem Mal deutlich erwachsener auf, da ihr Sophie den Platz als die Kleine fortgenommen hatte. Jemima fand diese neue Rolle ihrer älteren Tochter zwar lustig und süß, wurde dadurch aber mitunter auch zur Verzweiflung gebracht.

Früh am nächsten Vormittag suchte Thomas Pitt seinen alten Freund Marcus fford Croft in dessen Haus auf, bevor dieser sich auf den Weg in die Kanzlei machte. Er wollte nicht, dass Daniel etwas von seinem Eingreifen mitbekam.

Der Butler ließ ihn ein, zwar höflich, aber unübersehbar überrascht. Er brauchte einige Sekunden, bis er den Besucher erkannte. »Guten Morgen, Sir Thomas.« In seiner Stimme lag bei allem Respekt ein leichter Vorwurf über den Besuch zu früher Stunde, denn er hielt es für unangebracht, seinen Herrn so zeitig zu stören. »Ich hoffe, dass alles in Ordnung ist, Sir?« Mit diesen Worten wies er diskret darauf hin, dass ein Besuch, noch dazu ein unangekündigter, um diese Tageszeit als unhöflich galt. Oder machte auch er sich Sorgen über das Erinnerungsvermögen fford Crofts, seine Urteilskraft? Er würde es zwangsläufig mitbekommen, wenn sein Herr Namen vergaß, Rechnungen unbezahlt so lange liegen ließ, bis Mahnungen eintrafen, oder sich für bestimmte Gelegenheiten unpassend kleidete. Auch würden ihm gelegentliche Gedächtnislücken, unsinnige Anweisungen oder nicht eingehaltene Verabredungen auffallen. Ein persönlicher Diener bekam vieles mit, und vermutlich hatte er niemandem von dem berichtet, was ihm aufgefallen sein mochte, weil er darin eine Verletzung der Treuepflicht sehen würde.

»Guten Morgen«, gab Pitt zurück. »Abgesehen von den üblichen Schwierigkeiten hier und da, gibt es nichts zu klagen. Ich würde gern mit Mr. fford Croft in einem etwas privateren Rahmen als der Kanzlei reden, in der mein Sohn beschäftigt ist.«

»Gewiss, Sir.« Der Mann nickte verständnisvoll. »Ich werde ihm Ihre Anwesenheit mitteilen. Wenn Sie bitte im Frühstückszimmer warten würden? Hätten Sie gern Tee oder Kaffee?«

»Bitte keins von beidem, aber vielen Dank für das Angebot.«

»Gern, Sir.«

Im Frühstückszimmer fiel das Licht der Morgensonne durch die bis beinahe zum Fußboden reichenden Fenster, die auf den Garten hinter dem Haus gingen. Es war noch recht kühl im Raum, doch schien unter dem Einfluss der Sonnenstrahlen eine gewisse Wärme von den blassgelben

Tapeten an den Wänden auszugehen. Der Effekt verblüffte Pitt, und er fragte sich, ob Marcus oder Miriam diesen Einfall gehabt hatte.

Er trat ans Fenster. Während er in den Garten blickte, stellte er sich vor, wie es sein würde, in wenigen Wochen, wenn es Hochsommer war, dort zu sitzen und sich seinen Tagträumen hinzugeben.

Marcus kam so leise herein, dass Pitt lediglich das Einrasten des Türschnäppers hörte.

»'n Morgen, Thomas. Was kann ich um diese frühe Stunde für dich tun?«

Pitt wandte sich um. »Guten Morgen, Marcus. Wie geht es dir?«, erkundigte er sich. fford Croft war blass. Zwar war sein Gesicht trotz des fortgeschrittenen Alters noch faltenlos, aber er wirkte unübersehbar matt. »Das mit Drake tut mir sehr leid«, fügte Pitt hinzu.

»Eine äußerst üble Geschichte«, bestätigte fford Croft und schüttelte betrübt den Kopf. »Ganz und gar entsetzlich. Der Bedauernswerte. Manchmal hätte ich ihn am liebsten zur Hölle gewünscht, aber ehrlich gesagt, war ich dankbar, dass ich ihn hatte. Sag mir, Thomas …« Und dann wirkte er plötzlich verärgert. »Setz dich doch! Ist das ein Fall für den Staatsschutz? Hat Drake in Mile End etwa krumme Dinger gedreht, etwas getan, was dich angeht?« Sein Lächeln war von einem Augenblick auf den anderen verflogen, und er versuchte, in Pitts Gesicht zu lesen. Er machte sich erkennbar Sorgen, hatte womöglich sogar Angst.

Pitt hätte ihn gern beruhigt, aber da er erreichen musste, dass Marcus die Wahrheit sagte, verminderte er den Druck nicht. So leutselig und umgänglich Marcus sich auch gab, er war kein Dummkopf. »Darüber weiß ich nichts«, sagte Pitt. »Was hat er gesagt, welchen Grund hat er dir für sein Vorhaben dort genannt?«

ffford Croft wirkte hilflos. Er ließ sich in einen der Sessel sinken und schüttelte den Kopf. »Falls er es mir gesagt hat, habe ich es vergessen …« Er hob den Blick und sah Pitt an. In seinen Augen lag Angst. War seine Verwirrung echt, oder spielte er Theater?

Pitt setzte sich neben ihn. Da Marcus aufgehört hatte, höfliche und bedeutungslose Phrasen von sich zu geben, musste Pitt ebenfalls offen sprechen, um nicht den Eindruck von Unaufrichtigkeit zu erwecken, denn das wäre grausam gewesen. »Hat er mit seiner Einschätzung im Fall Evan Faber richtiggelegen?«, fragte er. »Ich meine, war der junge Mann wirklich unschuldig?«

»Ja«, sagte Marcus, ohne zu zögern, dann sah er beiseite. »Es ging nicht nur um das Geld, Thomas. Natürlich war uns das durchaus recht – wir werden nicht für alles bezahlt, was wir tun. Manchmal verliere ich den Überblick darüber, einen wie großen Teil unserer Beratungstätigkeit wir kostenlos erbringen. Gewiss, moralisch gesehen, ist das eine gute Sache, aber wir brauchen auch den einen oder anderen zahlungskräftigen Mandanten, um die Kanzlei am Laufen zu halten.« Erneut schüttelte er den Kopf und richtete den Blick auf den Teppich. »So etwas vergesse ich mitunter. Ich mache die Buchführung nicht selbst, musst du wissen …«

»Steckt deine Kanzlei etwa in finanziellen Schwierigkeiten?«, fragte Pitt vorsichtig. Er wollte die Antwort nicht hören, aber es ging nicht anders. »Oder du selbst?«

Marcus sah ihn mit großen Augen an. »Großer Gott, nein! Falls aber doch …« Er atmete mehrere Male ein und aus. »Ich glaube nicht.« Den Blick in die Ferne gerichtet, fuhr er fort: »Das hätte Drake mir bestimmt gesagt. Er hat auf solche Dinge geachtet. Eigentlich wäre für die Sozietät der Name ffford Croft and Drake angebracht gewesen. Einen Gibson hat es nie gegeben, weißt du?« Er lächelte, als gefalle ihm der Gedanke. Vielleicht war es eine Erinnerung an weniger ungewisse Zeiten.

»Und er hat also nicht gesagt, dass ihr mehr … zahlende Mandanten brauchen könntet?«

Mit halb geschlossenen Augen fragte Marcus: »Du meinst doch nicht etwa, er könnte sich in Mile End nach fragwürdigen, aber gut honorierten Aufträgen umgesehen haben? So etwas hätte er nie im Leben getan, ohne mir was davon zu sagen … oder doch?« Ein Schatten legte sich auf sein Gesicht. »Ach, du glaubst wohl, er hat es mir gesagt … und ich habe es vergessen. Jedenfalls habe ich mich auf keinen Fall mit etwas in der Art einverstanden erklärt, das immerhin weiß ich noch.« Er sah seinen Besucher an, als erwarte er eine Antwort.

Pitt konnte sich des Eindrucks nicht erwehren, dass Marcus die Frage nur deshalb offen und ehrlich beantwortete, weil er ein anderes Thema vermeiden wollte, etwas, was sich seinem Einfluss rasch entzog. Es hing wie ein dunkler Schatten im Raum.

»Nein«, fuhr Marcus fort. »Ich glaube eher, dass er dorthin gegangen ist, weil es mit dem Fall Evan Faber zu tun hatte.«

»Versuch dich zu erinnern, Marcus«, drängte Pitt. »Du hast Drake lange gekannt. Fällt dir irgendetwas ein, was er gesagt hat und woraus man schließen könnte, was er dort wollte?«

fford Croft schloss die Augen. »Das habe ich die ganze Zeit schon getan.« Er sprach so leise, dass Pitt ihn kaum hören konnte. »Etwas hat ihn beunruhigt, ein Fall von früher, den er noch nicht abgeschlossen hatte, jedenfalls innerlich. Aber er war nicht bereit, mir zu sagen, worum es dabei ging.« Er öffnete die Augen und runzelte die Stirn. »Meinst du, ich könnte es vergessen haben, falls er es mir gesagt hat?«

»Nein«, erwiderte Pitt und fügte gleich hinzu: »Es sei denn, es war etwas, was du ihm nicht geglaubt hast …«

»Dass er … was tun würde? Oder der Grund dafür?«, fragte fford Croft, vollständig verwirrt. »Pitt, ich weiß es nicht!«

»Der Grund«, sagte Pitt in freundlichem Ton. »Du möchtest doch nicht annehmen müssen, dass er noch leben könnte, wenn es dir gelungen wäre, ihn von seinem Vorhaben abzuhalten. So etwas wünscht sich niemand.«

»Du nimmst wirklich kein Blatt vor den Mund, was?« fford Croft sah ihn anklagend an. »Du weißt, dass Drake kein Dummkopf war. Er hat gewusst, dass ich … gelegentlich dies oder jenes vergesse. Aber er hat mich deshalb nie von oben herab oder wie einen Trottel behandelt.«

Der in diesen Worten enthaltene Vorwurf traf Pitt tief. »Natürlich halte ich dich nicht für dumm, Marcus, aber du hast einen deiner besten Mitarbeiter verloren …«

»Den allerbesten«, korrigierte ihn Marcus. »Ich habe den einen oder anderen vielversprechenden Mann in der Kanzlei, aber es wird noch lange dauern, bis sie einem Jonah Drake ebenbürtig sind.«

»Und es wird ebenso lange dauern, bis sie auch nur annähernd so viel einbringen wie er«, ergänzte Pitt. Ihm war klar, dass sich der Hinweis auf den »einen oder anderen vielversprechenden Mann« auf junge Angestellte wie Daniel bezog. Persönlich freute es ihn zu sehen, dass Marcus noch nicht allen Kampfgeist verloren hatte. »Und was glaubst du also oder vermutest du zumindest, warum Drake in Mile End war?«

fford Croft setzte sich abrupt im Sessel auf. »Jetzt fällt es mir wieder ein«, sagte er. Seine Augen wirkten mit einem Mal wacher. »Erpressung!« Er sprach das Wort aus, als hafte diesem Schmutz an. »Er hat mir gesagt, dass da jemand mit Opium handelt. Schreckliches Zeug. Er wusste, dass das mit einem Fall von … früher zu tun hatte.« Er schüttelte heftig den Kopf, als wolle er sich gegen Insekten in der Luft wehren. »Aber entweder hat er mir nicht gesagt, wer das war, oder ich habe es vergessen.«

»Marie Wesley?«, fragte Pitt und hoffte fast, dass Marcus das verneinen würde.

ffford Croft ballte die Hände, die in seinem Schoß lagen, zu Fäusten und starrte Pitt an. »Ich … ich glaube ja, weiß aber nicht …«

Pitt unterbrach ihn. »Sie war keine Mandantin, Marcus, sondern die Frau, von der behauptet wurde, Evan Faber habe sie zu Tode geprügelt.«

ffford Croft wurde weiß wie ein Laken. »Ach! Meinst du, wir haben ihn rausgehauen, obwohl er in Wirklichkeit schuldig war?« Es klang entsetzt, als fühlte er sich davon überrumpelt.

»Hat Drake eigenmächtig gehandelt, Marcus, ohne dein Wissen?«, fragte Pitt freundlich. »Oder hat er dir nur einen Teil der Geschichte berichtet?«

»Nein.« ffford Croft schüttelte den Kopf. »Zumindest nehme ich das nicht an. Ich denke, er hat gute Arbeit geleistet und ein gerechtes Ergebnis erzielt … Ich weiß nicht. Man hat keinen anderen angeklagt …« Marcus' Gesicht verzog sich besorgt. »Willst du damit sagen, dass Drake mich belogen hat – uns belogen hat?«

Pitt lächelte. »Mach dir keine Sorgen, Marcus, du leidest nicht an Gedächtnisschwund, dir entgeht nur gelegentlich die eine oder andere Einzelheit. Übrigens hat man mir im Innenministerium zu verstehen gegeben, dass ich mich da nicht einmischen soll …«

»Und was wirst du tun?« ffford Croft hob die Brauen und fragte mit vor Furcht geweiteten Augen: »Mischst du dich ein?«

Pitt zögerte. »Nein. Allerdings …« Er sah, dass ffford Croft zu lächeln begann. »Nicht von Amts wegen«, ergänzte er.

»Aber ich weiß, dass Daniel die Angelegenheit nicht auf sich beruhen lassen wird. Übrigens würde ich es an seiner Stelle nicht anders machen.«

»Ja«, sagte Marcus gedehnt. »Ich auch nicht ... allein schon, weil ich Miriam andernfalls unmöglich in die Augen sehen könnte.« Mit bedauerndem Lächeln fügte er hinzu »Aber ich weiß nicht, was *ich* jetzt tun soll. Ich ... fürchte, dass ich alles nur noch schlimmer machen würde.«

Pitt überlegte rasch. Er durfte ihm die Antwort nicht schuldig bleiben. »Stell fest, ob einer deiner Männer die Spur des Geldes verfolgen kann«, schlug er vor. »Niemand wird etwas davon merken, denn du kannst das ganz einfach mit der Notwendigkeit erklären, dass du den Finanzstatus der Kanzlei kennen musst. Du hast einen deiner wichtigsten Teilhaber verloren und musst schleunigst eine Möglichkeit finden, ihn zu ersetzen. Das wird niemandem verdächtig erscheinen.« Er ließ eine kurze Pause eintreten, als überdenke er das Ganze. »Ja«, sagte er. »Folge der Spur des Geldes. Sollte jemand erpresst werden oder andere erpressen, müssen erkennbar Beträge fließen oder geflossen sein.«

»Traust du ihm das zu?«, fragte Marcus. Er war noch blasser geworden und zuckte bei diesem Gedanken sichtlich zusammen. »Ich meine, Drake?«, fügte er hinzu.

»Ehrlich gesagt, nicht. Ich weiß nicht mehr als du, und ich bin nicht sicher, ob sich die Polizei ernsthaft bemüht, den Mord an ihm aufzuklären. Die Leute scheinen nicht zu wissen, wo sie anfangen sollen. Oder vielleicht wissen sie es sogar, haben aber keine Möglichkeit zu einer strafrechtlichen Verfolgung.«

»Oder sie sind bestechlich?«, ergänzte Marcus.

»Auch das ist eine Möglichkeit«, sagte Pitt nachdenklich. »In Mile End versickert viel Geld in dunklen Kanälen. An solchen Orten gedeiht so gut wie jedes Laster. Dort gibt es

Freudenhäuser, Opiumhöhlen, Geldverleiher und Fälscher. Und Erpressung ist deutlich lukrativer als jede der dort angebotenen Dienstleistungen.« Er sah, dass ffoord Croft das Gesicht verzog. »Wie dir bekannt sein dürfte, gibt das dem Erpresser die Möglichkeit, sich allerlei zu erkaufen: Stillschweigen über seine Schwächen, eine regelmäßige Versorgung mit Opium und manches mehr. Je nach persönlicher Vorliebe kann er sich auf diese Weise eine größere Anzahl von Kunden oder geldwerte Vorteile sichern – unter anderem beispielsweise Bezahlung in, sagen wir, Naturalien.«

»Naturalien?«, fragte ffoord Croft und räusperte sich nervös.

»Tu doch nicht so, als ob du nicht genau wüsstest, wovon ich rede«, sagte Pitt gelassen. Eigentlich wollte er nichts von Marcus' Schwäche wissen, immer vorausgesetzt, dass es sie überhaupt gab. Ebenso wenig lag ihm daran, die Schwächen von dessen Bekannten oder Mandanten zu kennen, aber ihm blieb nichts anderes übrig. Er kam sich vor wie ein Chirurg, der mit dem Skalpell in der Hand nicht so recht wusste, wo er es ansetzen sollte. »Viele Leute tun bei allem Möglichen so, als ob sie nichts sähen, wenn ihnen kaum eine oder keine Wahl bleibt«, fuhr er fort. »Damit wollen sie nicht nur sich selbst schützen, sondern auch Menschen, die ihnen nahestehen. Oder solche, denen sie etwas schuldig sind. Das ermöglicht es ihnen, diese Schuld zu begleichen, Macht zu gewinnen oder sich Schmerzen welcher Art auch immer zu ersparen.«

»Ich verstehe, worauf du hinauswillst!«, sagte Marcus. »Aber meines Wissens haben wir keinen Mandanten, der wegen welcher Schwäche auch immer unter Druck gesetzt würde. Ganz davon abgesehen, würde ich es dir nicht sagen, wenn wir so einen hätten. Aber belügen würde ich dich nicht, Thomas. Ich würde einfach sagen, dass du zum Teufel gehen sollst!« Er lächelte trübselig.

Pitt, der diese Seite des Freundes kannte, ließ sie gelten und erwiderte das Lächeln. »Dann sollte ich mich wohl besser anderswo umsehen. Vielleicht fange ich bei Letterman auf der Polizeiwache von Mile End an.«

ffford Croft saß sonderbar steif in seinem Sessel. Er schluckte, als sei ihm etwas im Hals stecken geblieben. »Letterman?«, fragte er. »Was könnte der schon wissen?«

Mit einem Mal hatte Pitt den Eindruck plötzlicher Kälte im Raum, als habe jemand versehentlich die Tür geöffnet und eine Windbö sei hereingefegt. Was sollte er ihm antworten?

Marcus wartete. Im ganzen Haus herrschte vollkommene Stille.

Auch Pitt wartete.

»Nimm dich vor dem Mann in Acht«, sagte ffford Croft unvermittelt. Jedes einzelne Wort schien lauter und deutlicher als sonst zu klingen. »Das ist ein ganz … gerissener …«

Mit einem Mal war Pitt sich sicher, dass Marcus große Angst empfand, und zwar vor etwas ganz Bestimmtem. Er hatte nicht den geringsten Zweifel, dass Letterman dabei eine Rolle spielte. Die Kälte war nicht mehr nur in der Luft um ihn herum, sondern ließ sich tief in seinem Innern nieder, strahlte auf alles ab.

ffford Croft sah ihn nach wie vor unbewegt an.

Pitt räusperte sich. »Kannst du mir einen Rat geben, wie ich ihm entgegentreten soll? Falls du ihn kennst oder mit Erfahrungen aufwarten kannst, wäre ich dir für Hinweise dankbar.«

»Nein …« ffford Croft suchte vergeblich nach Worten.

Pitt war die Situation zuwider. Das Ganze kam ihm vor, als foltere er den Freund körperlich. Er hätte die Sache am liebsten beendet, doch das würde bedeuten, dass er von vorn anfangen müsste. Es gab keine Möglichkeit, es zu umgehen.

»Nein, eigentlich nicht«, fügte Marcus hinzu. »Nur … glaub ihm kein Wort, solange du keine Bestätigung von anderer Seite dafür hast, dass es stimmt. Mehr kann ich dir nicht sagen. Bedauerlicherweise verfüge ich nur über … gewisse Eindrücke. Viele Mandanten, du verstehst. Ein bisschen hier, ein bisschen da.«

Der Mann log, das war Pitt bewusst.

Er stand auf. »Danke. Ich werde ihm kein Wort glauben, wenn ich nicht selbst die Bestätigung dafür finden kann, dass stimmt, was er sagt. Noch einmal danke …«

fford Croft räusperte sich erneut, als wolle er etwas sagen, unterließ es dann aber.

Als Pitt das Haus verließ, hatte er nicht den Eindruck, in einen Frühlingsvormittag hinauszutreten, sondern in einen Abend, dessen Himmel sich rasch verfinsterte.

Statt schnellstmöglich die Polizeiwache aufzusuchen, um mit Letterman zu sprechen, ging Pitt vom U-Bahnhof Mile End ein Stück zu Fuß und legte sich seine Worte zurecht. Als Erstes musste er Lettermans Aufmerksamkeit gewinnen, und dazu brauchte er unbedingt einen Plan. Außerdem musste er klar wissen, was er tun würde … und was genau er wollte.

Marcus' Warnung ging ihm nicht aus dem Kopf und sorgte dafür, dass alles weit schwieriger und betrüblicher erschien, als er ursprünglich angenommen hatte. Er konnte nicht gleichsam inkognito auftreten, denn es war durchaus möglich, dass Letterman ihn vom Sehen kannte. Mit List oder Tricks vorzugehen würde ihn nur lächerlich erscheinen lassen. Er musste dem Mann einen plausiblen Grund für sein Kommen präsentieren. Es war nicht üblich, dass der Leiter der Abteilung Staatsschutz einfach so bei einer Polizeiwache hereinschneite, ob in Mile End oder sonst wo. Er durfte so wenig wie möglich von der Wahrheit abweichen, und was er sagte, musste den Eindruck von Wichtigkeit machen.

Keinesfalls durfte er den Namen fford Croft gleich zu Anfang erwähnen. Wie sah seine Strategie also aus? Allmählich begann sich etwas herauszuschälen, was der Wirklichkeit recht nahe kam. Als er die Polizeiwache erreicht hatte, sah er alles deutlich vor sich. Was er sagen würde, war nahe genug an der Wahrheit. Es gehörte zu den Aufgaben des Staatsschutzes, sich um die Sicherheit eines so mächtigen Werftbetreibers wie Erasmus Faber zu kümmern, denn immerhin konnte eines Tages der Fortbestand der Nation von der Schlagkraft der Kriegsmarine abhängen.

Mit der Andeutung eines Lächelns begrüßte er den diensthabenden Beamten. »Sir Thomas Pitt vom Staatsschutz. Eine bestimmte Angelegenheit hat sich als so dringend herausgestellt, dass ich umgehend mit Inspector Letterman sprechen muss.« Mit voller Absicht unterließ er es, *bitte* zu sagen, denn er wollte unbedingt klarmachen, dass es sich trotz der höflichen Formulierung um eine dienstliche Anordnung handelte.

»Jawohl, Sir!« Der Mann nahm Haltung an, bat einen Kollegen, ihn eine Weile zu vertreten, und eilte mit laut hallenden Schritten davon.

Fünf Minuten später saß Pitt im ersten Stock Letterman an dessen Schreibtisch gegenüber. Der Mann sah genauso aus, wie er ihn sich vorgestellt hatte: gepflegt, sorgfältig frisiert und beherrscht. Sein Gesicht war ausdruckslos, seine Kleidung unauffällig, doch erkannte Pitt an der Art, wie sie saß, dass es sich um beste Schneiderarbeit handelte.

»Worum geht es, Sir Thomas?«, erkundigte sich Letterman in ruhigem Ton.

»Um etwas, was der höchsten Amtsverschwiegenheit unterliegt.« Pitts Lächeln war so fein, dass es nur gerade so wahrnehmbar sein mochte. »Nämlich um den Mord an Jonah Drake, zu dem es kürzlich in Ihrem Revier gekommen ist.«

Lettermans Miene verfinsterte sich, aber er schwieg und sah besorgt drein.

»Mir ist bewusst, dass Sie mir möglicherweise nicht sagen können, wer die Tat begangen hat«, fuhr Pitt fort, »denn Mile End ist bekanntlich ein überaus problematischer Bezirk. Aber inzwischen weiß ich ein wenig mehr als zuvor über Mr. Drake. Er hat einige ... sehr spezielle Fälle bearbeitet.«

Aufmerksam beobachtete er Letterman, um zu sehen, ob dieser auf die eine oder andere Weise zeigte, dass er die besondere Bedeutung seiner Worte verstand. Die Spannung auf den Zügen des Revierleiters schien kaum zuzunehmen, sodass Pitt nicht sicher war, ob er sich das nur einbildete.

»Vermutlich wollen Sie damit sagen, dass sich der Staatsschutz für den Fall interessiert«, gab der Inspector zurück, wobei er Pitt nach wie vor unverwandt ansah.

»Ja«, log dieser. »Er betrifft eine größere Zahl von Menschen, die in keiner Verbindung zu Mile End stehen. Herren, die nicht nur über beträchtliche Mittel verfügen, sondern auch Einfluss besitzen.« Er bemühte sich, nicht zu zeigen, wie aufmerksam er Letterman beobachtete, jede noch so kleine Regung seines Gesichts, jede winzige Augenbewegung.

»Ich verstehe«, sagte Letterman in einem Ton, als handele es sich nicht um eine gewöhnliche Antwort, sondern als gewähre er dem Besucher damit eine Gunst.

»Selbstverständlich«, bestätigte Pitt ausdruckslos. »Wir wissen, dass Sie sich ... unauffällig ... mit gewissen Sachverhalten beschäftigt haben.« Mochte er das so auslegen, wie er es für richtig hielt! Auch als Kompliment, wenn er das wünschte.

Diesmal fiel die Reaktion deutlicher aus. Zwar änderte sich Lettermans Gesichtsausdruck in keiner Weise, aber seine Rechte, die auf dem Papierstapel ruhte, spannte sich unwillkürlich ein wenig an und zitterte leicht. »Ich verstehe«, wiederholte er. »Verschwiegenheit ist oberstes Gebot.«

»Man kann niemanden vor Gefahren schützen, die man selbst nicht sieht.« Pitt, der auf unterschiedlichen Wegen weiterzukommen versuchte, ohne zu erwähnen, dass Drake für fford Croft gearbeitet hatte, entschied sich dafür, sein As auszuspielen. »Es gibt gewisse Persönlichkeiten, die für das Wohlergehen der Nation wichtig, ja, geradezu entscheidend sind.« Sollte er mit offenen Karten spielen? Oder wusste Letterman bereits, wen er meinte? Nein, er musste wohl deutlicher werden. »Vor etwas mehr als einem Jahr hat Mr. Drake den jungen Evan Faber in einer äußerst unangenehmen Angelegenheit vor Gericht verteidigt«, fuhr er fort. »Mit Erfolg, denn selbstverständlich war der Mann unschuldig.« Er entspannte sich ein wenig, ohne allerdings zu lächeln, und wartete ab, um zu sehen, ob Letterman ihn verstand.

Der Inspector nickte. »Genau.«

Einen Moment herrschte lastendes Schweigen.

Pitt wartete mit angespannter Aufmerksamkeit, ob Letterman noch etwas hinzufügen würde.

»Die Anklage war unvermeidlich.« Das Unbehagen des Inspectors war klar wahrnehmbar. »Wir hatten Beweismaterial gegen den jungen Mann«, ergänzte er unglücklich. »Uns blieb keine andere Wahl …«

Pitt verzog den Mund zu einem schwachen Lächeln. »Ich verstehe. Man muss sich den Fakten stellen. Zum Glück konnten sich die Fabers auf Mr. Drake stützen. Er hat sich dem Fall mehr als gewachsen gezeigt.«

»Genau«, wiederholte Letterman. Warum hielt sich der Mann nur so zurück? Interessant – man hätte glauben können, dass er sich erst vergewissern wollte, auf welcher Seite Pitt stand. Vertrat er die Regierung, setzte er sich für die Aufrüstung ein?

»Wir haben Grund zu der Annahme, dass Mr. Drake zum Zeitpunkt seiner Ermordung immer noch auf der Suche nach dem Schuldigen war«, fuhr Pitt fort. »Ich weiß nicht, warum, habe aber gewisse Vermutungen. In erster Linie denke ich an einen Fall von Erpressung ...« Er zögerte.

Letterman zuckte ein wenig zusammen, unterbrach ihn aber nicht. An seinem Gesicht war deutliches Interesse abzulesen.

Pitt wusste nicht, worauf sich dieses Interesse bezog, und das beunruhigte ihn. Kannte Letterman womöglich die eine oder andere Antwort, aber nicht die, auf die es ankam? Oder fürchtete er, sein Besucher könne bestimmte Dinge wissen, und fragte sich, ob Pitt das in den Stand setzte, ihm damit Schwierigkeiten zu bereiten?

»Wir haben versucht, was wir konnten«, sagte Letterman. Er wirkte zum ersten Mal unsicher, wenn nicht sogar abwehrend.

Er kannte also nicht alle Antworten!

»Etwas hat sich in der Zwischenzeit geändert.« Pitt wechselte seine Taktik. »Vielleicht hat man Evan Faber ermordet, weil er zu viel wusste. Dabei hatte er gar nicht die Absicht, sich dieses Wissen nutzbar zu machen. Aber da man Mr. Drake als Bedrohung empfand, musste er als Erster aus dem Weg geräumt werden ...« Er hielt inne. Er hatte auf Lettermans Gesicht ein blitzartiges Verstehen erkannt. Also hatte er mit diesem Pfeil ins Schwarze getroffen.

Letterman wartete schweigend.

Pitt gab ihm eine seiner Karten. »Sollten Sie etwas erfahren, Inspector, teilen Sie das bitte dem Staatsschutz mit. Geben Sie einfach Bescheid, sobald Sie etwas in der Hand haben, ganz gleich, was es ist. Ich werde dann entscheiden, wer zusätzlich in die Angelegenheit mit einbezogen werden soll. Es steht zu befürchten, dass es hier um Korruption in großem Stil geht, und zwar auf höchster Ebene. Wir hätten dann eine Möglichkeit festzustellen, wer darin verwickelt ist.« Er brachte es fertig zu lächeln, als habe er einem Verbündeten eine vertrauliche Mitteilung gemacht. Er hoffte, dass es aufrichtiger wirkte, als es gemeint war.

Letterman holte tief Luft. Mit einem Mal war der mögliche Rahmen der Auseinandersetzung deutlich weiter gezogen. Wo noch wenige Minuten zuvor nicht der geringste Zweifel geherrscht hatte, gab es keinerlei Sicherheit mehr. »Ja, Sir Thomas«, sagte er und fügte nach kurzem Räuspern hinzu: »Das versteht sich von selbst.«

Pitt fragte sich, ob der Mann im Begriff stand, sich als schuldlos hinzustellen, und überlegte, wie er einem anderen die Verantwortung zuschieben konnte, falls er damit scheiterte. Oder war er möglicherweise aufrichtig überrascht? Pitts fester Überzeugung nach war Ersteres der Fall. Seiner Einschätzung nach gehörte der Mann zu den Menschen, die sich stets auf die Seite des Siegers schlugen, sobald sie sich vergewissert hatten, wer das sein würde.

Er erhob sich. »Danke, Inspector. Es tut mir leid, Sie in der Ausübung Ihrer Pflichten unterbrochen zu haben. Aber diese Angelegenheit kann sich schon sehr bald zuspitzen, und dann wird es uns möglich sein, das Durcheinander zu entwirren. Guten Tag.«

Letterman stand ebenfalls auf und sagte, nachdem er die Sprache wiedergefunden hatte: »Guten Tag, Sir.«

Als Pitt in den Sonnenschein des Maitags hinaustrat, kam es ihm vor, als habe er Feuer an die Zündschnur zu einer Sprengladung gelegt, die eine heftige Detonation auslösen konnte. Er wusste bereits genau, was er als Nächstes zu tun hatte. Die Freiheit, darüber zu entscheiden, ob er diesen Schritt vermeiden wollte, hatte er soeben selbst aus der Hand gegeben.

Pitt war sich bewusst, dass Erasmus Faber vor wenigen Tagen mit Evan sein einziges Kind verloren hatte. Vermutlich hatte er keine näheren Angehörigen, seine Frau jedenfalls war schon seit vielen Jahren tot. Pitt vermochte sich nicht so recht vorzustellen, wie sich der Mann fühlen musste. Unter anderen Umständen hätte er ihn auf keinen Fall belästigt, aber diese Angelegenheit war so gewichtig, dass er die üblicherweise durch den Anstand gebotenen Rücksichten nicht nehmen konnte. Es wäre nur natürlich, wenn der Mann die Bitte um ein Gespräch als taktlos empfinden und ablehnen würde, daher musste Pitt zuvor erklären, warum er dennoch darauf bestand.

Er fragte bei Faber wegen eines möglichen Treffens an, wobei er sein Anliegen höflich formulierte, ohne ein Geheimnis daraus zu machen. Als er ihm seine Bitte um Unterstützung vortrug, erklärte sich Faber, offenbar ganz wie Pitt Pragmatiker, ohne Umschweife einverstanden und schlug als Ort des Gesprächs sein Büro auf dem Werftgelände vor.

Pitt brach sogleich auf, lediglich vom Fahrer seines Dienstwagens begleitet. An der Werft ließ man ihn sogleich vor, ohne dass jemand wichtigtuerisch so tat, als müsse Faber erst noch unaufschiebbare Dinge erledigen.

Faber selbst begrüßte den Besucher am Eingang seiner Büroräume. Er war ganz in Schwarz gekleidet und ebenso groß wie Pitt, aber athletischer gebaut, mit einem mächtigen Brustkorb und Muskelpaketen wie ein Ringer. Obwohl er deutlich über fünfzig sein musste, bewegte er sich rasch und geschmeidig. Sein dichtes rötliches Haar war noch nicht ergraut, aber sein hohlwangiges Gesicht wirkte düster.

»Guten Morgen, Pitt«, sagte er, ohne sich mit Titel oder Amtsbezeichnung aufzuhalten, und führte Pitt in sein Büro, durch dessen ungewöhnlich großes Fenster der Blick nicht nur nahezu das gesamte Werftgelände erfasste, sondern auch noch einen großen Teil des Londoner Hafens. Er wies wortlos auf einen Stuhl und nahm nach kurzem Zögern selbst ebenfalls Platz. Er bot Pitt keine Erfrischung an, was dieser auch nicht erwartet hatte. Schließlich handelte es sich nicht um einen privaten Besuch.

»Was kann ich für Sie tun?«, erkundigte er sich knapp. Er war nicht in der Stimmung, kostbare Zeit, die er für seine Arbeit brauchte, mit dem Austausch von Nichtigkeiten zu vertrödeln.

Pitt hatte sich bereits überlegt, wie er je nach Fabers Verhalten vorgehen würde. Offensichtlich legte der Mann Wert auf knappe und klare Formulierungen. »Sicherlich haben Sie vom Tod Jonah Drakes in Mile End gehört«, begann er.

»Selbstverständlich«, gab Faber zurück. Mit seinen blauen Augen musterte er aufmerksam Pitts Gesicht. »Was hat der Staatsschutz damit zu tun?«

»An und für sich nichts.« Pitt merkte, dass er äußerst überlegt vorgehen musste. Hier handelte es sich nicht um einen höflichen Meinungsaustausch und ein vorsichtiges Herantasten an den Kern der Sache. »Abgesehen davon, dass er ein ungewöhnlich guter Anwalt war, wie Sie selbst wissen.«

»Sie meinen, weil er meinen Sohn verteidigt hat?« In Fabers Stimme lag eine gewisse Gereiztheit. Er war verärgert, voll Argwohn und nicht gewillt, sich Anteilnahme gefallen zu lassen.

»Gewissermaßen, aber eher indirekt«, erklärte Pitt in neutralem Ton. »Ich kann mir nicht vorstellen, dass Sie eine solche Aufgabe einem anderen als dem Besten übertragen hätten.«

Faber holte tief Luft, ehe er betont langsam ausatmete. »Kann gut sein«, räumte er ein. »Aber noch einmal, was haben *Sie* damit zu tun?«

Mit dieser Frage hatte Pitt gerechnet. »Mein Sohn Daniel arbeitet in derselben Kanzlei wie Mr. Drake und wusste daher, dass er Ihren Sohn nicht nur verteidigt hat, sondern auch fest von dessen Unschuld überzeugt war. Das ist alles andere als selbstverständlich, denn auch wer schuldig ist, hat einen Anspruch darauf, verteidigt zu werden. Außerdem konnte Daniel Ihren Sohn gut leiden …«

Ein Ausdruck tiefen Schmerzes trat auf Fabers Gesicht, doch es gelang ihm, seine Gefühle zu beherrschen. »Kommen Sie zur Sache, Mann. Um zu erfahren, dass mein Sohn anderen Menschen sympathisch war, bin ich nicht auf Sie angewiesen. Sie sind doch bestimmt nicht hergekommen, um mich zu bemitleiden. Ihr Sohn lebt, und es geht ihm gut. Sie möchten etwas von mir. Was ist das?«

Pitt erkannte, dass Faber nicht der Typ des Duellanten war. Bei ihm gab es weder Finten noch Paraden. Seine Art des Vorgehens ließ sich am ehesten mit dem Schwingen eines Breitschwerts vergleichen, das mit einem Hieb den Kopf des Feindes vom Rumpf trennte.

Das Bewusstsein, dass gleichsam mit einem Streich alles zu Ende sein könnte, erleichterte Pitt seine Aufgabe nicht. »Mr. Drake war fest von der Unschuld Ihres Sohnes überzeugt. Daraus folgert, dass ein anderer …«

Die Muskeln in Fabers Gesicht spannten sich kaum wahrnehmbar an; es war kaum mehr als ein Lichtreflex auf seinem Unterkiefer.

»Das versteht sich«, stimmte er zu. »Es ist klar, dass das kein Unfall gewesen sein kann. Aber Frauen dieses Schlages leben nun einmal gefährlich. Welches Interesse hat der Staatsschutz an diesem Fall?«

»Ich kann Ihnen versichern, dass meiner Abteilung nicht das Geringste an der Person Marie Wesley liegt, Mr. Faber, umso mehr aber an Ihrer persönlichen Sicherheit und Ihrem Wohlergehen.«

Die Anspannung in Fabers Schultern schien ein wenig nachzulassen. »Mir droht keine Gefahr, Sir Thomas.«

»Das nehme ich an«, gab Pitt ihm recht. Das *Sir* war ihm nicht entgangen. »Aber ich hatte auch nicht gewusst, dass Mr. Drake in Gefahr war. Ebenso wenig, wie ich im Hinblick auf Ihren Sohn etwas derartiges vorausgesehen habe. In beiden Fällen haben wir uns geirrt.« Er hielt inne, weil er in Fabers Augen – möglicherweise waren sie das Einzige in seinem Gesicht, was er nicht beherrschen konnte – ein plötzliches wütendes Aufblitzen erkannte.

»Und was haben Sie mir anzubieten?«, fragte Faber in scharfem Ton und mit unübersehbar höhnischem Lächeln. »Schutz? Mitgefühl? Ratschläge? Eine Warnung?«

»Was möchten Sie?«, fragte Pitt.

Faber holte Luft, um zu sprechen, sagte aber nichts.

»Jemand hat Mr. Drake und Ihren Sohn ermordet und vielleicht auch noch andere, von denen wir nichts wissen«, fuhr Pitt fort. »Sollten Sie eine Bewachung durch den Staatsschutz wünschen …«

»Damit Ihre Leute mir auf Schritt und Tritt folgen?«, fragte Faber. »Wie lange? Den Rest meines Lebens?«

»Es geht eher darum, Ihnen rechtzeitig eine Warnung zukommen zu lassen«, gab Pitt zurück.

»Beispielsweise, dass ich mich von Mile End fernhalten soll?«

»Wäre das nötig?«

Faber versuchte, ein Lächeln zustande zu bringen. »Sie dürfen die Warnung als ausgesprochen betrachten. Aber ich werde auch in Zukunft ganz allein entscheiden, mit wem ich Umgang pflege, welche Orte ich aufsuche und wann.« Er sah Pitt fest an.

Einen Augenblick lang, der Pitt deutlich länger vorkam, als er war, trat Schweigen ein. Von irgendwoher hörte er das Ticken einer Uhr.

»Ich weiß das zu schätzen«, sagte Faber schließlich. »Ich bin Ihnen dankbar dafür, dass Ihnen mein Wohlergehen am Herzen zu liegen scheint. Natürlich gehört das zu Ihren Aufgaben.« Seine Züge entspannten sich, und mit einem angedeuteten Lächeln fuhr er fort: »Schiffe, nicht wahr? Sie sehen nur Schiffe, Ihr Interesse kreist um nichts anderes. Sie wollen in dem Punkt nicht durch … weniger Bedeutendes beeinträchtigt werden.«

Der Mann war ihm ausgewichen, hatte ihm nichts Konkretes gesagt, aber Pitt hatte in seinen Augen gelesen und glaubte genau zu wissen, was er meinte. Seiner Ansicht nach war es Pitts Aufgabe, jede Kritik herunterzuschlucken und sich bei Bedarf blind zu stellen. Pitts Meinung war belanglos. Er diente dem Staat, und dessen Wohlergehen hing gegenwärtig von Fabers Fähigkeiten ab.

»Wir dienen derselben Sache, Mr. Faber«, gab Pitt zurück. »Ich mache mir ernsthafte Sorgen um Ihre Sicherheit.«

»Das beruhigt mich, Sir Thomas. Jetzt weiß ich doch, dass es mir dank Ihrer Fürsorge besser gehen wird und ich künftig leben werde wie in Abrahams Schoß.« Er sah Pitt offen in die Augen. Diesmal war sein Lächeln echt.

KAPITEL 10

Daniel wollte unbedingt rasch vorankommen. Erneut ging er Drakes Unterlagen durch und fügte dessen Notizen an den seiner Ansicht nach wichtigsten Stellen Kommentare bei, machte Fragezeichen dort, wo er merkte, dass weitere Erklärungen erforderlich waren. Nach dem Mittagessen suchte er Kitteridge auf, der ebenfalls die Beschäftigung mit früheren Fällen, bei denen lediglich kleinere Unstimmigkeiten aufgeklärt werden mussten, hintangestellt hatte. Da fford Croft sie beide angewiesen hatte, sich auf den Fall Drake zu konzentrieren, hatte Daniel seine laufende Arbeit einem Kollegen übergeben.

»Was haben Sie gefunden?«, fragte Daniel, während er in Kitteridges Büro trat, noch bevor dieser auf sein Klopfen reagiert hatte. Er schloss die Tür hinter sich. Die durch das Fenster hereinfallenden Sonnenstrahlen bildeten ein längliches Muster auf dem Webteppich. Die in zwei Reihen hintereinander angeordneten Bücher in den Regalen waren alt, aber nicht angestaubt. Wie die in Drakes Arbeitszimmer waren sie so oft konsultiert worden, dass der Schmutz keine Gelegenheit hatte, sich auf ihnen zu sammeln.

Kitteridge hob den Blick. Sein Schreibtisch war so voller Papiere, dass sie einander teilweise verdeckten. Keins davon hatte mit einer laufenden Angelegenheit zu tun. Trotz der scheinbaren Unordnung wusste er immer genau, wo etwas war, was er suchte, solange niemand den Versuch unternahm, Ordnung darin zu schaffen.

»Wie ich sehe, tun Sie das Gleiche wie ich«, bemerkte Daniel, während er im Besuchersessel Platz nahm. »Haben Sie schon was gefunden?«

»Kommen Sie rein«, sagte Kitteridge überflüssigerweise mit sarkastischem Unterton. »Alle Wege führen nach Mile End. Jedenfalls alle, die mit Sicherheit nicht woanders hinführen.«

»Das ist eine unsinnige Bemerkung«, kommentierte Daniel. »Aber ich weiß, was Sie damit sagen wollen. Bei so gut wie jeder offenen Frage lande ich tatsächlich in Mile End oder an einem nicht näher bezeichneten Ort nahe Whitechapel, der sich dann entweder als Isle of Dogs oder Mile End entpuppt.« Er beugte sich ein wenig vor und stützte die Ellbogen auf die Kante von Kitteridges Schreibtisch. »Meine Gedanken kehren immer wieder an die Stelle zurück, an der man Evan Faber umgebracht hat. Meinen Sie, Erasmus Faber könnte derjenige sein, der veranlasst hat, dass die Leiche von dort fortgeschafft wurde?«

Kitteridge sah verwirrt drein. »Wer außer ihm hätte ein besonderes Interesse daran, den Tatort zu verschleiern?« Er runzelte die Brauen. »Aber ich sehe darin keinen Sinn.«

»Ganz offensichtlich ging es dem Täter dabei nicht um Evan, wohl aber könnte es ihm um eine Verschleierung seiner eigenen Identität gegangen sein«, erwiderte Daniel. »Vielleicht besteht auch zwischen Erasmus Faber und Mile End eine Verbindung, von der wir nichts wissen? Oder zwischen ihm und Mr. Drakes Mörder?«

»Wie soll die Ihrer Ansicht nach aussehen?«, fragte Kitteridge. »Glauben Sie etwa, dass Evan Faber doch schuldig war und Mr. Drake kurz davor stand, das herauszubekommen? Das hätte keinen Unterschied gemacht – der Fall war abgeschlossen und kann unter keinen Umständen noch einmal aufgenommen und neu verhandelt werden.«

»Was für ein entsetzliches Durcheinander«, sagte Daniel. »Sie meinen also, Mr. Drake hat ihn rausgehauen, weil er ihn für unschuldig hielt, dann seine Fehleinschätzung erkannt und ist ermordet worden, damit er die Wahrheit nicht … Ja, was? Öffentlich machte? Hätte er das getan? Mr. Drake hat Evan mit Sicherheit nicht ermordet … denn er war selbst bereits tot! War der Täter einer von denen, die wahllos töten?« Er schüttelte den Kopf, wie um diesen Gedanken zu verscheuchen.

»Das ist doch alles Unsinn!«, entgegnete Kitteridge in bitterem Ton. »Wenn der Mörder nicht gewusst hat, wer Mr. Drake war, warum hätte er ihn dann umbringen sollen? Die Tat wurde aus Hass begangen, aus ganz persönlichen Gründen. Raubmord können wir ausschließen. Vergessen Sie nicht, dass Mr. Drake nach der Tat noch einen ganz anständigen Mantel anhatte, der ziemlich teuer war …« Flüchtig trat ein Ausdruck von Ärger auf Kitteridges Gesicht. Es war Daniel klar, dass er nach wie vor das Bedürfnis hatte, seinen Geschmack zu verteidigen. Es war, als wollte Kitteridge damit alles ungeschehen machen: den Tod, das Blut, den Verlust.

»In einem Punkt gebe ich Ihnen recht«, sagte Daniel. »Es war mit Sicherheit eine persönliche Angelegenheit. Das sollte man nicht aus dem Auge verlieren. Also glauben Sie, dass es mit der Sache zu tun hatte, die Mr. Drake und Evan gemein war – mit dem Fall Marie Wesley?«

Kitteridge zwinkerte verdutzt. »Sind Sie etwa anderer Ansicht?«

»Keineswegs. Entweder geht es um den Fall selbst oder um etwas, was sich daraus ergeben hat«, stimmte ihm Daniel zu.

»Und das wäre?«, fragte Kitteridge. Dabei fuhr er sich mit beiden Händen durch die Haare, woraufhin diese wie immer wirr in alle Richtungen standen.

»Das müssen wir herausbekommen«, gab Daniel zurück. »Es könnte ein Missverständnis gewesen sein. Die Leute haben angenommen, Drake sei wegen der Sache Evan zurückgekommen, aber möglicherweise hatte er einen gänzlich anderen Grund.«

»Und welcher könnte das sein?«

»Er wollte einen Geldverleiher aufsuchen. Das hat Hobson vermutet.«

»Und warum könnte es nicht etwas sein, was mit Marie Wesley zu tun hat?«, hielt Kitteridge dagegen. »Niemand ist für ihren Tod zur Rechenschaft gezogen worden. Allem Anschein nach findet das niemand merkwürdig, obwohl der Täter sie entsetzlich zugerichtet hat. Vielleicht sollten wir da ansetzen«, beharrte Kitteridge.

»Ich habe mir Mr. Drakes Notizen über ihren Tod noch einmal vorgenommen«, sagte Daniel. »Er scheint niemanden für hinreichend verdächtig gehalten zu haben. Zu der Tat ist es im Verlauf eines ziemlich anrüchigen gesellschaftlichen Abends gekommen, in dessen Verlauf sich eine ganze Reihe von Gästen betrunken hatte. Die einzigen Antworten, die man der Polizei bei ihren Befragungen gegeben hat, lauteten nahezu wörtlich ›Ich weiß nicht, wer es war, ich jedenfalls nicht!‹.« Der Ekel war in seiner Stimme deutlich zu hören. »Keiner der Anwesenden kann sich erinnern, wo er sich aufgehalten hat oder wo die anderen waren. Vor Gericht hat sich nichts von all dem verwerten lassen.«

»Wollten die Leute damit etwa sagen, ein Außenstehender sei da eingedrungen?«, fragte Kitteridge ungläubig.

»Nein, das nicht.« Mit einem Mal kam es Daniel so vor, als schwinde alle Hoffnung dahin. »Ich bin mir ziemlich sicher, dass Marie Wesley den Täter kannte, glaube aber nicht, dass es Evan war.«

Kitteridge verdrehte die Augen. »Nicht einmal dann, wenn er so betrunken war, so weggetreten, dass er sich nicht daran erinnern konnte?«

»Keiner der anderen hat gesagt, Evan sei besonders betrunken gewesen«, erklärte Daniel. »Und wenn es ein anderer war, der sich nicht erinnert – oder dessen Kumpane aus welchem Grund auch immer bereit sind, für ihn zu lügen –, führt uns das nicht weiter. Was also hatte Mr. Drake vor? Und warum war das wichtig? Vor allem aber – für wen war es wichtig? Nicht einmal das wissen wir.«

»Schön«, sagte Kitteridge. »Wo fangen wir an?«

»Wenn ich das wüsste, wäre ich längst hinter den Leuten her«, erwiderte Daniel in scharfem Ton.

»Aber auf keinen Fall allein!«, knurrte Kitteridge. »Wenn Sie sich aufmachen, komme ich mit.«

Daniel wollte ebenso kurz angebunden antworten, musste dann aber unwillkürlich lächeln. Kitteridge war ein guter und verlässlicher Kollege. »Vielen Dank.«

»Es würde mich gar nicht wundern, wenn Sie die ganze Zeit darauf hingearbeitet hätten«, sagte Kitteridge, gleichfalls mit einer Spur Schärfe in der Stimme. »Was schlagen Sie also vor?«

Obwohl Daniel klar gewesen war, dass er das fragen würde, hatte er nach wie vor keine Antwort. Er lehnte sich ein wenig zurück. »Ich kann in Drakes Unterlagen nichts Bestimmtes finden, möchten Sie …?«

»Nein«, sagte Kitteridge rundheraus. »Die habe ich schon zweimal durchgeackert. Der Mann denkt um die Ecke und im Kreis, und dann verfertigt er Zeichnungen, die kein Mensch versteht. Ich frage mich, ob er wollte, dass außer ihm selbst niemand dahinterkommt. Ich habe seinen Praktikanten Hobson danach gefragt, aber der konnte mir auch nicht helfen, obwohl er willig war. Ich bin froh, dass er hier untergekommen ist, jedenfalls für eine Weile.« Er sah Daniel an. »Wo werden Sie anfangen?«

Über diesen Punkt hatte Daniel gründlich nachgedacht. »Da gibt es noch dies und jenes, was wir wissen müssen, immer vorausgesetzt, wir kommen dahinter. Als Erstes stellt sich die Frage, ob wirklich alles mit dem Tod von Marie Wesley angefangen hat.«

»Bestimmt«, erwiderte Kitteridge. »Ich denke, dass wir uns in dem Punkt einig sind. Sollte die Sache woanders angefangen haben, haben wir weder eine Vorstellung davon, wo das war, noch mit wem. Falls jemand das weiß, hat er das für sich behalten.«

»Da es hier um mehrere Treueverhältnisse geht, wäre es wichtig zu wissen, welche die stärksten waren.«

»Auf jeden Fall das zwischen Vater und Sohn Faber, wie nicht anders zu erwarten«, sagte Kitteridge.

»Dann das zwischen Evan und seinen Freunden wie auch vielleicht seins zu Marie Wesley«, ergänzte Daniel. »Wer kommt dann noch infrage? Die Wahrheit hätte ihrem Ruf geschadet oder jemandem, den sie liebte. Genau genommen, wissen wir nichts über die Frau. Es kann ohne Weiteres sein, dass ihre Eltern noch leben oder sie Geschwister hatte.«

»Da haben Sie recht«, sagte Kitteridge. »Auf den Gedanken war ich noch gar nicht gekommen. Vielleicht lässt sich das alles in einer Weise auf Marie Wesley zurückführen, auf die wir noch nicht verfallen sind. Jetzt aber erst einmal weiter …«

»Hat man Evan umgebracht, weil er die Wahrheit über etwas Bestimmtes wusste und man nicht wollte, dass sie bekannt wird?«

»Damit sind wir wieder bei der Frage, wer etwas wusste«, bemerkte Kitteridge.

»Ich vermute … Evan. Sicher ist, dass Mr. Drake in Mile End Antworten auf bestimmte Fragen gesucht hat. Er war mehrfach da, nicht nur in der Mordnacht. Uns fehlen Antworten auf eine ganze Reihe von Fragen, beispielsweise wann genau er dort war und wen er dabei getroffen hat.«

»Die junge Frau aus dem Tabakladen? Als Sie mit ihr gesprochen haben, hatten Sie da den Eindruck, dass sie wirklich etwas wusste, außer wer bei ihr die abscheulichen Stumpen gekauft hat?«

»Belinda May? Bella? Ich habe keine Ahnung«, gestand Daniel. »Aber meiner festen Überzeugung nach wusste sie mehr, als sie mir gesagt hat. Sie konnte sich an Mr. Drake erinnern, hat aber behauptet, nichts von seinem Tod zu wissen. Ich werde Blackwell bitten, dass er sich da mal ein bisschen umhört. Er fällt in einer Gegend wie Mile End deutlich weniger auf als unsereiner und wird daher auf Leute wie Bella vertrauenswürdig wirken. Auf diese Weise kann er Dinge in Erfahrung bringen, die mir oder Ihnen kein Mensch mitteilen würde.«

»Gut« war alles, was Kitteridge dazu sagte. Unübersehbar schluckte er herunter, was ihm sonst noch auf der Zunge lag.

In zwei Tagen gründlicher Suche förderte Daniel weitere Mosaiksteinchen früherer Fälle Drakes zutage, doch nichts davon verdichtete sich zu neuen Erkenntnissen.

Roman Blackwell suchte Daniel am Abend des darauffolgenden Tages auf. Während sie bei einer Kanne Tee ruhig in Mrs. Portiscales Küche saßen, hörten sie Stimmengemurmel jenseits der Tür, und gelegentlich blies ein Windstoß Regen gegen das Fenster. Aus dem Backofen drang der schwache Duft einer darin garenden Speise. Daniel wartete darauf, dass Blackwell ihm berichtete, was er in Erfahrung gebracht hatte. Dessen Gesichtsausdruck nach zu urteilen, schien das nicht sonderlich viel zu sein.

»Der Ort, den Ihr Mr. Drake aufgesucht hat, war genau das, womit man rechnen musste«, sagte Blackwell schließlich. »Ein großes Bordell mit vielen Besuchern, die keinen Wert darauf legen, dass man ihre Namen erfährt. Manche von ihnen haben exzentrische Neigungen, bei denen ich sicher bin, dass ihre Gattinnen nichts dagegen hätten, wenn sie die woanders auslebten ... immer vorausgesetzt, sie wüssten davon. Sozusagen als Zugabe liegt auf der anderen Seite des Gässchens eine Opiumhöhle.« Er kräuselte die Lippen mit einem Gemisch aus Mitleid und Verachtung für Menschen, die süchtig nach diesem Rauschgift waren. »Drake scheint ziemlich viel herausbekommen zu haben, ich bin aber nicht sicher, dass ich das beweisen kann. Er hat sich ganz offensichtlich dort umgesehen, ich weiß aber noch nicht, worauf er hinauswollte. Die Leute erinnern sich an ihn, weil er in dieser Umgebung auffiel. Soweit ich mitbekommen habe, stand er im Begriff, etwas Stück für Stück aufzudröseln. Dabei könnte es sich darum gehandelt haben, die Identität bestimmter Stammgäste dieser Lokalitäten festzustellen. Aber wen könnte das interessieren? Das ist die große Frage. Vielleicht ging es auch um den einen oder anderen verheirateten Mann ... womöglich im Auftrag oder Interesse der Gattin desselben? Mit dieser Art Wissen lässt sich eine einträgliche Scheidungsvereinbarung herausschlagen.« Er verzog das Gesicht zu einer angewiderten Grimasse. »Oder möglicherweise eine großzügige Abfindung, die es der Frau ermöglicht, ohne den Skandal einer Scheidung für den Rest ihres Lebens ein auskömmliches Dasein zu finanzieren. So etwas kommt öfter vor, als man denkt.«

»Ja, das gilt nicht mehr als so skandalös wie früher«, bestätigte Daniel. »Meinen Sie, Mr. Drake hat im Auftrag einer Frau, die sich ihrem Mann entfremdet hatte, Beweismaterial gesammelt und man hat ihn deshalb umgebracht?«

»Etwas in der Art lässt sich nicht ausschließen.« Blackwell zuckte die Achseln und zog die Jacke enger um sich, obwohl es in der Küche warm war.

Gewiss würde Mrs. Portiscale bald hereinkommen, um nach dem Backofen zu sehen. Was auch immer darin sein mochte, es roch immer besser.

»Aber für wahrscheinlich halten Sie es nicht?«, fragte Daniel.

»Was würde Ihr Chef sagen, wenn jemand aus seiner Kanzlei solche Aufträge annähme?«, gab Blackwell zurück. »Es mag nicht gerade Erpressung sein, manche würden wohl die Formulierung vorziehen, dass jemand etwas Druck ausübt …«

Plötzlich kam Daniel ein Gedanke. War es möglich, dass etwas in dieser Art fford Croft bedrückte? Stand es finanziell so schlecht um die Kanzlei, dass man solche fragwürdigen Mandate annehmen musste? fford Croft könnte Drake aufgefordert haben, darüber zu schweigen und die Sache als etwas Solideres zu verbuchen. Ein solches Vorgehen war schäbig, auch wenn bestimmte Ehemänner es mehr als verdient hätten, dass man sie so behandelte.

Oder war diese Haltung weltfremd? Ließ sich eine Anwaltskanzlei überhaupt führen, ohne dass sie bei Scheidungsangelegenheiten mitwirkte? War nicht auch so mancher andere von der Kanzlei bearbeitete Fall auf die eine oder andere Weise anrüchig? Da ging es um Diebstahl, Fälschung, Unterschlagung, Betrugsdelikte aller Art und Gewaltverbrechen bis hin zum Mord. Am wenigsten zu beanstanden schienen Daniel Erb- und Testamentsstreitigkeiten, dicht gefolgt von Klagen wegen Verleumdung und hinterlistiger Täuschung. Niemand suchte den Beistand eines Anwalts, wenn es nicht um eine Straftat ging. Er hatte dafür zu sorgen, dass kein unschuldiger Angeklagter verurteilt wurde und die Strafe für einen schuldigen Mandanten so mild wie möglich ausfiel.

Angenommen, es war da um einen ehelichen Zwist gegangen – wen hatte Drake vertreten: den Mann oder die Frau? War es überhaupt ein solcher Fall gewesen? Dem Ausdruck auf Roman Blackwells Gesicht nach zu urteilen, steckte mehr dahinter, als er bisher gesagt hatte.

»Und?«, fragte Daniel in drängendem Ton. »Wer hat Drake umgebracht? Sagen Sie bitte nicht, dass er die Ergebnisse seiner Suche zum eigenen Vorteil nutzen wollte.«

»Nein«, beruhigte ihn Blackwell. »Die meisten wichtigen Einzelheiten habe ich über meine Mutter erfahren. Sie hat Leute aufgesucht, die sie von früher her kannte. Die Neunzigerjahre waren …« Er lächelte versonnen. »Sie hätten sie damals sehen sollen! Auch wenn sie meine Mutter ist, darf ich wohl sagen, dass sie eine äußerst bemerkenswerte Frau war. Rabenschwarze Haare bis zur Taille, ein Gesicht, das zum Lachen wie geschaffen war, und eine Figur, verglichen mit der alle anderen Frauen klapperdürr aussahen, eher halb tot als lebendig.«

Trotz seiner Müdigkeit und Ungeduld musste Daniel lächeln. Dank dieser Beschreibung und seiner Kenntnis von Blackwells Mutter Mercedes konnte er sich gut vorstellen, wie sie vor fünfzehn oder zwanzig Jahren ausgesehen haben mochte. Vermutlich war sie aufsehenerregend gewesen, bereit, die Welt in die Schranken zu weisen.

Zögerlich kehrte er mit seinen Gedanken in die Gegenwart zurück. »Dann müssen wir feststellen, wer Mr. Drakes Auftraggeber war. Sofern er im Auftragsbuch unserer Kanzlei verzeichnet ist, hat man ihn gut versteckt. Er könnte sein Mörder sein. Aber was war sein Motiv? Sofern er derjenige ist, der auch Evan Faber umgebracht hat, muss man außerdem fragen, warum er das getan hat.«

»Angenommen, eine Frau hatte ihn beauftragt ...« Blackwell unterbrach sich. »Ich meine nicht den Mörder, sondern Drake.«

»Worauf wollen Sie hinaus?«

»Sagen wir einmal, es war eine Frau – woher hätte sie das Geld für sein Honorar genommen?«, erläuterte Blackwell. »Auf keinen Fall vom Konto ihres Mannes, sonst würde man inzwischen nach ihrer Leiche suchen. Bekanntlich ist das die einfachste Möglichkeit, einen Skandal zu vermeiden. An der Geschichte ist etwas faul, ich weiß nur nicht, was.« Er schlug mit der flachen Hand auf den Tisch. »Los, überlegen Sie mal. Sie müssen Drake doch ein bisschen gekannt haben! Immerhin arbeiten Sie schon seit mehr als zwei Jahren dort. Laufen Sie denn mit geschlossenen Augen durch die Gegend? Irgendwas Wichtiges muss Ihnen entgangen sein.«

Schon bald erfuhr Daniel, was das war. Als ihn Mrs. Portiscale am nächsten Morgen durch Klopfen an seine Zimmertür weckte, murmelte er etwas und drehte sich um. Daraufhin kam sie mit einer Tasse heißen Tee herein.

»'n Morgen, Mr. Pitt«, sagte sie. Nur selten redete sie ihn so förmlich an, meist benutzte sie seinen Vornamen, zumal am frühen Morgen.

Im Mai ging die Sonne sehr früh auf, und im Folgemonat stand die Sommersonnenwende bevor. Doch trotz der Helligkeit war es um diese Stunde noch recht kühl, sodass man keineswegs an einen Sommertag gedacht hätte.

Langsam setzte sich Daniel auf. »Ist es denn schon so spät?« Er zwinkerte im grellen Morgenlicht.

»Nein.« Mit ungehaltener Stimme teilte sie ihm mit: »Aber Sie haben Besuch. Es ist wieder Ihr Dr. Otter-dingsbums.«

Schlagartig war er hellwach. »Dr. Ottershaw?«

»Ja, der. Wie er leibt und lebt. Ich habe ihn gebeten zu warten, bis Sie sich angezogen haben. Wenn Sie wollen, kann ich Ihnen Frühstück machen, bevor Sie aus dem Haus gehen. Speck, Eier und Toast. Ihm auch, wenn er das möchte«, fügte sie ein wenig brummig hinzu.

Daniel strich sich die Haare aus der Stirn und rieb sich die Augen. »Der Teufel soll es holen! Schon wieder ein Toter? Ja, ich sollte besser frühstücken, vielen Dank. Vermutlich wird das heute die einzige Gelegenheit, etwas zu essen. Ich danke Ihnen, Mrs. Portiscale.«

»Jemand muss sich ja um Sie kümmern! Ich wusste gar nicht, dass es bei Anwälten ständig Leichen gibt.«

»Tut es auch nicht … normalerweise.« Er nahm einen ordentlichen Schluck Tee aus der Tasse, die sie auf den Nachttisch gestellt hatte. »Vielen Dank«, sagte er erneut. »Ich bin in ungefähr fünf Minuten unten.«

»Die Leiche wartet bestimmt«, sagte sie, ging hinaus und schloss die Tür mit Nachdruck. Ihre Schritte waren auf dem Flurläufer kaum zu hören.

Als er in die Küche kam, stand sein Frühstück auf dem Tisch. Ottershaw hatte seines offensichtlich bereits beendet, denn er legte Messer und Gabel auf den leeren Teller. Er hob den Blick zu Daniel, als dieser herbeitrat, sich einen Stuhl nahm und hinsetzte. »Essen Sie«, sagte er. »Wir haben einen arbeitsreichen Tag vor uns.« Er schüttelte den Kopf, sodass ihm die Haare ins Gesicht fielen. Er hatte offenbar keine Zeit gehabt, sich zu rasieren, und unter seinen Augen lagen tiefe Schatten.

Daniel nahm einen Mundvoll Speck mit Ei und sah Ottershaw fragend an.

»Vor etwa zwei Stunden gefunden«, sagte dieser, als wisse Daniel, wovon er sprach. Erneut schüttelte er bedächtig den Kopf. »Jedenfalls war das die Zeit, zu der man das gemeldet hat.«

Daniel schluckte den Bissen herunter. »Was? Oder handelt es sich um einen wer?« Er bemühte sich, das Entsetzen zu unterdrücken, das in ihm aufstieg. Gott gebe, dass es nicht wieder jemand war, den er kannte. Drake identifizieren zu müssen war schlimm genug gewesen. Er wies den Gedanken, dass es um Kitteridge oder gar fford Croft gehen könnte, als widersinnig von sich. »Wer ist es?«, fragte er in nachdrücklichem Ton.

»Eine junge Frau. Mrs. Blackwell hat sie im Laufe der Nacht gefunden. Eine wahrlich bemerkenswerte Dame, diese Mrs. Blackwell.«

Daniel starrte ihn an. »Wie? Wo? … Es hat mit dem Fall Drake zu tun, nicht wahr?«

»Ja.« Ottershaw schien völlig erschöpft zu sein. »Es hat ganz den Anschein, als ob die junge Frau etwas damit zu tun hätte. Man hat sie mit der gleichen Art Klinge und auch in etwa auf die gleiche Weise wie die vorigen Opfer getötet. Der Art der Wunde nach könnte es dasselbe lange Messer sein.«

»Eine Prostituierte?«, fragte Daniel.

Ottershaw schüttelte den Kopf. »Nein, sie … war noch Jungfrau.« Er sah beiseite, als wolle er die Gemütsbewegung verbergen, die sich seiner bemächtigt hatte.

»O … verdammt!«, sagte Daniel. Er war tief betroffen. »Was hat sie denn mit der Geschichte zu tun? Hat sie was gesehen? Kannte sie jemanden? Und irgendein Schweinehund hat sie umgebracht, um sie zum Schweigen zu bringen?«

Ottershaw räusperte sich. »Möglich wäre das.«

»Wie hat Mercy sie gefunden?«

»Mercy?«

»Mercedes Blackwell!« Daniel hatte das nicht in so schroffem Ton sagen wollen, aber auch ihn hatte mittlerweile eine so starke Gemütsbewegung erfasst, dass er seine Selbstbeherrschung zu verlieren drohte.

»Sie hat wohl nach ihr gesucht. Ich kann aber nicht sagen, warum.«

»Kennen wir das Opfer?«

»Ich glaube nicht. Eine gewisse Belinda May Blades. Ihre Großmutter hat sie identifiziert. Sie lebt in einem der verwinkelten Häuserlabyrinthe ganz in der Nähe. Ein Freudenhaus.«

Daniel sah ihn ausdruckslos an. Sein Herz schlug so heftig, dass es ihm vorkam, als sitze es ihm im Hals und erschüttere ihn von Kopf bis Fuß. »Belinda May Blades?« Er schluckte. »Zierlich, hübsch, mit kurzen blonden Locken?« Während er an ihre Lebensfreude, ihr fröhliches Lachen und ihre unbändige Energie dachte, wurde ihm ganz übel.

»Sie kennen sie?«, fragte Ottershaw.

»Ich bin ihr kurz begegnet.« Daniel holte tief Luft. »Sie nannte sich Bella, arbeitete in einem Tabakwarenladen von Mile End. In der Anthony Street. Wer würde einen solchen Menschen töten wollen?«

Ottershaw schwieg.

Daniel wiederholte seine Frage deutlich lauter.

»Es tut mir leid«, sagte Ottershaw. »Man weiß nicht, wer die Tat begangen hat, aber man hat sie mit ihrem eigenen Messer umgebracht.«

»Mit ihrem eigenen Messer? Wozu in aller Welt würde sie ein Messer brauchen? Ich meine, eines, das solche Verletzungen verursachen kann?«

Ottershaw sah ihn mit kummervoller Miene an. »Um damit Menschen zu töten. Ihre Großmutter hat es als Bellas Messer erkannt und gesagt, dass sie so etwas wie eine … Auftragsmörderin war.«

Das konnte nicht wahr sein. So ein Unsinn. Es war ein Albtraum. Der Raum drehte sich um Daniel. Er bekam einen Schwindelanfall und griff nach dem Tisch. Mit erstickter Stimme fragte er: »Wieso sagt die Großmutter so etwas? Das ist abwegig! Machen Sie sich nicht lächerlich!«

»Das tue ich nicht«, entgegnete Ottershaw mit ruhiger Stimme. »Wer würde vermuten, dass eine bildhübsche junge Frau ein Messer mit sich führt, mit dem man Menschen umbringen kann? Ihre Großmutter schien richtig stolz darauf zu sein …« Er unterbrach sich. »Nehmen Sie den Kopf nach unten, und atmen Sie tief durch. Wir können ohnehin nichts mehr für sie tun. Eines ihrer potenziellen Opfer hat sie anscheinend überwältigt.«

Daniel wollte aufbegehren. Wie könnte er das akzeptieren? »Wollen Sie damit sagen, dass sie Mr. Drake und Evan Faber auf dem Gewissen hat? Dass es kein Mann war … sondern eine junge Frau? Wollen Sie das sagen? Dass sie eine heimtückische … Mörderin war? Aber der andere, wer auch immer es ist, war gewandter als sie? Besser?«

»Ja«, erwiderte Ottershaw. »Genau danach sieht es aus.«

»Und wie hat er es angestellt, dass er sich unbemerkt an sie heranschleichen, ihre Klinge an sich nehmen und sie damit töten konnte?« Daniel suchte fieberhaft nach etwas Greifbarem, womit er der Geschichte den Boden entziehen und damit zeigen konnte, dass sie nicht auf Wahrheit beruhte.

»Darauf gibt es nur eine Antwort«, sagte Ottershaw mit vor Abscheu verzogener Miene. »Es muss jemand gewesen sein, den sie kannte und … dem sie vertraute.«

Daniel sagte nichts darauf. Er sah im Geiste, wie sie ihm, vor den Kisten mit Stumpen stehend, zulächelte, mit ihm schäkerte und dabei innerlich über ihn lachte. Wie war es möglich, dass sie jetzt einfach … tot war? Und obendrein … eine Mörderin?

Ottershaw sprach weiter. »Wie es aussieht, hat sie das Geschäft eine ganze Weile betrieben. Vermutlich hat sie ihre Sache gut gemacht. Sie wurde für ihre Morde bezahlt. Ich bezweifle sehr, dass ein ihr Unbekannter sie hätte überraschen und überwältigen können.«

Es dauerte eine ganze Weile, bis Daniel seine Stimme wiederfand. »Wo fangen wir an?« Vielleicht war die ganze Untersuchung sinnlos, könnte höchstens dazu dienen, den dumpfen Schmerz in seinem Inneren für eine Weile zu betäuben. Er hatte sie ein einziges Mal gesehen, und jetzt sah es so aus, als habe sie Drake auf dem Gewissen – und Evan Faber. Dafür müsste er sie hassen. Ein Teil von ihm tat das auch, aber ein anderer Teil erinnerte sich ausschließlich an die unglaublich junge Frau voller Lebensfreude, die ihm zugelächelt und mit ihm gelacht hatte. Er war verwirrt, bekümmert … fühlte sich betrogen. »Wer war ihr Auftraggeber?«, fragte er.

»Das kann sie uns leider nicht mehr verraten«, antwortete Ottershaw leise.

»Sind Sie deshalb hier?«, fragte Daniel. Er hörte den Groll in seiner eigenen Stimme. Es war ungerecht, aber er begann die Beherrschung zu verlieren.

Ottershaw zögerte nur kurz. »Ich bin gekommen, weil Sie sich, wie ich weiß, für diese Angelegenheit interessieren. Die dortige Polizei hält sich aus der Sache heraus, so gut sie kann. Die Leute sehen darin nichts als ein weiteres dieser ungelösten Verbrechen, zu denen es in ihrem Bezirk immer wieder kommt. Außerdem wollen sie nicht an den Fall Drake erinnert werden, denn auch der wurde bisher nicht aufgeklärt.« Auf seinem Gesicht lag ein Ausdruck, in dem sich Schmerz und Selbstironie mischten, doch unübersehbar war ihm die Sache sehr ernst. »Wir müssen dahinterkommen, es zumindest versuchen. Niemand anders wird das tun. Wenn doch nur Miriam hier wäre. Sie würde nicht lockerlassen. Aber … wir können es versuchen.«

»Ja«, sagte Daniel mit einer Stimme, in der Verzweiflung mitschwang. »Ich … ich weiß nur nicht, wo ich anfangen soll. Und Sie?«

»Nein.« Ottershaw verstand es besser, seinen Zorn zu unterdrücken, oder was für ein Gefühl auch immer es war, das er so offensichtlich empfand. »Vielleicht bringt es uns weiter, wenn es uns festzustellen gelingt, wer diese Bella für die Ermordung Evan Fabers bezahlt hat. Geht das alles auf den Mord an Marie Wesleys zurück? Ich habe den Eindruck, dass er auf die eine oder andere Weise in die ganze Geschichte mit hineinspielt.«

Daniel stützte den Kopf in die Hände. »Ja. Ja, ich werde versuchen, das festzustellen. Ich weiß nur nicht, wo ich damit anfangen soll. Die Lebenswege der beiden müssen sich irgendwann einmal gekreuzt haben, wie und wo auch immer!«

»Meinen Sie, die von Marie Wesley und dieser … Bella?«

»Sind Sie sicher?«, fragte Ottershaw. »Nun, es ist nicht ungewöhnlich, dass Menschen aus den unterschiedlichsten gesellschaftlichen Sphären sich irgendwo begegnen, ohne dass wir etwas davon merken. Das Dienstmädchen aus einem achtzig Kilometer entfernten Dorf und die Adlige können unter demselben Dach schlafen und einander Tag für Tag sehen.«

»Was wollen Sie damit sagen?«, fuhr ihn Daniel an.

Ottershaw seufzte. »Marie Wesley war eine junge Frau, die sich ihrer weiblichen Reize bediente, um ihren Lebensunterhalt zu sichern. Belinda May Blades, also Bella, war eine junge Frau, die am Rand derselben Welt lebte wie sie und daher sicherlich ebenfalls eine ganze Anzahl derselben Männer kannte …«

»Gut möglich«, räumte Daniel ein. Er warf einen kurzen Blick auf sein unbeendetes Frühstück und schob den Teller beiseite.

KAPITEL 11

Es war ein warmer Tag. Vögel zwitscherten in den Zweigen der Bäume an der Straße, und die Gärten waren voller bunter Blumen. Schon bald würden sich die prallen Rosenknospen öffnen. Hier und da sah man an Hauseingängen bereits die ersten gelben Frührosen. Der Duft von Hyazinthen lag in der Luft. Charlotte lächelte unwillkürlich, ohne zu wissen warum.

Zwei Männer, die sie in der Nachbarschaft noch nie gesehen hatte, kamen ihr auf dem Gehweg entgegen. Einer von ihnen trat beiseite, um ihr Platz zu machen, der andere blieb unmittelbar am Bordstein stehen. Erst als es zu spät war, erkannte sie, wie sonderbar dieses Verhalten war. Die Männer traten gleichzeitig auf sie zu und fassten ihre Arme mit kräftigem Griff. Da sie das schmerzte, versuchte Charlotte sich loszureißen, aber sie hielten sie umso fester.

»Nicht schreien«, flüsterte ihr einer der beiden drohend ins Ohr. »Hier hört Se kein Mensch, und bevor jemand kommt, könnt'n wir Ihn'n schon was angetan ham. Das ham wir nich' vor, außer wir müssen.«

»Was nehmen Sie sich heraus?«, fragte sie so aufgebracht, dass sie fast an ihren eigenen Worten erstickt wäre. »Lassen Sie mich sofort los!«

Die Männer dachten nicht daran, sondern verstärkten ihren Griff so sehr, dass ihr der Schmerz in beide Arme schoss.

Trotz des herrlichen Wetters war die Straße menschenleer. Entsetzt begriff sie, dass niemand in der Nähe war, der ihr helfen konnte. »Jeden Augenblick können Leute vorbeikommen«, versuchte sie es erneut. »Lassen Sie mich los!« Sie wollte mit einem Ruck einen Arm befreien, erreichte damit aber lediglich, dass sie sich das Handgelenk verstauchte. Als sie einfach stehen bleiben wollte, zerrten die Männer sie zwischen sich weiter, sodass die Spitzen von Charlottes Schuhen über die Steine schrammten und sie sich ein Sprunggelenk verdrehte.

Der kräftigere der beiden riss noch mehr an ihrem Arm. »Hör'n Se! Wir soll'n Se lebend abliefern, hat der Chef gesagt. Tot nütz'n Se uns nix. Aber kein Mensch hat gesagt, dass wir Ihn'n nich wehtun könn'n, wenn Se uns Ärger mach'n. 'n Knochen is' schnell gebroch'n, wenn man nich' mehr so jung is … so wie Sie. Mit einundzwanzig? Da dauert das vielleicht ein, zwei Monate. Aber mit fünfzig? Ganz schlecht. Also Schluss jetzt mit dem Theater! Wenn's sein muss, trag ich Se auch! So'n Knoch'nbruch tut wahnsinnig weh – ich weiß, wovon ich rede. Also nehm'n Se Vernunft an und komm'n Se mit. Verstand'n?«

»Ja«, sagte sie. Das Sprechen fiel ihr schwer. Ihre Kehle war wie ausgedörrt, und sie bekam kaum Luft. Wer waren diese widerlichen Männer? Was wollten sie von ihr, und wer war ihr Chef? Sie danach zu fragen wäre sinnlos gewesen. Vielleicht war es ohnehin besser, das nicht zu wissen. Anderenfalls wäre es für die Leute unter Umständen nicht mehr möglich, sie gehen oder am Leben zu lassen.

Immer noch ging es auf dem Gehweg entlang. Charlotte war so fest zwischen den beiden eingekeilt, dass sie sich unmöglich hätte befreien können. Ihr Haus schien meilenweit entfernt zu sein, obwohl sie erst wenige hundert Schritte gegangen waren.

Als sie die Tottenham Court Road erreichten, eine Hauptverkehrsstraße, verlangsamte eine der neumodischen schwarzen Kraftdroschken die Fahrt und hielt an. Der größere der beiden Männer riss die Tür auf.

Charlotte bekam einen so kräftigen Stoß in den Rücken, dass sie mit dem verdrehten Sprunggelenk an die stählerne Schwelle stieß. Sie verlor das Gleichgewicht, und ein scharfer Schmerz fuhr ihr ins Bein. Der andere packte sie an den Hüften, schob sie ins Wageninnere und stieg auch selbst ein. Er setzte sich auf den Klappsitz ihr gegenüber und rief dem Fahrer etwas zu. Sein Komplize eilte auf die andere Wagenseite, öffnete die Tür und setzte sich neben Charlotte.

Sie saß in der Falle.

Der Wagen fuhr an und war im nächsten Augenblick ein unauffälliger Bestandteil des Verkehrs. Charlotte fürchtete, dass niemand etwas von ihrer Entführung mitbekommen hatte. Äußerstenfalls hatte jemand gesehen, wie zwei Männer einer etwas ungeschickten Frau in den Wagen halfen.

Eine Weile ging es in Richtung Themse, dann wandte sich der Wagen nach Osten. Keiner der beiden Männer sprach, weder mit ihr, noch redeten sie miteinander. Charlotte versuchte ihre Gedanken zu ordnen, aber die Schmerzen in ihren Hüftknochen wie auch im Sprunggelenk machten ihr das schwer. Ob die Männer auf Geld aus waren? Man konnte sie und Thomas als durchaus wohlhabend bezeichnen, jedenfalls an der Normalbevölkerung gemessen, aber so viel hatten sie nun auch wieder nicht, dass es für ein Lösegeld gereicht hätte. Ob diesen Leuten das bewusst war?

Sie rieb sich den Fußknöchel, der anzuschwellen begann. Die Männer hatten gesagt, dass sie im Auftrag eines anderen handelten – da konnte es ihnen natürlich gleich sein, ob sie reich oder arm war. Jemand wollte sie lebend. Wozu? Sie versuchte sich Gründe zu überlegen, doch ihr fiel nichts ein.

Dann begriff sie mit einem Mal. Natürlich! Sie selbst wusste nichts von Bedeutung, aber Thomas hatte geheime Kenntnisse über das Leben aller möglichen Leute bis hinauf zur höchsten Regierungsebene und in die obersten Kreise der Gesellschaft. Sofern man erreichen wollte, dass er eine bestimmte Untersuchung einstellte, und den Leuten bekannt war, dass das für ihn nicht infrage kam, weil er das mit seinem Berufsethos nicht vereinbaren konnte – was für eine bessere Möglichkeit gab es da, als seine Frau zu entführen? Plötzlich erfüllte sie tiefe Dankbarkeit, dass niemand das schon früher versucht hatte, als die Kinder noch zu Hause wohnten und Opfer einer solchen Aktion hätten werden können. Bei dem Gedanken wurde ihr übel. Es hätte ohne Weiteres Jemima treffen können, als sie noch in England lebte – oder jederzeit Daniel. Doch das schloss auch die Gegenwart mit ein. Selbst wenn es jetzt schwieriger sein würde, sich seiner zu bemächtigen, wäre das für Leute vom Schlag der beiden Männer sicherlich nicht besonders schwierig gewesen.

Wenn man sie entführt hatte, um Thomas im Zusammenhang mit einem Fall, in dem er ermittelte, zu erpressen, indem man sie als Druckmittel bei Verhandlungen einsetzte, war es unerlässlich, dass sie am Leben blieb. Aber wer mochte dahinterstecken? Ein Industriemagnat? Jemand mit einer hohen gesellschaftlichen Position? Eine bedeutende Persönlichkeit auf dem internationalen Parkett? Womöglich eine ausländische Regierung? Wer würde, um ein ihm wichtiges Ziel zu erreichen, das Leben einer Frau zum Verhandlungsgegenstand machen?

Wäre sie schwer verletzt – hätte sie nicht nur einige gebrochene Knochen oder ein verstauchtes Hand- oder Fußgelenk –, hätte sie nur noch einen geringen Wert. Doch falls man sie tötete, würde die Rache entsetzlich sein. Sie hoffte, dass das den Hintermännern klar war. Wenn man die fasste, drohte ihnen der Galgen. Wie konnte sie das zu ihrem Vorteil ausnutzen? Es musste eine Möglichkeit geben, den Leuten klarzumachen, dass sie am ehesten ungeschoren davonkämen, wenn sie ihr möglichst nichts antaten und sie am Leben ließen. Falls sie bei dieser Geschichte ums Leben käme, würde man die Verantwortlichen so lange hetzen, bis auch sie tot wären. Dafür würde Thomas sorgen! Dann mahnte sie sich selbst zur Vorsicht. *Durchdenk das gründlich!* Ihr Leben hing davon ab, dass sie nichts Falsches sagte.

Sie sah hinaus. Wo mochten sie sich befinden? Sie kannte die Straße nicht, durch die sie fuhren. Dem Sonnenstand nach zu urteilen, ging es ostwärts, aus dem vornehmeren Teil der Stadt in Richtung der Elendsviertel, solche wie Isle of Dogs, Whitechapel und Mile End, oder vielleicht ihnen gegenüber ans Südufer der Themse. Von dort wäre jedes beliebige Ziel möglich.

Sie überlegte, was sie sagen könnte, um zu verhandeln, aber ihre Gedanken waren in Aufruhr. Sie musste sich konzentrieren, damit ihre Hände nicht mehr zitterten. Es war besser, sie schwieg, als dass sie redete und damit preisgab, was sie dachte. Dann kam ihr ein anderer Gedanke: Wenn sie die Leute identifizieren könnte, würden die sich auf jeden Fall genötigt sehen, sie umzubringen! Solch eine Entführung war wahrlich ein schwerwiegendes Verbrechen. Schon zum zweiten Mal in wenigen Minuten dachte sie an den Galgen. Was aber, wenn man sie nicht umbrachte? Das konnte ihnen eine lange Haft in einer der übelsten Strafanstalten, wie zum Beispiel Coldbath Fields, eintragen, weil sie einen Menschen gegen seinen Willen festgehalten hatten. Thomas hatte ihr über solche Gefängnisse berichtet. Auch wer dort lebend wieder herauskam, war in seinen Träumen für alle Zeiten darin gefangen. Gleich nach dem Einschlafen kehrte man zurück in die finstere feuchte Zelle. Ganz gleich, wo man sich befand, ob man vor Kälte oder in der Dunkelheit aufwachte, immer war es so, als befinde man sich nach wie vor dort. Für solche Menschen war Freiheit nichts als eine Illusion. Hoffentlich hatten die Männer nicht daran gedacht, dass ihnen ein solches Schicksal drohte. Aber auch wenn sie das jetzt nicht taten, würden sie irgendwann darauf verfallen, und deshalb war es unabdingbar, dass sie ihnen entkam. Sie lehnte sich schweigend zurück, während der Wagen mit hoher Geschwindigkeit immer weiter ostwärts am Flussufer entlangfuhr.

Es dauerte nicht lange, bis sie Mile End erreichten. Der Wagen fuhr langsamer und hielt nahe der Anthony Street an. Beim Abbiegen in die Straße hatte sie das Schild gesehen: Anthony Street! In einem Gässchen in unmittelbarer Nachbarschaft dieser Straße hatte man Jonah Drake entsetzlich zugerichtet aufgefunden. Vielleicht ging es den Leuten gar nicht darum, Thomas zum Stillschweigen zu veranlassen, sondern Daniel!

»Los, raus!«, gebot der Bullige. »Nich' so lahm!«

Sie gehorchte, trat auf den Saum ihres Kleides und wäre hingefallen, wenn der Bullige sie nicht roh am Arm gefasst hätte.

»Das interessiert kein Schwein, wenn Se sich 'n Zeh oder 'n Knöchel brech'n, dämliches Stück.«

Sie zweifelte nicht daran, dass es ihm damit ernst war. Da es keinen Sinn hatte aufzubegehren, folgte sie ihm gehorsam in dem Bewusstsein, dass der andere nur wenige Schritte hinter ihnen war.

Sie traten in ein Haus und gingen durch mehrere recht ansprechend aussehende Gänge und vorbei an gut eingerichteten Zimmern. Im hinteren Teil des Gebäudes war es zwar warm, aber es roch muffig, als werde dort nie gründlich mit Seife und Wasser geputzt.

»Oma!«, rief der Bullige. »Ich bin's, Jacko! Wo steckst du?« Er blieb stehen und blickte suchend um sich. Charlotte sah, dass der große Raum außer einigen Tischen und Sofas zahlreiche Sessel sowie den einen oder anderen Stuhl enthielt. Nichts davon passte zueinander, aber alles wirkte durchaus bequem und manches sogar luxuriös. »Komm schon, Alte!«, rief er in schärferem Ton. »Arbeit für dich!«

Man hörte ein Geräusch hinter einer der drei Türen, die in den Raum führten. Sie öffnete sich langsam, und eine alte Frau trat mit hängenden Schultern ein. Sie war kaum größer als einen Meter fünfzig und konnte ebenso gut siebzig wie neunzig Jahre alt sein. Das Gesicht war voller Altersflecken, und die Augen waren gerötet, als habe sie geweint. Sie gönnte keinem der beiden Männer einen Blick, sondern sah Charlotte an, die zwischen ihnen stand und das ganze Körpergewicht auf einen Fuß verlagert, um die Schmerzen zu lindern. Die alte Frau verzog verbittert den Mund und betrachtete sie alle drei mit einem Ausdruck der Verachtung. Ein schwarz-weiß gefleckter Hund, der neben ihr stehen geblieben war, fletschte die Zähne.

»Wen bringst du Hornochse da angeschleppt?«, fragte sie mit überraschend kräftiger Stimme.

»Arbeit für dich«, wiederholte Jacko. »Kümmer dich um die feine Dame, wenn du wills', dass sich der Chef weiter um dich kümmert. Er braucht se – jed'nfalls ers' ma'. Wenn da was schiefgeht, kriegs' du vom Chef 'nen Tritt un' landes' in der Gosse. Kapiert? Also kümmer dich, bis man dir sagt, du kanns' damit aufhör'n.«

»Hier bestimm' ich, du Hornochse!« Die Alte wandte sich von Jacko ab und musterte Charlotte von Kopf bis Fuß. »Wer bis' du?«

»Ich heiße Charlotte. Und wer sind Sie?«

»Oma Blades«, teilte ihr die Alte mit, wobei sie sich ein wenig aufrichtete. »Und das hier ist Patch.« Sie wies auf den Hund. »Der beißt nich', wenn man nett zu ihm is'. Aber wenn man 'n reizt, wird er böse.«

»Und was würde ihn reizen?«, fragte Charlotte in bemüht ruhigem Ton, so, als fürchtete sie sich nicht. Der Hund würde Angst sofort wittern und sie angreifen. Wenn es ihr gelänge, einen positiven Kontakt zu der alten Frau aufzubauen, würde er ihr nichts tun. Unauffälliges Verhalten war der Schlüssel zum Überleben.

»Wenn du mich reiz'n würdes'«, sagte die Alte. »Stimmt doch, Jacko?« Sie sah den Bulligen an und gab ein gurgelndes Geräusch von sich, das wohl als Lachen gemeint war.

Jacko brummte etwas Unverständliches.

Der andere, ein dürrer Mann, sah zu der Alten, nickte, drehte sich wortlos um und ging hinaus. Jacko folgte ihm auf dem Fuß.

»Steh nich' so rum«, gebot Oma Blades. »Setz dich dahin. Nein, nich' da! In den Sessel hinter dir, den mit den hölzernen Armlehn'n. Da mach ich dich dran fest. Wenn du dich anständig benimms', lass ich dich auch mal rumgeh'n. Wenn du aber auf mich losgehs', packt dich Patch. Der is' 'n guter Rattenfänger – du solltes' ma' seh'n, wie der 'ne Ratte erledigt. Bestimmt willste nich', dass er das mit dir macht. Wenn du tus', was ich sag, is' alles gut.« Laut schniefend, zog sie die Nase hoch. »Wenn nich', packt dich Patch.« Während sie sprach, nahm sie ein Paar schwere Handschellen von einem der Tische. »Hände her!«, befahl sie, und als Charlotte sie ihr gehorsam entgegenstreckte, schloss sie die mit einer Kette verbundenen Fesseln um ihre Handgelenke. Charlotte würde sich vorsichtig bewegen müssen, damit ihr das Metall nicht ins Fleisch schnitt.

»Wäre Ihr Chef dann nicht ärgerlich?« Charlotte zwang sich zu einem Lächeln, um ihre panische Angst nicht zu zeigen. Ganz bewusst sah sie nicht zu dem Hund hin. »Tot würde ich Ihnen doch nichts nützen.«

Die Frau funkelte sie böse an, doch mit einem Mal füllten sich ihre Augen mit Tränen, die ihr gleich darauf über die Wangen liefen.

Einen Augenblick lang tat sie Charlotte leid. Was nur mochte der alten Frau so zu Herzen gehen? Als Erstes dachte Charlotte an den möglichen Verlust des Hundes. Aber das Tier war da, gesund und munter. Offensichtlich hatte jemand sein dichtes Fell sorgfältig gebürstet. Sie überlegte, ob es helfen würde, ihr Mitgefühl zu zeigen. Vielleicht ließe sich damit erreichen, dass sich die Alte auch um ihre Gefangene und deren Wohlergehen sorgte.

Dann überlegte Charlotte, dass sie sie damit eher verstimmen würde, und fragte: »Wie lange muss ich hierbleiben? Bis jemand Lösegeld für mich bezahlt hat? Oder … nicht?«

»Aha«, knurrte die Alte. »Hasses kapiert? Manche wart'n nich' ewig. Hasse dir das schon mal überlegt? Ich hab mehr zu tun, wie mich Tag und Nacht um dich zu kümmern. Dein Alter sollte möglichst bald mit dem rüberkomm'n, was man von ihm will.«

Charlotte hatte zwar auch schon daran gedacht, aber nur am Rande. Natürlich hatte die Frau recht – die Leute würden ungeduldig werden, und zwar vermutlich eher früher als später. Dann würde man sich ihrer entledigen, sie wahrscheinlich in die Themse werfen. Sie suchte nach einer sinnvolleren Erklärung. Ob diese Leute eine bestimmte Handlungsweise von Thomas erwarteten? Beispielsweise, dass er bei gewissen fragwürdigen Vorgängen beide Augen zudrückte. Der Lohn dafür wäre dann, dass er seine Frau lebend und wohlbehalten zurückbekäme.

Dann kam ihr ein anderer Gedanke. Sie hatte die Gesichter der Männer gesehen. Genau wusste sie nicht, wo sie sich befand, nur in etwa. Obwohl sie vor Angst nicht hatte klar denken können, erinnerte sie sich deutlich, das Straßenschild »Anthony Street« gesehen zu haben, kurz bevor man sie aus der Droschke gezerrt und in das Haus gebracht hatte, in dem sie gefangen saß.

Der Stadtbezirk Mile End war nicht sonderlich groß, aber dicht bevölkert. Dort lebten Tausende von Menschen in wenigen Straßen, mitunter war eine ganze Familie in einem einzigen Zimmer zusammengepfercht. Neben einer Fülle von Pfandleihen gab es dort kleine Läden, die offiziell Tabakwaren oder Zeitungen verkauften, aber in Wahrheit kleinen Fälschern als Unterschlupf dienten, sowie Freudenhäuser, Opiumhöhlen und Geschäfte aller Art. In dem Gebäude, in dem man sie gefangen hielt, wurde ein Bordell betrieben, dessen war sie sich ganz sicher. Im Eingangsbereich, den man so gestaltet hatte, dass er Besucher beeindruckte, mischten sich luxuriöse und vulgäre Elemente. Sie war an über einem Dutzend Zimmern vorbeigekommen, und in einigen von ihnen hatte sie durch die offenen Türen die Betten gesehen. Von außen konnte man das Gebäude ohne Weiteres für das Ladenlokal einer Putzmacherin, ein Kleidergeschäft oder etwas anderes in der Art halten. Wie könnte jemand sie finden, der das Haus von der Straße aus sah? Woher sollte Thomas je erfahren, dass sie sich hier aufhielt, selbst wenn er herkäme?

Sie musterte ihre Umgebung. Zahlreiche Dinge in dem großen Raum ließen vermuten, dass er regelmäßig benutzt wurde. Aber von wem? Unter anderem gab es einen Ofen, der vermutlich ausreichte, um ihn gut zu heizen. Zwei Kohleneimer ohne Deckel standen in einer Ecke, also musste es irgendwo einen Kohlenkeller geben. Wahrscheinlich führte hinter einer der Türen, an denen sie vorbeigekommen war, eine Treppe nach unten. So gründlich sie alles musterte, sie entdeckte keine Möglichkeit zu entkommen.

Sie sah sich weiter um. An einer Wand stand eine Anrichte mit Schüsseln und Tellern. Sie wirkten nicht kostspielig, waren aber unbeschädigt. Es gab Behälter für Trockenvorräte wie Mehl, Bohnen, Reis oder Hafer. An der Decke hing ein hochziehbares Trockengestell für Wäsche. Die Tür in der anderen Ecke, überlegte sie, könnte in eine Speisekammer führen. Ganz offensichtlich lebten hier Menschen, kochten ihre Mahlzeiten, aßen und schliefen. Sie dachte an die Zimmer mit den Betten für die Frauen und ihre Freier. Entweder war es ein sehr großes Haus oder man hatte, was sie für wahrscheinlicher hielt, mehrere Häuser durch ein Gewirr von Gängen miteinander verbunden.

Sie sah zu der alten Frau, die tief bekümmert zu sein schien. Offensichtlich dachte sie an etwas gänzlich anderes als die praktischen Dinge des Alltags wie Kochen oder Wäsche waschen. Im Augenblick schien sie sich nicht einmal der Gegenwart Charlottes bewusst zu sein, die wenige Schritte von ihr entfernt an den Stuhl gekettet war.

Nur der Hund war ganz auf Charlotte fixiert. Er ließ sie keine Sekunde aus den Augen. Das allein genügte, um sie an Ort und Stelle verharren zu lassen.

Sollte sie mit der Alten ein Gespräch anknüpfen? Sie dazu bringen, dass sie sie als Menschen betrachtete und nicht als ein Wesen ohne Gefühle? Würde das einen Unterschied machen? Vielleicht hatte die Frau Angst vor dem Chef oder war von ihm abhängig?

Charlotte unterdrückte ihre Angst. Sie musste unbedingt tun, was sie konnte, um etwas in Erfahrung zu bringen, durfte nicht einfach wie ein Sack Kartoffeln da sitzenbleiben. Je mehr sie herausbrachte, desto größer wäre ihre Aussicht auf eine Flucht.

Dann kam ihr ein neuer Gedanke. Solange sie nichts wusste, war Thomas' Stillhalten oder Schweigen der Preis für ihre sichere Heimkehr. Doch sollte sie etwas Wichtiges erfahren – oder man auch nur vermuten, dass sie es mitbekommen hatte –, konnten die Leute es sich nicht mehr leisten, sie gehen zu lassen. In dem Fall müsste sie ganz und gar verschwinden. Würden sie sie also nicht einmal dann am Leben lassen, wenn sie bekamen, was sie verlangten? Bei dem Gedanken an diese furchterregende Schlussfolgerung wäre sie fast an ihrem eigenen Speichel erstickt. Sie musste unwillkürlich keuchen und husten, und es kostete sie große Mühe, wieder normal zu atmen.

Die Alte fuhr aus ihrer Versunkenheit auf und funkelte sie an. »Was is' los?«

»Tut mir leid. Ich habe mich verschluckt«, gab Charlotte zurück. Warum entschuldigte sie sich eigentlich? Wer war die Frau? Und warum weinte sie? »Wer sind Sie?«, fragte Charlotte erneut. Im nächsten Moment begriff sie, dass sie das nicht wissen wollte. Sie konnte es sich nicht erlauben, das zu wissen! Sie holte Luft, um das zu sagen, aber die Alte antwortete ihr bereits.

»Oma Blades, das haste doch gehört!«, sagte sie. »Nur bin ich von niemand die Oma …« Es klang, als ersticke sie an ihren eigenen Worten, als kämen die Tränen tief aus ihrer Brust.

Charlotte äußerte eine Vermutung, die ausschließlich auf ihr Mitgefühl und keineswegs auf Wissen zurückging. »Jemand, der Ihnen nahestand, ist gestorben … Ihr Enkel?«

Die Alte fuhr auf und sah sie durch ihre Tränen mit hasserfülltem Blick an. »Was weiß' du davon, Miss Obergescheit? Sag schon. Oder …« Sie hielt inne, als habe sie plötzlich begriffen, dass ihre einzige Macht darin bestand, ihre Gefangene mit Worten zu verhöhnen.

Es kostete Charlotte alle Kraft, so zu tun, als sei sie gefasst, und zu verhindern, dass sie von Kopf bis Fuß zitterte. »Weil Sie gesagt haben, dass Sie die Oma von niemandem sind. Ich habe zwei Enkelinnen.« Das konnte sie ruhig sagen. Die beiden Mädchen waren in Amerika, Tausende von Kilometern entfernt und damit weder verwundbar noch gefährdet. Sophie war beim letzten Besuch von Charlottes Tochter Jemima noch ein Säugling gewesen, Cassie hingegen ein überaus lebhaftes Kind. Unwillkürlich sah Charlotte ihr fröhliches Gesichtchen vor sich und glaubte, ihre Stimme zu hören. Cassie war davon hingerissen gewesen, dass Daniel sein Geld damit verdiente, sich herumzustreiten, was sie aus reinem Trotz tat und weil es ihr Spaß machte. Alles und jedes infrage zu stellen war gleichsam ihre zweite Natur.

Charlotte zwang sich, mit ihren Gedanken in die Gegenwart und zu der Alten zurückzukehren. »Sie haben Ihre Enkelin verloren?«

Kein Wunder, dass sie weinte. Charlotte konnte sich nicht vorstellen, wie sie sich fühlen würde, wenn Jemimas Töchtern ein Leid geschähe. Jemimas Briefe waren so voller Einzelheiten über Sophie, dass es Charlotte vorkam, als habe sie jeden ihrer Entwicklungsschritte miterlebt. Die Sorgen, das Vertrauen, der Drang zu leben waren etwas so Kostbares, dass schon die bloße Vorstellung unerträglich war, den beiden könnte etwas zustoßen. Tiefe Anteilnahme am Los der Alten erfüllte sie, deren Qual wohl endlos war.

»Von ei'm Mädch'n hab ich nix gesagt!« Oma Blades' Züge verhärteten sich. »Woher weiß' du das? Du stecks' da wohl mit drin?«

»Nein.« Es kostete Charlotte eine große Anstrengung, ihre Stimme gleichmütig klingen zu lassen. »Aber meine beiden sind Mädchen, und da erschien mir das natürlich. Sie heißen Cassie und Sophie. Sie leben in Amerika. Sophie ist noch klein, und Cassie war drei, als die Familie zu Besuch hier war. Jetzt ist sie vier. Sie hat unaufhörlich gefragt warum, wie, wozu. Die ganze Zeit!«

Die Augen der Alten wurden feucht, offensichtlich kehrte sie mit ihren Gedanken in die Vergangenheit zurück. »So sind kleine Kinder, was? Bella hat auch immer gefragt, wollte bei allem wiss'n, wie's funktioniert.«

»Bella?«, fragte Charlotte zögernd.

»Ja. Se hieß Belinda May, aber wir ha'm Bella gesagt.«

»Bella?« Es kam Charlotte vor, als habe jemand diesen Namen vor nicht allzu langer Zeit erwähnt. Aber wer und wo war das gewesen?

»Ja. Wieso?« Die Stimme der Alten klang jetzt schärfer. Das neu erwachte Misstrauen auf ihrem Gesicht war unübersehbar. »Den Nam'n haste wohl schon ma' gehört?«

Sie musste mit ihrer Antwort vorsichtig sein. Jetzt fiel es ihr ein: Daniel hatte von einer Bella gesprochen, aber das durfte sie der Alten auf keinen Fall sagen. »Nein, ich glaube nicht. Wie alt war sie denn?« Es spielte keine Rolle, solange die Alte begriff, dass sie mit Charlotte etwas gemeinsam hatte, das beiden am Herzen lag. Es war Charlotte klar, dass sie das ausbauen musste. Es würde möglicherweise den Ausschlag geben, wenn es um die Frage ging, ob sie weiterleben durfte oder nicht. Vielleicht hatte die Frau das Bedürfnis, über ihre Enkelin zu reden. Viele Menschen, das wusste Charlotte, sprachen nicht gern über ihre Toten, aus Sorge, andere damit aus der Fassung zu bringen oder zu viel über ihre eigenen Gefühle zu verraten und nicht zu wissen, wie sie sich dabei verhalten sollten. Also redeten sie um die Sache herum, als hätte dieser Mensch nie gelebt. In gewisser Weise war das auch bei Charlottes älterer Schwester Sarah so gewesen, die vor vielen Jahren einem Mord zum Opfer gefallen war. Sie zu erwähnen galt in der Familie nach wie vor als taktlos, und niemand schien so recht zu wissen, was man sagen sollte. Daher vermied man es, auch nur ihren Namen zu nennen, was Charlotte mehr schmerzte, als wenn man über sie gesprochen hätte. »Wie war sie?«, fragte sie.

Die Züge der Alten verhärteten sich. »Wozu willste das wiss'n? Se hat für dich doch keine Bedeutung.«

Charlotte musste weiterreden, diese zarte Brücke bauen. Doch es war nicht nur das – die Alte tat ihr trotz ihrer Grausamkeit aufrichtig leid. »Ich hatte eine Schwester, die man ermordet hat«, sagte sie, »und danach haben die Leute aufgehört, ihren Namen zu nennen, als ob uns das peinlich wäre oder uns aus dem seelischen Gleichgewicht bringen würde. Vielleicht hatten sie auch Sorge, wir könnten zu empfindlich reagieren und sie würden nicht wissen, wie sie sich da verhalten sollten …«

Die Alte schien sich ein wenig zu entspannen. Selbst der Hund zu ihren Füßen legte den Kopf auf die Pfoten, als sei es nicht mehr nötig, Charlotte im Auge zu behalten.

»Auch Bella hat man ermordet«, sagte sie so leise, dass der Raum ihre Stimme fast zu verschlucken schien. »Mit ei'm von ihr'n eig'nen Messern. Blitzschnell, ein einziger Stich. So, wie sie es selbst gemacht hätte …«

Es kam Charlotte vor, als habe jemand mit einem Mal alle Luft aus dem Raum herausgesogen. Bella. Thomas hatte gesagt, Drake sei aus dem Hinterhalt niedergemetzelt, Evan Faber hingegen mit einem gezielten Stich ins Herz getötet worden. Von Bella? Und jetzt sagte ihr die Alte, Bella selbst sei auf eben diese Weise getötet worden … mit ihrem eigenen Messer. Ihr war klar, dass sie unbedingt weiterreden musste. Mit einer Stimme, die so rau war, dass ihr die Worte im Hals steckenzubleiben schienen, fragte sie: »Sie meinen, man hat sie ebenfalls ermordet, wie meine Schwester Sarah?

Mit einem Messer erstochen? Sarah hat man mit einem Draht erwürgt, wie man ihn zum Käseschneiden benutzt – oder sollte ich erdrosselt sagen?« Sie konnte kaum glauben, dass sie der verbitterten Alten so etwas sagte. Niemand in der Familie hatte je darüber gesprochen … schon gar nicht mit so brutaler Offenheit.

Die Alte sah sie mit einem gewissen Interesse an. »Ich hab gar nich' gewusst, dass man auch feine Dam'n umbringt. Hab immer gedacht, so was gibt's nur bei uns klein'n Leut'n.« Die Worte klangen bitter. »War die hübsch?«

»Ja«, sagte Charlotte leise und voller Gefühl. Es gelang ihr nicht einmal mehr, sich Sarahs Gesicht deutlich in Erinnerung zu rufen. Wie rasch Erinnerungen verblassten! Wie lange war das jetzt her? Dreißig Jahre? Sarah müsste jetzt fast sechzig sein.

»Meine Bella auch. Blonde Locken und 'n hübsches Gesicht. Zierlich, beinah wie 'n Junge. Nich' so wie du!« Die Alte musterte Charlottes frauliche Figur mit einer Art Missbilligung.

»Auch Sarah hatte helle Haare. Ganz wie meine andere Schwester«, teilte Charlotte ihr mit.

»Aha. Dann gehörste wohl nich' so richtig dazu.« Die Alte schien ein wenig belustigt zu sein. Vielleicht fühlte auch sie sich in gewisser Weise nicht so richtig zugehörig.

»Ja«, gab Charlotte zurück. »Beide haben eine gute Partie gemacht«, fügte sie hinzu. »Ich habe einen Mann geheiratet, den ich liebte und immer noch liebe, aber er hatte kein Geld.« Bei diesen Worten lächelte sie. Das gehörte mittlerweile der Vergangenheit an. Wie viel Zeit seit Sarahs Tod vergangen war! Ihre andere Schwester, Emily, war verwitwet und hatte erneut geheiratet. Sie selbst und Thomas waren miteinander glücklich gewesen, und inzwischen ging es ihnen auch materiell gut. Ihr Leben war angenehmer und zufriedener verlaufen, als sie hätte erwarten dürfen. Zwar hatte sie den hohen gesellschaftlichen Rang und die beträchtliche finanzielle Sicherheit aufgeben müssen, mit denen sie aufgewachsen war, sich aber im Unterschied zu vielen Frauen, die sie kannte, nie gelangweilt. Sie hatte sich in den ersten Jahren an vielen Fällen ihres Mannes aktiv beteiligt, trotz der Missbilligung der Menschen in ihrer Umgebung. Das war von ihr mutig und klug gewesen, aber in gewisser Weise auch töricht. Nein, gelangweilt hatte sie sich nie, obwohl sie alles andere als flatterhaft war, keiner der Menschen, die nie und nirgends zur Ruhe kamen.

Während sie so dasaß, musste sie daran denken, wie sie durch ihre Beteiligung an der Arbeit ihres Mannes etwas über ihr bis dahin unbekannte gesellschaftliche Schichten erfahren und Freundschaften geschlossen hatte, die zum Beglückendsten gehörten, was einem Menschen im Leben widerfahren konnte. Das Ausmaß an Armut, das sie gesehen, und die Gefahren, die sie durchlebt hatte, ließen sie dankbar für den Wohlstand sein, in dem sie jetzt leben durfte.

Mit einem bitteren Lächeln, bei dem ihre gelben Zähne zu sehen waren, sagte die Alte: »Un' jetz' sitzt du hier angekettet in 'nem Bordell von Mile End und redes' mit 'ner alten Frau und 'nem Hund. Kein Mensch wird erfahr'n, wo du bis' oder was mit dir passiert is …«

Bei diesen Worten durchfuhr es Charlotte so kalt, als habe jemand eine Tür geöffnet und einen eisigen Windstoß hereingelassen, der alle Lichter löschte. Sie holte tief Luft.

»Wenn man mich umbringt, wird mich die Polizei von ganz England suchen und höchstwahrscheinlich hier damit anfangen.«

Die Alte erstarrte. »Un' wieso das? Von dir hat hier noch keiner was gehört!«

Charlotte bemühte sich um eine feste Stimme. »Aber hier ganz in der Nähe ist der Rechtsanwalt Jonah Drake ermordet worden. Glauben Sie, die Polizei würde den Zusammenhang nicht sehen?«

Die Alte schnaubte verächtlich. »Letterman? Der hat mehr Verstand, wie hier zu such'n.«

»Meiner Ansicht nach gibt es reichlich Grund, gerade hier zu suchen«, hielt Charlotte dagegen. »Immerhin hat man auch Evan Faber, den Sohn des berühmten Werftbetreibers, hier in der Nähe ermordet …« Erneut überlief sie ein Kälteschauer, denn sie erinnerte sich daran, dass die Polizei von Mile End bewusst die Unwahrheit über dieses Verbrechen verbreitet hatte. Warum? Um Erasmus Faber zu Gefallen zu sein? Waren die Beamten etwa korrupt und steckten mit den Tätern unter einer Decke? Wusste Thomas das?

»So, da biste also dahintergekomm'n?« Die Alte sah Charlotte erneut aufmerksam an; offenbar war ihr Misstrauen wieder erwacht. »Alle auf dem Letterman sein'm Gebiet. Du bis' mir ja 'ne ganz Gerissene!«

Charlotte begriff, dass sie einen Fehler begangen hatte, aber gesagt war gesagt. Würde man sie jetzt noch gehen lassen? Konnten sich die Leute das überhaupt leisten? War Daniel die polizeiliche Unterstützung versagt worden, weil Letterman so tat, als wisse er nichts von den Morden?

Die Alte lächelte höhnisch. »Un' jetz' stehste dumm da, was?«

»Wird man mich freilassen?«, fragte Charlotte.

»Kann sein, kann sein auch nich'. Auf mich kommt's dabei nich' an. Is' mir auch egal. Wir ha'm hier nix zu sag'n, was, Patch?« Das war keine Frage, sondern ein nüchterner Ausdruck der Verzweiflung.

Charlotte erkannte, dass es der Frau gleichgültig war, was man mit ihr tat, weil sie keinen Einfluss darauf hatte. Es kam ihr vor, als sei der Alten nicht einmal bewusst, was Verantwortung bedeutete. »Wenn man mich umbringt, gibt die Polizei keine Ruhe, bis sie alle gefunden hat«, sagte Charlotte. Was wie eine entschiedene Behauptung hatte klingen sollen, kam unsicher und ängstlich aus ihrem Mund.

Die Alte sah sie mit höhnisch verzerrtem Gesicht an. »Den Teufel wird se tun, du dumme Kuh. Die krieg'n Geld dafür, dass se nix mach'n.«

Charlottes Herz schlug so heftig, dass sie fürchtete, die Alte könne das sehen. »Vielleicht war das bei Jonah Drake so«, stimmte sie zu. »Oder bei Evan Faber. Aber bei mir ist das anders.« Das war der richtige Augenblick, ihre Karten auf den Tisch zu legen und der verbitterten Alten die wahren Machtverhältnisse zu zeigen. »Habe ich eigentlich schon gesagt, dass mein Mann Leiter der Abteilung Staatsschutz ist?«

Mit ausdruckslosem Gesicht fragte die Alte: »Aha? Un' was kannste dir dafür kauf'n?«

Charlotte versuchte zu verstehen, was die Alte damit meinen könnte. Dafür kaufen? Sie beugte sich vor, spürte aber sogleich den Schmerz, als ihr die metallenen Fesseln in die Handgelenke schnitten, während sich die Kette straffte.

Der Hund hob den Kopf und knurrte warnend.

Charlotte holte tief Luft. »Der Staatsschutz steht über der Polizei. Er ist ein Geheimdienst, der gegen Anarchisten und Bombenleger kämpft, gegen alles, was die Sicherheit des Landes bedroht.«

Die Alte tat die Erklärung mit einer wegwerfenden Handbewegung ab. »Von mir aus. Wir bedroh'n niemand«, gab sie zurück. »Keiner weiß was von uns … wir sind all'n egal.«

Charlotte zögerte. Sie merkte, dass sie den erhofften Stich nicht gemacht hatte. Das wenige Mitgefühl der Alten schien nahezu vollständig geschwunden zu sein. »Hassen Sie denn denjenigen nicht, der Ihre Enkelin getötet hat?«, fragte sie. »Wenn sie zu meiner Familie gehört hätte, würde ich ihn hassen …«

Sie brauchte nicht weiter zu reden. Ein so glühender Hass trat in die Augen der Alten, dass es Charlotte nicht gewundert hätte, wenn sie damit alles versengt hätte, was sie ansah.

»Ich auch«, sagte sie, als hätte die Frau geantwortet. »Und meinem Mann würde es gegenüber jedem so gehen, der mich umbrächte. Falls mir nichts weiter geschieht, könnte man darüber hinwegsehen, dass man mich mit Gewalt hergeschleppt hat. Ich könnte also nach Hause gehen und so tun, als sei nichts geschehen. Aber wenn man mich umbringt, wird er nicht eher ruhen, als bis Sie alle unter dem Galgen stehen und zusehen müssen, wie Ihnen der Henker die Schlinge um den Hals legt und dann die Falltür öffnet.«

Mit krächzender Stimme lachte die Alte bitter auf. »Uns bringt keiner vor Gericht, schon gar nich' den. Un' von weg'n Strick! Du weiß' ja nich', wovon du redest …«

»Ich gebe zu, dass ich Ihren Anführer nicht kenne«, erwiderte Charlotte. »Aber dafür kennen diese Leute auch meinen Mann nicht …« Sie wartete eine Weile. Als die Alte nicht darauf einging, fuhr Charlotte fort: »Ich denke, dass Ihr Anführer hinter dem Mord an Ihrer Enkelin steckt … um sich selbst zu retten.« Während sie Luft holte, um weiterzusprechen, sah sie, dass die Alte zusammenzuckte und ihr erneut Tränen in die Augen traten, die ihr über die welken Wangen liefen. »Wollen Sie sich für Bellas Tod rächen?«, fuhr Charlotte fort, obwohl ihr die Antwort klar war.

»Dafür würd' ich mein Leb'n geb'n«, stieß Oma Blades zwischen zusammengebissenen Zähnen hervor.

»Dann lassen Sie mich gehen und …«

Die Alte stieß ein verächtliches Lachen aus. »Von weg'n! Das haste dir so gedacht. Du würdes' mich vergess'n, sobald du die Tür hinter dir zugemacht has'. Warum auch nich'? Für Leute wie dich bin ich ja nix wert!«

Charlotte suchte nach einer Antwort, die der Alten glaubwürdig erscheinen konnte. Was würde sie an ihrer Stelle glauben? Sie hörte die Verzweiflung in ihrer eigenen Stimme so deutlich, wie wohl auch Oma Blades. Was konnte sie sagen? Ihr blieben nur wenige Sekunden für eine Antwort, und sie verstrichen rasch.

»Wenn ich Sie belügen würde«, begann sie, »müsste ich mein Leben lang Angst haben. Ihre Leute haben mich aus der Straße geholt, in der ich wohne. Was könnte sie daran hindern, das noch einmal zu tun und noch einmal?«

Die Alte dachte einen Augenblick darüber nach.

Irgendwo tickte eine Uhr so laut, dass das Geräusch durch den Raum zu hallen schien.

Charlotte verlagerte unruhig ihr Gewicht. Ihre Beine wurden steif, und ihr Rücken schmerzte von dem Stoß, mit dem man sie in den Wagen befördert hatte. Sie versuchte sich gerade hinzusetzen, um die Schmerzen zu lindern.

Auch Patch richtete sich auf und entblößte die Zähne, wobei ein leises Knurren aus seiner Kehle drang.

Charlotte begann aus einer Mischung von Angst und Entschlossenheit zu zittern. Wenn sie es jetzt nicht versuchte, würde es ihr mit Sicherheit nie gelingen. Schließlich brach sie das Schweigen. »War Bella das Kind Ihrer Tochter oder Ihres Sohnes? Wo befinden die sich? Was würden sie wollen?«

Mit tränennassem Gesicht fragte die Alte: »Warum? Was geht dich das an?«

»Ich habe mir nur überlegt, ob Sie sie vielleicht selbst aufgezogen haben«, gab Charlotte zurück. Als der Ausdruck eines neuen tiefen Schmerzes auf Oma Blades' Gesicht trat, konnte Charlotte beinahe das Messer sehen, das sie ihr mit diesen Worten, bildlich gesprochen, ins Herz gestoßen hatte.

»Von meiner Tochter Jenny. Wie se gestorb'n is', hab ich Bella großgezog'n …«, stieß sie mit erstickter Stimme hervor.

Charlotte spürte, wie ihr die Augen feucht wurden und ihre Kehle sich zusammenzog.

»Ich tu's«, sagte die Alte schließlich. »Egal, was es mich kostet. Dann muss' du alles zurücknehm'n, was du gesagt hast.«

»Nichts lieber als das«, antwortete Charlotte. »Jetzt lassen Sie mich gehen. Ich werde dafür sorgen, dass wer auch immer Bella umgebracht hat, dafür an den Galgen kommt. Ich habe die Möglichkeit dazu – Sie nicht, sonst wäre er längst tot.«

»Wieso sollte ich dir glaub'n?«, wollte Oma Blades wissen. Ihre Stimme zitterte, zugleich aber lag eine leise Hoffnung darin.

»Weil Sie wissen, wo ich wohne. Und weil Sie erfahren würden, ob ich mein Versprechen gehalten habe. Falls ich es nicht täte, könnten Ihre Leute jederzeit zurückkommen und mich doppelt dafür bezahlen lassen, dass ich Sie belogen habe.«

»Kann sein«, sagte die Alte und nickte. »Ich überleg's mir.«

KAPITEL 12

Pitt traf früh in der Kanzlei fford Croft and Gibson ein.

»Guten Morgen, Sir Thomas«, begrüßte ihn Impney mit, wie Pitt es beschrieben hätte, gut verborgener Bestürzung. Er öffnete ihm die Tür und bat ihn hereinzukommen. »Erwartet Mr. fford Croft Sie, Sir?«

»Vielen Dank«, sagte Pitt und trat ein. Auch wenn keine Zeit blieb, die unauffällige klassische Inneneinrichtung zu bewundern, war er sich ihrer ebenso bewusst wie der Porträts bedeutender Rechtsgelehrter aus früheren Jahrhunderten und der neutralen Farbtöne der Wände. »Meiner Vermutung nach weiß er bestimmt, dass sich mein Besuch irgendwann nicht vermeiden lassen würde. Aber speziell heute Morgen erwartet er mich nicht«, gab er zur Antwort.

»Dann werde ich Sie anmelden«, sagte Impney und trat beiseite, um Pitt an sich vorbei zu lassen. »Darf ich Ihnen eine Tasse Tee bringen, Sir? Es würde keinerlei Schwierigkeiten bereiten und nur wenige Minuten dauern.« Er sah ihn mit einem Blick voll Hoffnung an, als handele es sich dabei um etwas Nützliches. Sein normalerweise ausdrucksloses, freundliches Gesicht zeigte einen Anflug von Besorgnis.

Pitt begriff, dass der Mann einerseits zu viel und andererseits zu wenig über die Schicksalsschläge wusste, die die

Kanzlei heimgesucht hatten: der entsetzliche Tod Jonah Drakes, die Mühe, die es kostete, dessen Aufgaben, für deren Erledigung ganz spezielle Fähigkeiten erforderlich waren, unter den anderen Mitarbeitern zu verteilen. Hinzu kam die Schwierigkeit, damit fertigzuwerden, dass die Serie von Gewalttaten allem Anschein nach nicht aufhörte. Was die von Drake erledigten Aufgaben betraf, würde sich Impney naturgemäß sorgen, dass jetzt niemand da war, der sie übernehmen konnte. Drakes Sachverstand war einzigartig gewesen. Keiner der von der Kanzlei bearbeiteten Fälle war Impney unbekannt. Befürchtete er, dass überaus einträgliche Mandate, wie die von Drake bearbeiteten, künftig zugunsten anderer Kanzleien ausbleiben würden, die bereits begierig danach schielten?

All das ging Pitt durch den Kopf. Er nahm Impneys Anerbieten an. »Danke. Es dürfte am besten sein, wenn ich den Tee zusammen mit Mr. fford Croft trinke.«

»Gern, Sir. Hätten Sie einen Augenblick Geduld, damit ich ihm mitteilen kann, dass Sie hier sind?« Impney wartete nicht auf Pitts Antwort, denn obwohl er das als Frage formuliert hatte, war es nicht so gemeint.

Keine fünf Minuten später kehrte er ins Wartezimmer zurück und bat Pitt, ihm in fford Crofts Büro zu folgen. Pitt trat ein und schloss die Tür leise hinter sich.

fford Croft sah mitgenommen und bekümmert aus. Da Drakes Tod noch nicht lange zurücklag, trug er einen schwarzen Binder. Auch sonst war an seiner Kleidung nichts von der üblichen Farbenfreudigkeit zu erkennen. Sein graues Jackett wirkte ohne das lilafarbene Halstuch, das er sonst dazu trug, trist, und irgendwie schien es, als habe er sich noch nicht so recht auf den vor ihm liegenden Arbeitstag eingestellt.

Sie begrüßten einander ohne die gewohnte Herzlichkeit. Man hätte sie für Fremde halten können, dabei waren sie

Freunde, die einander seit mehr als drei Jahrzehnten kannten. Sie tauschten höfliche Phrasen aus, die für keinen von ihnen den geringsten Sinn hatten und lediglich dazu dienten, der Stille im Raum etwas entgegenzusetzen.

Impney brachte den Tee und ging sogleich wieder. fford Croft goss ihn ein, gab Pitt eine Tasse und sah ihn endlich an. »Vermutlich bist du wegen der Drake-Geschichte gekommen?« Jetzt hielt er Pitts forschendem Blick stand, sein Gesicht war käseweiß.

Pitt nahm die Tasse und stellte sie auf dem Schreibtisch ab. »Ich kann das nicht länger aufschieben, Marcus«, erklärte er. »Das Innenministerium hat mich wissen lassen, und zwar mehr oder weniger in Form einer Anweisung, man wünsche nicht, dass ich mich mit der Angelegenheit beschäftige. Warum? Was hat Drake herausbekommen, dass die Leute so große Angst davor haben? Und komm mir bitte nicht mit ›Das weiß ich nicht‹. Gut möglich, dass du manchmal zerstreut bist, deinem Gedächtnis der eine oder andere Termin entfällt. Bestimmt hast du eine ganze Reihe von Menschen vergessen, die du früher kanntest, weil sie nicht mehr Teil deines Lebens sind. Aber ich bin sicher, du vergisst nichts, was von Bedeutung ist.«

»Woher willst du das wissen?«, gab fford Croft zurück. »Immerhin bin ich zwanzig Jahre älter als du.«

»Sagen wir fünfzehn«, korrigierte ihn Pitt. »Und versuch nicht abzulenken. Ich gehe nicht eher, als bis ich über Drake genauso viel weiß wie du.«

»Bleib und trink wenigstens deinen Tee«, sagte fford Croft mit einer Andeutung seines gewohnten Lächelns. »Das dauert sehr viel länger. Er ist heiß. Verbrenn dir nicht die Zunge.«

Pitt erwiderte das Lächeln. »Was hat Drake in Mile End gewollt?«

»Wenn ich das wüsste …«

»Na komm schon, Marcus, sicher hast du eine Vermutung. Sag nicht, dass du dir darüber keine Gedanken gemacht hast. Hatte es tatsächlich mit Geldverleihern zu tun, wie Hobson gesagt hat?«

ffford Croft hob den Kopf ein wenig und sah ihn offen an. »Was geht das dich an, Thomas? Für die Bordelle und Opiumhöhlen im East End dürfte sich der Staatsschutz ebenso wenig interessieren wie für die Geldverleiher. Deine Aufgabe ist die Jagd auf Spione, Anarchisten und Landesverräter. Nach solchen Leuten hat Drake dort nicht Ausschau gehalten, und er selbst gehörte, wie du dir denken kannst, mit Sicherheit auch nicht dazu.«

»Und wenn es sich nun um korrupte Polizeibeamte handelte, die gegen entsprechende Bezahlung bei bestimmten Verbrechen beide Augen zudrücken?«, hielt Pitt dagegen. Es schmerzte ihn, sich diese Möglichkeit einzugestehen, aber er konnte nicht länger so tun, als existiere das Problem nicht.

ffford Croft erstarrte. »Willst du damit sagen, dass Drake im Auftrag und Namen eines unserer Mandanten solche Zahlungen getätigt hat?«

»Nein. Ich denke, dass ich die Lösung bereits kenne«, sagte Pitt, ohne die Stimme zu heben. »Meiner Vermutung nach war er eher einer Sache auf der Spur, von der er befürchtete, dass sie in diese Kategorie fällt. Wenn es nicht sogar noch etwas Schlimmeres war …«

»Noch Schlimmeres? Gott steh mir bei! Was könnte das sein?« Bei diesen Worten war ffford Crofts Gesicht um eine Schattierung bleicher geworden.

»Zum Beispiel Zeugenbestechung.« Pitt sagte das Wort ungern, aber es hing ohnehin in Luft, ob er es aussprach oder nicht. »Oder, vielleicht noch gravierender, die Bestechung von Geschworenen.«

ffford Crofts Augen weiteten sich ein wenig. »In wessen Auftrag? Und womit?« Seine Stimme klang belegt.

»Das weiß ich nicht, aber es könnte eine Reihe von Fragen zu der Art beantworten, wie Drake den einen oder anderen seiner außerordentlichen Siege vor Gericht errungen hat.«

»Er war eben ein außerordentlicher Anwalt«, sagte ffford Croft langsam.

»Mein Sohn Daniel hat mir erzählt, dass er die von Drake bearbeiteten Fälle, soweit es ging, zurückverfolgt hat – ohne schlüssiges Ergebnis. Warum hat er Evan Faber vor Gericht vertreten? Man kannte ihn wegen seines außergewöhnlichen Sachverstandes auf den Gebieten Betrug und Unterschlagung, aber doch nicht als Strafverteidiger in Mordsachen. Für deine Kanzlei dürfte sich der Prozess sehr gelohnt haben, weil ihr vermutlich das Honorar nach Belieben festsetzen konntet. Aber warum hat Faber euch überhaupt mit der Verteidigung seines Sohnes betraut? Oder hat er sich unmittelbar an Drake gewandt? Falls ja, warum? Das passt alles nicht so recht zusammen, Marcus, es sei denn, es gibt da etwas, was wir noch nicht verstanden haben.«

ffford Croft sah ihn unverwandt an. »Ich hatte angenommen, der Mann hätte sich für Drake entschieden, weil er angesichts der Umstände der beste war, den er finden konnte.« Der Ton seiner Stimme hatte sich verändert, und es klang, als verteidigte er sich. »Willst du etwa behaupten, dass der junge Faber schuldig war? Aber einmal ganz davon abgesehen, ob das stimmt oder nicht, wäre er nicht der erste Schuldige gewesen, den wir vertreten haben. Jeder Angeklagte hat einen Anspruch auf die beste Verteidigung, die er sich leisten kann, Thomas.«

Pitt zögerte kurz. Entgegen seiner Absicht war eine gewisse Feindseligkeit entstanden. »Du meinst, Drake könnte nachträglich entdeckt haben, dass der junge Mann doch schuldig war?«, fragte er.

ffford Croft schüttelte den Kopf. »Er könnte sich geirrt haben. Aber ich bin überzeugt, dass er Evan Faber gut leiden konnte.«

»Glaubst du, dass Evan diese Marie Wesley ermordet hat?«, ließ Pitt nicht locker, »und dass Drake das wusste?«

ffford Croft verzog das Gesicht. »Das ist lachhaft. Ich verstehe nicht, wieso du das überhaupt in Erwägung ziehst. Weshalb bist du in Wirklichkeit gekommen?«, fragte er ärgerlich.

Pitt ließ eine kurze Pause eintreten, bevor er antwortete. Er musste unbedingt für eine erquicklichere Gesprächsatmosphäre sorgen, bevor er Marcus so gegen sich aufbrachte, dass dieser ihn vor die Tür setzte. »Ich habe mich gefragt, ob Drake nach wie vor im Fall Wesley ermittelt und dabei herausbekommen hat, wer der Mörder war«, sagte er schließlich. »Wenn man bedenkt, wer alles an der bewussten Gesellschaft teilgenommen hat, könnte das jemand mit sehr viel Geld und großem Einfluss gewesen sein. Genug, um sich Drakes wie auch des jungen Fabers zu entledigen, indem er diese Bella Blades dafür bezahlte, dass sie die beiden umbrachte, ehe er auch sie aus dem Weg räumen ließ, sodass keine Spuren mehr zu ihm führten.«

»Verdammt noch mal!«, rief ffford Croft aus. »Wenn du damit auf Erasmus Faber anspielen solltest, kann ich dich nur warnen. Damit würdest du dich auf sehr dünnes Eis wagen, Thomas. Der Mann ist hochgefährlich.« Auf seinem Gesicht lag ein Ausdruck von Widerwillen. »Lass die Finger von der Sache. Die Polizei soll sich darum kümmern, sofern sie Beweise hat, was ich übrigens bezweifle.«

Pitt beugte sich ein wenig über den Tisch vor. »Es ist äußerst unwahrscheinlich, dass die Polizei in dieser Angelegenheit auch nur einen Finger krumm macht. Ich kann nicht beweisen, dass Letterman korrupt ist, aber wenn er im Sold des Betreffenden stehen sollte, würde er ihn warnen … oder sogar noch weiter gehen. Ich denke, das ist auch dir bewusst. Damit ließe sich auch erklären, warum all diese Morde in seinem Revier geschehen sind. Ist dir dieser Gedanke nicht auch schon gekommen?«

»Hast du schon mit Erasmus Faber über diese Geschichte gesprochen?«, wich ffford Croft der Frage aus.

»Ich war bei ihm. Ein äußerst mächtiger Mann«, antwortete ihm Pitt, »und gefährlich, da gebe ich dir recht. Übrigens hat mir das Innenministerium nahegelegt, ihn in Ruhe zu lassen und der Sache keinesfalls nachzugehen. Es sieht ganz so aus, als hätte man höheren Orts den Wunsch, dass ich nichts finde, was auf seine Schuld hinweisen könnte.«

ffford Croft schien in seinem Sessel zusammenzusinken, obwohl man keine Bewegung an ihm wahrnahm. »Willst du mir damit zu verstehen geben, falls ich etwas zu verbergen hätte, sollte ich die Beweise dafür besser gleich verschwinden lassen?« Offensichtlich war ihm ein neuer und entsetzlicher Gedanke gekommen.

»Ja«, erwiderte Pitt. »Solltest du nicht nur in deiner Eigenschaft als Drakes Seniorpartner, sondern auch auf andere Weise in die Sache verwickelt sein, ist es höchste Zeit, die Sache so gut zu bereinigen, wie du kannst. Ich hätte keine Möglichkeit, dich zu schonen, Marcus, und das dürfte dir auch klar sein. Hier geht es um den Mord an einer jungen Frau sowie um den an Drake, an Evan Faber und an dieser Bella Blades. Wer auch immer dafür verantwortlich ist, scheint überzeugt zu sein, dass er tun darf, was ihm beliebt. Als stünde er über dem Gesetz.«

ffford Croft schüttelte langsam den Kopf. »Das ist ja grauenhaft. Aber du hast keine Beweise. Ich bin nicht einmal sicher, dass ich verstehe …« Er lehnte sich zurück, als gebe er sich geschlagen. »Soll ich deiner Ansicht nach noch einmal sämtliche Unterlagen durchgehen? Ich habe Drake wirklich nie für unehrlich oder habsüchtig gehalten. Er war ein bisschen sonderbar, vielleicht auch gerissen, aber ich verstand ihn. Kannte ihn seit unserer gemeinsamen Zeit an der Universität und habe ihn stets für einen in jeder Hinsicht rechtschaffenen Menschen gehalten. Dazu stehe ich. Ich konnte Menschen immer gut einschätzen, Thomas.«

»Das kannst du nach wie vor.«

»Behandle mich nicht so gönnerhaft!« Ein gereizter Ausdruck trat auf fford Crofts Gesicht.

»Das tue ich nicht!«, wies Pitt den Vorwurf zurück. »Deine Urteilsfähigkeit ist über jeden Zweifel erhaben. Oder vielleicht sollte ich besser sagen, deine Fähigkeit, Männer zu beurteilen. Was Frauen angeht, bin ich mir da nicht so sicher. Ich denke, dass du sie unterschätzt. Das finde ich merkwürdig, denn immerhin gehört deine Tochter zu den klügsten und mutigsten Menschen, denen ich je begegnet bin.«

»Du kennst sie ja nicht einmal!«, fuhr ihn fford Croft an.

»Nein, aber Daniel kennt sie«, sagte Pitt.

Ein Lächeln legte sich auf fford Crofts Züge. »Das stimmt.«

Pitt trank seinen Tee bis auf einen kleinen Rest aus, stellte die Tasse zurück und begann erneut. »Meinst du, Drake könnte herausbekommen haben, wer Marie Wesleys Mörder war, und hat dafür mit seinem Leben bezahlt?«

fford Croft schien ein wenig aufzuleben. »Ja. Aber er hat mir nichts davon gesagt, und in seinen Unterlagen finden sich keinerlei Hinweise darauf. Daniel und Kitteridge haben vergeblich danach gesucht. Du darfst mir glauben, dass sie sich große Mühe gegeben haben.«

»Hältst du es für möglich, dass Drake das Ergebnis seiner Suche Erasmus Faber mitgeteilt hat? Vielleicht sogar gegen Bezahlung?«

ffford Croft schwieg mehrere Minuten.

Pitt wartete, ohne ihn in seinen Gedanken zu unterbrechen.

Schließlich hob ffford Croft den Blick. »Ja, ich denke, dass das seine Absicht war. Aber man hat ihn umgebracht, bevor er dazu gekommen ist.« Er zögerte. Seine Niedergeschlagenheit schien immer mehr zuzunehmen.

Tiefes Mitgefühl erfasste Pitt. Sie kannten einander schon lange, doch bei aller gegenseitigen Wertschätzung und Hochachtung konnte er es nicht bei diesem Stand der Dinge belassen. Sollte ffford Croft oder seine Kanzlei in die Sache verwickelt sein, gab es für ihn nur eine Möglichkeit zu helfen: Er musste die Wahrheit aufdecken.

»Hältst du es für möglich, dass Letterman im Sold des Täters steht?«, fragte ffford Croft nach einer Weile. »Und dass Erasmus Faber an Drakes Suche nach dessen Identität beteiligt war?«

»Durchaus.«

»In dem Fall solltest du auf keinen Fall allein zu Faber gehen, Thomas. Nimm jemanden mit.«

»Ich möchte nicht, dass meine Mitarbeiter etwas von dieser Sache erfahren«, erklärte Pitt. »Nachdem Drake möglicherweise die Absicht hatte, Faber die Ergebnisse seiner Nachforschungen mitzuteilen, damit dieser das Gesetz in die eigene Hand nehmen konnte … hat der Täter – wer auch immer das ist – bereits Fabers Sohn getötet. Wer weiß, was er als Nächstes tun wird?«

Pitt war sich bewusst, dass ffford Croft mit seiner Warnung recht hatte, aber er dachte nicht daran, den Drahtzieher davonkommen zu lassen. Er wollte der Spur folgen, denn dieser Mann hatte jemanden dafür bezahlt, dass er Menschen umbrachte, mehrfach und ohne zu zögern. Erst Marie Wesley, dann Jonah Drake und mit großer Wahrscheinlichkeit auch Evan Faber – und vielleicht sogar Bella. Hatte er diesen letzten Mord begangen, weil Bella für ihn auf die eine oder andere Weise eine Bedrohung bedeutete? Sie musste etwas gewusst haben, hätte ihn vielleicht sogar als Urheber all dieser Verbrechen identifizieren können. Pitt war sich sicher, wenn er dieses Rätsel lösen könnte, würde er sehen, dass zwischen all diesen Morden ein Zusammenhang bestand.

»Ich werde ihn am helllichten Tag und in aller Öffentlichkeit aufsuchen«, fuhr er fort. »Ich bin fest entschlossen, dem Mörder Einhalt zu gebieten. Und wenn sein Vater ein Graf aus ältestem Adel wäre. Er würde jederzeit wieder morden, wenn jemand seine Pläne zu durchkreuzen versuchte – und dazu wird es früher oder später kommen.«

»Wahrscheinlich hast du recht«, gab fford Croft widerstrebend zu. »Aber sei vorsichtig, Thomas! Ich wünschte, ich könnte mitkommen, aber ich wäre nur eine Belastung.« In seiner Stimme schwang große Sorge mit, sogar Schmerz.

»Ich nehme jemanden mit«, versprach Pitt. Dabei sah er fford Croft offen an, und dieser erkannte, dass es ihm damit ernst war.

»Thomas!«, sagte fford Croft, als Pitt sich erheben wollte.

Pitt ließ sich in seinen Sessel zurücksinken. »Was?«

»Ich habe festgestellt, dass es … in der Buchführung der Kanzlei gewisse … Unstimmigkeiten gibt. Ich versuche die aufzuklären, verstehe aber nicht genug davon. Ich habe Kopien sämtlicher Zahlungsunterlagen. Es hat mich viel Zeit gekostet, sie anzufertigen, aber auf diese Weise ist sichergestellt, dass niemand Belege nachträglich ändern kann. Ich habe den jungen Hobson damit beauftragt, sich der Sache anzunehmen. Er kann mit Zahlen umgehen und ist mit Drakes Arbeitsweise vertraut. Falls es sich so verhält, wie es aussieht, und tatsächlich jemand Eintragungen manipuliert hat, um fehlende Gelder zu vertuschen oder um zu verschleiern, dass Geschworene, Zeugen oder sonst jemand bestochen worden ist, werde ich … ehrlich gesagt, weiß ich nicht, was ich dann tun werde.« Seine Stimme versagte ihm einen Moment lang den Dienst. »Dann wäre die Kanzlei am Ende«, flüsterte er. »*Ich* würde sie liquidieren. Eine andere Lösung käme für mich nicht infrage. Aber ich habe nichts mit diesen Machenschaften zu tun, das schwöre ich. Es ist …« Er konnte nicht weitersprechen und sah trübselig auf die Schreibunterlage aus Löschpapier hinab, wobei ihm die Tränen über die Wangen liefen.

Pitt hätte ihn gern getröstet, aber die passenden Worte fielen ihm nicht ein. Schließlich fragte er ihn: »Würde der junge Hobson dir die Wahrheit sagen?« In der Frage lag kein Trost, aber er musste sie stellen.

ffiord Croft hob den Blick. »Unbedingt«, sagte er. Es klang überzeugt. »Davon hängt seine gesamte berufliche Zukunft ab, ganz davon abgesehen, dass er Drake beerben soll …« Er ließ eine kurze Pause eintreten. »Ich kann immer noch nicht glauben, dass Drake unehrlich gewesen sein könnte, Thomas. Geld war ihm nie wichtig, ihm ging es immer nur um das Recht und darum, seine Prozesse auf anständige Weise zu gewinnen, ohne Winkelzüge, allein auf die Gesetze gestützt. Für Leute, die davon abwichen, hatte er nichts als Verachtung übrig. Trotzdem werde ich Kitteridge sagen, dass er sich alles noch einmal gründlich ansehen soll. Du hast keinen Grund zu befürchten, dass ich etwas Unredliches tun könnte. Ein solches Erbe werde ich Miriam nicht hinterlassen, das kann ich dir versprechen.«

»Das ist nicht nötig, Marcus. Ich glaube es dir auch so«, sagte Pitt leise und hoffte insgeheim, dass es sich auch so verhielt.

Pitts geplanter Besuch bei Faber wurde dadurch verhindert, dass ihn MacPherson ins Innenministerium beorderte. Die Vorladung wurde von einem livrierten Fahrer gebracht, der mit dem Wagen vor dem Haus wartete. Pitt war bei der Rückkehr an ihm vorbeigekommen, hatte ihn aber nicht gesehen, weil er mit seinen Gedanken beschäftigt war.

»Bitte, Sir«, sagte der Mann in höflichem Ton. »Es ist wichtig, dass Sie so bald wie möglich kommen.« Weitere Erklärungen gab er nicht ab. Es genügte, dass die Vorladung von Sir James MacPherson stammte.

Pitt hatte keine Wahl, als zu gehorchen. Er hätte mit einer solchen Vorladung rechnen müssen, hatte sie insgeheim sogar erwartet, aber nicht so bald.

Während der Fahrt sprach er nicht mit dem Fahrer. Am Ministerium angekommen, stieg er aus, dankte dem Mann und trat in das ihm vertraute Gebäude.

MacPherson empfing ihn nahezu sofort. Pitt überlegte, ob er ihm damit den Eindruck vermitteln wollte, dass er wichtig sei. Er lächelte finster vor sich hin, achtete aber darauf, dass sein Auftreten angemessen reserviert war, als man ihn vorließ.

Schon beim Eintreten sah er, dass MacPherson gewillt schien, alle Formalitäten beiseitezulassen. Er empfing ihn stehend, nicht als Untergebenen, sondern wie seinesgleichen. Sein Gesichtsausdruck zeigte allerdings, dass er ihm nicht freundlich gesonnen war. »Guten Morgen, Pitt. Allerdings ist dieser Vormittag alles andere als gut. Ich hatte gedacht, mit dem nötigen Nachdruck darauf hingewiesen zu haben, dass Sie Faber in Ruhe lassen sollen. Was war für Sie an dieser Anweisung unverständlich? Sie sind kein Dummkopf. Gott im Himmel, wir befinden uns in einer äußerst gefährlichen Lage. Überall wimmelt es von Anarchisten, Bombenlegern und Spionen. Die wenigsten davon sind verdammte Fenier, die für Irland die Unabhängigkeit fordern, es handelt sich überwiegend um Sozialisten vom europäischen Festland, die auf allgemeine Anarchie hinarbeiten. Aber wichtiger als all das ist die drohende Gefahr eines Seekriegs! Sind Sie wirklich unfähig, zwei und zwei so zusammenzuzählen, dass dabei vier herauskommt? Was ist mit Ihnen los, Mann Gottes?« In seiner Stimme schien außer tiefer Verärgerung ein Anflug von etwas anderem zu liegen. Wenn es nicht Angst war, so doch auf jeden Fall tiefe Besorgnis.

Mit Mühe unterdrückte Pitt seinen eigenen Ärger. Er konnte es sich nicht leisten, einem Mann, der in gewisser Weise sein Vorgesetzter war, so zu antworten, wie er es seiner Ansicht nach verdiente. Wenn es ihm nicht gelang, sich zu beherrschen, wäre er in dieser Auseinandersetzung automatisch der Verlierer.

»Wir haben es mit vier Morden zu tun, Sir«, sagte er langsam und betont. »Wir müssen …«

MacPherson fiel ihm ins Wort. »Der Mann hat seinen einzigen Sohn verloren. Er möchte sich ungestört seiner Trauer hingeben und sich seiner Arbeit widmen können. Er arbeitet letzten Endes für uns, vergessen Sie das ja nicht! Sie glauben doch nicht wirklich, dass Sie mit Ihrem Herumschnüffeln in seinem Privatleben etwas anderes erreichen würden, als dass er zum Gegenstand des öffentlichen Klatsches wird …?«

»Sir, ich …«, setzte Pitt an.

»Unterbrechen Sie mich nicht, zum Kuckuck!« MacPhersons Gesicht rötete sich. »Haben Sie auch nur den entferntesten Verdacht, wer der Mörder gewesen sein könnte? Nein, natürlich nicht. Irgendein Straßenräuber oder vielleicht zwei. Wissen Sie überhaupt, was der Begriff ›Verhältnismäßigkeit der Mittel‹ bedeutet? Nur weil Sie einen Fall lösen wollen, bei dem Sie keinen Schritt weiterkommen, ruinieren Sie den Ruf des Mannes. Lassen Sie seinen Sohn in Frieden ruhen, und beschäftigen Sie sich mit etwas anderem.«

»Ist das eine dienstliche Anweisung, Sir?«, fragte Pitt.

»Ja! Deutlicher kann man es ja wohl nicht sagen.«

»Mit anderen Worten, ich soll einen Mörder oder zwei, wenn nicht gar drei, laufen lassen?«

»Ihre Anzüglichkeiten können Sie sich sparen, Pitt.«

»Wir haben es inzwischen mit vier Mordfällen zu tun«, entgegnete Pitt. »Sagen Sie mir, ab wann es zu viele sind?«

»Die beiden Frauen waren letztlich kaum mehr als Prostituierte, Gott im Himmel! Sind Sie wirklich der Ansicht, wir sollten die Sicherheit des Landes wegen der Ermordung zweier Huren aufs Spiel setzen?«

»Da sei Gott davor«, sagte Pitt in bissigem Ton. »Von denen haben wir schließlich mehr als genug. Aber nicht so viele wirklich gute Anwälte wie Drake. Und Faber hatte nur den einen Sohn …«

Mit puterrotem Gesicht gab MacPherson zurück: »So ist es. Lassen Sie ihn den Jungen betrauern, wie es sich gehört. Er hat gesagt, dass man ihn nicht in Mile End ermordet hat. Geben Sie sich damit zufrieden.«

»Und damit sein Ruf gewahrt bleibt, hat die Polizei ihm den Gefallen getan, diese offenkundige Lüge als amtliches Ergebnis der Ermittlungen darzustellen«, fuhr Pitt fort. »Will man sich auch damit zufriedengeben?«

MacPherson stand reglos da, die Hände zu Fäusten geballt. »Ja, Pitt. Sehen Sie die Dinge doch um Gottes willen im richtigen Verhältnis!«

Pitt wusste, dass das, was er gleich sagen würde, nicht nur töricht, sondern auch gefährlich war, aber die Worte entschlüpften ihm, bevor er sich zusammennehmen konnte. »Verhältnis? Zwischen einem Mord und vieren? Oder geht es da um die Frage, wessen Tod wichtig ist und wessen Tod nicht?«

MacPherson atmete langsam ein und aus, wobei seine Hände zitterten.

Pitt sprach weiter, solange er eine Gelegenheit dazu hatte. Er musste alles loswerden. Vielleicht würde er nie wieder dazu kommen. »Oder geht es vielleicht, und das dürfte noch wichtiger sein, darum, dass wir nicht merken wollen, wann man dem Ganzen noch Einhalt gebieten kann und wann es dafür zu spät ist, weil es uferlos geworden ist? Wann hören wir auf, Faber zuliebe Morde zu decken? Solange er die Schiffe baut, auf die wir dringend angewiesen sind? Oder wenn das erledigt ist und er einen Adelstitel, einen Sitz im Oberhaus oder vielleicht einen Regierungsposten haben will? Gar einen im Kabinett? An welcher Stelle sagen Sie dann Nein? Ich wüsste gern Ihre Meinung dazu. Meiner Ansicht nach sollte man ihm Einhalt gebieten, solange das noch möglich ist.«

MacPherson setzte zu sprechen an, sagte aber nichts.

»Wenn er erst einmal in der Regierung sitzt, wird es zu spät sein«, fuhr Pitt fort. »Meiner Vermutung nach ist es das bereits jetzt. Vier Morde, aber wir verhalten uns freundlich, weil wir den Standpunkt vertreten, dass die Opfer nicht wichtig waren und daher entbehrlich sind.«

MacPherson hob die Brauen. »Wollen Sie damit sagen, dass Faber für den Tod seines eigenen Sohnes verantwortlich ist? Dass der junge Mann entbehrlich war? Sie müssen den Verstand verloren haben!«

»Das weiß ich nicht. Aber mir scheint, Sie wollen verhindern, dass herauskommt, es könnte jemand gewesen sein, den er dafür bezahlt hat. Wollen Sie zulassen, dass er die Rache in die eigene Hand nimmt? Ich denke, dass er das tun wird. Sie nicht?«

»Nein, das denke ich nicht!«, blaffte ihn MacPherson an.

»Sie meinen also, er wird die Sache auf sich beruhen lassen?«, fragte Pitt ungläubig. »Würden Sie sich an seiner Stelle so verhalten?«

»Mein Sohn hat mit der Sache nichts zu tun!«, stieß MacPherson aufgebracht hervor.

»Und darin liegt natürlich der ganze Unterschied«, sagte Pitt im vollen Bewusstsein dessen, dass es ohnehin zu spät war, den Mund zu halten. »Da Ihr Sohn ein junger Mann ist, der keine Gesellschaften besucht, bei denen etwas zu viel getrunken wird, bei denen Liebesdienerinnen anwesend sind oder …«

»Mein Sohn kennt die Grenzen des Erlaubten«, sagte MacPherson. Dann kniff er die Lippen zusammen, vielleicht weil er gemerkt hatte, wie absurd eine solche Aussage war.

»Die meisten jungen Männer kennen sie nicht«, gab Pitt zu bedenken. »Aber Männer unseres Alters sollten sie kennen. Ich ziehe diese Grenze bei *einem* Mord.«

»Der junge Faber hat die Frau nicht getötet«, erwiderte MacPherson.

»Nein, wohl nicht. Ich denke, dass Drake das hinreichend bewiesen hat. Möglicherweise war er auf der Fährte des Täters, und das hat ihn das Leben gekostet. Genügt das nicht?«

»Sie widersetzen sich meinen Anweisungen, Pitt. Sie sind vom gleichen Schlag wie Narraway, was? Er war Ihr Vorgänger im Amt, und man hat ihm dessen Leitung entzogen. Sie sind auf dem besten Weg, dass es Ihnen ebenso geht.«

»Er ist ins Oberhaus berufen worden, wo er viel Gutes bewirkt hat«, hielt Pitt dagegen. »Möglicherweise hat man ihn zum Lord gemacht, weil er sich nichts von dem hatte zuschulden kommen lassen, was man ihm vorhielt, und das wissen Sie auch. Ein anderer Grund könnte sein, dass er viel geheimes Wissen über eine große Zahl von Menschen besaß und es für sich behalten hat.«

MacPherson sah ihn mit unverhohlener Abneigung an. »Soll das eine Drohung sein, Pitt?«

»Eine Warnung, Sir James. Ich weiß nichts Nachteiliges über Sie, noch würde ich mich eines solchen Wissens je bedienen. Aber wir beide wissen, dass Erasmus Faber gefährlich ist. Wenn Sie ihm etwas in die Hand geben, was er gegen Sie verwenden kann, wird er nicht zögern, das bei passender Gelegenheit zu tun. In einem solchen Fall kann Ihnen niemand helfen, nicht ich und auch sonst keiner. Ich werde den Mann nicht schonen, wenn ich auf etwas stoßen sollte, was auf einen Zusammenhang zwischen ihm und diesen Morden hindeutet.«

»Gesprochen wie ein Mann, Pitt. Aber Ihr Verhalten ist töricht. Seien Sie vorsichtig. Ich kann und werde Ihnen nicht helfen, wenn Sie sich dabei in die Nesseln setzen. Und jetzt gehen Sie.«

»Ja, Sir James. Guten Morgen.« Pitt wandte sich um und verließ den Raum. Trotz seiner herausfordernden Worte zitterte er, als er den Korridor erreicht hatte und sich daran machte, das Gebäude über die breite Marmortreppe mit ihrem prächtigen Geländer zu verlassen.

KAPITEL 13

Daniel stand in Kitteridges Büro, so angespannt, dass es ihm unmöglich war, sich zu setzen. Der Mord an Belinda May Blades, die sich ihm als Bella vorgestellt hatte, war ihm in die Glieder gefahren.

»Warum?«, fragte er, als könne ihm Kitteridge eine Antwort liefern. Er nahm das nicht ernsthaft an, aber er hatte Angst. Alles schien näher zu rücken, nicht nur aus einer bestimmten Richtung, sondern von allen Seiten zugleich. Wie sah die Beziehung zwischen den Morden aus? Was hatten sie miteinander gemeinsam? Erst Marie Wesley, dann Drake, Evan Faber und schließlich Bella. Marie war zu Tode geprügelt worden, und die drei anderen hatte man erstochen. »Wo ist der rote Faden?«, fragte er Kitteridge, dessen Gesicht auffallend bleich war. »Welche Lösung ergibt einen Sinn …?«

»Die Beziehung zwischen Marie und Evan dürfte auf der Hand liegen«, erwiderte Kitteridge in barschem Ton. Seine Geduld schien sich dem Ende zu nähern. Wie üblich gelang es ihm mit seinen langen Gliedmaßen nicht, hinter dem Schreibtisch eine wirklich bequeme Sitzhaltung einzunehmen. Er sah Daniel an. »Und die zwischen Evan Faber und Drake ja wohl auch. Es sieht ganz so aus, als hätte

Drake nach dem Ende des Verfahrens an dem Fall weitergearbeitet oder ihn neu aufgenommen …«

»Aber welchen Grund hätte er dazu gehabt?«, fiel ihm Daniel ins Wort. »Was hatte sich geändert? Wer hatte etwas Neues herausbekommen? Vor welcher Entdeckung hatte er gestanden?«

Kitteridge schürzte die Lippen, dann sagte er: »Drake war wohl an neue Informationen gelangt. Wir müssen feststellen, welche das waren. Allerdings weiß ich, ehrlich gestanden, nicht, wo man da suchen soll …«

»Ob er etwas Bestimmtes im Auge hatte?« Daniel hörte auf, unruhig von einem Fuß auf den anderen zu treten, und setzte sich dem Kollegen gegenüber. Er sah, dass sich Kitteridges Krawattenknoten zu lösen begann, sein Hemd war zerknittert, und sein Jackett hing hinter ihm über der Stuhllehne. Zwar wusste Daniel, dass es nicht richtig war, ihn so zu bedrängen, aber er sah keinen Ausweg und hatte niemanden sonst, an den er sich hätte wenden können. »Hat ihm jemand etwas gesagt? Oder ist er zufällig darauf gestoßen?« Er stützte sich auf die Schreibtischkante. »Hat er eine Beziehung zwischen bestimmten Dingen oder Ereignissen entdeckt, die ihm vorher nicht klar war? Sicher ist er nicht eines Tages, an dem er nichts weiter zu tun hatte, aufgewacht und hat von einem Augenblick auf den anderen beschlossen, sich die näheren Umstände von Marie Wesleys Tod noch einmal genauer anzusehen. Er hatte den Prozess gewonnen. Was hätte ihn dazu veranlassen können, sich damit nicht zufrieden zu geben?«

Kitteridge sah ihn ratlos an.

Daniel hatte das Bedürfnis, seine Gedanken mit einem anderen zu teilen, jemandem, der ihn auf Einzelheiten hinweisen konnte, die er vergessen, falsch verstanden oder nicht erkannt hatte. Er arbeitete gut mit Kitteridge zusammen, gerade weil er von anderer Wesensart war. Während Daniel zu vorschnellem Handeln neigte oder eher etwas als gegeben hinnahm, ließ sich Kitteridge Zeit zum Nachdenken, stellte Dinge infrage und war nicht ohne Weiteres bereit zu glauben, was nicht bewiesen war. Diese Verschiedenheit der Charaktere bewirkte, dass sie ein gutes und erfolgreiches Gespann bildeten.

Von einem Augenblick auf den anderen quoll Daniel von Einfällen über. »Die Sache war ihm wichtig«, sagte er eindringlich. »Er wäre sicher nicht mitten in der Nacht nach Mile Ende gefahren, wenn es nicht dringend gewesen wäre. Bestimmt hätte er sich lieber auf die andere Seite gedreht und weitergeschlafen. Wir haben zwar Mai, aber da ist es um Mitternacht trotzdem kalt und dunkel. Er wollte aus einem bestimmten Grund so schnell wie möglich dorthin. Sein Tod war … grausam.« Er sagte das ungern, aber es musste heraus. »Er ist nicht zufällig Opfer eines Raubüberfalls geworden, und man hat ihn auch nicht im Kampf umgebracht, weil er sich gewehrt hat.«

»Ist das sicher?«, wollte Kitteridge wissen.

»Ich habe seine Leiche gesehen, von der ich zuerst angenommen hatte, Sie wären es, weil der verfluchte Mantel da hing. Ich hatte wirklich geglaubt, dass Sie …«

»Gott sei Dank war es nicht so«, unterbrach ihn Kitteridge, »was natürlich nichts daran ändert, dass das ein Verbrechen war. Und wir kannten Drake. Er war ein sonderbarer Kauz, aber beim Durchgehen seiner Unterlagen habe ich noch eine andere Seite von ihm kennengelernt. Wenn er Witterung aufgenommen hatte, war er wie ein Terrier vor einem Kaninchenbau. Mit Sicherheit war das der Grund dafür, dass er sich mitten in der Nacht nach Mile End aufgemacht hat. Er hatte etwas herausbekommen und war entschlossen, sich auf keinen Fall abschütteln zu lassen, bevor er das ganze Gewirr bis zum letzten Knoten aufgelöst hatte.«

»Und wie sah der letzte Knoten aus? War es der eines Henkerstricks?«, fragte Daniel mit bitterem Unterton.

Kitteridge atmete tief ein und stieß die Luft langsam wieder aus. Es klang wie ein Seufzer. »Wusste er, wer in Wahrheit Marie Wesley getötet hatte? Kannte er den eigentlichen Grund dafür? Was wusste sie selbst, oder was stand sie im Begriff zu tun, was jemand auf keinen Fall zulassen wollte? Vielleicht hatte der Betreffende befürchtet, sie könnte für ihn zur Bedrohung werden. Aber im Hinblick worauf? Seinen Wohlstand? Seinen Ruf? Sein Leben?«

Daniel hielt den Blick in die Ferne gerichtet. »Ich glaube nicht, dass ich das von Anfang an richtig eingeschätzt habe«, sagte er schließlich. »Sollte ich mich wirklich in Evan getäuscht haben? War er doch schuldig? Er schien mir so …« Er musste an ihre gemeinsame Bootsfahrt auf der Themse denken. Sie waren beide nicht mehr ganz nüchtern gewesen, aber auch nicht wirklich betrunken. Evan war ihm so … offen und in gewisser Weise beinahe treuherzig erschienen. Daniel hatte ihn wirklich gemocht. Er begriff, was es bedeutete, einen Vater zu haben, von dem man überzeugt war, dass man ihm nie das Wasser würde reichen können. Auf seine Weise war Thomas Pitt einer der mächtigsten Männer in London, wenn nicht in ganz England. Das hatte nichts mit Geld zu tun, und höchstwahrscheinlich wussten nur die wenigsten, wer er wirklich war und was mit diesem Amt einherging. Er kannte die Geheimnisse der einflussreichsten Menschen im Lande, wusste, wie viel Geld und wie viel Grundbesitz sie hatten, kannte ihre Fehler und Schwächen. Das gehörte zu seinen Aufgaben und brachte zwangsläufig mit sich, dass er Feinde hatte. Möglicherweise gewährte nur eines seine Sicherheit, nämlich dass auch sein Nachfolger im Amt diese Geheimnisse kennen würde. Er würde sie von Pitt übernehmen, so wie Pitt sie vor Jahren von Victor Narraway übernommen hatte.

Auch Evan Faber hatte gewusst, was es bedeutete, einen Vater zu haben, der einen so langen Schatten warf. Nie hätte er sein können wie Erasmus Faber, ebenso wie Daniel nie wie Thomas Pitt sein würde. Ob Toby Kitteridge das verstehen konnte? Oder unterschied sich dessen Hintergrund zu sehr von dem seinen?

Jetzt war Evan tot. »Er wirkte so unschuldig«, beendete Daniel seine Beschreibung. »Ich habe ihm geglaubt.« Er spürte, wie es ihm die Kehle zuschnürte, während er sich bemühte, nicht vom Bewusstsein des Verlusts überwältigt zu werden. Erst Drake. Dann Evan. Und jetzt Bella, die so gern gelacht hatte.

»Drake auch«, gab Kitteridge zurück. »Er hat ihm ebenfalls geglaubt. Aber in seinen Unterlagen habe ich trotz gründlicher Suche keinen Hinweis auf das gefunden, was ihn nach Mile End geführt haben könnte.« Er wirkte mit einem Mal sehr allein, wie er so zusammengesunken auf seinem Stuhl saß und nach wie vor nicht wusste, wo er seine langen Arme und Beine unterbringen sollte.

»Irgendwo muss sich ein Hinweis finden«, beharrte Daniel. »Wir wollen uns ansehen, was er an dem Tag notiert hat, bevor er dahin aufgebrochen ist. Wann hat er den Entschluss dazu gefasst – im Laufe des Tages? Oder tatsächlich mitten in der Nacht? Er hatte etwas entdeckt, jemand hatte etwas gesagt, und das war der Auslöser. Wir müssen unbedingt herausbekommen, was das war.«

Kitteridge runzelte die Stirn, setzte sich aber ein wenig auf. »Vielleicht gehen wir von einer falschen Voraussetzung aus. Es könnte doch sein, dass Drake gar nicht nach diesem Auslöser gesucht hat, sondern zufällig darauf gestoßen ist.«

»Und was könnte das sein?« Daniel versuchte sich zu konzentrieren, doch mit einem Mal trat ihm Bellas Gesicht vor Augen, glaubte er geradezu, ihr Lachen hören zu können. Dann kam ihm plötzlich ein Gedanke. »Sie meinen eine Verbindung, die keinen Sinn zu ergeben schien? Oder eine, bei der sich plötzlich alles zusammenfügte? Ein Hinweis darauf, wer in Wirklichkeit Marie Wesley getötet hatte? Die Polizei hat sich, wie es aussieht, bei den Ermittlungen in dem Fall nicht gerade ein Bein ausgerissen, was?«

»Bei der Geschichte scheinen erstaunlich viele mächtige Leute ihre Finger im Spiel zu haben«, erwiderte Kitteridge. »Vielleicht hat die Polizei dem jungen Faber den Schwarzen Peter unter Druck zugeschoben. Dabei hat der Vater Geld wie Heu, wahrscheinlich einen ganzen Haufen mehr als die meisten Adligen.«

Daniel lächelte flüchtig. »Hier geht es nicht um Geld. An Geld können alle möglichen Leute kommen, indem sie es verdienen, stehlen oder sich erarbeiten. Was wirklich zählt, ist die familiäre Herkunft. Besser den Sohn Faber opfern als den eines Earls, Marquis oder gar Herzogs.«

»Würde sich die Polizei denn dazu hergeben, die Verwicklung eines Adelssprosses in einen solchen Fall zu vertuschen?« Kitteridge machte ein finsteres Gesicht. »Die dürfte doch eigentlich nicht besonders viel für den Adel übrig haben.«

»Das hat nichts mit persönlichen Empfindungen zu tun; hier geht es um altes Geld, den damit verbundenen hohen gesellschaftlichen Rang und Einfluss. Diese Leute verstehen sich auf ihren Vorteil. Vor dem Gesetz sind wir alle gleich, aber wenn einer den richtigen Schneider hat und die richtigen Leute kennt, sieht die Sache ganz anders aus. Das dürfen Sie mir glauben.«

»Könnte Drake Beweise dafür gefunden haben, wer Evan Faber belastet hat?«, fragte Kitteridge nachdenklich. »Wir sollten seine sämtlichen Unterlagen noch einmal ganz gründlich durchgehen. Außer, Ihnen fällt etwas Besseres ein.«

»Das ist leider nicht der Fall«, gab Daniel zu. »Arbeiten wir also, von Drakes Todestag ausgehend, seine Aufzeichnungen durch. Der entscheidende Hinweis müsste unmittelbar davor zu finden sein.« Erneut beugte er sich vor. »Hobson kann uns dabei helfen. Er soll einfach seine laufende Arbeit eine Weile unterbrechen. Die Suche kostet uns vermutlich nur ein paar Tage. Los, fangen wir gleich an.« Er stand leicht steifbeinig auf und ging zur Tür, in dem Bewusstsein, dass Kitteridge ihm folgen würde.

»Es kann gut sein, dass da gar kein unmittelbarer Zusammenhang mit Mile End besteht«, erklärte Kitteridge, als sie in Drakes Büro Platz genommen hatten.

Sie hatten nach Hobson schicken lassen, und er kam umgehend. Ganz unübersehbar fühlte er sich bedrückt. »Was könnte ein junger Herr wie Evan Faber in einem Stadtbezirk wie Mile End gewollt haben, Sir?«, fragte er und sah Daniel dabei an.

»Das wissen wir nicht«, räumte Daniel ein. »Uns ist lediglich bekannt, dass man ihn an einer anderen Stelle getötet und dann an den Fundort geschafft hat. Im Augenblick suchen wir aber nach Gründen, die Mr. Drake in die Anthony Street geführt haben könnten, noch dazu mitten in der Nacht. Außerdem wollen wir wissen, zu wem er da wollte. Unserer Ansicht nach muss da ein Zusammenhang mit dem Mord an Marie Wesley bestehen. Bisher fehlt uns jeder Hinweis auf den Täter.«

In dem Bestreben, etwas zu finden, was sie weiterbrächte, gingen die drei Drakes Unterlagen schweigend und mit größter Sorgfalt Seite für Seite durch. Dabei ließen sie auch kleine Notizzettel mit handschriftlichen Anmerkungen nicht außer Acht.

Nach fast einer Stunde hielt Hobson zwei Blätter hoch und fragte: »Könnte das hier von Bedeutung sein? Die habe ich in seinen Zahlungsunterlagen gefunden.«

Daniel sah sich das kleinere Blatt an. Es war zerknüllt, als habe jemand es fortwerfen wollen, es sich dann aber anders überlegt und das Papier wieder geglättet. Man erkannte darauf eine Zeichnung, die ein mit Schmucksteinen besetztes Medaillon zeigte.

»Was ist das?«, wollte Kitteridge wissen. »Warum mag Drake das aufgehoben haben?«

Daniel sah sich das Blatt genauer an. Als er es umdrehte, sah er einen Aufdruck. »Es sieht aus wie die Quittung einer Pfandleihe. Dann dürfte der Anhänger einen gewissen Wert haben. Vielleicht war er auch schon älter, hatte vorher einem anderen Menschen gehört.«

»Diebesgut? Inwiefern sollte uns das weiterhelfen?« Kitteridge war enttäuscht und zu müde, als dass er versucht hätte, das zu verbergen. »Das könnte sonst was sein. Man sieht ja, dass Drake das Blatt eigentlich wegwerfen wollte. Weiß der Geier, warum er es dann doch aufgehoben hat.«

»Die zugehörige Halskette ist beschädigt«, sagte Daniel, der die Zeichnung aufmerksam betrachtet hatte. Sie war so detailgetreu, dass sich noch die kleinste Einzelheit erkennen ließ. »Man kann deutlich sehen, dass ein Glied verbogen und ein anderes sogar zerbrochen ist. Da muss jemand ziemlich ruppig vorgegangen sein.« In seiner Vorstellung begann sich eine ausgesprochen hässliche Szene abzuzeichnen. »Vielleicht hat man jemandem die Kette vom Hals gerissen.«

Nachdenklich runzelte Kitteridge die Stirn. »Das würde eine deutliche Wunde hinterlassen. So eine Metallkette kann tief in die Haut einschneiden.«

»Jemand hat das Medaillon also … mit Gewalt an sich gebracht«, folgerte Daniel. »Die wichtigste Frage ist jetzt, woher hatte Mr. Drake die Zeichnung, und wieso hat er sie aufbewahrt?« Er wandte sich an Hobson. »Was meinen Sie, könnte er das selbst gezeichnet haben? War er ein so guter Zeichner? Das ist keine witzig gemeinte, rasch hingeworfene Darstellung, sondern ein überaus exaktes Abbild. Und welchen Grund hätte er gehabt, diesen Gegenstand zu zeichnen? Hat er in letzter Zeit einen Fall bearbeitet, bei dem es um gestohlenen Schmuck ging?«

»Ich bin sicher, dass sie mit dem Mordprozess Marie Wesley zusammenhängt«, sagte Hobson. Er wies auf eine Ecke des Blattes. »Der kleine Krakel hier«, fuhr er fort, erkennbar nervös wegen seiner Verwegenheit, »ist sein Handzeichen, mit dem er Zeichnungen, handschriftliche Notizen und dergleichen versehen hat. Er war ein erstklassiger Zeichner.«

Daniel legte das Blatt auf den Schreibtisch, nahm das andere zur Hand und betrachtete es aufmerksam.

»Was sieht man da?«, wollte Kitteridge wissen.

»Es könnte ein Mann sein, der einer Frau ein Messer in den Nacken stößt. Ich bin nicht sicher …«

Nachdem er sich die Darstellung eine Weile genauer angesehen hatte, korrigierte er sich. »Nein, Augenblick mal.«

Die Linien dessen, was er als Waffe angesehen hatte, verjüngten sich am Hals der Frau deutlich und verbreiterten sich zur Hand des Angreifers hin. Niemand wurde auf diese Weise ein Messer halten, und bei genauerem Hinsehen zeigte sich, dass es auch keines war. Der kräftige Mann hatte nach der Kette um den Hals der Frau gegriffen, die vor ihm am Boden lag. Und die Zeichnung des Mannes, der ihr die Kette vom Hals riss, stammte von Drakes Hand.

Daniel sah erst Hobson und dann Kitteridge an. »Hat man die Kette Marie Wesley vom Hals gerissen? Hat Mr. Drake das angenommen? Und der Pfandleiher hätte ihm sagen können, wer ihm die Kette gebracht hatte?«

»Sie meinen, Marie Wesleys Mörder?«, fragte Kitteridge. »Das scheint mir ein bisschen weit hergeholt.«

Daniel betrachtete die Zeichnung noch einmal aufmerksam. »Es ist ein auffälliger Schmuck«, sagte er schließlich. »Den müsste man identifizieren können. Dazu muss man nur ein bisschen herumfragen, um den Pfandleiher zu ermitteln, der ihn beliehen hat. Wenn der Schmuck Marie Wesley gehört hat, hätten wir eine erste verlässliche Spur. Falls nicht – warum hätte sich Mr. Drake dann so gründlich damit beschäftigen sollen?« Daniel wandte sich an Hobson. »Sie haben ein gutes Auge«, sagte er. »Ganz davon abgesehen, wäre ich bestimmt nicht darauf verfallen, ausgerechnet in den Zahlungsunterlagen zu suchen. Mr. Drake war ein solcher Ordnungsfanatiker, dass mir nie der Gedanke gekommen wäre, er könnte Papiere verlegen.«

Hobson freute sich sichtlich über das Lob.

Kitteridge ließ den Blick mehrfach zwischen Daniel und Hobson hin und her wandern. »Ich gebe Ihnen recht – wir dürfen nicht ausschließen, dass diese Zeichnungen mit Marie Wesleys Tod zu tun haben können.«

»Möglicherweise ist die Polizei dieser Spur gefolgt und dabei auf Evan Faber gestoßen«, mutmaßte Daniel und tippte mit dem Finger auf die Zeichnung. »Falls Kette und Medaillon echt sind, ist das ein wertvoller Schmuck. Wir müssen uns unbedingt Gewissheit verschaffen. Der Mann, der Marie Wesley die Halskette abgerissen hat, muss jemand sein, der oft mit ihr zusammen war und vielleicht sogar wusste, dass sie den Schmuck an jenem Abend tragen würde. Falls es gelingt, ihn zu identifizieren, kommen wir einen großen Schritt weiter.« Er sah erst Kitteridge und dann Hobson an. Inzwischen war er sich seiner Sache nicht mehr so sicher wie zuvor, denn zu vieles war fehlgeschlagen. Drei Menschen, die er gekannt hatte, wenn auch nicht sonderlich gut, waren ermordet worden: Drake, der tagtäglich Jahr für Jahr in derselben Kanzlei gearbeitet hatte wie er; Evan, mit dem er alten Erinnerungen und allerlei Träumen nachgehangen hatte sowie schließlich Bella Blades, mit der er noch wenige Tage vor ihrem gewaltsamen Tod gescherzt und gelacht hatte. Nach wie vor hatte er nicht die geringste Vorstellung davon, wer diese Taten begangen hatte, ja, nicht einmal, warum. Dieses Bewusstsein rief in ihm ein schmerzliches Gefühl dumpfer Leere hervor.

»Könnte es Raubmord gewesen sein?«, sagte Hobson. »Ob der Schmuck jemandem so wertvoll erschien, dass er eine Frau dafür zu Tode geprügelt hat?« Ein Ausdruck tiefen Schmerzes trat auf seine Züge.

»Ich weiß es nicht«, gestand Kitteridge, »denke aber nicht, dass wir es hier mit Raubmord zu tun haben. Könnte ihr das Schmuckstück so viel bedeutet haben, dass sie bereit war, ihr Leben zu opfern, um es zu behalten?«

»Und was war es dann?«, fragte Hobson.

»Man hat sie zu Tode geprügelt«, kehrte Daniel zum Kern der Geschichte zurück. Es schmerzte ihn, als er sich die Szene vorstellte: die Qualen, die Angst, der unverhüllte Hass. Vielleicht hatte der Mörder nach der Tat das Medaillon an sich genommen, weil man ihn anhand dessen auf die eine oder andere Weise hätte identifizieren können. »Der Schmuck ist ungewöhnlich und vermutlich wertvoll. Mit Sicherheit nicht das Geschenk eines mittellosen Mannes, es sei denn, er hätte ihn gestohlen.« Erneut sah Daniel zu Kitteridge. »Meinen Sie, dass wir es herausbekommen können?«

»Wahrscheinlich. Aber viel beweisen ließe sich damit nicht.«

Erneut musterte Daniel nachdenklich die Zeichnung und fragte dann: »Lässt sich feststellen, ob sie ihn an dem fraglichen Abend getragen hat? Und ob man ihn bei ihr gefunden hat … oder nicht?«

»Sie meinen, ob man beweisen kann, dass man ihr das Medaillon und die Kette gestohlen hat?«, fragte Hobson mit gerunzelter Stirn. »Nach der Tat«, fügte er hinzu.

»Es würde helfen«, bestätigte Daniel.

»Ließe sich beim Verkauf in etwa der Preis erzielen, den es wert ist, wenn es mit einem berühmten Mordfall im Zusammenhang steht?«

»Wahrscheinlich nicht«, erklärte Kitteridge. »Der Täter könnte den Schmuck an sich genommen haben, weil er fürchtete, dass man ihn identifizieren könnte, wenn man ihn bei ihm fände.« Er zuckte die Achseln. »Oder gar als eine Art grausige Trophäe?«

»Mich lässt das an jemanden denken, der mit Vorbedacht und mehr als einmal tötet«, warf Hobson ein und errötete sofort, weil er fürchtete, vorlaut gewesen zu sein.

Daniel gingen viele Gedanken durch den Kopf, während er sagte: »Jemand hat sie in einem Anfall blinden Jähzorns getötet und ihr danach die Kette vom Hals gerissen. Hier dürfte sehr viel mehr unbeherrschte Leidenschaft im Spiel sein, als wir ursprünglich angenommen hatten.«

»Die Geschichte ist verflucht unübersichtlich«, fasste Kitteridge zusammen. »Wir dürfen die Angelegenheit nicht auf sich beruhen lassen. Ich kümmere mich um die Suche.«

»Da ist noch etwas, worüber wir nachdenken müssen«, sagte Daniel leise. »Wer hat Evan umgebracht? Vielleicht, weil er wusste oder hätte erraten können, wer ihr den Schmuck geschenkt hatte? Steht sein Tod womöglich gar nicht im Zusammenhang mit Mile End?«

»Warum hat sich die Polizei nicht mit diesen Fragen beschäftigt?«, fragte Hobson. »Würden wir mit unserer Suche nicht einfach ihren Fußstapfen folgen?« Er wirkte besorgt.

»Ja, Sie haben recht«, räumte Daniel ein. »Aber für uns ist das die einzige Möglichkeit festzustellen, ob die Polizei alle verfügbaren Beweismittel gefunden und gesichert hat. Es ist eine unumstößliche Tatsache, dass sie den falschen Mann festgenommen und vor Gericht gebracht hat.«

Mit kläglicher Miene fragte Hobson: »Ist das sicher, was Sie über die Polizei sagen, Sir?«

»Ehrlich gesagt, nein. Aber was würden Sie an meiner Stelle tun? Welche andere Möglichkeit sehen Sie?«, fragte Daniel zurück.

»Mir fällt keine ein, Sir. Ich würde nur allzu gern denjenigen überführen, der Mr. Drake ermordet hat.« Der junge Mann reckte das Kinn ein wenig höher. »Er kam mir manchmal ein wenig kauzig vor, aber er war ein guter Mensch.« Seiner Stimme war anzuhören, dass er den Tränen nahe war. »Es ist entsetzlich, dass man ihn so zugerichtet hat …« Er brach ab, als habe ihm die grausige Vorstellung die Sprache geraubt.

Daniel legte ihm leicht die Hand auf die Schulter. »Das ist es in der Tat«, stimmte er ihm zu.

Hobson nickte. Daniel hatte den Eindruck, dass er etwas sagen wollte, ihm aber die Stimme nicht gehorchte.

KAPITEL 14

Es war noch hell, als Thomas Pitt um sechs Uhr abends nach Hause zurückkehrte. Am nächsten Tag, dem ersten Juni, würde der meteorologische Sommer beginnen.

Er ging den kurzen Weg durch den Garten zur Haustür, ohne auf die in voller Pracht leuchtenden Blumen zu achten. An die Stelle der Frühlingsblüher waren jetzt Freesien in allen Farben getreten. Er schloss die Tür auf und trat ins Haus.

Gewöhnlich hörte Charlotte schon, wenn er den Schlüssel ins Schloss steckte, und kam zu seiner Begrüßung an die Tür. Lag nicht darin das eigentliche Nachhausekommen?

»Hallo«, rief er.

Schon bald hörte er rasche Schritte im Gang, doch es waren nicht, wie erwartet, die Charlottes. Minnie Maude eilte mit bestürzter Miene und gerötetem Gesicht herbei.

»Ach, Sie sind das«, stieß sie hervor.

»Was haben Sie?«, fragte er, von einer plötzlichen Furcht erfasst, die er sich selbst nicht erklären konnte. »Ist etwas geschehen?«

Er merkte, dass sie ganz offensichtlich Angst hatte.

»Ich weiß nicht, Sir. Aber Lady Pitt hat das Haus am Vormittag zu ’nem Spaziergang verlassen, und danach hab ich sie nicht mehr gesehen. Ich mochte Miss Emily nicht anrufen und fragen, ob sie da ist. Es steht mir nicht zu, da was zu sagen, aber gewöhnlich gibt Ihre Gattin der Köchin und mir Bescheid, wenn sie ausgeht …« Sie hielt inne, als fürchtete sie, ihre Befugnisse überschritten zu haben.

»Heute Vormittag?«, fragte er verwundert. »Und sie hat nicht gesagt, wann sie zurück sein würde?«

»Nein, Sir …«

»Sie hat … wirklich nichts gesagt?«

Minnie Maude schüttelte den Kopf. »Nein, Sir …« Sie sprach, als fürchtete sie, etwas falsch gemacht zu haben.

Pitt nahm sich vor, Charlotte zu sagen, dass sie unbedingt mindestens einen im Hause informieren sollte, wenn sie die Absicht hatte, längere Zeit fortzubleiben. Würde einer der Dienstboten abnehmen, wenn sie anriefe? Mit einem Blick auf das an der Wand hängende Telefon fragte er: »Hat jemand angerufen?«

»Nein, Sir.«

»Ich werde Mrs. Radley fragen«, sagte er. Das war Charlottes Schwester Emily.

»Ja, Sir.« Sie rührte sich nicht vom Fleck. Es kam Pitt vor, als mache sie sich größere Sorgen, als sie zugab.

Er nahm den Hörer ab und wartete, bis sich das Amt meldete und er darum bitten konnte, mit Emilys Nummer verbunden zu werden. Als es dort klingelte, nahm einer ihrer Dienstboten ab, und bald darauf meldete sich Emily selbst. »Thomas? Geht es dir gut?«

»Ist Charlotte bei dir?«, fragte er ohne Umschweife. »Sie ist heute Morgen ausgegangen und hat, wie es scheint, vergessen, jemandem Bescheid zu sagen, wohin sie wollte. Jetzt machen sich die Dienstboten Sorgen.«

»Nein, ich habe sie seit … wie lange mag es her sein … seit vielleicht zehn Tagen nicht gesehen. Stimmt etwas nicht, Thomas?«

»Sie ist nicht hier. Sie hat das Haus zu einem Spaziergang oder einer Besorgung verlassen und ist bisher nicht zurückgekehrt. Niemand weiß, wo sie ist ...«

»Das sieht ihr überhaupt nicht ähnlich ...« Emily schien nicht so recht zu wissen, was sie sagen sollte. Ihre Stimme klang besorgt.

Zwar bemühte sich Pitt, Minnie Maude zu beruhigen, doch machte er sich inzwischen selbst Sorgen. Wo konnte Charlotte um diese Stunde sein? Hatte sie möglicherweise Daniel aufgesucht? Aber doch wohl kaum während seiner Arbeitszeit? Auf jeden Fall war sie nicht in der Kanzlei gewesen, als er selbst Marcus vor wenigen Stunden verlassen hatte.

Er entschloss sich, dort anzurufen. Vielleicht war Impney noch da und konnte ihm etwas sagen.

»Gewiss, Sir«, antwortete ihm Impney. »Ihr Sohn ist noch hier. Wünschen Sie mit ihm zu sprechen, Sir?«

»Ja, bitte.«

Gleich darauf war Daniel am anderen Ende der Leitung. »Ja? Geht es dir gut?«

»Hast du deine Mutter heute schon gesehen?«, fragte Pitt, bemüht, sich die Anspannung nicht anmerken zu lassen.

»Nein ... wieso?« Der Klang von Daniels Stimme hatte sich verändert. Man hätte glauben können, er habe die Besorgnis seines Vaters erkannt, so, als könne er ihn sehen und sie ihm von den Augen ablesen.

»Ach, es ist nichts weiter«, log Pitt. »Sie ist ausgegangen und hat vergessen, Bescheid zu sagen, wohin.«

»Du machst dir aber doch keine Sorgen?«

»Beruhige dich, nein. Ich wollte nur nicht ohne sie mit dem Abendessen anfangen.«

»Ach so ...«

»Kein Grund zur Unruhe. Sie hat sich einfach etwas verspätet ... nichts weiter.« Pitt hängte den Hörer zurück an den Haken, entschlossen, seinen Sohn nicht unnötig zu erschrecken. Einerseits rechnete er damit, dass Charlotte jeden Augenblick zur Tür hereinkommen oder zumindest anrufen würde, andererseits malte er sich aus, wie sie bewusstlos in einem Krankenhaus lag … oder denen dort aus einem anderen Grund nicht sagen konnte, wer sie war. Er wehrte sich gegen den Gedanken, dass die Dinge schlimmer stehen könnten. Eine blutige Leiche irgendwo an einem Ort wie Mile End, wo sie kaum jemandem auffallen würde, wenn man davon absah, dass sie sich schon auf den ersten Blick durch ihre deutlich bessere Kleidung von den dort lebenden Menschen unterscheiden ließe.

Er, der Leiter der Abteilung Staatsschutz, fühlte sich hilflos. Nur weil seine Frau nicht rechtzeitig zum Abendessen nach Hause gekommen war, geriet er in Panik, malte sich aus, was ihr alles zugestoßen sein könnte. Er würde sich lächerlich machen, wenn er die Polizei anriefe. Davon abgesehen, wäre das auch für sie selbst peinlich, zumal, wenn sie sich bei Bekannten aufhielt, vielleicht bei einem Menschen, der sich in einer Notlage befand, in der sie Hilfe leisten konnte. Er würde sie in Verlegenheit bringen, wenn er umhertelefonierte und alle Welt fragte, ob jemand sie gesehen habe. Er sagte sich, dass er im Begriff stand, hysterisch zu reagieren.

Er wies Minnie Maude an, das Abendessen erst aufzutragen, wenn Charlotte zurück war. Zwar hatte er bei seiner Heimkehr Hunger gehabt, aber der war verflogen. Sein Magen fühlte sich inzwischen an wie ein festgezurrter Knoten unterhalb der Rippen.

Er beschloss, sich in Ruhe hinzusetzen und zu lesen, gab den Versuch aber auf, als er merkte, dass er mit den Augen viermal über einen einzigen Absatz hinweggegangen war, ohne dessen Inhalt aufgenommen zu haben. Wo mochte sie sein? Warum hatte sie sich nicht wenigstens bei ihm gemeldet? War sie dazu außerstande? Oder wollte sie nicht? Er versuchte zu überlegen, was sie zuletzt zu ihm gesagt hatte. Hatte sie sich über ihn geärgert? War sie bekümmert? Hatte sie etwas gesagt, was er nicht gehört oder nicht verstanden hatte?

Das Telefon klingelte. Er eilte sofort hin, aber es war Emily, die sich erkundigte, ob ihre Schwester inzwischen heimgekommen war.

Die Stille im Hause begann auf ihm zu lasten. Es war noch hell und würde es auch mindestens bis neun Uhr bleiben.

Während die Zeit verging, mahnte Pitt sich zur Vernunft und malte sich gleich darauf wieder aus, was für entsetzliche Dinge Charlotte zugestoßen sein konnten. Während er, um Gelassenheit bemüht, am Kamin saß, in dem kein Feuer brannte, wurde er von Panikattacken heimgesucht. Er überlegte geradezu krampfhaft, ob er irgendeine Einzelheit vergessen hatte, die ihre Abwesenheit erklären könnte, aber ihm fiel nichts Ungewöhnliches ein. Wie leicht hielt der Mensch Zufriedenheit und Glück für eine Selbstverständlichkeit!

Als es an der Haustür klingelte, sprang er auf. Doch bevor er hingehen konnte, eilte bereits Minnie Maude durch die Diele, um zu öffnen.

Er hörte Stimmen, und im nächsten Augenblick trat Daniel ins Wohnzimmer. Er sah ein wenig zerzaust aus. Die Haare waren ihm, wie so oft, in die Stirn gefallen, ohne dass er sich die Mühe gemacht hatte, sie zurückzustreichen, und sein Gesicht war gerötet. »Ist sie noch nicht zurück?« Daniels Frage war überflüssig, denn er konnte die Antwort auf den Zügen seines Vaters lesen. »Hast du schon etwas gehört? Bei wem hast du dich erkundigt?«

»Nur bei dir und Emily«, erwiderte Pitt. Befand sich Charlotte irgendwo schwer verletzt in einer hilflosen Lage, während er wie gelähmt in seinem Sessel saß? Oder war es noch schlimmer? Er sah die gleiche Befürchtung auf Daniels Gesicht. Er hätte es sich denken müssen. Daniel hatte die blutbedeckten Leichen von Menschen gesehen, die er gekannt hatte, gerade erst in den letzten zwei Wochen. Aber hier lagen die Dinge anders. Daniel hatte vom ersten Tag seines Lebens an die Liebe seiner Mutter erfahren und stets gewusst, dass er auf sie zählen konnte. Pitt selbst konnte sich gar nicht erinnern, wie lange es her war, dass er ohne Charlottes Liebe gelebt hatte. Gewiss, sie waren nicht immer einer Meinung gewesen – aber das ging allen Menschen so. Hatte er sich so tief in seine Arbeit vergraben, dass ihm etwas Wichtiges entgangen war? Hatte er ihre ständige Anwesenheit zu sehr für selbstverständlich gehalten? Sie hätte ihn doch sicher darauf angesprochen, wenn etwas nicht stimmte? Sie musste doch wissen, wie viel ihm an ihr lag … wie sehr er sie liebte … dass sie in seinem Leben den Mittelpunkt von allem bildete, was gut, großzügig, lustig oder klug war.

Pitt bemühte sich um einen gelassenen Ton und brachte sogar ein Lächeln zustande. »Bestimmt ist alles in Ordnung«, sagte er mit heiserer Stimme und räusperte sich. »Ich vermute, dass sie jemandem in einer Notlage beisteht und darüber gar nicht auf den Gedanken gekommen ist, dass wir uns Sorgen machen könnten.«

Daniel entspannte sich ein wenig. »Ja, das könnte sein. Jemandem, der kein Telefon hat, wie die meisten Leute. Lass uns … ach nein, lieber nicht …«

»Was?«, fragte Pitt ein wenig zu schnell, und dann brach sich seine Besorgnis Bahn. »Daniel, wir müssen etwas tun. Ich bleibe hier für den Fall, dass deine Mutter anruft oder …«

Fast hätte er gesagt *die Polizei* oder *ein Krankenhaus*, doch unterließ er es aus Furcht, diese schreckliche Vorstellung könnte durch das bloße Aussprechen der Worte Wirklichkeit werden. »Du musst nach ihr suchen! Klopf an die Türen in der Nachbarschaft. Sieh dich auf den Straßen um, vor allem auf denen, die zu den großen Hauptstraßen führen. Vielleicht ist sie gestürzt.« Und noch bevor Daniel etwas sagen konnte, fügte er hinzu: »Jetzt gleich!«

Er sah zu, wie Daniel das Haus verließ, wie er auf der Straße vor dem Haus nach links und rechts schaute, als überlegte er, in welche Richtung seine Mutter gegangen sein könnte.

Er selbst setzte sich dicht neben das Telefon und flehte innerlich darum, dass es endlich klingelte.

Pitt wusste nicht, wie viel Zeit vergangen war. Als die Haustür geöffnet wurde, stürmte er in die Diele. Es war Daniel, der erschöpft und schwer atmend mit verzweifelter Miene eintrat.

Minnie Maude eilte aus der Küche herbei, weil sie Schritte gehört hatte.

»Und?«, fragte Pitt.

Als Daniel den Kopf schüttelte, schwand Pitts Hoffnung.

Minnie Maude wandte sich um und kehrte, leise schluchzend, mit schleppendem Schritt in die Küche zurück. Auf halbem Weg wandte sie sich um und sagte: »Sie müssen was essen. Ich röste Ihnen Brot.«

Bevor die beiden Männer das Angebot ablehnen konnten, war sie fort.

»Wie sieht es aus?«, begann Pitt. Wollte er es wissen? Ja! Sein ganzes Leben lang hatte er Informationen gesammelt und sie dazu verwendet, die jeweilige Aufgabe zu lösen. Verbrechen aufzudecken. Gott gebe, dass das kein Verbrechen war!

»Ich habe vier Straßen abgesucht«, erklärte Daniel, »die zu den großen Hauptstraßen führen. Ich habe an allen Stellen nachgesehen, wo man stürzen könnte, ohne von der Straße aus gesehen zu werden.«

»Auch Seitengassen?«

»Würde Mutter solche Gassen benutzen?« Daniel tat die Frage mit einer heftigen Handbewegung ab. »Dann bin ich zurückgekehrt und habe hier in der Keppel Street an mindestens zwei Dutzend Türen geklopft. Niemand hat sie gesehen.«

Pitt nickte wortlos.

»Das wird Mutter nicht gefallen«, sagte Daniel. »Allen Nachbarn auf die Nase zu binden, dass wir nicht wissen, wo sie ist. Ein paar haben sich ernsthaft besorgt gezeigt; andere haben mich angesehen, als ob sie mich für verrückt hielten.« Voll Bitterkeit ergänzte er: »Man sollte glauben, dass hier in unserer unmittelbaren Nachbarschaft jeden Tag Ehefrauen und Mütter verschwinden.«

Minnie Maude bat sie in die Küche. Dies war nicht der richtige Augenblick, sich wie für eine normale Mahlzeit ins Esszimmer zu setzen.

Pitt und Daniel nahmen am Küchentisch Platz. Nach einem kurzen Blick auf den Toast sahen sie einander an. Die bloße Vorstellung, jetzt zu essen, verursachte ihnen Übelkeit; andererseits würden sie die arme Minnie Maude verärgern, wenn sie nichts äßen.

Sie bissen in ihre Toastscheiben. Pitt hoffte, dass Daniel etwas essen würde, wenn er ihm mit gutem Beispiel voranging. Der Junge musste etwas im Magen haben und würde vielleicht den Appetit seines Vaters als Hinweis darauf deuten, dass es Charlotte gut ging und sein Vater keine Angst um sie hatte. Sie hatte sich einfach verspätet. Das war unbedacht, nichts weiter. Doch trotz seiner Bemühungen war deutlich zu sehen, dass sie beide sich zum Essen zwangen.

Pitt wusste, dass er elend aussah. Das tat die Angst einem Menschen an. Er hatte sein Gesicht im Flurspiegel gesehen. Hohle Wangen, graue Haut um Augen und Mund. Jetzt, da alle Lebensfreude verschwunden war, hätte man ihn eher für sechzig als für fünfzig halten können. Er wollte um seines Sohnes willen stark erscheinen, doch war es mit seiner Fassung nicht weit her.

Daniel setzte an, etwas zu sagen, unterließ es aber.

»Was?«, fragte Pitt.

»Leere Worte«, gab Daniel zurück. »Das ist dir genauso bewusst wie mir: *Alles wird gut, sie kann jeden Augenblick kommen, ihr ist noch nie etwas zugestoßen … und das wird auch diesmal so sein.*«

»Ich … verstehe es einfach nicht«, sagte Pitt.

Daniel nickte. »Du kennst Mutter doch. Wenn sie über etwas verärgert oder aufgebracht wäre, hätte sie das gesagt. Sie behält ihre Gefühle nie lange für sich.«

Pitt musste unwillkürlich lächeln. »Das bringt mich manchmal zur Raserei, aber ich würde es nicht einmal dann ändern wollen, wenn mir das möglich wäre.« Was könnte er noch sagen? Ein kalter Schauer überlief ihn »Du hast genug Gewalttätigkeit erlebt …«, fügte er hinzu.

Daniel ließ sich die Worte seines Vaters durch den Kopf gehen. Gewalttätigkeit. Ja, in den letzten zwei Wochen mehr als vielleicht in Jahren. Immer wieder wurden Menschen umgebracht. Er dachte an den noch gar nicht lange zurückliegenden schrecklichen Augenblick, in dem er in der Pathologie Kitteridges Mantel am Haken gesehen hatte und danach Drakes übel zugerichtete Leiche auf dem Obduktionstisch.

Bald darauf hatte es Evan Faber getroffen, der noch wenige Nächte zuvor so lebendig gewesen war.

Und Bella, eine hübsche kapriziöse junge Frau voller Einfälle, die genau zu wissen schien, was sie wollte. Er stellte sie sich auf dem Obduktionstisch vor, ihr helles Haar so glänzend, als ob sie noch lebte. Nach wie vor konnte er sich nicht mit dem Gedanken abfinden, dass sie eine Mörderin gewesen sein sollte.

Er senkte den Blick auf den Teller und sah dann seinem Vater in die Augen. Hatte er ähnliche Gedanken, peinigten auch ihn entsetzliche Vorstellungen? Niemand war dagegen gefeit, dass ihn der Tod schnell und plötzlich ereilte.

Seine Angst nahm zu, erfüllte ihn immer mehr, fraß an ihm von innen her. »Vater, wir müssen die Polizei anrufen.«

Pitt schwieg, ehe er sagte: »Das habe ich bereits getan, Daniel. Die Polizeiwachen in der näheren Umgebung und außerdem zwei Krankenhäuser.«

Nach längerem Schweigen sagte Daniel: »Wenn jemand etwas wüsste, hätte er sich längst gemeldet. Schließlich ist sie nicht irgendjemand, sondern die Gattin des Leiters der Abteilung Staatsschutz.« Daniel wusste, dass man Pitt auf jeder Londoner Polizeiwache kannte, auch wenn nicht jeder dort ihn schon persönlich gesehen hatte.

Er sah seinem Vater in die Augen und wandte dann den Blick ab.

Da er das Stillsitzen nicht länger aushielt, stand er auf. »Hat sie denn heute Vormittag nichts gesagt? Ob vielleicht jemand krank oder in Schwierigkeiten war? Hatte sie sich über irgendwas geärgert?«

»Nein.« Auch Pitt stand auf. »Ich habe mich die ganze Zeit zu erinnern versucht, ob es etwas gegeben hat, aber sie war wie immer. Ich …« Er verstummte, als Minnie Maude kam, um zu fragen, ob sie Kaffee wollten. Auch sie wirkte tief betroffen.

»Bitte im Wohnzimmer«, wies Pitt sie an.

Sie gingen hinüber und setzten sich. Minnie Maude brachte den Kaffee, und Pitt dankte ihr. Daniel trank, ohne etwas zu schmecken.

Er hätte gern etwas gesagt, aber was? Er musste sich zwingen, nicht ständig auf die Kaminuhr zu sehen. Als es an der Haustür klingelte, sprang er auf und stürmte durch die Diele, dicht von seinem Vater gefolgt.

Minnie Maude war bereits an der Tür und riss sie auf. Niemand war zu sehen. Bevor sie sie schließen konnte, schob Daniel sie beiseite und nahm einen gefalteten Zettel auf, der auf der obersten Stufe lag.

»Was steht darauf?«, fragte Pitt.

Daniel entfaltete ihn. *»Hören Sie mit Ihren Ermittlungen auf, wenn Sie wollen, dass Ihre Frau am Leben bleibt.«*

Minnie Maude schlug sich entsetzt die Hand vor den Mund; ihre Augen waren angstvoll aufgerissen.

Pitt ging ans Telefon und bat um eine Verbindung. Er sprach mit gesenktem Kopf direkt in die Muschel. Anschließend ließ er eine weitere Verbindung herstellen. Wieder sprach er mit leiser Stimme. Bevor Daniel ihn fragen konnte, sagte er: »Meine Leute beim Staatsschutz, außerdem einen meiner besten Männer.« Er kehrte zurück ins Wohnzimmer, setzte sich hin und vergrub den Kopf in den Händen.

»Bestimmt hat das mit dem Mord an Mr. Drake zu tun«, sagte Daniel, nachdem er die Tür geschlossen hatte. »Hast du eine Vorstellung, wer dahinterstecken könnte?« Er sah das Gesicht seines Vaters aufmerksam an und erkannte, dass sich etwas in dessen Augen änderte, flüchtig wie ein Schatten. »Offenbar ja«, beantwortete er seine Frage selbst. »Wer?«

»Letterman«, sagte Pitt. »Er lässt sich schmieren … Ich gehe zu ihm.«

»Aber du hast doch gerade gesagt …«

»Sicher, er ist ein Dreckskerl, aber er wird tun, was seine Pflicht ist. Er hat keine Ahnung, dass wir wissen …«

»Von wem lässt er sich bestechen?«

»Wahrscheinlich von einer Menge Leuten. Der Amtsleiter im Innenministerium hat bereits eine Untersuchung eingeleitet. Ich könnte die Sache nicht einmal dann abblasen, wenn ich das wollte. Und ich will es auf keinen Fall.« Es klang nicht so, dass es Daniel überzeugt hätte.

»Wir müssen etwas tun!« Daniel merkte, dass er das fast herausgeschrien hatte. »Denk doch nur! Jemand hat Mutter in seiner Gewalt!« Er holte tief Luft. »Auf dem Zettel stand nichts von einer Geldforderung. Die Leute nehmen also an, dass du weißt, was sie wollen. Weißt du es? Dann sag es mir. Und wenn es zehnmal geheim ist, hier geht es um Mutters Leben! Bist du bereit, einen so hohen Preis zu zahlen?«

Pitt hielt Daniels Blick stand, doch die Qual auf seinen Zügen war entsetzlich. »Nein«, sagte er gefasst. »Ich denke, ich weiß, um welchen Fall es geht, und wir haben beide damit zu tun: den Fall Drake … Vermutlich steckt Erasmus Faber dahinter. Im Innenministerium hat man mir überdeutlich zu verstehen gegeben, dass ich ihn auf keinen Fall behelligen und die Angelegenheit auf sich beruhen lassen soll. Daran habe ich mich nicht gehalten.«

»Mr. Drake?«, fragte Daniel mit ungläubiger Stimme. »Aber Bella hat ihn umgebracht, und jetzt ist sie ebenfalls tot.«

»Und wer war ihr Auftraggeber? Wer hat sie dafür bezahlt?«, fragte Pitt zurück. »Hinter dem sind wir her, und das weiß er. Ich denke, der Sinn dieser an mich – an uns beide – gerichteten Mitteilung ist, dass wir nicht versuchen sollen, den Fall zu lösen. MacPherson hat mich gewarnt, zwar indirekt, aber es war absolut klar, worauf er hinauswollte. Ich habe ihm gesagt, dass wir es mit vier Mordfällen zu tun haben, und ihn gefragt, wie viele es sein müssen, bis wir etwas unternehmen.« Er fuhr sich mit dem Handballen über die Augen. »Ich … habe ihn mehr oder weniger herausgefordert.«

Es kam Daniel vor, als hätte ihn eine Riesenwelle erfasst und umgerissen, die schon immer drohend am Horizont gestanden und von der er angenommen hatte, sie werde ihn nie erreichen.

»Glaubst du, dass Erasmus Faber Mutter in seine Gewalt gebracht hat, um zu erreichen, dass du die Morde an Mr. Drake und Evan auf sich beruhen lässt? Warum? Ich meine, warum würde er das tun? Was könntest du herausbekommen?« Er suchte nach einer Antwort, die einen Sinn ergab. »Will er denn nicht selbst wissen, wer Mr. Drake ermordet hat? Oder, wenn ihm das schon egal sein sollte, wer seinen Sohn auf dem Gewissen hat? Falls mich jemand umbrächte, würdest du dann nicht Himmel und Hölle in Bewegung setzen, um den Täter zu finden?« Er zuckte heftig die Achseln. »Fabers Frau und sein Sohn sind tot. Womit könnte ihm jemand überhaupt drohen?«

Obwohl ihm bewusst war, dass er einen kühlen Kopf bewahren musste, hinderte ihn die Angst um seine Mutter daran, einen klaren Gedanken zu fassen. »Das ergibt doch keinen Sinn! Es muss etwas anderes sein.«

»Da Evan tot ist, hat Erasmus Faber nichts mehr zu verlieren …«, gab ihm Pitt mit gleichmütiger Stimme recht, als sei nichts mehr wichtig – oder vielleicht, weil alles wichtig war und er es kaum zu ertragen vermochte.

»Weißt du, wer hinter all dem steckt?«, fragte Daniel.

»Nein. Aber ich denke, Letterman weiß es.« Pitts Gesicht war grau. »Ich habe das bereits dem Polizeichef mitgeteilt.

Er wollte mir nicht glauben und wird das auch nicht tun, solange ich ihm keine Beweise vorlegen kann.«

»Du würdest es mir doch sagen, falls man ein Lösegeld für sie verlangt hat, nicht wahr?«

»Selbstverständlich. Man will, dass ich stillhalte und nichts sage. Eine deutlichere Drohung ist nicht nötig.«

»Gibt es für uns eine Möglichkeit …« Daniel hatte sagen wollen, die Untersuchung der Mordfälle und alles andere abzublasen, was Pitt in Gang gesetzt hatte, aber ihm war klar, was für eine bittere Maßnahme das wäre. Wo bliebe in dem Fall Pitts Glaubwürdigkeit, ganz davon abgesehen, dass er sich dazu zwingen müsste, eine überzeugende Lüge zu erfinden? Doch wie würden sie es sonst anstellen, seine Mutter aus den Klauen der Geiselnehmer zu befreien? Dann traf ihn ein anderer noch entsetzlicherer Gedanke: Konnten ihre Entführer es sich überhaupt leisten, sie freizulassen, falls sie wusste, wer sie waren? Der Himmel gebe, dass sie klug genug war, so zu tun, als füge sie sich ihrem Schicksal, könne vor Angst keinen klaren Gedanken fassen und sei unfähig, sich auszumalen, wer die Leute waren und warum man sie entführt hatte. Was aber, wenn sie es nicht fertigbrachte, sich auf diese Weise zu verstellen? In dem Fall würden die Leute wissen, dass sie sich gegen sie wenden würde, sobald man sie freiließe.

Daniel sah zu seinem Vater und hoffte, dass ihm solche Gedanken noch nicht gekommen waren. Aber da Pitt, ungeachtet seiner hohen Position, nach wie vor mit Leib und Seele Polizist war, hatte er das vermutlich längst erwogen. Im selben Augenblick kam Daniel ein weiterer Gedanke, und ihm war klar, dass auch sein Vater bereits daran gedacht hatte. »Wenn *wir* nichts unternehmen können, wer dann?«, fragte er. »An wen können wir uns wenden? Ob dieser Inspector Letterman Mutter in seiner Gewalt hat?«

»Ich weiß es nicht«, gestand Pitt. »Ich kann mir nicht gut vorstellen, dass er selbst daran mitwirken würde, selbst wenn er in Fabers Diensten stehen sollte. Ich bin nicht einmal sicher, dass er sich wirklich von ihm kaufen lässt. Mir ist lediglich bekannt, dass er grundsätzlich bestechlich ist und hier und da Geld nimmt. Mit Sicherheit geht die ganze Geschichte auf Marie Wesley und Drake zurück.«

»Wir müssen überlegen, wie wir vorgehen können.« Es kostete Daniel große Mühe, seine Stimme zu beherrschen. Er würde den Fall übernehmen müssen, denn sein Vater kannte bei Weitem nicht alle Einzelheiten. Außerdem war er, wie es aussah, emotional so mitgenommen, dass er kaum denken konnte. Wenn Charlotte etwas zustieße … Nein, sagte sich Daniel, er belog sich selbst, um der Wirklichkeit auszuweichen. Wenn man seine Mutter tötete, würde das seinen Vater so tief treffen, dass sich unmöglich sagen ließ, was er dann tun würde oder ob er überhaupt in der Lage wäre, aktiv zu werden. Wäre er selbst dazu in der Lage? Vielleicht nicht. Er hatte noch nie einen so tiefen Kummer, so schwere Schuld empfunden, so vollständig versagt. Er konnte sich kaum vorstellen … »Wir müssen etwas tun«, sagte er. »Noch heute Abend, auch wenn es schon spät ist. Ich arbeite schon die ganze Woche an dem Fall. Wir – Kitteridge und ich – haben uns bis zum Anfang der ganzen Geschichte durch die Akten gewühlt.« Er schaute seinen Vater an, der sich in einer anderen Welt zu befinden schien. »Hörst du, was ich sage?«

»Ja. Sprich weiter.« Pitt sah Daniel an, als müsse er sich zur Konzentration zwingen. »Sprich weiter«, wiederholte er.

»Angefangen hat alles mit Marie Wesley. Jemand hat sie in einem Wutanfall umgebracht, vermutlich aus Eifersucht.«

»Du meinst, ein Streit mit einem früheren Liebhaber?«, fragte Pitt, »weil sie inzwischen mit Evan Faber zusammen war?«

»Ja.«

»Habt ihr Hinweise auf den Mann?«

»Nur eine schwache Vermutung«, sagte Daniel. Dabei dachte er an die Kette mit dem Medaillon. »Wir haben ein goldenes Schmuckstück aus ihrem Besitz, das vermutlich sehr teuer war. Der Pfandleiher, von dem wir es heute Vormittag geholt haben und der allem Anschein nach eine Menge von Schmuck versteht, hat erklärt, es sei die Handarbeit eines Goldschmiedes.«

»Ihr habt also die Herkunft ermittelt?« Mit einem Schlag war Pitt wieder ganz bei der Sache.

»Wir sind noch dabei. Kitteridge hat angefangen, bei Juwelieren herumzufragen, ob es …«

»Gib es mir«, fiel ihm Pitt ins Wort. »Ich wecke jemanden, der sich mit solchen Dingen auskennt. Wir fahren zu deiner Kanzlei oder wo immer sich der Schmuck befindet und gehen der Sache auf den Grund. Geh zu Kitteridge, und sag ihm, was geschehen ist. Vielleicht können wir erfahren, von wem Marie Wesley es bekommen hat. Es ist ein Ansatzpunkt.«

»Du solltest einen deiner Leute oder alle hinzuholen«, sagte Daniel. »Wir brauchen Verstärkung …«

Pitt war bereits aufgestanden und öffnete die Tür zur Diele. Daniel hörte, dass er telefonierte, bekam aber nicht mit, was er sagte.

Nach einigen Minuten kehrte Pitt zurück, zwar nach wie vor mit bleichem Gesicht, aber festen Schrittes und mit entschlossenem Blick. »Ich habe mit Kitteridge gesprochen. Er wird mit meinen Männern zusammenarbeiten. Wir werden feststellen, welcher Goldschmied das Schmuckstück angefertigt hat, sofern er noch lebt und seine Werkstatt in London oder der näheren Umgebung betreibt. Er dürfte in der Lage sein, uns zu sagen, wer es bestellt hat. Auf jeden

Fall wissen wir bereits, dass Marie Wesley es von dem Auftraggeber bekommen hat.«

»Es ist mitten in der Nacht!«, gab Daniel zu bedenken.

»Der Staatsschutz hat das Recht, zu jeder Tages- und Nachtzeit tätig zu werden«, teilte ihm Pitt mit. »Hast du noch mehr gefunden? War Evan Faber schuldig? Die Gründe sind mir gleichgültig – ich will nur wissen, ob er oder jemand anders die Tat begangen hat und, falls Letzteres zutrifft, wer das war.«

»Ich kann mir nicht vorstellen, dass Evan der Täter war, aber ich weiß es nicht.«

»Und warum hat man ihn dann ermordet? Weil er ihn kannte? In dem Fall ließe sich vielleicht feststellen, was er herausbekommen hat, wenn wir uns ansehen, was er unternommen hat.«

»Mir ist kein anderes mögliches Motiv bekannt«, gab Daniel zurück. »Aber es gibt in der Angelegenheit eine ganze Reihe von Fragen, auf die ich keine Antwort habe. Bisher arbeite ich überwiegend mit Hypothesen und Vermutungen.«

»Dann sehen wir wahrscheinlich etwas aus dem falschen Blickwinkel«, kommentierte Pitt.

»Da wäre noch etwas Wichtiges«, sagte Daniel. Es fiel ihm schwer. »Bella war eine Auftragsmörderin. Drei der Opfer wurden erstochen – erst Drake, dann Evan und schließlich Bella selbst, womöglich mit ein und derselben Klinge. Für den Mord an Marie Wesley jedoch dürfte sie nicht verantwortlich sein, da man die Frau zu Tode geprügelt hat.«

»Marie Wesley steht am Anfang des ganzen Schlamassels«, sagte Pitt. »Nehmen wir also an, dass die anderen Morde auf die eine oder andere Weise mit ihrem Tod zusammenhängen und Bella die Täterin war. Falls sich das so verhält – wer hat Bella selbst umgebracht? Ihr Auftraggeber, der sie auch bezahlt hat? Und warum? Um sie zum Schweigen zu bringen?«

»Vielleicht hat sie sich ihm widersetzt«, gab Daniel zurück.

»Jedenfalls weist alles auf Marie Wesleys Mörder zurück. Wir nehmen an, dass Drake recht hatte und der Täter nicht Evan Faber war, sondern ein eifersüchtiger ehemaliger Liebhaber, der durch Evan verdrängt worden war. Ist diese Annahme am ehesten überzeugend? Hat Drake tatsächlich herausbekommen, wer der Täter war, und hat man ihn deshalb ermordet? Irgendwo muss es in dieser Geschichte eine Beziehung zu Mile End geben.«

Daniel dachte angestrengt nach. »Mr. Drakes Notizen zufolge, auf die wir uns sicherlich verlassen dürfen, weil er immer äußerst akribisch gearbeitet hat, dürfen wir annehmen, dass Marie Wesley verschwiegen war. Zwar hat sie offen mit vielen Männern getändelt, aber immer für sich behalten, wer jeweils ihr Favorit war.« Er musste an die mit Drakes Handschrift bedeckten Blätter und daran denken, wie unbehaglich er sich beim Lesen der Gedanken eines Toten gefühlt hatte. »Er hatte einen eigentümlichen Humor«, fuhr er fort. »Ich habe den starken Verdacht, dass seine Anmerkungen auf etwas Bestimmtes hinweisen, das ich gern verstehen würde. Dahinterzukommen ist ungefähr so wie der Versuch, ein Puzzle zu legen, wenn man keine Abbildung hat, die einem zeigt, was es darstellen soll. Eigentlich ist es sogar noch schwieriger, denn ich weiß nicht einmal, welche Teile zu dem Bild gehören und welche nicht.«

Er versuchte sich so genau wie möglich an Drakes kleine Zeichnungen zu erinnern. Bei einigen von ihnen schien eine große Gestalt jeweils eine kleinere zu dominieren. »Zwei der Zeichnungen«, sagte er, »zeigen eine Figur, die das ganze Blatt förmlich zu beherrschen schien. Ich vermute, dass es sich dabei um einen Mann handelt, und zwar einen mächtigen.« Etwas daran hatte ihn geängstigt, aber das behielt er für sich. Es war klar, dass Drake das als Botschaft im Hinblick auf seine Schlussfolgerungen gedacht hatte. Daniel sah seinen Vater an, der ihm verwirrt und entsetzlich müde vorkam. Beide tappten sie auf der Suche nach der Bedeutung all dessen im Dunkeln, im Bewusstsein, dass es wichtig sein könnte, ohne jedoch den Finger darauf legen zu können.

»Erasmus Faber?«, sagte Pitt.

Daniel legte den Kopf schräg. »Was soll mit ihm sein?«

»Er ist so verdammt wichtig für den Schiffbau in unserem Land, dass das ganze Innenministerium vor ihm geradezu in die Knie geht. Aber was, wenn er nun … Marie Wesleys Liebhaber gewesen wäre?«

»Du verwechselst ihn mit seinem Sohn, Evan«, sagte Daniel. Er wusste, dass sein Vater erschöpft war, aber einen solchen Grad der Verwirrung hatte er nicht erwartet.

»Nein«, beharrte Pitt in bitterem Ton. »Ich bringe ein gewisses Verständnis dafür auf, dass man höheren Orts bereit wäre, den Mann zu decken, wenn es um eine Anklage wegen Diebstahls oder Bestechung ginge … aber bei Mord hört mein Verständnis auf. Mir ist gleich, wer er ist. Worum zum Teufel kämpfen wir eigentlich, wenn man es in bestimmten Kreisen stillschweigend hinnimmt, dass Leute, die reich oder ausgekocht genug sind, ungestraft mit einem Mord davonkommen, solange das Opfer nicht zur eigenen Familie gehört? Hier geht es aber um meine Familie!«

»Wir haben keine Beweise«, gab Daniel zu bedenken und fasste den Arm seines Vaters, als dieser aufstehen wollte. »Wir können ihn unmöglich aufgrund von Zeichnungen eines Toten festnehmen. Das Innenministerium zu informieren wäre ohnehin sinnlos«, fuhr er fort. »Dort würde man dir kein Wort glauben. Du kannst dich auf nichts als das stützen, was ich dir gesagt habe, und das hat bei den Leuten keinerlei Gewicht.«

Pitt löste seinen Arm aus Daniels Griff. »Falls stimmt, was du sagst – und je länger ich darüber nachdenke, desto mehr denke ich, dass du damit recht hast –, können die Geiselnehmer es sich nicht leisten, deine Mutter freizulassen. Niemals. Bestimmt ist sie auch selbst schon zu dieser Schlussfolgerung gekommen … Sollten wir mit unserer Annahme hingegen unrecht haben, wäre die Hölle los.«

Diese Worte trafen Daniel wie ein Keulenhieb. Alles stand ihm mit grässlicher Klarheit vor Augen. Zumindest ergab es einen Sinn. Die Bedrohung war so verzweifelt wirklich, dass es sinnlos gewesen wäre, seinem Vater zu widersprechen. Sie beide hatten das begriffen und fühlten sich wie in einem Schraubstock eingeklemmt. »Willst du jetzt gleich nach ihr suchen? Aber wo? In Mile End?«

»Ich weiß nicht, wer sie festhält«, sagte Pitt mit bebender Stimme. »Aber ich denke, dass ich weiß, wo …« Er sah aus wie jemand, der kurz vor dem Zusammenbruch stand. »Wir müssen mit äußerster Umsicht vorgehen und alles so genau wie möglich planen. Wenn uns der geringste Fehler unterläuft, bringen die Leute sie um.«

Daniel wollte aufbegehren, aber es gab nichts dagegen zu sagen. Er tat die zwei Schritte, die ihn von seinem Vater trennten, legte die Arme um ihn und spürte sogleich, wie dieser auch ihn umarmte.

KAPITEL 15

Auch wenn Pitt angenommen hatte, dass er ohne Charlotte an seiner Seite nicht einschlafen könnte, war seine Erschöpfung übermächtig, und er fiel in einen Schlaf von wenigen Stunden, in dem ihn zahlreiche Albträume quälten. Beim Aufwachen war er erleichtert, dem Aufruhr der Empfindungen entkommen zu sein, doch als er sich umdrehte und sah, dass das Bett neben ihm leer war, fiel ihm alles wieder ein, und mit einem Mal erschien ihm das wirre Durcheinander seiner Träume weniger entsetzlich als die Wirklichkeit.

Obwohl der Wecker auf dem Nachttisch halb sieben zeigte, war es bereits taghell. Er hatte Kopfschmerzen, und sein Mund fühlte sich trocken an. Die Hausangestellten würden um diese Stunde noch nicht auf sein, und so beschloss er, sich anzuziehen und nach unten zu gehen, um sich in der Küche eine Tasse Tee und vielleicht eine Scheibe Toast zu machen. Seine Gliedmaßen waren steif, er bewegte sich unbeholfen und fror mehr, als die Jahreszeit gerechtfertigt hätte.

Er zog sich mit ebenso mechanischen Bewegungen an, wie er sich wusch und rasierte. Es war ihm wichtig, besser auszusehen, als er sich fühlte. Niemand sollte ihm seine Schwäche anmerken, Letterman am allerwenigsten. Pitt war verzweifelt, durfte das aber nicht zeigen. Es würde ein Willenskampf sein, den er um jeden Preis gewinnen musste, denn hier ging es nicht um irgendeine Sache, sondern um Charlottes Leben. Am liebsten hätte er sich wieder schlafen gelegt, um an einem anderen Tag aufzuwachen, aber das war unmöglich. Für Charlotte und Daniel musste er sich der Aufgabe stellen, musste kämpfen, die richtigen Entscheidungen treffen … und zwar ausnahmslos. Ein einziger Fehler konnte Charlotte das Leben kosten. Über die Möglichkeit, dass er trotz aller Bemühungen scheitern könnte, mochte er nicht einmal nachdenken.

Die Küche erschien ihm kahl und kalt, doch er wusste, dass er sich das einbildete. In Wirklichkeit war der Herd noch warm; unter der Asche glomm Glut vom Vorabend. Er räumte ihn aus und holte Kohlen aus dem Keller, um das Feuer wieder in Gang zu bringen. Eine Weile erfüllte ihn das mit dem Gefühl, etwas Sinnvolles zu tun.

Gerade als das Feuer im Herd wieder brannte, kam Daniel herunter. Er sah aus wie ein verirrtes Kind, und sogleich fiel Pitt auf, wie sehr er Charlotte ähnelte. Er hatte den gleichen Teint, das gleiche leicht rötlich schimmernde gewellte Haar. »Hast du schlafen können?«, fragte er.

»Nicht viel. Und du?« Es war unübersehbar, dass er sich Sorgen machte.

Pitt merkte, wie sehr Daniel trotz seiner fünfundzwanzig Jahre innerlich nach wie vor auf die Familie angewiesen war. Er selbst war in jenem Alter noch ziemlich weltfremd gewesen. Die Angst, die er empfand, verursachte ihm körperliche Schmerzen. Er musste die bevorstehende Auseinandersetzung unbedingt gewinnen. Alles andere wäre unerträglich. Er richtete sich auf und schloss die Ofentür.

»Setz bitte den Wasserkessel auf«, sagte er zu Daniel. »Wir werden frühstücken und alles aufräumen, bevor Minnie Maude herunterkommt.«

Tatsächlich tauchte sie bereits zwanzig Minuten später auf. Bevor sie fragen konnte, war ihr klar, dass Charlotte nicht zurückgekommen war. Sie fuhr sich mit einer Hand über die Wange und sah sich um. Auf dem Tisch standen die Reste des Frühstücks: Milchkrug, Butterschale, Marmeladenglas, benutzte Teller. Sie schniefte kräftig und machte sich daran, aufzuräumen, ohne Fragen zu stellen.

Pitt und Daniel gingen wieder nach oben und machten sich fertig. Daniel würde wie gewohnt zur Arbeit gehen. Sie hatten vereinbart, dass er mit Kitteridge fortsetzen sollte, was sie begonnen hatten. Pitt würde nach Mile End fahren, um Letterman zur Rede zu stellen.

Die Fahrt nach Mile End kam ihm endlos vor, doch schließlich war er zu früh dort. Er stieg aus.

»Bleiben Sie im Wagen«, wies er den Chauffeur an, bevor er die Polizeiwache betrat. Das Gesicht des Diensthabenden erstarrte, als er ihn sah.

»Guten Morgen, Sir. Was kann ich für Sie tun?«

»Ich möchte mit Inspector Letterman sprechen. Es ist dringend.«

»Ja, Sir. Ich sehe nach, ob er abkömmlich ist«, teilte ihm der Mann mit, ohne sich zu rühren.

»Bitte sofort.« Pitts Stimme wurde rau. Im Stillen verwünschte er sich dafür, dass er seine Anspannung so offen zeigte.

»Ja, Sir. Ich sehe nach, ob ich ihn finden kann.« Mit einem Lächeln wandte sich der Beamte um und ging betont langsam in Richtung Tür.

Pitt überlegte, ob er sich setzen sollte, aber dazu fehlte ihm die innere Ruhe. Er spürte, wie ihn Panik zu erfassen begann.

Der Beamte kam zurück, nach wie vor lächelnd. »Er gibt mir Bescheid, sobald er frei ist, Sir.«

»Und wann ist das?«, fragte Pitt. Es war ihm unmöglich, die Schärfe aus seiner Stimme herauszuhalten.

»Etwa in einer halben Stunde, Sir. Möchten Sie inzwischen Platz nehmen?«

Pitt setzte sich, stand aber bereits nach einer Minute wieder auf und stürmte die Treppe empor. Dabei polterten seine Schuhe so laut über die Stufen, dass man es im ganzen Gebäude hören konnte.

»Sir!«, rief ihm der Diensthabende nach.

Pitt achtete nicht auf ihn. Glaubte der Mann allen Ernstes, er würde eine halbe Stunde warten – oder auch nur zwei Minuten? Charlottes Leben war in Gefahr!

An Lettermans Büro angekommen, riss Pitt die Tür auf. Der Mann saß hinter seinem Schreibtisch, auf dem nichts lag als zwei Bogen Papier, ein Federhalter, ein Bleistift und ein Löschblatt.

»Guten Morgen, Sir Thomas«, sagte der Inspector mit kaum wahrnehmbarem Lächeln. »Tut mir leid, dass Sie warten mussten. Ich habe heute Morgen viel zu tun.«

Es war eine unverhohlene Lüge, und Pitt erkannte die Absicht dahinter – der Mann hatte gewollt, dass sein Besucher das begriff. Da Pitt nicht in der Stimmung für Spielchen war, gab es für ihn keine andere Möglichkeit, als sich den Vorgaben anzupassen. Im Augenblick hielt Letterman alle Zügel in der Hand, was ihm offensichtlich bewusst war. Was Pitt vollends aus der Fassung brachte, war, dass der Mann Charlotte mit keiner Silbe erwähnte. Warum? Wollte er ihn zappeln lassen, seine Macht genießen im Bewusstsein dessen, dass Pitt am Rande der Verzweiflung war? Oder wollte er nicht auf die Entführung, von der inzwischen jeder Polizeibeamte in London wusste, zu sprechen kommen, weil er Angst hatte, seine Karten auf den Tisch legen zu müssen?

»Ich kann mir vorstellen, dass Sie es mit Ihrem Revier nicht einfach haben«, begann Pitt mit gleichmütiger Stimme. Dabei wäre er dem Mann am liebsten über den Tisch hinweg an die Gurgel gegangen.

Mit dieser Art von Gelassenheit hatte Letterman offenbar nicht gerechnet. Das ließ sich einen flüchtigen Augenblick lang auf seinem Gesicht erkennen, bevor es erneut den Ausdruck höflicher Teilnahmslosigkeit annahm. »Da haben Sie recht. Was kann ich für Sie tun, Sir Thomas?«

Pitt zögerte nur eine oder zwei Sekunden. Wenn er Charlottes Entführung ansprechen wollte, musste er das sofort tun. Könnte er den Mann nur verstehen! »Wie die Dinge liegen, bin ich zu der unvermeidlichen Schlussfolgerung gelangt, dass sich unsere Interessen überschneiden, Inspector.« Bei diesen Worten sah Pitt ihn unverwandt an. Ihm war bewusst, dass das nicht ungefährlich war, aber der Augenblick, in dem sich jedes Risiko lohnte, näherte sich rasch.

»Sie überraschen mich«, versuchte Letterman Zeit zu gewinnen. Offensichtlich brauchte er einen Moment, um seine Verblüffung zu verdauen und seine Gedanken zu ordnen. »Was veranlasst Sie zu dieser Schlussfolgerung? Welcher Ihrer Fälle könnte mit meinem Revier zu tun haben – zumal Ihre Machtbefugnis die meine bei Weitem übersteigt?« Er lächelte.

Das Hin und Her mit den Ausweichmanövern sollte offenbar weitergehen. Allem Anschein nach fand Letterman dieses sonderbare Gleichgewicht der Kräfte belustigend. In der Tat war Pitts Dienstgrad dem seinen haushoch überlegen, denn während Letterman die Führungsposition in seinem Revier innehatte, war Pitt als Leiter des Staatsschutzes für das ganze Land zuständig. Lettermans Vollmachten waren auf polizeiliche Aufgaben beschränkt, während Pitt die seinen der jeweiligen Situation anpassen und bei Bedarf in alle Richtungen ausdehnen konnte. Was verband sie also heute? Pitt war die Geisel des Geschicks, und das wusste Letterman.

So schmerzlich es war, schob Pitt den Gedanken an Charlotte einstweilen beiseite und fuhr fort: »Ich habe Grund zu der Annahme, dass jemand den Plan gefasst hat, Macht über den Schiffbaumagnaten Erasmus Faber und damit zugleich über die Zukunft der Schifffahrt unseres Landes zu gewinnen.« Er erkannte in Lettermans Blick Verblüffung, gefolgt von einem Ausdruck tiefer Befriedigung. Beides verflog so rasch, wie es gekommen war, doch Pitt war sicher, es richtig gedeutet zu haben. »Sicherlich können Sie sich meiner Einschätzung anschließen, dass das eine äußerst ernsthafte Bedrohung bedeuten würde?« Ihm entging nicht, dass Letterman seinen improvisierten Darlegungen aufmerksam zuhörte.

»Selbstverständlich«, bestätigte der Inspector nickend. An die Stelle des demonstrativen Ausdrucks guter Laune trat erneut der von Wachsamkeit. »Ich weiß zwar nicht, wie Sie auf diese Vermutung kommen, denke mir aber, dass Sie Ihre Gründe dafür haben.«

»Da wäre zunächst Erpressung«, sagte Pitt mit bedeutungsvoller Stimme. So sehr er innerlich um Charlottes Leben zitterte, genoss er in gewisser Weise das Hin und Her von Lügen, Finten und gegenseitiger Stichelei. »So etwas kann sich bis hin zum Mord steigern. Jeder von uns hat etwas, woran ihm liegt, Menschen …« Er sah Letterman scharf an, wobei die Andeutung eines Lächelns seinen Mund umspielte. Er glaubte förmlich sehen zu können, wie es im Gehirn des Mannes arbeitete. Letterman bemühte sich mit allen Kräften zu verstehen und die Überlegenheit zurückzugewinnen, die er noch wenige Augenblicke zuvor so triumphierend genossen hatte. Er war klug genug, einstweilen nichts zu sagen.

»Ich bin nicht ganz sicher, worum es bei der Erpressung im Einzelnen geht«, fuhr Pitt fort. »Wie Sie sich denken können, gibt es da eine Fülle von Möglichkeiten. Aber wenn man einen mächtigen Mann unter Druck zu setzen versucht, ihn heftig beleidigt und bis zur Weißglut reizt, sind die Folgen unabsehbar und stehen möglicherweise in keinem Verhältnis zum Ausmaß der Bedrohung.«

»Ich habe keine Ahnung, wovon Sie reden«, sagte Letterman, als hoffte er, Pitt damit zu zwingen, dass er Farbe bekannte. »Da müssen Sie schon viel deutlicher werden. Wer erpresst Mr. Faber? Und womit, in drei Teufels Namen? Warum zahlt er nicht einfach? Er hat doch Geld wie Heu. Immerhin dürfte er einer der reichsten Männer Englands sein.« Letterman brachte das Kunststück fertig, scheinbar verwirrt dreinzublicken.

»Erpressung ist ein auf Fortsetzung angelegtes Verbrechen«, gab Pitt zurück. »Wer diesem Tier einmal Futter gibt, bei dem meldet es sich immer wieder, sobald es Hunger hat, und leckt sich blutrünstig über das Maul.«

Letterman rutschte ein wenig auf seinem Stuhl herum und setzte sich etwas aufrechter hin. »Sie malen da ein lebhaftes Bild, Sir Thomas. Wenn ich Sie richtig verstehe, wollen Sie auf etwas wirklich Existierendes hinaus, etwas … was in der Gegenwart stattfindet. Ich habe begriffen, vielleicht sogar weit besser, als Ihnen bewusst ist …« Er beendete den Satz nicht, sodass alle darin enthaltenen Andeutungen schwer in der Luft hingen.

Pitts Gedanken jagten sich. Was mochte der Mann damit meinen? Er durfte sich in diesem geistigen Wettstreit der Anspielungen, unterschwelligen Feindseligkeiten und gewollten Missverständnissen nicht den kleinsten Fehler leisten.

Letterman sah ihn abwartend an. Jede noch so unbedeutende Ungeschicklichkeit konnte Pitt um den Erfolg seines Vorhabens bringen.

»Tatsächlich?«, fragte er und fuhr fort, bevor Letterman den Mund zu einer Antwort auftun konnte: »Sprechen wir über dieselben Leute? Über dieselbe Angelegenheit?«

»Das bezweifle ich«, gab Letterman zurück, ohne den Blick von Pitts Augen zu lösen. »Ich bin fest überzeugt, dass Sie nicht wissen, worauf ich mich beziehe. Das hoffe ich sogar aufrichtig. Ich möchte Sie nicht für korrupt halten müssen, auch wenn ich die Möglichkeit keineswegs ausschließen kann. Das ist der unangenehmste Teil meiner Arbeit.« Aus dem Lächeln, das er wohl beabsichtigt hatte, wurde ein Blecken der Zähne, und so gab er den Versuch auf.

Für Pitt gab es keine Möglichkeit, der nächsten Frage, die er stellen musste, auszuweichen. »Wer wird denn erpresst?«, fragte er wie nebenbei, als sei die Antwort nicht von Bedeutung.

»Ich«, erwiderte Letterman.

Pitt holte Luft, um ihn zu fragen, ob er das ernst meine, stieß sie dann aber wortlos aus. Er war gekommen, um seine Frau zu finden, hatte aber inzwischen erkannt, dass er sie in noch größere Gefahr bringen könnte, wenn er jetzt auf sie zu sprechen käme. Er durfte nicht den kleinsten Hinweis darauf von sich geben, dass Letterman seiner Überzeugung nach dabei die Hände im Spiel hatte: bei der Entführung, der Vertuschung, bei allem.

Der Inspector wartete. Seine Augen blitzten kampflustig.

»Und wissen Sie, wer Sie erpresst?«, fragte Pitt. »Am Grund dafür … oder am Betrag dürfte wohl kein Zweifel bestehen?«

Diesmal war Lettermans Lächeln echt. »Es hat nichts mit meiner Arbeit als Polizeibeamter zu tun, und es handelt sich um nichts so Naheliegendes wie Korruption, das Unterdrücken von Beweismitteln oder die Beschuldigung der falschen Person. Der Anlass ist eine schwerwiegende Fehleinschätzung meinerseits, privat, nicht dienstlich. Meine Frau war mir über eine gewisse Zeit … entfremdet, und so habe ich mich anderweitig getröstet. Es war eine unglückliche Entscheidung. Der Erpresser wusste davon und hat das ausgenutzt. Auch wenn Ehebruch keine Straftat ist, möchte man nicht, dass so etwas allgemein bekannt wird und die Untergebenen Witze darüber reißen.« Er machte eine Pause. »Angefangen hat es ganz klein. Zu Beginn hatte ich angenommen, dass es dabei bleiben würde.« Er zuckte die Achseln. Es wirkte verzagt und zugleich selbstkritisch. Doch die Finger seiner linken Hand, die auf dem Schreibtisch lag, waren so starr gestreckt, dass man den Eindruck hatte, sie würden eher brechen, als sich biegen zu lassen.

»Aber natürlich ist es nicht dabei geblieben«, ergänzte Pitt. Er hätte gern die Herrschaft über dieses Wortduell gehabt, musste sich aber ehrlicherweise eingestehen, dass Letterman von Anfang an die Kontrolle gehabt hatte. Die Vorstellung, dass es anders gewesen sein könnte, war absurd.

Letterman entblößte die Zähne, als wolle er lächeln.

Unwillkürlich musste Pitt an einen hungrigen Wolf denken. In diesem Lächeln lag nicht die geringste Andeutung von Freundlichkeit, wohl aber unübersehbar Befriedigung.

»Natürlich wusste ich nie, wann die Forderungen kommen würden«, ergänzte Letterman. »Nur, dass sie kommen würden, solange er lebte. Er hat das sehr geschickt angestellt, immer kleine Beträge in unregelmäßigen Abständen. Sicher war nur eines: Die nächste Forderung würde auf jeden Fall kommen. Vielleicht waren es nur fünfzig Pfund, aber die Bedrohung war von Dauer. Vermutlich war die bloße Tatsache, dass ich am Anfang gezahlt hatte, so etwas wie ein

Schuldeingeständnis. Das habe ich zu spät begriffen.« In seiner Stimme lag Bitterkeit, aber zugleich beobachtete er Pitt so, wie ein Frosch eine als Beute anvisierte Fliege nicht aus dem Auge ließ. Es war alles eine Frage des richtigen Zeitpunkts: ein blitzartiges Herausschnellen der Zunge, und schon wäre er dem Mann zum Opfer gefallen.

»Sie haben gesagt, wie viel«, bemerkte Pitt, »aber nicht, wer. Ihren Worten entnehme ich, dass Sie wissen, um wen es sich handelt.«

»O ja. Ich habe sogar erwogen, jemandem den Beweis vorzulegen, vielleicht meinen Vorgesetzten.« Letterman richtete den Blick einen Moment lang auf seinen Schreibtisch und dann wieder auf Pitt, sah ihm mit einem stolzen Siegerlächeln in die Augen. »Aber ich habe es immer wieder aufgeschoben. Sie geben mir jetzt eine Gelegenheit, ihn zu entlarven. Sie haben in mir den Wunsch geweckt, zu …« Er verstummte.

»Wieso ich?« Kaum hatte Pitt das gesagt, als er erkannte, dass er Letterman in die Falle gegangen war. Der hatte von Anfang an gewollt, dass Pitt ihm diese Frage stellte, und wie ein braver Hund hatte er der Stimme seines Herrn gehorcht. Pitt hätte sich ohrfeigen können. Jetzt musste er mit den Karten spielen, die er aufgenommen hatte, und so wartete er auf die Antwort.

»Weil Sie etwas dagegen unternehmen können«, erklärte Letterman. »Und das werden Sie auch tun – Ihnen bleibt nämlich gar nichts anderes übrig.«

War das der entscheidende Augenblick? Würde der Mann jetzt auf Charlotte zu sprechen kommen und Pitt mitteilen, was er tun müsste, um sie wohlbehalten zurückzubekommen? Pitt wartete.

Auf Lettermans Züge trat der Ausdruck von Verärgerung darüber, dass Pitts stumme Aufforderung ihn zwang, die

Information zu liefern, statt dass er sie ihm auf sein Flehen hin in aller Gemächlichkeit mitteilen konnte. »Marcus fford Croft«, stieß er zwischen den Zähnen hervor.

Pitt bemühte sich, sein Entsetzen nicht zu zeigen, merkte aber, dass ihm das nicht gelungen war. Konnte das stimmen? Hatte Drake *das* ermittelt, und hatte Marcus daraufhin Angst bekommen? Hatte man Drake deshalb ermordet?

Ihm war bewusst, dass Letterman ihn beobachtete, aber er brauchte Zeit, um das Entsetzliche zu verarbeiten. Hatte Marcus tatsächlich den Inspector im Laufe der Jahre nach und nach geschröpft … weil er die Möglichkeit dazu hatte? Einmal der Versuchung nachgegeben, die Ehefrau betrogen, und schon hatte Marcus die Schwachstelle erkannt, an der er seinen Keil ansetzen konnte, den er dann über die Jahre hinweg immer tiefer getrieben hatte. Eine so habgierige und grausame Handlungsweise hätte Pitt ihm nie zugetraut.

Dieser Gedanke und die damit verbundenen Empfindungen mussten sich wohl auf seinem Gesicht widerspiegeln, denn Letterman sagte: »Ihnen ist klar, dass es sich so verhält?« Er kräuselte verächtlich die Lippen. »Natürlich! Aber Sie wollen wie immer eine scharfe Trennlinie zwischen Schwarz und Weiß! Zwischen Schuldigen und Unschuldigen. In Ihrer Welt gibt es keine Grautöne. Ich frage mich, wie Sie all die Jahre im Polizeidienst ausgehalten haben – von Ihrer jetzigen Tätigkeit beim Staatsschutz ganz zu schweigen. Sie sind …«

Pitt unterbrach ihn. »Menschlich«, lieferte er ihm den fehlenden Begriff. »Menschen, die mir nahestehen, traue ich so lange, bis mich die Umstände zwingen, meine Meinung zu ändern. Marcus fford Croft ist einer von ihnen.«

»Und da Ihr Sohn in seiner Kanzlei arbeitet, müssen Sie ihn ebenfalls beschützen«, höhnte Letterman.

»Ich *möchte* ihn beschützen«, korrigierte Pitt. Es gelang ihm nur mit großer Mühe, sich zu beherrschen. Seine Muskeln spannten sich schmerzhaft an, doch sein Denken wurde von dem Bewusstsein beherrscht, dass der Mann ihm gegenüber, der ihn so hämisch angrinste, vielleicht den Schlüssel zur Rettung von Charlottes Leben in der Hand hielt … solange eine Rettung noch möglich war. Man hatte sie entführt, um zu erreichen, dass Pitt schwieg und stillhielt. Das war deutlich genug aus der Mitteilung der Entführer hervorgegangen. Von seinem Schweigen hing Charlottes Sicherheit, ihr Leben ab. Wenn man sie frei bekäme, könnten die Entführer nicht verhindern, dass er jede ihm mögliche Maßnahme ergriff, um sich zu rächen. Das dürfte ihnen klar sein. Was er vorhatte, war ein heikles Unterfangen, bei dem er mit allergrößter Umsicht vorgehen musste.

»Beispielsweise könnte man darauf verzichten, etwas gegen Marcus fford Croft zu unternehmen und ihn an der Spitze seiner Kanzlei belassen«, sagte Pitt. »Selbstverständlich gibt es auch andere Möglichkeiten, die weniger erfreulich wären …« Er hielt inne, weil er eine Veränderung auf Lettermans Zügen erkannte, seine Gesichtsmuskeln hatten sich kaum wahrnehmbar angespannt. In der Stille hörte man von irgendwoher, wie die Sekunden mit dem Ticken einer Uhr vergingen. »Sollte man nicht einfach die ganze Erpressungsgeschichte aufdecken und …«

»Dann wäre fford Croft erledigt«, fiel ihm Letterman ins Wort. Auf seinem Gesicht lag ein Ausdruck von Zweifel und zum ersten Mal ein Anflug von Besorgnis.

»In der Tat«, stimmte ihm Pitt zu. »Aber Sie ebenfalls. Sie haben die geforderten Beträge gezahlt. Dass Ihr Geheimnis gewahrt blieb, war Ihnen das Geld wert.« Er zwang sich zu einem trüben Lächeln, das nicht dem entsprach, was er empfand. »Das lässt mich vermuten, dass dahinter deutlich mehr stecken könnte als lediglich eine schmutzige Affäre. Wenn die Sache herauskommt, dürfte das Ihre Untergebenen ziemlich kalt lassen; womöglich wären Sie in deren Augen dann sogar interessanter als jetzt. Aber Ihre Vorgesetzten würden das nicht nur als Schwäche ansehen, sondern es missbilligen, dass Sie sich infolge einer katastrophalen Fehleinschätzung in die Hände eines Blutsaugers begeben haben.« Seine Gedanken jagten sich. »Vermutlich würden sie es daraufhin für angebracht halten, sich eine ganze Reihe der von Ihnen früher bearbeiteten Fälle noch einmal genauer anzusehen. Ein erpressbarer Beamter stellt eine Belastung für den gesamten Polizeiapparat dar …«

Rote Flecken zeigten sich auf Lettermans Gesicht. »Spielen Sie doch nicht den Einfaltspinsel! Jeder hat die eine oder andere Schwäche.«

»Selbstverständlich«, gab ihm Pitt recht. »Aber nicht jeder geht wie Sie einem Erpresser auf den Leim.«

»Das können Sie nicht beweisen.«

»Nein, aber Marcus fford Croft kann das mit Sicherheit.« Lag da die Erklärung für die Geldbeträge, die Marcus gelegentlich zwischen Konten hin und her schob? Pitt hoffte, dass es sich nicht so verhielt, aber im Augenblick ging es ausschließlich um Charlotte und darum, sie aus der Gewalt der Entführer zu befreien.

»Dazu müsste er seine eigene Beteiligung zugeben«, hielt Letterman dagegen. »Ein Kanzleichef als Erpresser? Wie viele Menschen haben ihm ihre verschwiegensten Geheimnisse anvertraut, ihm sogar ihre Schuld gestanden, weil sie ihm als ihrem Anwalt vertrauten?«

»Sollte er sich tatsächlich eines solchen Verbrechens schuldig gemacht haben, müsste man ihm unbedingt die Zulassung als Anwalt entziehen.« Es fiel Pitt schwer zu glauben, Marcus könnte jemanden erpressen, um sich zu bereichern.

Der bloße Gedanke verursachte ihm Übelkeit. Das war nicht einfach eine lässliche Sünde – alle Menschen erlagen gelegentlich in einem schwachen Augenblick der einen oder anderen Versuchung. Von jemandem Geld zu erpressen war ein Willensakt, dazu kam es nicht zufällig. Gab es für den Fall, dass der Vorwurf tatsächlich berechtigt war – was Pitt für ganz und gar unmöglich hielt –, eventuell noch weitere Opfer? Ein Anwalt hatte theoretisch eine unendliche Fülle an Möglichkeiten, andere Menschen unter Druck zu setzen. Es war gar nicht auszudenken, was das bedeuten konnte.

Letterman schien Pitt den Gedankengang vom Gesicht abgelesen zu haben. Seine nächsten Worte zeigten, dass ihm ähnliche Dinge durch den Kopf gegangen waren. »Ich gebe zu, es wäre nicht mein größter Augenblick, würde aber das Ende von ffford Crofts beruflicher Laufbahn bedeuten.« Auf seine Züge trat der Ausdruck genüsslicher Schadenfreude. »Und damit natürlich auch das Ende der ganzen Kanzlei. Der Makel würde wohl jedem seiner Mitarbeiter anhaften wie eine Klette, meinen Sie nicht? Wohl auch Ihrem Sohn? Damit soll nicht gesagt sein, dass er sich selbst schuldig gemacht oder auch nur davon gewusst hätte – aber wer würde ihm das glauben? Wer würde das Risiko eingehen, ihn zu beschäftigen, wo es so viele andere junge Anwälte gibt, die auf eine Anstellung warten?«

Das Kräfteverhältnis hatte sich erneut zu Lettermans Gunsten verändert, und diesem war deutlich anzusehen, dass ihm das bewusst war.

Pitt überlegte fieberhaft. »Ich wundere mich, dass Sie nicht früher darauf gekommen sind«, entgegnete er. »Wieso zahlen Sie eigentlich weiter? Sagen Sie ihm doch einfach, er soll sich zum Teufel scheren! Er steckt tief genug in der Sache, um zu erkennen, dass ihm gar nichts anderes übrig bleiben würde. Immer vorausgesetzt, dass Sie die Wahrheit sagen …«

»Es ist die reine Wahrheit«, bekräftigte Letterman, aber der Jubelton war aus seiner Stimme verschwunden. Pitt spürte, dass der Mann vor etwas Angst hatte, was dessen Verärgerung steigerte. »Ich werde Ihnen den Beweis zeigen, damit Sie sehen können, wie tief er da drin steckt. Und ich wette, dass ich nicht das einzige Opfer bin.«

Die Vorstellung rief in Pitt Widerwillen hervor, aber er musste sich der Sache stellen. »Das ist durchaus möglich«, gab er zurück, so gelassen er konnte.

Letterman schien zu überlegen, seine Worte sorgfältig abzuwägen, ehe er auf das ursprüngliche Thema zurückkam. »Und inwiefern soll das Mr. Faber betreffen? Befürchten Sie, der Tod seines Sohnes könnte auf die eine oder andere Weise damit zusammenhängen? Man hat die Leiche zwar in mein Revier geschafft, aber die Tat dürfte woanders als in Mile End verübt worden sein. Ich weiß wirklich nicht, wieso Sie glauben, dass ich Ihnen von Nutzen sein könnte.«

Am Klang von Lettermans Stimme und der Art, wie er den Kopf hielt und ihn ansah, merkte Pitt, dass der Mann seine Selbstsicherheit immer mehr zurückgewann.

»Mir ist bekannt, wo man die Leiche gefunden hat«, sagte Pitt, so ruhig er konnte, »wie auch, dass man den jungen Mann nicht dort ermordet hat. Darüber hinaus weiß ich, warum man ihn vom Tatort weggeschafft hat: um das Motiv zu verschleiern und die Arbeit der Polizei zu erschweren.«

»So ist es«, gab Letterman zurück. Mit verkniffenem Lächeln fuhr er fort: »Das geht aber am Kern des Problems vorbei, nämlich: Wenn man ihn in einem anderen Teil Londons ermordet hat, ist mein Revier nicht für die Verfolgung der Tat zuständig.«

Pitt zögerte.

»Ich denke, dass Sie deutlich mehr erfahren werden, wenn Sie sich bei ffσrd Croft nach seinen erpresserischen Aktivitäten erkundigen.« Er lächelte erneut. »Es freut mich, Ihnen zu Diensten gewesen zu sein, Sir Thomas.«

Pitt ging, weil er dort nichts weiter würde erreichen können. Er war sicher, dass Letterman wusste, wer Charlotte entführt hatte und warum. Überdies war er zu dem Ergebnis gelangt, dass er ihn nicht beschuldigen durfte, denn um ihr Leben zu retten, empfahl es sich, den Mund zu halten.

Er ging zum Wagen und nannte seinem Fahrer als nächstes Ziel die Kanzlei fford Croft and Gibson. Auf dem Weg dorthin versuchte er sich zu überlegen, wie er Marcus gegenübertreten wollte. Wäre es um etwas anderes als Charlottes Sicherheit gegangen – nein, damit wich er der Wirklichkeit aus, denn in Wahrheit stand ihr *Leben* auf dem Spiel –, hätte er diese Konfrontation vermieden und versucht, die Wahrheit auf eine andere Weise zu ermitteln. Um nicht an Charlotte denken zu müssen, malte er sich die damit verbundene Peinlichkeit, Verlegenheit und Tragik aus. Alles war leichter, als an sie zu denken – wo befand sie sich, was tat sie, hatte sie Angst oder kämpfte sie? War sie verletzt? Die Worte *Lebt sie noch*? lauerten in seinem Hinterkopf, aber er gestattete ihnen nicht, in sein Bewusstsein zu dringen. Auf diese Weise gelang es ihm zu verhindern, dass das Entsetzen und der Kummer vollständig Besitz von ihm ergriffen.

Es war noch relativ früh am Vormittag, als er Lincoln's Inn Fields erreichte, aber in der Kanzlei wurde schon seit einer ganzen Weile gearbeitet. Impney öffnete ihm und erkannte sogleich die Besorgnis auf seinen Zügen. Er war an dergleichen gewöhnt, denn nur die wenigsten Mandanten suchten einen Anwalt auf, ohne dass etwas sie bedrückte oder ihnen Sorgen machte.

»Guten Morgen, Sir Thomas«, begrüßte er ihn mit ernster Miene. »Wen wünschen Sie zu sprechen?«

»Mr. fford Croft. Und würden Sie bitte dafür sorgen, dass wir nicht gestört werden?« Es war eher eine Anweisung als eine Frage.

»Selbstverständlich, Sir.« Impney hütete sich, nach Gründen zu fragen, und machte sich gleich auf. Nach wenigen Minuten führte er Pitt in das Büro des Kanzleichefs.

Vom ersten Augenblick an hatte Pitt ein schlechtes Gewissen. Abgesehen von einer leichten Röte auf den Wangen, wirkte Marcus müde und bleich. Er erhob sich ein wenig unsicher.

»Guten Morgen, Thomas«, sagte er. »Setz dich doch. Was kann ich für dich tun?«

»Guten Morgen, Marcus«, gab Pitt zurück und nahm im Sessel ihm gegenüber Platz. »Ich bedaure, dich stören zu müssen, aber die Sache duldet keinen Aufschub.«

»Ich habe Daniel heute noch gar nicht gesehen«, sagte fford Croft. »Ist er krank? Du kommst mir sehr … bedrückt vor.«

»Nein, ihm fehlt nichts.« Pitt hatte sich noch nicht entschieden, ob er Marcus den Stand der Dinge anvertrauen sollte. Dann aber fand er, dass dies die ideale Gelegenheit dazu war. »Ich mache mir große Sorgen. Eine Angelegenheit, in der ich ermittle, ist mir außer Kontrolle geraten. Irgendwann gestern Vormittag hat man Charlotte entführt. Die Leute verlangen von mir, dass ich die Ermittlungen einstelle, weil ich sie sonst nicht lebend wiedersehen würde.«

fford Croft wurde aschfahl. »Großer Gott! Wie ganz und gar entsetzlich! Sag, wie ich dir behilflich sein kann.«

Pitt merkte, wie das Schuldbewusstsein in ihm übermächtig wurde. Es war genauso schlimm, wie er befürchtet hatte, ja, sogar schlimmer. Er wusste nicht, ob er Marcus noch in die Augen sehen konnte. Wie feige von ihm! Er sah ihn offen an. »Besagte Angelegenheit hatte meine Aufmerksamkeit erregt. Erst wurde Drake umgebracht, dann Evan Faber und schließlich die junge Frau, die man dafür bezahlt hatte, dass sie die beiden umbrachte. Drei Tote!« Er sah, dass ein Ausdruck des Entsetzens auf fford Crofts Gesicht trat. Ob er noch nichts von dem Mord an Bella gehört hatte? »Alle drei hat man in Mile End gefunden«, fuhr Pitt fort, »in Lettermans Revier. Jemand, vermutlich Erasmus Faber, hat die Polizei und die Presse dafür bezahlt, dass sie den Tod seines Sohnes als Unfall hingestellt haben, was selbstverständlich Unsinn ist. Mit größter Wahrscheinlichkeit besteht zwischen den drei Morden eine Beziehung.«

fford Croft nickte steif und wortlos.

»Ich war heute Früh bei Letterman«, sagte Pitt.

fford Croft saß reglos da. Obwohl er sich nicht im Geringsten bewegt hatte, wirkte seine Haltung verändert. Er schien zum Sprechen ansetzen zu wollen, sagte aber nichts.

»Als ich ihn mit den Fakten konfrontiert habe, hat er zurückgeschlagen.« Mit einem Mal wollte Pitt ein rasches Ende herbeiführen. »Er hat mir gesagt, dass er vor ziemlich langer Zeit eine Affäre mit einer Frau hatte, du davon wüsstest und von ihm Geld für dein Schweigen verlangt hättest.«

»Was? Geld? Du meinst … Erpressung?«, stieß fford Croft keuchend hervor.

»Er hat behauptet, Bankbelege zu haben, die das beweisen können. Bitte sag mir die Wahrheit, Marcus. Es geht um Charlottes Leben. Was wird da wirklich gespielt?«

fford Croft setzte zum Sprechen an, doch seine Worte waren unverständlich. Er stieß einen erstickten Schrei aus und versuchte sich mit ruckartigen Bewegungen das Halstuch herunterzureißen. Dann sank er über seinem Schreibtisch zusammen.

Eine oder zwei Sekunden lang war Pitt wie gelähmt. Dann sprang er auf und rief durch die offene Tür: »Impney! Kommen Sie! Sofort!« Ohne auf ihn zu warten, kehrte er in das Büro zurück und richtete Marcus vorsichtig auf. Sein Gesicht war grau, doch er schien zu atmen. Pitt löste ihm das Halstuch und sah nachdenklich auf den schlaffen Leib und das eingefallene Gesicht.

Impney kam herein, dicht gefolgt von Toby Kitteridge.

Nach einem kurzen Blick auf fford Croft forderte Impney Kitteridge auf, umgehend einen Krankenwagen zu rufen. »Sagen Sie den Leuten, dass es ein Notfall ist. Ich fürchte, Mr. fford Croft hat einen Herzanfall erlitten. Jede Sekunde zählt!« Zu Pitt gewandt fuhr er fort: »So etwas habe ich schon eine ganze Weile befürchtet. Diese Dinge sind zu viel für ihn, aber er wollte nicht hören! Können Sie mir helfen, ihn anzuheben? Er ist ziemlich schwer. Fassen Sie ihm unter die Arme …«

Pitt tat wie geheißen, und gemeinsam legten sie Marcus vorsichtig auf das Sofa. Man hörte Anweisungen aus dem Korridor, eine gebieterische Stimme forderte Neugierige auf, den Weg freizumachen und an ihren Arbeitsplatz zurückzukehren. Man werde ihnen mitteilen, wenn es etwas Neues gebe.

Impney verließ den Raum, um die nötigen Anordnungen zu treffen und den Krankenwagen in Empfang zu nehmen.

Pitt saß allein bei Marcus, während der Albtraum um ihn herum seinen Fortgang nahm. Hatte er das mit seiner Mitteilung ausgelöst? Oder hatte es sich im Laufe der Wochen, wenn nicht gar Monate, nach und nach entwickelt? Er hoffte, dass Letzteres der Fall war. Falls Marcus unschuldig war, hätte das, was er ihm gesagt hatte, doch bestimmt keinen Herzanfall ausgelöst, sondern eher Verwunderung? Vielleicht einen Wutausbruch – aber doch nicht so etwas!

Die Zeit, die er allein an der Seite des Mannes saß, den er seit Jahrzehnten kannte und den er schätzte, schien sich endlos zu dehnen. Letterman hatte so selbstsicher gewirkt. Er hatte gesagt, er besitze Beweise und werde Belege für die vielen unregelmäßigen Zahlungen beibringen, die er im Laufe der Jahre geleistet habe. Marcus war nicht Lettermans Anwalt, denn dann wären die Zahlungen an die Kanzlei gegangen und nicht an Marcus persönlich. Es dürfte nicht schwerfallen, sie nachzuverfolgen.

Es kam ihm vor, als vergingen die Minuten in Zeitlupe. Marcus war bewusstlos, atmete aber. Pitt hörte eilige Schritte im Korridor, aber niemand kam herein. Mit einem Mal stockte Marcus der Atem ... setzte dann aber wieder ein. Was konnte Pitt für ihn tun? Nichts. Er war ebenso nutzlos wie die Gegenstände um ihn herum.

Endlich öffnete sich die Tür, und ein Mann stand vor ihm. Er warf einen Blick auf Pitt, dann zu Marcus hinüber, der auf dem Sofa lag. »Ist das der Herr, dem es nicht gutgeht, Sir?«

Pitt sah zu ihm auf. »Ja. Mr. fford Croft.«

»Können Sie mir sagen, was geschehen ist, Sir? Mister ...« Er ging zum Sofa hinüber.

»Pitt. Ja, wir haben miteinander über einen Fall gesprochen ...«

»Ach, ist er Ihr Anwalt?«, erkundigte sich der Mann, während er Marcus untersuchte – er fühlte ihm den Puls und horchte seine Herztöne ab.

»Nein, ein alter Freund ...« Warum stellte der Mann solche Fragen? Das gehörte doch gar nicht zu seinen Aufgaben. Vielleicht hoffte er damit zu erreichen, dass Pitt die Ruhe bewahrte und konzentriert blieb, denn falls er in Panik geriete, hätte er statt einem Patienten plötzlich zwei zu versorgen. Ausgesprochen professionell.

»Ich bin beim Staatsschutz«, sagte Pitt. »Ich habe ihn über einen Fall informiert, der uns beide betrifft. Es geht um den Tod eines seiner Teilhaber.«

»Hat ihn das aufgeregt?«

»Ja.« Das konnte er mit reinem Gewissen sagen. »Er ist betrüblicherweise auf schreckliche Art in Mile End ermordet worden. Ich habe Mr. fford Croft über den gegenwärtigen Stand der Ermittlungen informiert …« Das entsprach mehr oder weniger den Tatsachen.

Der Mann trat an die Tür und bedeutete zwei davor wartenden Helfern, hereinzukommen und Marcus auf eine Trage zu legen. Mit äußerster Vorsicht transportierten sie ihn durch den leeren Korridor und über den Gehweg zum Krankenwagen. Pitt folgte ihnen.

»Kennen Sie seine Frau oder nähere Verwandte, Sir?«, erkundigte sich der Mann.

»Er ist Witwer«, teilte Pitt im mit. »Und seine einzige Tochter hält sich gegenwärtig in Holland auf. Ich kann aber Verbindung mit ihr aufnehmen, wenn Sie das für ratsam halten …«

»Lebt sie dort?«

»Nicht ständig. Sie studiert dort. Sie ist eine brillante Wissenschaftlerin und möchte einige Prüfungen in Medizin und Forensik ablegen.« Pitt merkte, dass er zu viel redete. Es gab ihm das Gefühl, etwas zu tun.

»Ich denke, Sie sollten einstweilen damit warten. Im Augenblick halte ich das nicht für erforderlich, Sir. Wir wollen erst einmal sehen, wie es ihm geht.«

»Kann ich Sie in meinem Wagen zum Krankenhaus begleiten?«

»Gewiss, Sir. Aber folgen Sie uns bitte, vielen Dank, Sir.«

Das nächstgelegene Krankenhaus war St. Barts, so riesig, anonym und geschäftig wie alle anderen. Als sie eintrafen, begleitete Pitt die Männer, die Marcus in die Notaufnahme brachten.

Im Warteraum betrachtete er all die verängstigten und besorgten Personen, die gleich ihm auf das Ergebnis der Untersuchung eines Angehörigen oder engen Freundes warteten. Während sich manche miteinander unterhielten in dem Versuch, sich gegenseitig Trost zu spenden, starrten viele ganz wie Pitt einfach vor sich hin, während wieder andere unruhig auf und ab schritten. Das Warten schien Stunden zu dauern. Er war voller Sorgen um Marcus. Das gehörte sich so, half ihm aber auch, das lähmende Entsetzen in die Schranken zu weisen, das ihn wegen Charlottes verzweifelter Lage befallen hatte. Es war ein langer Kampf. Erinnerungen drängten sich in sein Bewusstsein, schmerzvoll und kostbar zugleich. Wären sie möglicherweise alles, was ihm von ihr bliebe, ganz gleich, was er unternahm? Könnten die Geiselnehmer es sich je erlauben, sie freizulassen? Würde sie mit ihnen kämpfen? Sie hatte nie gewusst, wann es besser war zu kämpfen und wann man sich dem Unvermeidlichen fügen musste. Würde sie in Panik geraten, sodass man sich genötigt sah, sie zum Schweigen zu bringen? Vorübergehend? Oder für immer? Ihn überfiel der plötzliche Drang, aus dem Krankenhaus hinauszustürmen und nach Mile End zu fahren. Er hatte den starken Verdacht, dass man sie dort festhielt. Gerade als er aufstehen wollte, erkannte er wie durch einen Schleier, dass jemand neben ihm stand und mit ihm sprach.

»Mr. fford Croft ist bei Bewusstsein, Sir«, sagte der Arzt. »Ich denke, dass er gern mit Ihnen sprechen würde. Kommen Sie bitte mit? Er wird wieder auf die Beine kommen, ist aber ziemlich schwach. Nur einige Minuten, Sir.«

»Ja«, stimmte Pitt zu und stand auf. »Ja, natürlich.« Er folgte dem Arzt durch einen langen Korridor in ein kleines Einzelzimmer. Marcus saß im Bett, von einem Kissenstapel im Rücken gestützt. Er war nach wie vor bleich, aber seine Augen waren offen, und eine kaum erkennbare leichte Röte bedeckte seine Wangen. Man hatte ihm das in Krankenhäusern übliche Pflegehemd angezogen, dessen einziger Zweck darin bestand, die Blöße zu bedecken. Er sah darin anonym aus, aller Würde entkleidet.

»Es tut mir leid«, sagte Pitt und fragte sich sogleich, wofür er sich entschuldigte. Er hätte das Thema allein schon deshalb nicht vermeiden können, weil er Marcus Gelegenheit geben musste, sich gegen den Vorwurf zu verteidigen. Sein einziger Fehler hatte darin bestanden, nicht zu erkennen, wie schwach der Freund war, geradezu gebrechlich.

»Du kannst nichts dazu, alter Junge«, gab Marcus zurück. Seine Stimme klang schwach. Er hatte verstanden, dass ihm ein Kampf bevorstand, vermutlich der schwerste seines Lebens.

»Wirklich nicht?«, fragte Pitt. Er meinte es ernst. »Ich habe ein dich sehr belastendes Thema angesprochen.«

»So belastend ist es nicht«, gab Marcus zurück. »Ich kenne Letterman seit vielen Jahren. Ich war zu stolz, mir einzugestehen, dass ich ihm gegenüber einen schweren Fehler begangen habe.« Er hielt eine Weile inne, atmete langsam ein und aus, als dürfe er nicht zu viel von dem Herzen verlangen, das so unsicher in seiner Brust schlug.

Pitt wartete. Noch konnte er die Puzzleteile nicht zusammensetzen und auch nicht sehen, wo ihr Platz in dem Bild war, das er erkennen musste, um Charlotte zurückzubekommen … Ganz davon abgesehen, dass er die Verbindungen zu all den Menschen herstellen musste, die mit in dieses Gesamtbild hineingehörten, damit er und seine Angehörigen nicht ihr Leben lang Angst haben mussten. Aber eins nach dem anderen. Zuerst musste er Charlotte retten. Denn sonst würde er kein Licht am Horizont sehen, sondern nichts als immer dunklere Schatten für den Rest seines Lebens.

»Was für ein Fehler war das?«, fragte er.

»Ich habe ihm vertraut«, brachte Marcus Silbe um Silbe mit schwacher Stimme heraus. »Er hat sich vor längerer Zeit finanziell in eine sehr schwierige Lage manövriert. Ich habe ihm aus der Patsche geholfen, ihm Geld geliehen. Ich konnte mir das leisten, denn ich verdiente gut. Sogar sehr gut. Er hat versprochen, den Betrag zurückzuzahlen. Das tut er immer noch. Es geht schon seit einigen Jahren so. Ein wenig hier, ein wenig da, so viel er jeweils erübrigen kann. Ich habe einem Mann, dem ich vertraute, einen Gefallen getan. Es war keine geschäftliche Transaktion, sondern einfach ein privates Darlehen. Zinslos. Ich hatte keinen Vorteil davon, habe ihn nie um eine Gegenleistung gebeten und auch nie eine bekommen. Die Belege für alles kannst du in meinen Bankunterlagen einsehen …« Er hielt erneut inne. Das Atmen kostete ihn sichtlich Mühe.

Pitt war unsagbar erleichtert und griff nach der Hand des Freundes, die schlaff auf der Bettdecke lag.

Marcus versuchte den Druck zu erwidern, hatte aber nicht die Kraft dazu. »Versprich mir, dass du das tust«, bat er Pitt.

»In deinen Unterlagen nachsehen? Selbstverständlich«, gab dieser zurück. »Wenn daraus hervorgeht, dass die Rückzahlungen von der Darlehenssumme abgezogen sind …«

»Das sind sie selbstverständlich … Aber mir liegt nicht besonders viel daran. So, wie das Geld hereingetröpfelt kommt, ist es kaum etwas wert, außer für Letterman, weil er das als Ehrensache ansieht. Wie kann ich nur im Zusammenhang mit diesem Mann ein solches Wort in den Mund nehmen? Schade, er war früher ein ordentlicher Kerl – jedenfalls hatte ich das angenommen.«

»Soll ich Miriam Bescheid geben …?«, fragte Pitt und deutete mit einer Handbewegung auf den sie umgebenden

Raum. Die Bestürzung auf Marcus' Gesicht hielt ihn davon ab, den Satz zu vollenden.

»Nein! Nein, vielen Dank. Dazu besteht kein Anlass. Ich habe vergessen, wann ihre Prüfungen sind, aber auf jeden Fall demnächst. Sie muss sich auf ihr Studium konzentrieren; das ist ihr Leben, Thomas. Ihr Traum. Wenigstens das kann ich für sie tun, dass ich sie jetzt nicht beunruhige. Versprochen?«

Darauf gab es nur eine mögliche Antwort. »Versprochen«, sagte Pitt leise.

Marcus schloss die Augen und lächelte. »Ich danke dir.«

KAPITEL 16

Für Daniel war es ein qualvoller Tag, und er beschloss, den Vormittag im Haus seiner Eltern zu verbringen, wo er Drakes handschriftliche Notizen ebenso gut noch einmal durchgehen konnte wie in der Kanzlei. Die Aufgabe bestand darin, festzustellen, ob Drake entweder bereits zu Beginn des Prozesses oder nach der Verhandlung und der Urteilsverkündung eine Theorie zu der Frage entwickelt hatte, wer der Täter gewesen sein könnte. Existierten wie auch immer geartete Beweismittel, die ihn zu einer anderen Bewertung der Fakten geführt haben könnten?

Es fiel Daniel schwer, sich zu konzentrieren. Immer wieder glaubte er die Schritte seiner Mutter in der Diele zu hören. Nachdem er zweimal aufgestanden und an die Haustür gegangen war, nur um festzustellen, dass Minnie Maude ihn mit Tränen in den Augen entschuldigend ansah, unterließ er es und konzentrierte sich auf die Lektüre der Notizen. Sie waren ihm teilweise so vertraut, dass er sie beinahe auswendig hätte hersagen können. Tat er das hier lediglich, um sich mehr oder weniger abzulenken? Oder glaubte er wirklich, etwas von Wert entdecken zu können?

Dann kam ihm ein neuer Gedanke. Wo war diese Marie Wesley eigentlich zu Hause gewesen? Gewiss, sie hatte eine hübsche Wohnung in einem besseren Viertel Londons gehabt, aber woher kam sie ursprünglich? Ob sie möglicherweise aus Mile End stammte? War der Mord einfach der private Racheakt eines von der Rechtspflege enttäuschen Menschen gewesen?

Er wandte sich gedanklich erneut der Kette und dem Medaillon zu. Noch hatte er nichts weiter darüber gehört. Fragten die Leute auf der Suche nach der Herkunft des Schmucks nach wie vor herum, oder hatten sie die Sache aufgegeben, weil sie annahmen, dass es nicht wichtig sei? Der Schmuck einer Toten. Vermutlich gestohlen. Seiner Mutter hätte er sicher gefallen. Er sah etwas altmodisch aus und war bei aller Schlichtheit eher ungewöhnlich. Die beiden Stücke waren recht schwer, enthielten also wohl ziemlich viel Gold. Augenblick mal. Daniel rief sich zur Ordnung. Kümmerte sich Kitteridge nicht darum, die Herkunft zu ermitteln? Wie hatte er das vergessen können?

Erneut hörte er Minnie Maude in der Diele. Jetzt stieg sie die Treppe empor. Die elfte Stufe knarrte ein wenig. Wenn sie doch nicht ständig herumlaufen würde. Ihr Schritt klang genau wie der seiner Mutter. Beide waren annähernd gleich groß, und Charlotte ging immer noch aufrecht wie ein junges Mädchen.

Panik überfiel ihn, und Tränen stiegen ihm in die Augen. Er musste seine Gefühle beherrschen. Wem nützte es, wenn er sich seinem Kummer hingab? Noch war nichts geschehen! Zumindest wussten sie von nichts.

Er zwang sich erneut zur Konzentration, was ihm nicht leichtfiel. Wer könnte wissen, von wem Marie Wesley den Schmuck bekommen hatte? Hatten sie überhaupt danach gefragt? Wer hatte ihn zum Pfandleiher gebracht? Natürlich ihr Mörder – oder derjenige, der ihn ihr vom Hals gerissen hatte. War das ein und derselbe Mann? Wahrscheinlich. Bestimmt wusste jemand, wer das war, aber es wäre wohl zu gefährlich, sich mit dem Wissen zu melden.

Welchen Grund hatte der Betreffende gehabt, den Schmuck an sich zu nehmen? Auf jeden Fall nicht, um ihn zu verkaufen, denn Männer von der Art, mit denen Marie Wesley Umgang gepflegt hatte, hätten sich kaum zu einem Diebstahl dieser Art herabgelassen. Was konnte einen Mann dazu bringen, eine Frau so zu misshandeln, wie es da geschehen war? Dem forensischen Gutachten nach hatte sie eine große Anzahl von Verletzungen und war buchstäblich zu Tode geprügelt worden. Womit hatte sie diesen blinden Jähzorn ausgelöst? Wahrscheinlich war es um irgendeine Art von Verrat gegangen. Als Erstes bot sich der Gedanke an, dass sich ein Liebhaber durch einen Rivalen verdrängt gefühlt hatte, sei es ein vielleicht jüngerer oder einer, der besser aussah … jemand wie Evan Faber. Oder sollte Pitt mit seiner Vermutung recht haben, Erasmus Faber könnte dieser beiseitegeschobene Liebhaber gewesen sein?

Daniel überlegte, was er an Nützlichem tun konnte, ohne seine Mutter noch mehr in Gefahr zu bringen. Sein erster Gedanke war, Jonah Drakes Haus aufzusuchen und zu sehen, ob sich dort etwas finden ließ.

Er ging in der Absicht die Keppel Street entlang, an der Hauptstraße den Bus zu nehmen. Das gäbe ihm Zeit, die Dinge in Ruhe zu durchdenken. Doch als eine freie Kraftdroschke vorüberfuhr, hielt er sie an. Je mehr Zeit zum Suchen er hatte, desto größer war die Aussicht, etwas zu entdecken, was ihm weiterhalf.

Er fand den Ersatzschlüssel, wo er ihn einige Tage zuvor hinterlegt hatte, öffnete und ging geradewegs in Drakes Arbeitszimmer. Niemand würde je erfahren, dass er dort gewesen war. Drake hatte ein Telefon. Daniel nahm den Hörer vom Haken. Die Leitung war tot. Eigentlich hätte er damit rechnen müssen, auch wenn das bedeutete, dass niemand, falls das nötig war, mit ihm in Verbindung treten konnte. Immerhin durfte er sich glücklich schätzen, dass der Strom noch nicht abgeschaltet war.

Ihm kam der Gedanke, dass er zu Hause eine Mitteilung auf den Küchentisch und eine zweite auf den Kaminsims im Wohnzimmer hätte legen sollen, damit sein Vater wusste, wo er war und was er dort wollte. Was, wenn er nun mit ihm Verbindung aufnehmen musste? Wenn man seine Mutter freigelassen hätte?

»Nimm dich zusammen«, ermahnte er sich, setzte sich auf Drakes Schreibtischstuhl und öffnete als Erstes die Mappe, die zuoberst auf einem ziemlich hohen Stapel lag.

Dann kam ihm der Gedanke, ob sich Kitteridge oder Impney Sorgen machen würden. Hatte der Kanzleichef einen Auftrag für ihn? Auch diese Gedanken schob er beiseite. Es war seine Aufgabe, die Papiere mit größter Aufmerksamkeit noch einmal durchzugehen, um nach Möglichkeit etwas zu finden, was ihm und Kitteridge entgangen war oder dessen Bedeutung sie damals nicht verstanden hatten. Vielleicht hatten sie auch nicht gründlich genug gesucht.

Auf dem Tisch lagen mehrere Schreibblöcke. Er ging sie Seite für Seite durch. Alle waren unbeschrieben, wie auch einige lose Blätter. An die Ränder anderer Einzelblätter mit Adressen, Namen und Telefonnummern hatte Drake seine üblichen Männchen gemalt. Bei seinem vorigen Aufenthalt im Haus hatte Daniel nur einen flüchtigen Blick auf diese Blätter geworfen, jetzt sah er sie sich eins nach dem anderen gründlich an. War es der Mühe wert, sich näher damit zu beschäftigen? Waren das frühere Mandanten? Er drehte die Blätter um. Auf einigen davon fanden sich weitere solcher Zeichnungen.

Er versuchte, sich in die über ein Jahr zurückliegende Zeit zu versetzen, als Evan vor Gericht gestanden hatte. Allerdings waren das, was er vor sich sah, Drakes private Notizen, die mit dem Prozess nichts zu tun hatten. Einige schienen als eine Art Überblick angelegt zu sein, als habe er versucht, die Beziehungen zwischen verschiedenen Elementen darzustellen. Marie Wesley war das erste Opfer gewesen. Ihr Tod hatte alles Folgende ausgelöst. Die Tat war kein geplantes Verbrechen gewesen, sondern Ergebnis eines Wutanfalls. Eifersucht hatte dahintergestanden, die gekränkte Eitelkeit eines Mannes, der sich zweifach betrogen gefühlt hatte. Wieso hatte Drake da »zweifach« geschrieben?

Die Zeichnung zeigte einen Mann, dessen Schatten ein Messer schwang! Drake hatte sich durch einen sonderbar versteckten Humor ausgezeichnet. Existierte der Verrat im Inneren dieses Mannes? Oder war er von jemandem begangen worden, der ihm nahestand?

Daniel lehnte sich zurück. Er las jetzt schon seit über einer Stunde, und seine Augen begannen zu brennen. Marie Wesley war das erste Opfer gewesen, ja, und Drake selbst das zweite. Er musste etwas gewusst haben, was für den Betreffenden entweder gefährlich oder erniedrigend war. Er war nach Mile End hinausgefahren, um mehr darüber in Erfahrung zu bringen. Hatte er gefunden, was er suchte? Der Dreh- und Angelpunkt der ganzen Angelegenheit musste irgendwo in Mile End zu finden sein. Etwas anderes war gar nicht möglich. Was hatte Drake dort erfahren? Was immer das gewesen sein mochte, es war ein tödliches Geheimnis – zumindest für Drake hatte es sich als tödlich erwiesen.

Daniel nahm ein leeres Blatt zur Hand und machte sich daran, seinerseits eine Überblickszeichnung zu entwerfen. Er notierte sich die Einzelheiten zum Fall Marie Wesley sowie

Informationen, die sich auf Drake bezogen. Dann folgte Evan Faber.

Er war das dritte Opfer, zwar an einem anderen Ort getötet, aber nach Mile End geschafft worden, in die Anthony Street und damit in den Zuständigkeitsbereich des unter Lettermans Leitung stehenden Polizeireviers. Aber warum? Daniel sah nachdenklich auf seine Notizen, änderte hier und da etwas und fügte die Frage hinzu: Steht Erasmus Faber im Zentrum all dessen?

Seine Gedanken wandten sich Bella zu. Auch sie hatte man in Mile End ermordet. Es konnte gar nicht anders sein – es musste eine Verbindung zwischen all diesen Fällen bestehen. Natürlich! Doch was mochten Evan und Bella miteinander gemeinsam haben? Bestimmt hatte Evan die Befriedigung seiner Gelüste, seine Affären oder wie auch immer man das nennen mochte, nicht in den Arbeiterbezirken des East Ends gefunden, sondern in den eleganten Vierteln des Londoner Westens. Am Anfang der Tragödie stand Marie Wesley. Sie war einer auf Eifersucht gründenden Gewalttat zum Opfer gefallen; ihr Mörder hatte sie mit Faustschlägen getötet, nicht mit einem Messer, wie es bei Drake und Evan verwendet worden war – und bei Bella.

Bella hatte getötet, weil jemand sie dafür bezahlt hatte. Wer mochte das gewesen sein? Der Gedanke, dass sie dazu imstande gewesen sein sollte, fiel Daniel nach wie vor schwer, und er vermochte keinen Zusammenhang zu erkennen.

Erneut wandte er sich den Zeichnungen auf den Blättern mit Drakes Notizen zu. Sie waren so klein, dass er eine Lupe brauchte, um die Einzelheiten zu erkennen. Einige waren witzig, bei anderen hatte man den Eindruck, dass Drake damit seinem Zorn Luft gemacht hatte, und manche waren freundlich und beinahe schön. Daniel nahm sich vor, fford Croft um die eine oder andere zu bitten, wenn die ganze Sache ausgestanden war.

Insbesondere eine dieser Zeichnungen fand er wunderschön. Sie sah aus wie ein Miniaturporträt Bellas. Je länger er hinsah, desto mehr war er davon überzeugt, dass sie es sein musste. Insbesondere ihre bezaubernden kurzen Locken waren einzigartig. Auf dem nächsten Blatt fand er eine weitere, der ersten sehr ähnliche Zeichnung. Derselbe Blickwinkel, das gleiche Profil, nur etwas kräftiger, männlicher.

Zeigten die Bilder zwei verschiedene Personen oder zweimal dieselbe? Je länger er hinsah, desto mehr zogen sie ihn in seinen Bann. Er vermutete, dass da etwas Wichtiges war, worauf er nicht kam.

Er merkte, dass seine Kehle ganz trocken war. Jetzt eine Tasse Tee und etwas zu essen! Er sah auf die Uhr. Kein Wunder, dass er Hunger hatte – es war schon fast Mittag. Erneut richtete er den Blick auf die beiden Zeichnungen, drehte weitere Blätter um, fand andere, bei denen die Einzelheiten ebenfalls nur durch die Lupe zu erkennen waren.

Was war das nur, was ihm da entging? Mit einem Mal kam ihm blitzartig ein Einfall, der aber schon wieder verschwunden war, bevor er ihn greifen konnte. Er beugte sich über die Zeichnungen, ließ den Blick mehrere Male von einer zur anderen wandern. Sie konnten dieselbe Person darstellen, es war aber auch möglich, dass es sich um zwei Menschen handelte, die einander sehr ähnlich sahen. Es gab winzige Unterschiede, insbesondere bei den Haaren. Inzwischen kannte er sich so gut mit Drakes Zeichnungen aus, dass ihm klar war, dass dieser sie keinesfalls angefertigt hätte, wenn nicht ein tieferer Sinn dahintersteckte.

Er brauchte eine Kopfschmerztablette, am besten gleich mehrere.

Handelte es sich um eine geschickt verkleidete Person, die zwei Rollen spielte? Oder waren es doch zwei? Das war nicht ausgeschlossen. Je länger er über diese Möglichkeit nachdachte, desto mehr fesselte ihn dieser Gedanke. Er nahm die Papiere und die Lupe mit, schloss die Haustür hinter sich ab und suchte das nächstgelegene Café auf. Er brauchte dringend Tee und Sandwiches.

Während er kaute, holte er die beiden Zeichnungen hervor und betrachtete sie erneut durch die Lupe. Natürlich, wie konnte ihm das entgangen sein? War das des Rätsels Lösung? Hatte Drake *das* herausbekommen? Dass Evan Faber und Bella Blades Geschwister sein mussten? Er stellte sich beide im Geiste vor: der leicht bernsteinfarbene Teint, der Winkel von Nase und Kiefer, die Anordnung der Augen. Ja, Halbbruder und Halbschwester. Evan war der eheliche Sohn Fabers, während Bella wohl auf eine Affäre in Mile End zurückging. Aber warum war das so wichtig? Ein Kind der Liebe, wie es beschönigend hieß. War das ein Grund dafür, dass Menschen sterben mussten?

Daniel grübelte über der Frage. Natürlich würde Faber geheim halten wollen, dass seine Tochter eine bezahlte Mörderin war. Möglicherweise hatte er nichts von ihrer Existenz gewusst. Trotzdem würde es sich lohnen, der Frage nachzugehen. Und war Drake deshalb mitten in der Nacht nach Mile End gefahren, wo Bella lebte? Angenommen, Evan hatte gewusst, wer Bella war – hatte man ihn deshalb getötet? Und was war mit Bella selbst? Gab es da unter der Oberfläche noch weit mehr?

Er legte die beiden Zeichnungen zurück in die Mappe, bezahlte und machte sich auf den Weg nach Hause in die Keppel Street. Als er dort angekommen war, konnte er sich nur noch mit Mühe wach halten. Er ging sofort in sein altes Zimmer, legte sich aufs Bett und fiel in einen tiefen Schlaf.

Pitt kam um die Mitte des Nachmittags nach Hause. Daniel saß am Küchentisch, sprang auf, als er die vertrauten Schritte hörte, und eilte seinem Vater entgegen. Pitt wirkte erschöpft und bleich.

Es kam Daniel vor, als setze sein Herzschlag aus. Allem Anschein nach brachte sein Vater schlechte Nachrichten. Er wollte ihn fragen, aber als er den Mund öffnete, kam kein Laut heraus.

»Nein«, sagte Pitt, als wisse er, was Daniel zu hören befürchtete. »Es ist wegen Marcus.«

»Was?« Daniel war verwirrt. »Wieso?«

Pitt ging zum Küchentisch und setzte sich auf einen der Stühle. »Er hatte einen Herzanfall«, erklärte er. Dabei strich er sich nahezu mit der gleichen Bewegung, wie es Daniel zu tun pflegte, die Haare aus der Stirn. Wobei natürlich Daniel diese Bewegung von seinem Vater übernommen hatte und nicht umgekehrt. »Es hat mir einen furchtbaren Schrecken eingejagt«, fuhr Pitt fort. »Doch ich denke, er kommt wieder auf die Beine. Ich habe hier angerufen, aber Minnie Maude wusste nicht, wo du warst, und in der Kanzlei wusste es auch niemand.« Er holte langsam tief Luft. »Ich habe ihm etwas gesagt, was ihn entsetzlich aufgewühlt hat.«

»Vater, kein Mensch kriegt nur deshalb einen Herzanfall, weil ihm jemand was gesagt hat.« Zwar wusste Daniel nicht, ob das stimmte, aber er wollte verhindern, dass sich sein Vater, der bereits mehr als genug andere Sorgen hatte, auch noch Vorwürfe wegen fford Crofts Herzanfall machte, ganz gleich, ob er die Schuld daran trug oder nicht. Er fand, dass sein Vater älter aussah als sonst. Das hatte nichts mit den grauen Strähnen in seinem dichten Haar zu tun, sondern die körperliche Erschöpfung, die weiß hervorstehenden Fingerknöchel und die Ausdruckslosigkeit seines Gesichts riefen diesen Eindruck hervor. »Meinst du, dass er es gut übersteht? Hat man ihn schon aus dem Krankenhaus entlassen?«

»Noch nicht.«

»Was hast du ihm denn gesagt? Hast du …« Er hatte die Entführung seiner Mutter ansprechen wollen, überlegte es sich aber anders. »Hast du ihm Vorhaltungen wegen irgendwas im Zusammenhang mit dem Fall gemacht?«

Pitt vermied es, ihn anzusehen. »Ich war zuerst bei Letterman. Er behauptet, dass ihn Marcus wegen einer Frauengeschichte erpresst und ihm droht, seiner Frau und seinen Kollegen davon zu berichten, wenn er nicht zahlt. Er habe Bankbelege, die das beweisen könnten.«

»Egal, was er hat – ich glaube kein Wort davon«, sagte Daniel sofort.

Pitt lächelte ein wenig. »Ich habe Marcus danach gefragt. Er hat gesagt, dass Letterman ihm tatsächlich ab und zu Geld schickt. Damit zahlt er aber etwas zurück, was Marcus ihm vor einigen Jahren geliehen hat, als er sehr gut verdient hat und Letterman knapp dran war.«

»Sauberes Geld?«, fragte Daniel und fügte in Gedanken *hoffentlich* hinzu.

»Das lässt sich leicht feststellen«, gab Pitt zurück, hob dann den Blick zu Daniel und fragte: »Wie kommst du zu der Vermutung, dass es anders sein könnte?«

»Ich weiß, dass er sich Sorgen macht. Es wird sehr schwer werden, einen Ersatz für Mr. Drake zu finden.«

Pitt nickte stumm.

»Als ich Mr. Drake kennenlernte, kam er mir wie ein übellauniges Fossil vor«, erläuterte Daniel, »und vermutlich hat er mich für einen privilegierten Schnösel gehalten. In Wirklichkeit hatte er einen köstlichen trockenen Humor, wie ich beim Durchgehen seiner Notizen gemerkt habe. Er hat verblüffend scharfsinnige kleine Karikaturen gezeichnet.«

Bei diesen Worten erfüllte ihn ein Gefühl aufrichtigen Bedauerns über die verpasste Gelegenheit. »Sie sind ebenso pfiffig wie lustig. Mit einem halben Dutzend Strichen konnte er mehr über einen Menschen sagen als die meisten mit einer ganzen Seite Text.« Er blickte in die Ferne. »Insbesondere zwei dieser Zeichnungen könnten uns zeigen, warum er nach Mile End gefahren ist …«

»Inwiefern?«

Daniel holte die Mappe aus seinem Zimmer, nahm die Zeichnungen heraus und legte die Lupe daneben. Pitt sah sie mit gerunzelter Stirn prüfend an. Dann hob er den Blick. »Wer sind die zwei?«

»Ich bin nicht sicher, aber da ich beiden schon einmal begegnet bin, denke ich, dass es sich um Bella Blades und … Evan Faber handelt.«

»Verwandte?« Pitt sah Daniel fragend an.

»Ich denke, schon. Es sieht ganz so aus, als wäre Erasmus Faber der Vater von beiden.«

Pitts Augen weiteten sich. »Und deshalb war Drake in Mile End?«

»Möglicherweise.«

»Und zu wem wollte er?«

»Das weiß ich nicht. Vielleicht zu Letterman?«

Pitt dachte eine Weile nach. »Man hat mir gesagt, dass Erasmus Fabers Ehrgeiz weit über den Schiffbau und das Scheffeln von Geld hinausgeht. Angeblich strebt er eine hohe Position in der Regierung an … eine sehr hohe.«

»Will er etwa für einen Sitz im Unterhaus kandidieren?«, fragte Daniel.

»Das dürfte ihm nicht genügen. Er will höher hinaus, auf einen Kabinettsposten oder einen Sitz im Oberhaus.« Er hielt inne. Daniels Gesichtsausdruck hatte ihm offenbar gezeigt, dass er begriffen hatte. »Das weiß ich von MacPherson im Innenministerium. Kein Wunder, dass sich Drake Sorgen gemacht hat …«

Daniel nickte. »Und Mr. fford Croft geht es wieder besser?«

»Ja, ich glaube schon.«

»Soll ich Miriam Bescheid geben?« Noch während Daniel fragte, war er bereits dazu entschlossen.

»Marcus möchte das nicht«, erklärte Pitt. »Sie bereitet sich auf wichtige Prüfungen vor …«

Daniel überlegte, ob er sagen sollte, Miriam würde, falls ihr Vater sterben sollte, ihr Leben lang darunter leiden, dass man sie nicht benachrichtigt hatte. Dann versuchte er sich zu erinnern, was er seiner Mutter als Letztes gesagt hatte, doch fiel es ihm nicht ein. Er hoffte, dass es einige freundliche Worte waren …

»Daniel!«

»Ja? Was? Entschuldige, ich war in Gedanken.«

»Meinst du, wir sollten es ihr trotzdem mitteilen?«

»Ja. Sie muss Gelegenheit haben, selbst zu entscheiden, was sie tun will. Es wäre nicht richtig, wenn wir das an ihrer Stelle täten. Ich habe ihre Anschrift. Wenn sie kommen möchte, hole ich sie am Bahnhof ab und bringe sie zum Krankenhaus. Kitteridge kann ohne Weiteres meine Arbeit in der Kanzlei eine Weile mit erledigen. Für den Fall, dass es wichtige Entscheidungen zu treffen gibt, muss man die ohnehin Mr. fford Croft vorlegen, sofern es ihm gut genug geht.« Er meinte *sofern er noch lebt.*

Pitt sah ihn fest an. »Du hast recht. Wir müssen sie selbst entscheiden lassen. Ich kann nicht mit Sicherheit sagen, dass ihr Vater wieder gesund wird.«

Daniel ging sofort zur Post und gab ein Telegramm an Miriam auf. Obwohl Telegramme gewöhnlich umgehend zugestellt wurden, verlangte er den Vermerk »dringend« und zahlte bereitwillig die dafür fällige Zusatzgebühr. Er hatte seinen Vater gefragt, was er ihr über ffrord Crofts Zustand mitteilen sollte, um zu vermeiden, dass sie in Panik geriet.

Ihr Vater hatte heute leichten Herzanfall Stop
Erholt sich im Krankenhaus Stop Falls Sie kommen wollen,
hole ich Sie am Bahnhof ab. Daniel

Das war zwar ziemlich viel Text, aber um Miriam eine sinnvolle Entscheidung zu ermöglichen, wollte er sie weder unnötig erschrecken noch die Sache verharmlosen.

Als er sich zu Hause erneut Drakes Unterlagen vornahm, merkte er, dass er sich kaum erinnern konnte, was darin stand. Wie konnte er sich konzentrieren, wenn seine Mutter in der Gewalt von Entführern war und sein Mentor möglicherweise um sein Leben kämpfte? Er schob diese Gedanken beiseite. Es gab noch so viele offene Fragen, und wenn er die Antworten fand, würde ihn das vielleicht auf die Spur seiner Mutter und der Geiselnehmer führen.

Niemand wollte den Schmuck gesehen haben, den Marie Wesley auf Drakes Zeichnung trug. Der Arzt, der ihre Leiche obduziert hatte, erklärte auf Befragen, Verletzungen an ihrem Hals ließen sich dadurch erklären, dass ihr jemand eine Kette abgerissen hatte, wobei deren Glieder tief in die Haut gedrungen waren. Hatte es sich dabei um die bewusste Kette gehandelt, oder war es eine andere gewesen? Und warum sollte jemand sie mit Gewalt an sich gebracht haben, nachdem er Marie Wesley zu Tode geprügelt hatte? Aus Hass? Dem Wunsch, ein Erinnerungsstück zu haben? Aber an was? Liebe? Das befriedigende Gefühl, sich gerächt zu haben? Am nächsten lag die Vermutung, dass der Mörder den Schmuck vernichten wollte, weil dieser die Polizei auf seine Spur führen könnte. Hatte er ihn deshalb an sich gebracht?

Kitteridge hatte die Ansicht vertreten, die betreffende Person habe den Schmuck höchstwahrscheinlich zum Pfandleiher gebracht, weil es zu gefährlich gewesen wäre, ihn bei sich zu behalten. Gleichzeitig sei er zu wertvoll, als dass man ihn einfach hätte wegwerfen wollen. Die wichtigste Frage war jetzt, wer ihn hatte anfertigen lassen.

Daniel sah, dass sein Vater im Begriff stand, das Haus zu verlassen. Obwohl er nach wie vor erschöpft wirkte und bleich aussah, schien er seine Tatkraft wiedergewonnen zu haben.

»Ich kann nicht faul hier herumsitzen«, erklärte Pitt und sah durch das Fenster nach dem Wetter.

Am liebsten hätte Daniel ihn gefragt, ob er etwas über seine Mutter erfahren habe, unterließ es aber. Bestimmt würde er es von sich aus sagen, wenn er etwas wüsste. Dennoch war sein Schweigen schlimmer als jeder Albtraum, weil es in gewisser Weise jede Befürchtung als Möglichkeit erscheinen ließ.

Daniel brachte das Thema der Kette mit dem Medaillon zur Sprache. »Wenn wir wüssten, von wem sie die hatte …«, setzte er an.

»Ich verstehe«, erwiderte Pitt. »Gut.« Er versuchte nicht einmal zu lächeln. »Ich werde meine Männer unverzüglich darauf ansetzen. Du hast recht, Daniel. Wenn wir das wüssten, wären wir nahezu mit Sicherheit auf der Fährte zu ihrem Mörder.« Er seufzte. »Sollte das allerdings Erasmus Faber sein, weiß ich nicht, was wir tun könnten.«

Daniel sagte nichts darauf. Womöglich hatte er sich mit seiner Annahme, Faber, immer vorausgesetzt, der hatte die Entführung veranlasst, werde seine Mutter freilassen, sobald sie die Wahrheit herausbrächten und Beweise dafür vorlegen konnten, einer Täuschung hingegeben. Er versuchte sich zu überlegen, was er sagen könnte, um einen hoffnungsvollen Eindruck zu machen, denn er wollte seinen Vater aufmuntern, so wie dieser ihn aufzumuntern versuchte.

»Wohin willst du?«, fragte er.

Pitt sah einen Augenblick lang verwirrt drein und nickte dann. »Ich hatte mir überlegt, dass ich mir mal Drakes Haus ansehen könnte … oder sein Büro … oder … ich weiß nicht recht.«

Daniel legte seinem Vater eine Hand auf die Schulter. »Bitte bleib hier«, sagte er in einem Ton, der keinen Zweifel daran ließ, dass diese Bitte auf sein Bedürfnis zurückging, ihn in seiner Nähe zu wissen.

Als es einige Stunden später an der Haustür klingelte, erhob sich Daniel mühsam und ging hin. Er dankte dem Jungen, der ein Telegramm gebracht hatte, und gab ihm einen Shilling Trinkgeld.

Mit zitternden Fingern riss er den Umschlag auf.

Ich komme Stop Eintreffe morgen früh 8 Uhr
Saint Pancras Stop Miriam

Daniel atmete langsam ein und aus. Sie würde kommen. Es verstand sich von selbst, dass er sie am Bahnhof abholen und mit ihr zum Krankenhaus fahren würde. Hoffentlich machte die Besserung ihres Vaters Fortschritte.

Er kehrte zurück ins Wohnzimmer und zeigte seinem Vater das Telegramm. Pitt nickte wortlos.

Daniel hätte liebend gern etwas Angenehmes gesagt, aber alles klang falsch. Ihnen beiden war bewusst: Je länger Charlotte festgehalten wurde, desto wahrscheinlicher musste man mit einem tragischen Ende rechnen oder damit, dass ein neu eintretendes Ereignis sie zum Handeln zwang. Gab es überhaupt einen Beweis dafür, dass sie noch lebte?

Vielleicht dachten sie beide das gleiche. Wenn sie tot war, würde das für sie beide einen endlos scheinenden Albtraum bedeuten, an dessen Ende ein düsteres Leben stand. Wie konnten sie einander beistehen? Wie würde Daniel seiner Schwester eine solche Mitteilung beibringen?

Ganz wie er befürchtet hatte, schlief Daniel schlecht und hatte entsetzliche Kopfschmerzen, als er zu früher Stunde aufstand. Er zwang sich, das von Minnie Maude zubereitete Frühstück zu essen. Sie bewegte sich geräuschlos in der Küche, hätte gern etwas gesagt, unterließ es aber, weil ihr die Worte fehlten.

Daniel dankte ihr und stand vom Tisch auf.

Sie holte Luft und stieß sie wortlos wieder aus.

»Wir tun alles, was wir können«, versicherte er ihr. »Niemand hat aufgegeben. Es ist keineswegs ausgeschlossen, dass sie nach Hause zurückkehrt.«

»Glauben Sie?« Ihre Augen füllten sich mit Tränen. »Oder wollen Sie mich nur trösten?«

»Uns beide«, antwortete er und fuhr nach kurzem Zögern fort: »Ich fahre zum Bahnhof, Miss fford Croft abholen. Bitte sehen Sie zu, dass Sir Thomas etwas isst.«

Sie nickte, unfähig, etwas zu sagen.

Er war unnötig früh am Bahnhof und ging ungeduldig am Bahnsteig auf und ab. Obwohl er die Bahnhofsuhr unmittelbar vor Augen hatte, sah er von Zeit zu Zeit auf seine Taschenuhr. Er überlegte, was er Miriam sagen würde, was zugleich zutreffend als auch tröstlich war, doch nichts von dem, was ihm einfiel, schien ihm richtig zu klingen. Ständig lauerte im Hintergrund die Angst um seine Mutter …

Als der Zug endlich einlief, sah er Miriam unter den zahlreichen Aussteigenden nicht. Eigentlich müsste er sie doch an ihrem leuchtenden Haar erkennen. Ob sie den Zug verpasst hatte? Oder wartete er auf dem falschen Bahnsteig? Er hatte das Gefühl, dass ihm im Verlauf der vergangenen achtundvierzig Stunden alle Gewissheiten abhandengekommen waren.

Mit einem Mal fasste ihn jemand ohne Druck, aber fest am Arm. Als er sich umwandte und die fremde Hand abzuschütteln versuchte, traf sein Blick auf die ihm vertrauten tiefblauen Augen. Er war so erleichtert, dass er Miriam spontan in die Arme nahm und an sich drückte.

Sie ließ es geschehen, schob ihn dann aber von sich und sah ihm ins Gesicht.

»Wie sieht es aus? … Lebt er noch?«

»Ja«, sagte er mit fester Stimme. »Ich habe vor einer Weile im Krankenhaus angerufen, und man hat mir gesagt, dass er eine gute Nacht hatte. Allerdings ist er noch sehr schwach. Vorsichtshalber habe ich ihm nicht gesagt, dass Sie kommen; es hätte ja sein können, dass etwas Sie aufhält. Haben Sie Gepäck?«

»Nicht viel.« Sie wies auf den kleinen Handkoffer zu ihren Füßen.

Er nahm ihn auf. »Der Wagen steht gleich da vorn.« Wortlos folgte sie ihm durch die Menschenmenge auf den Bahnhofsvorplatz, wo der Fahrer ihres Vaters wartete. Er stieg aus, öffnete ihnen den Schlag, nahm hinter dem Steuer Platz und fädelte sich in den Verkehr ein.

»Zum Krankenhaus, Miss?«, fragte er. Sein Gesicht zeigte, dass auch er besorgt war. Daniel wusste nicht, seit wann der Mann in fford Crofts Dienst stand, aber schon ein einziger Tag hätte genügt, um Sympathie für den alten Herrn zu empfinden.

»Ja, bitte«, sagte sie, beugte sich vor und legte ihm leicht die Hand auf die Schulter. »Vielen Dank.«

Dann sah sie, wortlos lächelnd, zu Daniel. Er überlegte, was er ihr Beruhigendes sagen könnte, ohne von der Wahrheit abzuweichen. Wie lange war es her, dass sie einander nahe gewesen waren, jederzeit völlig offen miteinander geredet hatten? Zwischen ihnen hatte es nie Verstellung gegeben, aber in diesem Augenblick gab es nichts zu sagen. Zuerst musste sie selbst sehen, wie es ihrem Vater ging. Um über seine Mutter zu sprechen, war später noch genug Zeit.

Er sah zu ihr hin, und im selben Augenblick schrumpfte die lange Zeit, die seit ihrem letzten Beisammensein vergangen war, zu Nichts zusammen. Er wollte etwas sagen, ihr versichern, dass es ihrem Vater bald besser gehen werde. Doch wie könnte er das, da er es selbst nicht wusste? Schließlich ging es nicht nur um den Herzanfall, sondern um mehr, weit mehr. Was würde aus der Kanzlei, falls sich herausstellte, dass die von Letterman behaupteten Anschuldigungen auf Wahrheit beruhten? Jonah Drake war tot, und allen in der Kanzlei steckte das dadurch ausgelöste Entsetzen immer noch in den Knochen. Ohne seine speziellen Kenntnisse könnte die Existenz der ganzen Kanzlei auf dem Spiel stehen. Nein, es gab nichts Beruhigendes, was er ihr hätte sagen können. Alles wäre entweder eine Lüge oder würde zu Fragen führen, auf die er noch keine Antwort wusste. Es drängte ihn danach, ihr zu berichten, was mit seiner Mutter geschehen war und dass er große Angst um sie hatte. Aber war das der richtige Augenblick? Miriam war auf dem Weg zu ihrem Vater, wurde von ihren eigenen Ängsten gepeinigt. Da war es besser zu warten.

Daniel hätte sie gern von diesen Ängsten abgelenkt, doch ihm war bewusst, dass sie das nicht wollen würde. Er legte seine Hand zwischen ihnen auf den Sitz. Eine Minute verging, dann zwei und drei. Einen flüchtigen Augenblick lang legte Miriam ihre Hand auf die seine, sodass er die Wärme ihrer Haut spürte.

Vor dem Krankenhaus bat Daniel den Fahrer, auf Miriams Rückkehr zu warten. Dann begleitete er sie hinein und bis vor die Zimmertür, ehe er sie fragte: »Möchten Sie, dass ich hier auf Sie warte?«

Sie zögerte, als habe sie mit dieser Frage nicht gerechnet.

»Ich würde auch gern wissen, wie es ihm geht«, sagte er, »und ihn, falls es ihn nicht zu sehr anstrengt, fragen, ob es etwas gibt, was ich für ihn tun soll.«

»Ja, natürlich.« Sie schüttelte den Kopf ganz leicht. »Ich … Wollen wir gemeinsam hineingehen?« Sie wirkte verlegen und sehr allein.

Wortlos nahm er ihren Arm und klopfte an. Als keine Antwort kam, öffnete er die Tür.

Als sie eintraten, sah er, dass Miriams Vater wach war und sich im Bett aufgesetzt hatte. Sein bleiches Gesicht leuchtete vor Freude auf, als Miriam auf ihn zutrat. Daniel hielt sich einstweilen im Hintergrund.

»Ich hatte seinen Vater gebeten, dir nichts zu sagen«, waren ffford Crofts erste Worte, doch war ihm deutlich anzusehen, wie sehr ihn die Anwesenheit seiner Tochter freute. »Hört ihr Pitts eigentlich nie zu, wenn man euch etwas sagt?« Diese Worte waren zwar an Daniel gerichtet, doch sah er ihn nur flüchtig an. »Du hättest nicht kommen sollen«, fuhr er, wieder an Miriam gewandt, fort. »Es ist wirklich nichts Ernstes, es war nur ein gewisser Schock. Wir haben einen unserer Teilhaber verloren und bisher keinen Ersatz für ihn gefunden. Wie geht es dir, mein Kind? Was macht das Studium? Wann sind deine Prüfungen?« Mit besorgter Miene fügte er hinzu: »Du wirst sie doch hoffentlich nicht verpassen …«

»Nein«, sagte sie in einem Ton, der jede weitere Frage verbot. »Das Einzige, was ich verpasse, ist ein Nachmittagspicknick. Wer hat euch denn verlassen? Hoffentlich nicht Toby Kitteridge?«

»Jonah Drake. Ich glaube nicht, dass du ihn kanntest …«

»Natürlich habe ich ihn gekannt. Will er sich zur Ruhe setzen? Dann hätte er dir aber früher Bescheid geben sollen. Kann er nicht …?« Dann erkannte sie den düsteren Ausdruck auf seinem Gesicht. »Was ist?«, fragte sie. Als ihr Vater nicht sofort antwortete, drehte sie sich um und sah Daniel fragend an.

»Er ist tot«, sagte er. »Völlig unerwartet.«

Sie sah ihn eine Weile an und versuchte hinter den Sinn seiner Worte zu kommen. Stimmte das, was er sagte? Ganz oder nur zum Teil? Wollte er ihrem Vater aus irgendeinem Grund etwas vorenthalten? Sie sah ihren Vater erneut an. »Hatte er etwa ebenfalls einen Herzanfall?«, fragte sie mit einer Stimme, in der wieder Besorgnis mitschwang.

Ihr Vater zögerte. Er begriff ihre Angst.

Bevor er ihr ausweichend antworten konnte, beschloss Daniel, die Wahrheit zu sagen. Er hatte Miriam noch nie belogen, teils, weil er jede Unaufrichtigkeit zwischen ihnen vermeiden wollte, teils, weil er wusste, dass er ein schlechter Lügner war. »Nein«, sagte er. »Aus einem Grund, den wir nicht kennen, ist er eines Nachts nach Mile End gefahren. Dort hat man ihn aus dem Hinterhalt umgebracht.«

Bei dieser Mitteilung sank sie ein wenig in sich zusammen. Sie war die ganze Nacht unterwegs gewesen, erst mit dem Zug zur Fähre, dann über den Kanal und weiter mit dem Zug nach London. Daniel sah, dass sie besorgt und beunruhigt war. Jetzt war zu allem anderen noch ein neuer Schrecken hinzugekommen.

ffford Croft funkelte Daniel zornig an.

»Wir müssen ihr reinen Wein einschenken«, sagte Daniel. »Wie kann sie glauben, was wir über Ihren Gesundheitszustand sagen, wenn wir in diesem Punkt lügen? Dann müsste sie hierbleiben, weil sie uns mit Grund verdächtigen würde, ihr die Wahrheit vorzuenthalten.«

fford Croft erwiderte: »Na schön!« Er wandte sich erneut Miriam zu. »Wir wissen, wer die Tat begangen hat, aber nicht, wer den Auftrag dazu erteilt hat. Alle arbeiten an dem Fall, und mir geht es sozusagen stündlich besser. Ich muss noch einen oder zwei Tage hierbleiben, kann aber bald nach Hause. Viele Leute sind hier rührend um mich bemüht. Mach dir also keine Sorgen. Daniel und Kitteridge kümmern sich um das laufende Geschäft in der Kanzlei. Und natürlich auch Impney. Außerdem gibt es ja noch die anderen Anwälte, die anstehende Fälle erledigen.« Er lächelte. »Es ist schön, dich zu sehen, aber fahr gleich morgen zurück. Sieh zu, dass du deine Vorlesungen nicht verpasst, und vor allem keine Prüfung. Achte ganz besonders darauf, dass du dich nicht überanstrengst oder dir zu viele Sorgen machst. Es ist mein Wunsch, dass du gut abschneidest. Bitte versprich mir das …«

»Das verspreche ich«, sagte sie ohne das geringste Zögern. »Kann ich jetzt, da ich schon einmal hier bin, etwas für dich tun?«

Daniel überlegte, ob sie vielleicht im Hinblick auf Lettermans Zahlungen behilflich sein könnte. Das würde seinem Vater nicht nur einen Teil der Schwierigkeiten abnehmen, sondern möglicherweise sogar dazu beitragen, Charlotte zu finden. Daher sagte er, an seinen Kanzleichef gewandt, spontan: »Ja. Bevor sie nach Holland zurückfährt, könnte sie sich doch die durch Letterman veranlassten Zahlungen ansehen. Sich von der Bank die Belege geben lassen. Falls es uns gelänge zu beweisen, dass er gelogen hat …« Er erkannte den Ausdruck von Verwirrung auf fford Crofts Gesicht, während dieser sich zu erinnern versuchte, worum es ging.

Miriam, die sich inzwischen auf die Bettkante gesetzt hatte, wandte sich erneut zu Daniel um. »Letterman? Wer ist das? Und kann das nicht warten?«

»Nein«, sagte Daniel in entschlossenem Ton. Ihm war bewusst, dass er im Begriff stand, seinen Chef zu verärgern. »Jemand hat Ihren Vater der Erpressung beschuldigt. Wir können beweisen, dass dieser Vorwurf unberechtigt ist, brauchen aber Zugang zu seinen Bankunterlagen. Wenn er Ihnen eine Vollmacht ausstellt, haben wir die Möglichkeit, die Zahlungsbelege zu prüfen. Mein Vater hat zwar angeboten, das zu tun, aber für den Ruf Ihrer Familie wäre es weit besser, wenn das ohne Mitwirkung des Staatsschutzes geschieht.«

Sie sah ihren Vater mit fragendem Blick an. So viel Unerwartetes stürmte auf sie ein. Erst sein Herzanfall und jetzt das. »Darf ich, Vater? Bitte erlaube es mir. Ich werde mir nur ansehen, was zur Sache gehört.«

»Würdest du das tun?«, fragte er. »Ich erinnere mich nicht an alles, was Pitt gesagt hat, aber es stimmt schon, hier muss rasch gehandelt werden.«

»Ich tue es sofort«, versprach sie. »Wenn ich schon hier bin, kann ich mich auch nützlich machen.«

»Aber deine Prüfungen!«, begehrte er auf. Er sah sie erneut besorgt und verwirrt an.

Daniel war tief betrübt. Sie hatte ihm doch erst vor wenigen Minuten gesagt, dass damit alles in Ordnung war. Er hoffte im Stillen, dass die Verwirrung seines Chefs auf den Herzanfall zurückging und nicht noch etwas Schlimmeres drohte.

Miriam legte eine Hand auf die ihres Vaters. »Ich fahre erst wieder zurück, wenn ich sicher bin, dass es dir gut geht.«

Er holte Luft, um etwas zu sagen.

»Außer, der Arzt versichert mir, dass ich beruhigt fahren kann«, schloss sie.

Er entspannte sich sichtlich. »Kümmere dich um Daniel«, sagte er kaum hörbar.

Sie küsste ihn auf die Wange und verließ dann mit sonderbar steifem Gang den Raum.

Daniel folgte ihr schweigend. Er sah, dass fford Croft wegzudämmern begann, bevor er die Tür hinter sich schloss.

Miriam wartete auf dem Gang. Sie war bleich, und es fiel ihr sichtlich schwer, sich zusammenzunehmen. Sie zwang sich zu einem Lächeln. »Danke, dass Sie es mir gesagt haben. Er wollte wohl, dass Sie es nicht tun?«

»Ja.«

»Gibt es noch etwas, was nicht in Ordnung ist, Daniel? Sagen Sie die Wahrheit. Sie wissen, dass Sie nicht gut lügen können. Ist die Kanzlei in Schwierigkeiten?«

»Der Verlust Mr. Drakes war selbstverständlich ein schwerer Schlag, aber soweit ich weiß, kommen wir zurecht«, sagte er wahrheitsgemäß. »Wir werden einen Ersatz für ihn finden, aber ob der ihn in jeder Beziehung ersetzen kann, muss sich zeigen. Das war alles ziemlich entsetzlich. Ich musste ihn identifizieren, weil er eine meiner Karten bei sich hatte. Jedenfalls … er hatte sich Kitteridges Mantel ausgeborgt, und die Karte steckte in einer Tasche. Aber das spielt jetzt keine Rolle mehr.«

»Lässt sich die Sache, um die es da geht, tatsächlich klären, wenn ich die Bankunterlagen meines Vaters durchgesehen habe? Besteht da ein Zusammenhang mit Drakes Tod? Lassen Sie sich doch nicht alles einzeln aus der Nase ziehen! Sagen Sie schon!«

»Können wir irgendwo eine Tasse Tee trinken?«, fragte er. »Ich weiß nicht mal, ob ich gefrühstückt habe.«

»Sie sehen tatsächlich ziemlich mitgenommen aus …« Sie selbst wirkte müde und sorgenvoll. »Eine Tasse Tee könnte ich auch gebrauchen.«

Während sie das nächstgelegene Café aufsuchten, ließ sie zu, dass er ihren Arm nahm. Sie setzten sich an einen Tisch und gaben ihre Bestellung auf.

»So, und wie sieht es aus?«, verlangte sie zu wissen. »Reden Sie mir ja nicht um den heißen Brei herum.«

Während Daniel seinen Tee trank und dazu Toast aß, überlegte er, wie er ihr den Stand der Dinge schildern sollte und was er besser ausließe. Doch kaum hatte er begonnen, waren seine Vorsätze vergessen.

Er berichtete ihr, was er über den Mord an Drake wusste, dann die Art, wie Evan Faber und Bella umgekommen waren. Ein- oder zweimal musste er innehalten, um seine Fassung zurückzugewinnen, kam aber schließlich zu dem Ergebnis, dass er ihr das Wesentliche berichtet hatte. Der schmerzlichste Teil blieb ihm aber in der Kehle stecken.

»Es tut mir wirklich leid«, sagte sie leise. »Ich habe Jonah Drake gekannt. Er hat mir manchmal etwas gezeichnet, als ich noch ein kleines Mädchen war.« Sie sah beiseite und zwinkerte heftig. Sie suchte nach einem Taschentuch und wischte sich die Tränen ab, die ihr über die Wangen liefen.

Er wartete.

»Jetzt weiter!«, sagte sie, als das Schweigen lastend geworden war. »Hat Evan Faber getan, wofür man ihm den Prozess gemacht hat?«

»Die Geschworenen haben ihn freigesprochen.«

»Das hatten Sie bereits gesagt. Das ist aber nicht dasselbe!«

»In diesem Fall vielleicht schon. Es ging um den Mord«, er sah, wie sie bei dem Wort zusammenzuckte, »an einer jungen Frau *von lockeren Sitten*, wie man das allgemein formuliert. Ich bin fest davon überzeugt, dass er nicht der Täter war …«

»Und wer war es dann?«

»Da könnte der Schlüssel zu dem Ganzen liegen – aber wir wissen es nicht.« Er berichtete ihr alles, was sie herausbekommen hatten. Die Kellnerin brachte Sandwiches sowie eine frische Kanne Tee und räumte das gebrauchte Geschirr ab.

»Sie verschweigen mir etwas«, sagte Miriam nach kurzem Zögern. »Das merke ich genau. Hat das mit meinem Vater zu tun? Hat er einen schwerwiegenden Fehler gemacht? Ich kann nur dann helfen, wenn ich alles weiß.« Auch wenn sie nicht sagte, wie groß ihre Besorgnis war, ließ diese sich von ihrem Gesicht ablesen.

»Nein.« Er sah beiseite, während er darum kämpfte, die Fassung zu bewahren. Er wollte nicht zusammenbrechen, schon gar nicht vor ihr. »Von Zeit zu Zeit unterläuft ihm der eine oder andere unbedeutende Fehler, wie uns allen. Und manchmal vergisst er die Namen von Leuten.«

»Was ist es dann? Ich sehe deutlich, dass es eine ernste Sache ist.«

»Die Polizei von Mile End ist korrupt, allen voran der Leiter der Wache. Er heißt Letterman – eben der Mann, der behauptet, von Ihrem Vater erpresst zu werden. Mile End ist mit Sicherheit der Dreh- und Angelpunkt von allem.« Er holte Luft und schluckte. »Außerdem hat man meine Mutter entführt.«

Ein Ausdruck von so großem Entsetzen trat auf Miriams Züge, dass Daniel um sie fürchtete.

»Großer Gott! Wie ist es dazu gekommen … und wieso sind Sie dann hier? Woher nehmen Sie die …« Sie ergriff seine Hand und drückte sie. In ihren Augen lag Dankbarkeit für seine Gegenwart. »Wann …?«, fragte sie schließlich.

Daniel war zwar bekümmert, fühlte sich aber auch erleichtert, nachdem er seine bedrückenden Empfindungen so lange beherrscht hatte. Vor Miriam konnte er alle seine Ängste aussprechen. »Ich habe gegenwärtig keinen rechten

Zeitbegriff, aber ich glaube, es war vor zwei Tagen. Sie hat das Haus am Vormittag verlassen, um etwas zu erledigen, und war dann einfach … verschwunden. Als sie weder am Nachmittag noch am Abend zurückkam … und auch nicht in der Nacht …« Er schluckte und spürte, wie ihm die Tränen kamen. »Jemand verlangt von meinem Vater, dass er die Ermittlungen im Zusammenhang mit diesen Morden einstellt. Hinter all dem steht Erasmus Faber. Er ist ein herausragender Schiffbauer, und weil unser Land dringend Schiffe braucht, hat er ungeheuer viel Macht. Ich denke, dass es darum geht, welchen Preis wir für diese Schiffe zu zahlen bereit sind.«

Er sah ihren verständnislosen Blick. »Ich meine, auf moralischer Ebene, nicht finanziell. Der Mann ist ohnehin schon immens reich. Er strebt ein Regierungsamt an, je höher, desto besser – einen Kabinettsposten, wenn nicht gar einen Sitz im Oberhaus. Vater ist nicht bereit, sich seiner Forderung zu fügen. Der Preis ist …« Er verstummte.

Seine Hand lag auf dem Tisch. Sie nahm sie sehr sanft in die ihre.

Einen Augenblick lang regte er sich nicht und sagte kein Wort. Als er merkte, dass ihm die Tränen über das Gesicht liefen, löste er seine Hand, um nach einem Taschentuch zu suchen. Er wischte sich die Wangen ab und schnäuzte sich.

»Was kann ich tun?«, fragte sie.

»Sich die Bankbelege ansehen, damit wir Lettermans Behauptung, er werde erpresst, widerlegen können. Dann ist der Ruf Ihres Vaters nicht mehr in Gefahr, und Letterman hat ausgespielt.« Er sah den Ausdruck der Unsicherheit auf ihren Zügen. »Ich glaube Ihrem Vater, aber das genügt nicht, um den Mann festnehmen zu lassen. Er ist einer der Hauptakteure in der ganzen Geschichte. Seine Festnahme wäre der Anfang vom Ende Fabers …«

»Wie sieht denn die Beziehung zwischen den beiden aus?«, fragte sie.

»Anfangs hatte ich angenommen, dass Faber von Letterman benutzt oder sogar erpresst wird. Vermutlich glaubt Letterman, ihn in der Hand zu haben, aber in Wahrheit dürfte es umgekehrt sein. Letterman ist lediglich Fabers Werkzeug und für ihn von größtem Nutzen, weil er Zugang zu Informationen über Verbrechen und Tatverdächtige hat. Ich denke, dass Faber ihn fallen lassen wird, sobald ihm der Augenblick dafür gekommen scheint.«

»Natürlich gehe ich zur Bank«, sagte Miriam entschlossen. »Und wem teile ich das Ergebnis mit, nachdem ich die Unterlagen gesichtet habe?«

»Toby Kitteridge. Sagen Sie ihm, was Sie herausbekommen haben, dann kann er die Polizei informieren.« Plötzlich spürte Daniel, wie blanke Wut in ihm aufstieg. »Wir brauchen eine Möglichkeit, den Mann in die Zange zu nehmen. Wenn Faber erst einmal weiß, dass gegen Letterman ermittelt wird, ist er sehr viel verwundbarer, und dann haben wir eine Chance. Außerdem müssen wir meine Mutter befreien, bevor …«

Miriam drückte seine Hand. »Ich weiß. Sie brauchen es nicht zu sagen. Ich mache mich sofort an die Arbeit. Wir schaffen es. Bestimmt finde ich die Belege für das Darlehen und die Rückzahlungen.«

Daniel wollte hoffen. Er wollte nicht realistisch sein, sich nicht der Möglichkeit stellen, dass es für die Rettung seiner Mutter zu spät sein könnte. »Ich weiß«, sagte er.

Als Miriam ihm zulächelte, begriff er, dass sie den Schein wahren wollte. Erneut schloss sich ihre Hand um die seine, und in ihm stieg ein leises Gefühl der Hoffnung empor.

KAPITEL 17

Charlotte war eingeschlafen, obwohl der Sessel, an den man sie gekettet hatte, sehr unbequem war und ihr so gut wie keine Bewegungsfreiheit ließ. Einige Male hatte man ihr gestattet, die nicht sonderlich reinliche Toilette aufzusuchen, ihr aber danach die Fesseln sogleich wieder angelegt. Die vage Hoffnung auf eine Flucht war in weite Ferne gerückt.

Ruckartig fuhr sie aus ihrem Dämmerschlaf hoch, einen Augenblick lang verwirrt. Dann sah sie Oma Blades' Gesicht etwa eine Armlänge entfernt vor sich. Sie holte Luft, um etwas zu sagen.

»Pst!«, machte die Alte. »Zeit zum Anzieh'n.«

Charlotte sah an sich herunter. »Ich bin angezogen.«

»Doch nich' so, du dumme Kreatur! Du muss' ausseh'n wie eine aus'm Bordell un' nich wie 'ne feine Dame.« Sie musterte Charlotte von Kopf bis Fuß. »Taufrisch biste auch nich' mehr, aber 's könnte noch geh'n.« Mit einem Blick auf Charlottes Busen fügte sie hinzu: »Immerhin hat 'n Kerl da was in der Hand. Mit 'nem ander'n Kleid fällste nich' so auf.«

Charlotte öffnete den Mund, um zu protestieren, aber ein Blick in die Augen der Alten zeigte ihr, dass wohl etwas im Gange war. Sollte ihre Freilassung bevorstehen? Warum sonst sollte man von ihr verlangen, sich als Prostituierte zu verkleiden, wenn es nicht darum ging, aus diesem Bordell zu fliehen? Mit ihren eigenen Kleidern würde sie auf der Straße sofort die Aufmerksamkeit auf die Alte wie auf sich selbst lenken, was sie beide das Leben kosten konnte. Oder im günstigsten Fall eine erniedrigende Rückkehr in die Gefangenschaft unter noch härteren Bedingungen bedeuten würde.

Die Alte schien an Charlottes Gesichtsausdruck erkannt zu haben, dass sie verstanden hatte. »Gut«, sagte sie. »Zieh das aus. Das fällt sofort auf, is' viel zu gut für hier. Auch wenn wir selber nix ha'm, seh'n wir schon, was wertvoll is. Ich hol dir was and'res.« Sie wandte sich dem Hund zu. »Komm, Patch. Wir müssen was find'n, was ihr passt. Sie muss ausseh'n wie eine von uns, sonst is alles vorbei.« Sie verließ den Raum. Der Hund trottete hinter ihr her.

Etwa zehn Minuten später kam sie mit einem Bündel von Kleidungsstücken auf den Armen lautlos zurück. Sie warf alles auf den Boden, legte etwas Unterwäsche und einen Unterrock beiseite. Dann löste sie Charlottes Fesseln. »So, un' jetz' vorwärts. Wir ha'm nich die ganze Nacht. In 'ner gut'n Stunde wird es hell. Bis dahin müss'n wir hier raus sein. Also Beeilung.«

Das war nicht der richtige Augenblick für Schamgefühl, und so tat Charlotte wie geheißen. Kleidungsstücke wie diese hatte sie noch nie getragen. Sie waren nicht nur unbequem, sondern ihrem Empfinden nach auch äußerst schamlos. Als sie fertig angezogen war, sah sie aus wie eine dralle Straßendirne. Wenn sie nicht so große Angst gehabt hätte, wäre sie über den Anblick in schallendes Gelächter ausgebrochen. So aber empfand sie die ganze Situation als absurd.

»Komm schon!«, blaffte die Alte. »Und stolper nich' über die eig'nen Füße. Ich hab keine Zeit, dich vom Bod'n aufzusammeln.« Sie wandte sich um und verließ den Raum mit erstaunlich raschen Schritten. Patch folgte ihr.

Mit gerafften Röcken eilte Charlotte ihr nach.

Es ging durch gewundene Gänge, treppauf und treppab, sodass sie schon bald keine Vorstellung mehr davon hatte, wo sie sich befanden. Sie war heilfroh, dass ihnen niemand in den Weg trat und wissen wollte, was sie dort zu suchen hatten. Schließlich gelangten sie durch eine Hintertür in eine enge Gasse, die heftig nach Abwasser roch. Patch gab ein leises Knurren von sich.

Mit einem Mal hob Oma Blades eine Hand und sah Charlotte warnend an. Es war eine unverkennbare Mahnung, sich leise und vorsichtig zu verhalten.

Charlotte nickte und versuchte, nicht durch die Nase zu atmen, um den Würgereiz zu unterdrücken. Allerdings zeigte sich, dass das Atmen durch den Mund die Sache nicht viel besser machte. Es kam ihr vor, als durchdrängen die widerlichen Gerüche sie ganz und gar. Als sie auf dem glatten Boden beinah ausglitt, wagte sie nicht, nach unten zu sehen. Sie wollte gar nicht wissen, was da alles sein mochte. Die kalte Luft biss in die frei liegenden Partien ihrer Haut, die sie gewöhnlich bedeckt trug. Sie fror nicht nur, sondern kam sich auch unanständig und verletzlich vor.

Sie blieben unbehelligt, bis sie an eine Stelle kamen, wo der schmale Durchgang in eine Gasse mündete, die ihrerseits zur Straße führte. Ein Mann lehnte an der mit Flecken aller Art bedeckten Mauer eines Gebäudes und rauchte eine Zigarette. Die Alte zögerte. Charlotte sah, dass sie die Hand an die Hüfte führte. Im trüben Licht einer Straßenlaterne blitzte die Klinge eines Messers auf, das sie in der Hand hielt.

Charlotte erstarrte. Dann begriff sie, dass jede Äußerung von ihr automatisch die Aufmerksamkeit auf sie lenken würde, und das wollte sie auf keinen Fall. Am liebsten wäre sie völlig unsichtbar gewesen.

Die Alte sagte etwas Unverständliches.

Der Mann schwankte.

Patch drängte sich an Charlottes Beine, ein kaum wahrnehmbarer Schatten an ihrer Seite.

Oma Blades setzte sich erneut in Bewegung, und Charlotte dachte rechtzeitig daran, ihre Röcke zu raffen, bevor sie ihr folgte.

Dem Mann fielen sie erst auf, als sie unmittelbar an ihm vorüberkamen. Er war überrascht und stieß einen Fluch aus. Oma Blades erwiderte mit gleicher Münze. Dann packte sie Charlotte am Arm und zog sie so rasch mit sich, dass sie fast ins Stolpern geraten wäre.

Der Mann machte eine obszöne Bemerkung, doch sie achteten nicht darauf. Charlotte nahm an, dass die Alte ihn kannte, merkte dann aber, dass das nicht der Fall war und dass auch sie Angst hatte.

Er rief ihnen etwas nach, und die Alte beschleunigte den Schritt. Charlotte begriff, dass er sie mit seinen obszönen Ausdrücken eindeckte, weil er sie für Prostituierte hielt, die seiner Ansicht nach keinen Grund hatten, ihn zu ignorieren oder gar sich von ihm zu entfernen.

Sie eilten durch die Gasse, bogen scharf um eine Ecke und überquerten nach einigen hundert Metern eine Hauptstraße, von der aus sie erneut in den Schatten einer Seitengasse eintauchten.

An einer Stelle hielten drei Betrunkene sie auf, die sehr rasch aggressiv wurden. Eine Mischung aus Wut und Angst erfasste Charlotte, und sie war dankbar für die wagemutige Selbstgewissheit, mit der die Alte an den Männern vorüberging, ohne hinzusehen oder ein Wort zu sagen. Erst als sie die dreihundert Schritt hinter sich wusste, fühlte sie sich etwas besser. Die Nähe des Hundes gab ihr ein gewisses Gefühl der Sicherheit.

Mit der beginnenden Morgendämmerung wurde aus der leichten Brise ein kräftiger Wind. Er war so eiskalt, dass Charlotte am ganzen Leibe zitterte.

Die Alte fasste sie am Arm und begann sie mit sich zu zerren. »Los! Wir müss'n uns beeil'n. Bestimmt ham die schon spitzgekriegt, dass wir weg sind, und komm'n hinter uns her.«

»Wieso? Was haben Sie den Leuten denn gesagt?«, fragte Charlotte. »Für mich zahlt niemand Lösegeld.«

»Natürlich nich, du dummes Stück! Aber solange se dich ha'm, muss dein Mann tun, was man ihm sagt. Die sind nich' blöd. Die lass'n dich auf kein'n Fall weg, da kanns' du schwör'n, bis du schwarz wirs', dass du nix sags'. Dafür has' du zu viel mitgekriegt. Wenn du in Sicherheit bis', macht dein Mann die alle fertig. Du has' ja gesagt, dass er dafür da is'.«

Es war Charlotte klar gewesen, dass bei aller Hoffnung stets eine Sorge in ihrem Unterbewusstsein lauerte, der sie sich nicht stellen wollte. Die Leute würden sie nie freilassen – sie würden es nicht wagen. Jetzt lag die Straße schmutzig, kalt und voller Gefahren vor ihr. Sie kam ihr endlos lang vor. Das Kleid saß nicht gut, und sie hatte nichts, was sie sich um die Schultern legen konnte, um ihren Busen zu bedecken.

Sie beschleunigten den Schritt noch mehr, wobei sie sich dicht an den Mauern der Gebäude hielten. Wenn sie eine Straße überqueren mussten, liefen sie, so rasch sie konnten. Patch hielt getreulich mit ihnen Schritt. Als sie beinahe aus dem Gebiet um die Anthony Street heraus waren, sahen sie auf dem schmalen Gehweg vor sich zwei Männer. Die Alte machte abrupt kehrt, wobei sie Charlotte mit sich zerrte, aber aus der Gegenrichtung kamen ebenfalls zwei Männer auf sie zu.

In diesem Augenblick begriff Charlotte, dass die Männer hinter ihr her waren, um sie zum Schweigen zu bringen und zu verhindern, dass Thomas die wahren Umstände von Drakes Tod ermittelte. Sie konnten es sich nicht leisten, sie gehen oder auch nur am Leben zu lassen. Wenn sie sie töteten, konnten sie ihre Leiche verstecken, damit Thomas weiterhin verzweifelt hoffte, dass sie noch lebte. Die Wahrheit würde er erst erfahren, wenn diese Leute das wollten – immer vorausgesetzt, dass sie überhaupt die Absicht hatten, ihn die Wahrheit wissen zu lassen.

Oma Blades blieb mit dem Rücken zur Wand eines Hauses stehen und drückte Charlotte ebenfalls an die Mauer. Die Männer kamen näher.

Patch knurrte mit gesträubten Nackenhaaren.

Die Alte hielt das Messer in der Hand. Charlotte, die keinerlei Waffe hatte, fühlte sich hilflos. Die sich von beiden Seiten nähernden Männer waren bis auf zwanzig Schritt herangekommen.

Kalt und bleich erhob sich die Sonne über dem Horizont.

Unvermittelt schwangen die Männer die Arme. Obwohl Charlotte sich duckte, traf sie ein heftiger Schlag an der Schulter. Ein lauter Schrei erklang, als Patch einem der Angreifer ins Bein biss.

Charlotte fuhr herum und schlug dem Mann, der am dichtesten bei ihr stand, so kräftig sie konnte ins Gesicht. Der süßliche Geruch von Blut stieg ihr in die Nase. Ein heftiger Schlag ließ sie nach vorn taumeln, und sie konnte sich nur vor einem Sturz bewahren, indem sie den Mann ihr gegenüber packte und ihn seinerseits von den Füßen riss. Er holte zu einem Fausthieb gegen die Alte aus, doch im selben Augenblick blitzte die Klinge auf, und mit einem Mal war überall Blut.

Charlotte, die von mehreren heftigen Schlägen getroffen wurde, bekam nicht richtig mit, wie dieser Kampf von vier Männern gegen zwei Frauen und einen Hund im Einzelnen ablief. Es schmerzte, sie bekam keine Luft und wurde mit Gewalt auf den Boden gedrückt. Als sie sich bemühte, wieder auf die Beine zu kommen, hörte sie einen der Männer aufschreien. Er fiel gegen sie, wobei er sie fast unter sich erdrückt hätte. Ein weiterer Mann fiel auf ihn. Bevor er sich wieder aufrichten konnte, ging ihm Patch an die Kehle. Das Blut, das aus der Wunde schoss, lief über den Gehweg.

Es war ein wildes und entsetzliches Durcheinander.

Einer der Angreifer rannte laut schreiend davon, und der auf dem Gehweg Liegende rührte sich nicht. Charlotte hätte nicht sagen können, ob er bewusstlos oder tot war.

Auch Oma Blades lag am Boden. Sie blutete aus Wunden am ganzen Körper.

Der letzte der Männer floh wortlos nach einem Blick auf die blutige Szene.

Charlotte kniete sich neben die Alte. Nach und nach erkannte sie, dass das meiste Blut nicht von den Männern stammte, sondern von Oma Blades. Deren Gesicht war grau, der Blick der trüben Augen ging in die Ferne.

»Du kanns' mir nich' helf'n«, sagte Oma Blades mit kaum hörbarer Stimme.

Charlotte legte die Arme um die elende und unglückliche alte Frau, die ihre Enkelin geliebt und ihr selbst das Leben gerettet hatte.

»Was kann ich tun?« Mit Tränen in den Augen streichelte Charlotte ihr Gesicht.

Einen Augenblick lang hörte sie nichts als den keuchenden Atem der Alten, dann ein geflüstertes Wort, das sie nicht verstand.

»Ja?«, fragte Charlotte und beugte sich dichter über sie. »Was?«

»Patch. Kümmer dich um ihn. Versprich mir das.«

»Natürlich, wenn er mit mir kommt …«

»Du kanns' sons' nix für mich tun. Verschwinde einfach. Nach West'n.« Ihr Atem begann zu rasseln. »Du weiß' doch sicher, wo West'n is'. Weg von der Sonne. Das is' doch nich' schwer. Hau ab! Und dann schnappt euch den Mistkerl, der meine Kleine umgebracht hat. Versprich mir das …«

»Wer?«, fragte Charlotte eindringlich. »Wer war das?«

»Faber, du dumme …« Ihre Augen brachen. Man hörte keinen Atem mehr.

Ohne auf die Tränen zu achten, die ihr über die Wangen liefen, raffte Charlotte die Röcke und erhob sich. Der Hund drängte sich dicht an die Alte, deren Blut die weißen Stellen seines Fells rötlich färbte. Auch um seine Schnauze sah man Blut. Er gab ein leises, klägliches Jaulen von sich.

»Sie ist tot, Patch«, sagte Charlotte leise. »Wir können nichts mehr für sie tun.«

Der Hund sah sie an und stand auf.

»Kommst du mit?«, fragte sie. »Sehen wir uns einmal an, ob du verletzt bist. Es scheint nicht so, aber …«

Er setzte sich vor ihr auf den Boden.

»Was heißt das?«, fragte Charlotte. »Dass du mir zuhörst?«

Er wedelte leicht mit dem Schwanz.

»Wir dürfen nicht hierbleiben«, sagte sie. Der Hund schien aufmerksam zuzuhören. Ob er auch bereit war, die Alte zu verlassen? Verstand er, dass sie tot war?

»Patch, ich kann nicht hierbleiben. Sei vernünftig. Du kannst nichts für sie tun. Aber vielleicht für mich? Komm!«

Sie tat einige Schritte. Der Hund gab ein langes, durchdringendes Jaulen von sich, dann stand er auf und folgte ihr in Richtung Westen.

KAPITEL 18

Daniel und sein Vater hatten ihren Plan fertig und alle Entscheidungen getroffen, bevor sie sich zur Ruhe begaben. Sie hofften, vielleicht zwei oder drei Stunden schlafen zu können. Schon nach kurzer Zeit gaben sie den Versuch auf und setzten sich mit einer Tasse Tee und einem Teller Kekse in die warme Küche. Ihr Gespräch drehte sich nicht um Charlotte – es wäre sinnlos gewesen, ihre Ängste und Befürchtungen auszutauschen –, sondern um Dinge, die sie einigermaßen steuern konnten, jedenfalls einstweilen.

»Wir gehen ohne meine Männer vor«, sagte Pitt mit ernster Stimme. »Hier kommt es nicht auf die große Zahl an. Außerdem hat man mir unter Androhung von Konsequenzen eingeschärft, dass ich nichts gegen Faber unternehmen soll. Falls man mich entlässt, was man nicht ausschließen kann, muss die Struktur des Staatsschutzes unbedingt erhalten bleiben, und zwar mit den Leuten, die jetzt in der Abteilung tätig sind, denn die wissen, worum es geht. Solange die nicht das Geringste von dem wissen, was wir beide vorhaben, kann man ihnen nichts anhaben. Entlassen könnte man sie höchstens bei einem Staatsstreich, und den brauchen wir Gott sei Dank wohl nicht zu befürchten.«

»Meinst du wirklich, dass wir mit einem Krieg rechnen müssen?«, fragte Daniel, »oder ist das alles nur Säbelrasseln und Getue wegen der sozialen Unruhen auf dem europäischen Kontinent?«

Pitt dachte eine Weile nach, bevor er antwortete. »Ich denke, dass wir Glück hätten, wenn uns eine so unangenehme Geschichte erspart bliebe. Es könnte allerdings wie im Jahr 1848 in einzelnen Ländern zu Aufständen kommen, die sich aber wohl binnen Jahresfrist niederschlagen ließen.«

»Ob sich Faber mit seinem Schiffbauunternehmen einen Krieg wünscht?«

»Da sei Gott davor! Ich hoffe nicht, nein. Zwar giert er ebenso sehr nach Macht wie nach Geld, doch kann ich mir nicht vorstellen, dass er sie um diesen Preis anstrebt. Allerdings ist es ohne Weiteres möglich, dass wir so blöd sind, uns in einen Krieg hineinziehen lassen, wenn wir nicht genau auf den Gang der Dinge achten.« Mit einem bitteren Lächeln fügte er hinzu: »Ursache der meisten Zugunglücke ist ein dummer Zufall.«

»Erkennen die Männer in der Regierung diese Gefahr denn nicht?«, fragte Daniel.

»Der eine oder andere sicher. Aber der Mensch besitzt die verblüffende Fähigkeit, ausschließlich das zu sehen, was er sehen möchte. Wenn genug Leute an etwas glauben, kommt es zu einer Art Massenwahn.«

»Sogar im Innenministerium?«

»Du weißt doch, dass MacPherson von mir nachdrücklich verlangt hat, dass ich Faber in Ruhe lasse. Heute Nacht um zwei habe ich mit dem Gedanken gespielt, den Innenminister höchstpersönlich anzurufen, um ihm zu erklären, wessen wir den Mann verdächtigen. Aber es wäre mir wohl nicht gelungen, ihn zu überzeugen, denn wir haben keine Beweise und sind lediglich auf unsere Vermutungen angewiesen. Also hätte er mich vermutlich festnehmen lassen – und dich gleich mit, wenn er klug wäre. Wir stehen ganz allein, Daniel. Meine Männer aus der Sache herauszuhalten ist das Mindeste, was ich für sie tun kann.«

Daniel hatte den Eindruck, dass sein Vater ein wenig verlegen aussah. Er nahm seine Pflichten äußerst ernst, das wusste Daniel mit Sicherheit. Auch neigte Pitt nicht dazu, die Dinge übertrieben darzustellen. Dieses Erbe war ihm zur zweiten Natur geworden und würde sich nie ändern. Bisweilen schien er sich mit dieser Haltung selbst Steine in den Weg zu legen, doch hätte Daniel keinesfalls gewollt, dass Pitt sich in dieser Hinsicht änderte.

»Ich bin Drakes Notizen gründlich durchgegangen«, fuhr Pitt fort. »Und ich habe auch deine Niederschrift über den Tabakwarenladen gelesen, in dem Bella gearbeitet hat. Aus all dem können wir mit hinreichender Genauigkeit schließen, wo sich das Bordell befindet, in dem Drake seine Nachforschungen betrieben haben dürfte. Da wir möglicherweise mehrere durchsuchen müssen, empfiehlt sich ein unauffälliges Vorgehen.«

»Und wenn wir Mutter nicht finden?«, fühlte sich Daniel gedrängt zu fragen.

»Jemanden zu bedrohen würde zu nichts führen.«

Daniel stieß einen lauten Seufzer aus. »Faber ist es bestimmt einerlei, was wir mit den Leuten tun, die in der Sache drinstecken.«

»Da hast du sicher recht. Aber nicht den Leuten«, gab Pitt zurück. »Wenn es nicht anders geht, kann ich ihnen das Leben äußerst unangenehm machen … und das würde ich dann auch tun.«

Daniel glaubte ihm. Ein solches Vorgehen war ihm zwar zuwider, aber welche Wahl blieb ihnen?

»Bist du bereit?«, fragte Pitt.

Alle möglichen Antworten gingen Daniel durch den Kopf, doch letzten Endes war es einfach, denn es gab nur eine. »Ja. Ich lass dich nicht allein gehen«, sagte er und stand dann rasch auf. »Komm!«

Pitt hatte sich entschlossen, sich mit Daniel von seinem Fahrer nach Mile End bringen zu lassen, was das Unternehmen erheblich erleichtern würde. Da der Mann nicht eingeweiht war, würde ihm später niemand Vorwürfe wegen seiner Beteiligung machen können. Während der Dienstwagen rasch durch die dunklen Straßen glitt, gab Pitt dem Fahrer die Richtung an. Das Ziel war Mile End, dort mussten sie beginnen. In jenem Teil der Stadt hatte man Drakes Leiche gefunden, und die von Evan Faber war dorthin geschafft worden, weil man sich darauf verlassen konnte, dass Letterman nicht nur die Ermittlungen behindern, sondern auch unbequeme Fragen abblocken würde. Dass man die tote Belinda Blades gleichfalls in Mile End gefunden hatte, war sozusagen natürlich, weil sie dort gelebt und gearbeitet hatte. Mile End war das Zentrum von Erasmus Fabers finsterer Macht.

Der Plan, soweit man von einem solchen sprechen konnte, bestand darin, festzustellen, wo sich Bordelle befanden, und sie dann überraschend eins nach dem anderen zu durchsuchen. Da dort nahezu die ganze Nacht hindurch Betrieb geherrscht hatte, durfte man damit rechnen, dass sie jetzt, unmittelbar vor Tagesanbruch, geschlossen waren und die darin tätigen Frauen schliefen. Pitt und Daniel würden hineingehen, sich von den Betreibern die Bücher vorlegen lassen, die dort geführt wurden, und sagen, wenn sie nicht bereit seien, Pitt einen Anteil vom Gewinn zu überlassen, würden sie die Namen sämtlicher darin aufgeführter Männer veröffentlichen, die möglicherweise verschlüsselt waren. Sie würden nicht so viel verlangen, dass die Betreiber dann ruiniert wären, aber genug, um Pitt ein ansehnliches Einkommen zu verschaffen. Da diese Leute daran gewöhnt waren, dass Letterman regelmäßig seinen Anteil an Schutzgeld einforderte, würde ihnen diese Drohung glaubwürdig erscheinen. Pitt hatte sich noch nicht überlegt, was er tun würde, wenn sich jemand weigerte – er würde einfach die Forderung so bedrohlich vortragen, dass es die leichtere Entscheidung war, Charlotte freizulassen. Diejenigen, die sie nicht festhielten, wussten vielleicht, wo sie sich befand. Weder Vater noch Sohn hatte die Möglichkeit eines Fehlschlags auch nur erwogen; sie hatten keinen Plan, was sie in einem solchen Fall tun würden.

Noch nie zuvor hatte Daniel Thomas Pitt unsicher gesehen. Bei wie vielen früheren Gelegenheiten mochte es ihm gelungen sein, dieses Gefühl zu verbergen oder zu überspielen? Daniel ahnte es nicht. Jetzt kam es ohnehin nicht darauf an.

Sie fuhren ostwärts, der Morgendämmerung entgegen. Im kalten Licht des frühen Morgens wirkten die nahezu unbelebten Straßen grau. Vereinzelt drängten sich Menschen in Hauseingängen, in denen sie vermutlich den größten Teil der Nacht geschlafen hatten. Eine Katze, kaum mehr als ein sich blitzschnell bewegender Schatten, überquerte den schmalen Gehsteig und hatte mit einem Mal etwas in der Schnauze, vermutlich eine Ratte.

»Es ist nicht mehr weit bis zur Anthony Street«, waren Daniels erste Worte, seit sie das Haus verlassen hatten.

»Achtung!«, rief Pitt dem Fahrer zu. »Da vorne ist ein Hund.«

Der Fahrer riss das Steuer herum, und der Wagen blieb mit quietschenden Bremsen stehen.

Pitt blickte hinter sich, um zu sehen, ob sie das Tier überfahren hatten. Eine Frau beugte sich über den Hund, der mit heiler Haut davongekommen zu sein schien. Ihrer Kleidung nach schien es eine Straßendirne zu sein. Vermutlich fror sie, eine Obdachlose.

Pitt öffnete den Wagenschlag und stieg aus.

»Was tust du?«, fragte Daniel, während er zusah, wie sein Vater auf die Frau zuging, die ihn mit großen Augen ansah.

Pitt beschleunigte den Schritt so sehr, dass er fast ins Stolpern geraten wäre.

Unter drohendem Knurren fletschte der Hund die Zähne.

Die Frau legte ihm beruhigend die Hand auf den Kopf. Daniel konnte deutlich hören, was sie sagte. »Es ist gut, Patch. Es ist gut.«

Nach einem Augenblick der Verblüffung rief er: »Mutter!«, sprang ebenfalls aus dem Wagen und rannte auf sie zu.

Pitt umschlang sie fest, ohne auf den Hund zu achten, und sprach leise auf sie ein.

»Mutter?«, wiederholte Daniel mit vor Erleichterung fast erstickter Stimme. »Fehlt dir nichts?« Dann sah er ihr blutbeflecktes Kleid. »Großer Gott, du bist ja … Wie du aussiehst …«

»Ich weiß, entsetzlich«, sagte sie, während ihr Tränen der Erleichterung über das Gesicht liefen. »Das Blut ist nicht von mir.« Sie sah an ihrem leuchtend roten Kleid herunter, auf dem sich dunkle Flecken abzeichneten. »Es ist von Oma Blades. Sie ist … Die haben sie umgebracht.«

»Und dir fehlt wirklich nichts?«, fragte Pitt mit vor Rührung erstickter Stimme.

Sie schüttelte den Kopf und drängte sich an ihn. »Nein. Thomas. Hinter all diesen schrecklichen Dingen steckt Erasmus Faber.«

»Ich weiß.«

Sie sah ihn verblüfft an. »Tatsächlich?«

»Ja, aber ich habe keine Beweise. Charlotte …«

»Er ist nicht hier«, unterbrach sie ihn. »Wir sollten so schnell wie möglich wegfahren. Sie sind immer noch …«

Ihre Worte waren überflüssig. Daniel wandte sich um und sah, dass sich vom anderen Ende der Straße her finstere Gestalten näherten. »In den Wagen!«, rief er. »Schnell!«

Alle drei eilten sie auf das Auto zu, gefolgt von Patch.

Pitt schob Charlotte hinein. »Der Hund …«

»Kommt mit«, sagte sie. »Los, Patch, rein mit dir.«

Er gehorchte.

Daniel rannte auf die andere Seite des Wagens und fiel förmlich hinein. Im selben Augenblick wie Pitt schlug er seine Tür zu. Der Fahrer gab Gas und hielt mit durchgedrücktem Pedal auf die Männer zu. Sie sprangen auseinander, um nicht überfahren zu werden. Nach einem knappen Kilometer verlangsamte der Fahrer die Geschwindigkeit. Die Männer waren weit hinter ihnen. Pitt hielt Charlotte fest an sich gedrückt.

»Wohin, Sir?«, fragte der Fahrer mit fester Stimme.

»In die Keppel Street«, gab Pitt zurück.

»Nein«, sagte Charlotte drängend. »Die Leute wissen, dass ich geflohen bin, und vermuten bestimmt, dass Oma Blades mir dies und jenes anvertraut hat. Ich weiß zu viel. Man hatte mich entführt, um dich daran zu hindern, den Fall weiter zu verfolgen. Die Leute hatten sicher nicht die Absicht, mich wieder gehen zu lassen … nie. Bestimmt teilen sie Faber mit, dass ich entkommen bin.«

Pitt zögerte nur einen kurzen Augenblick, beugte sich dann zum Fahrer vor und nannte ihm Fabers Anschrift. Es dauerte zwanzig Minuten, bis sie dort waren. Die Straßen hatten sich inzwischen belebt, man sah Warenausträger, Lastwagen, die Obst und Gemüse für die Märkte der Stadt heranschafften, und Menschen, die ihrer Arbeitsstelle entgegenstrebten.

»Bleibt hier«, gebot Pitt, stieg aus und ging auf die Haustür zu. Daniel und Charlotte drängten sich auf dem Rücksitz dicht aneinander. Nach wenigen Minuten kehrte Pitt zurück. »Er ist wohl bereits auf der Werft, da fahren wir jetzt hin.« Der Fahrer gehorchte schweigend.

»Bist du sicher, dass er dort ist?«, fragte Daniel.

»Nein«, gab Pitt zu. »Aber um diese frühe Stunde kommt kein anderes Ziel infrage. Im Innenministerium ist jetzt bestimmt noch niemand. Ich denke nicht, dass die Leute in Mile End bereits Zeit hatten, Faber mitzuteilen, dass deine Mutter ihnen entkommen ist. Wir müssen uns beeilen …«

»Was werden wir tun?«, fragte Daniel. »Bitte lass mich ihn zur Rede stellen. Ich habe Mr. Drakes sämtliche Unterlagen gelesen. Da Mutter jetzt in Sicherheit ist, hast du als Leiter der Abteilung Staatsschutz nichts mehr mit dieser Sache zu tun. Ich hingegen habe ein legitimes Interesse daran. Immerhin hat Faber den Mord an Jonah Drake in Auftrag gegeben, der Teilhaber unserer Kanzlei war. Ich kenne die Wahrheit und kann sie dank Mr. Drakes Notizen beweisen.«

»Kannst du das wirklich?« Pitt sah ihn scharf an. »Nein, aber das weiß Faber nicht.«

»Daniel!«

»Wir haben Mutter, und sie ist in Sicherheit. Er weiß nicht, was sie bezeugen kann. Ganz davon abgesehen, hat mich niemand vom Innenministerium angewiesen, Faber in Ruhe zu lassen.«

Charlotte sah einen Augenblick lang nachdenklich zu Daniel und wandte sich dann an Pitt. »Er hat recht, Thomas, und ich denke, es ist der richtige Augenblick, ihm freie Hand zu lassen.«

Pitt zögerte. Der innere Widerstreit war auf seinem Gesicht deutlich zu erkennen. Auf der einen Seite wollte er seinen Sohn beschützen und auf der anderen Charlotte an einen Ort bringen, wo sie in Sicherheit war. Vielleicht hatte er auch insgeheim den Wunsch, die Kontrolle über den Ablauf der Dinge nicht aus der Hand zu geben.

Nach längerem Zaudern gab er nach, nicht ohne Daniel zur Vorsicht zu mahnen.

Eine Weile sagte niemand etwas, bis sich Charlotte ihrem Mann mit leiser und beinahe flehender Stimme zuwandte. »Thomas?«

Pitt sah ihr in die Augen.

»Ich muss dich um etwas bitten.«

Ein zärtlicher Ausdruck trat auf seine Züge. »Was immer du willst.«

»Jemand muss nach Mile End fahren und sich um Oma Blades kümmern. Ihre Leiche liegt auf einem Gehweg, und ich möchte nicht, dass sie wie … Abfall eingesammelt wird. Sie hat mir das Leben gerettet.«

»Ich kümmere mich darum«, versprach er.

»Und noch etwas.«

Diesmal sagte er nichts, sondern wartete einfach, bis sie weitersprach.

»Ein Begräbnis«, sagte Charlotte leise. »Sie muss ein ordentliches Begräbnis haben. Und wenn wir auf dem Friedhof die Einzigen sind … Die Kosten sollten wir übernehmen.« Als Pitt nickte, entspannte sich ihr Gesicht zum ersten Mal seit ihrer Entführung.

Danach schwiegen sie alle.

Von einem lauten Klopfen an seine Schlafzimmertür geweckt, fuhr Kitteridge hoch. Es war schon hell, etwa fünf oder sechs Uhr. Als Erstes dachte er, dass Daniel seine Mutter gefunden haben könnte. Während er aufstand und nach seinem Morgenmantel griff, überlegte er, dass das eher unwahrscheinlich war. Er ging zur Tür und öffnete.

Auf dem Treppenabsatz stand Miriam fford Croft. »Bitte entschuldigen Sie, dass ich so früh störe. Aber ich habe in den Bankunterlagen meines Vaters die Beweise dafür gefunden, dass er vor längerer Zeit Inspector Letterman Geld geliehen hat und dieser das Darlehen nach wie vor in kleinen Beträgen zurückzahlt. Von Erpressung kann keine Rede sein – wir haben den Beweis dafür, dass es eindeutig ein Darlehen meines Vaters an den Mann war.«

Es dauerte einen Augenblick, bis Kitteridge die Tragweite ihrer Worte erfasst hatte. »Sie meinen, dass Sie Beweise haben? Sind Sie sicher?«

»Ja. Die Buchführung meines Vaters ist nicht über jeden Zweifel erhaben, wohl aber die der Bank.«

Er öffnete die Tür weiter und trat beiseite, damit sie eintreten konnte. Wie gut, dass er keine Kleidungsstücke unordentlich hatte herumliegen lassen! »Kommen Sie herein«, sagte er überflüssigerweise.

Sie schloss die Tür hinter sich und sagte mit leiser und zugleich fester Stimme: »Das genügt, um Lettermans Behauptung zu widerlegen, er werde von meinem Vater erpresst. Er hat deswegen bereits Klage gegen ihn erhoben …«

»Wirklich?« Kitteridge bemühte sich, den Sinn des Ganzen zu erfassen. »Ich dachte, er habe lediglich Daniel gedroht …«

»Er hat es Sir Thomas mitgeteilt, der den Staatsschutz leitet …«

»Aber warum kommen Sie dann zu mir? Sollten Sie das nicht besser ihm sagen?« Er glaubte endlich die Zusammenhänge zu erfassen. »Falls es uns gelingt, diesem Letterman das Handwerk zu legen …«

Sie schüttelte rasch den Kopf. »Sir Thomas versucht Lady Pitt zu finden, um ihr Leben zu retten. Ich weiß nicht, wer der eigentliche Drahtzieher ist, aber mit Sicherheit ist es nicht Letterman. Wir müssen die Sache selbst in die Hand nehmen, Mr. Kitteridge, und dafür sorgen, dass jemand vom Staatsschutz ihn festnimmt. Möglicherweise hat er Lady Pitt in seiner Gewalt.«

»Und welche Gefahr droht ihr?« Er begann das Bild vor sich zu sehen. »Vielleicht handeln wir voreilig …«

»Bitte denken Sie doch logisch. Glauben Sie allen Ernstes, die Leute würden sie gehen lassen?«

Ihre Stimme zitterte. Er begriff, dass sie nicht nur genau wusste, was sie tat, sondern verstanden hatte, welche unvermeidliche Tragödie drohte, wenn ihre Bemühungen fehlschlugen. »Ja«, sagte er mit entschlossener Stimme. »Ich habe kein Telefon, aber wir können aus der Kanzlei die Polizei anrufen. Die muss uns helfen, denn der Staatsschutz darf niemanden festnehmen. Das ist Letterman sicher bewusst – schließlich ist er selbst Polizist.«

»Wir wenden uns unmittelbar an den Staatsschutz, und die Leute können die Polizei alarmieren. Wir müssen uns beeilen. Wenn wir zaudern, könnte es zu spät sein … bitte …«

»Ich bin gleich fertig«, sagte er und bat sie mit einer Handbewegung, vor der Tür zu warten, bis er ausgehbereit war.

Als er keine fünf Minuten später herauskam, hatte er noch immer keine rechte Vorstellung davon, was sie tun würden.

Sie führte ihn zu einem kleinen roten Sportwagen, der nur wenige Schritte entfernt stand, und nahm hinter dem Steuer Platz. Kitteridge stieg erst nach einigem Zögern ein. Zwar erinnerte er sich, dass Daniel Miriams Fahrkünste gelobt hatte, doch verscheuchte das sein Unbehagen nicht vollständig. Die kalte Luft des frühen Morgens biss ihm scharf ins Gesicht. Außer ihnen waren ausschließlich Lieferwagen, Milchmänner und einige von schweren Kaltblutpferden gezogene Brauereifahrzeuge auf der Straße. Miriam fuhr in der Tat sehr gut, aber seiner Ansicht nach viel zu schnell, sodass er sich weder wohl noch sicher fühlte. Er biss die Zähne zusammen und hoffte, dass ihm nicht schlecht würde, während es mit pfeifenden Reifen um die Ecken ging. Es dauerte nicht lange, bis sie die Zentrale der Abteilung Staatsschutz in Lisson Grove erreicht hatten.

Miriam stellte den Wagen ab und eilte dann, von Kitteridge gefolgt, in das Gebäude, wo sie erklärte, sie habe eine äußerst dringende Mitteilung für Sir Thomas Pitt, die nicht den geringsten Aufschub dulde.

»Wie Sie wissen«, erklärte sie, »wurde Lady Pitt entführt, und man hat ihren Aufenthaltsort trotz intensiver Suche bisher nicht ermitteln können. Ich habe Informationen, die sofortiges Handeln erfordern. Das geringste Zögern, und wenn es nur eine Stunde wäre, könnte sie das Leben kosten.« Sie trug das zwar mit gemessener Stimme vor, aber das Ausmaß ihrer Angst ließ sich jedem einzelnen Wort anhören. »Ich wünsche mit dem engsten Mitarbeiter von Sir Thomas zu sprechen, der bereits im Hause ist.«

Niemand suchte nach Ausflüchten; vielleicht genügte den Leuten die bloße Tatsache, dass sie beide eigens ins Hauptquartier gekommen waren, um sie ernst zu nehmen.

Bereits eine Viertelstunde später quetschte sich Lieutenant Livesey auf den Notsitz hinter ihnen. An der nächstgelegenen Polizeiwache stieg er aus und erklärte, er werde umgehend mit einem zur Festnahme Lettermans befugten Polizeibeamten zurückkehren.

Schon bald kam er mit Lettermans Wohnanschrift und in Begleitung eines entschlossen wirkenden jungen Mannes heraus, den er als Sergeant Judd vorstellte. Kein Wort fiel während Miriams rasender Fahrt in die stille Vorortsiedlung unmittelbar westlich von Mile End, in der Letterman wohnte. Schweigend ertrugen ihre Mitfahrer das ihre Nerven in höchstem Grade beanspruchende Martyrium.

Um zwanzig Minuten nach sechs hielt sie vor Lettermans Haus an. Die Vorhänge im Obergeschoss waren bereits zurückgezogen, und zweifellos hatte sich in der Küche im hinteren Teil des Hauses bereits jemand an die Arbeit gemacht.

»Bleiben Sie hier«, forderte Kitteridge Miriam auf, während er und die beiden Beamten ausstiegen.

Auch sie stieg aus, womit Kitteridge im Stillen gerechnet hatte. Er vergeudete keine Zeit damit, seine Worte zu wiederholen.

Der junge Polizeibeamte verschwand zum Hintereingang, um einen möglichen Fluchtversuch zu vereiteln, während Livesey, Kitteridge und Miriam zur Haustür gingen und dort mit Nachdruck anklopften.

Ein verwundert dreinblickendes Dienstmädchen öffnete.

»Lieutenant Livesey vom Staatsschutz«, stellte dieser sich vor. »Ich möchte unverzüglich mit Inspector Letterman sprechen. Wir sind im Besitz einer Vollmacht, das Haus zu betreten. Bitte teilen Sie ihm das mit«, sagte er in einer Weise, die keinen Zweifel daran zuließ, dass es sich nicht um eine Bitte, sondern um eine Anweisung handelte.

Kurz darauf kam Letterman mit finsterer Miene herunter. Er machte vom ersten Augenblick an deutlich, dass er nicht daran dachte, klein beizugeben. »Wer zum Teufel sind Sie eigentlich?«, fragte er Livesey grimmig, ohne Kitteridge oder Miriam auch nur eines Blickes zu würdigen. »Und mit welchem Recht maßen Sie sich an, hier einzudringen und meine Leute herumzukommandieren?«

Hatte er von oben aus einem der hinteren Fenster gesehen, wer dort stand? Er war wütend, zeigte aber keine Angst.

»Lieutenant Livesey vom Staatsschutz«, gab dieser zurück.

»Sie sind in keiner Weise befugt …«, begann Letterman.

»O doch. Ich habe eine polizeiliche Vollmacht, und am Hintereingang Ihres Hauses steht ein uniformierter Beamter, der die erforderliche Amtsbefugnis besitzt, Sie festzunehmen.«

»Mit welcher Begründung, zum Teufel?«, stieß Letterman hervor, bemüht, seiner Stimme einen festen Klang zu geben. Er war sichtlich bleich geworden.

»Der Tatvorwurf gegen Sie lautet versuchte Erpressung des Rechtsanwalts Marcus fford Croft, Sir. Wie Sie wissen dürften, handelt es sich dabei um eine schwere Straftat. Daher fordere ich Sie auf, mitzukommen. Es wäre für Ihre Angehörigen weniger belastend, wenn Sie sich widerspruchslos fügen … Sir.«

»Für diese schwachsinnige Anschuldigung gibt es keine Beweise«, begehrte Letterman auf.

»Da irren Sie, Sir. Mr. fford Crofts Bank hat lückenlose Zahlungsbelege aufbewahrt. Und dann ist da noch die Sache mit Mr. Jonah Drake, der innerhalb Ihres Reviers auf entsetzliche Weise ermordet wurde, Sir …« Er beließ es bei dieser Andeutung, als sei er sicher, dass Letterman verstehen würde, worauf er hinauswollte.

Letterman warf einen Blick zu Miriam hinüber, und sein ganzer Ausdruck veränderte sich, als sei er bereit, den Vorwurf anzuerkennen und halte es für sinnlos, ihn weiter zu bestreiten. Ein widerliches Lächeln breitete sich langsam auf seinem Gesicht aus.

»Meiner Einschätzung nach haben Sie eine vergleichsweise untergeordnete Position, Lieutenant Livesey. Hat Ihr Vorgesetzter, Sir Thomas Pitt, Ihr Vorgehen genehmigt? Sie brauchen nicht zu antworten, denn ich weiß, dass das nicht der Fall ist. Er hätte auf keinen Fall so übereilt gehandelt, denn ihm ist bekannt, dass Lady Pitt entführt wurde.« Sein Lächeln wurde noch breiter. »Außerdem weiß er, dass ich als Einziger in der Lage bin, sie lebend zurückzuholen …« Auch wenn in seiner Stimme unüberhörbar Angst mitschwang, lag darin auch das Bewusstsein, eine gewisse Macht zu besitzen. »Wie wollen Sie ihm Ihr Vorgehen erklären?«

Kitteridge spürte, wie ihm das Herz sank. Er sah zu Livesey hinüber und merkte, dass der Mann unsicher wurde. Miriam wirkte zutiefst erschrocken, sie schien am ganzen Leibe zu zittern.

Mit plötzlicher Entschlossenheit trat Kitteridge einen halben Schritt vor. »Wie die Dinge liegen, müssen Sie wegen der falschen Beschuldigung Mr. fford Crofts mit einigen Jahren Gefängnis rechnen, Mr. Letterman, denn ein solches Verhalten ist mit den Pflichten eines Polizeibeamten nicht vereinbar. Gewiss, das ist eine harte Strafe, aber einem Mordprozess am Kriminalgericht mit der schrecklichen Aussicht, am Galgen zu enden, bei Weitem vorzuziehen. Genau dazu würde es nach allem, was Sie gerade so deutlich dargelegt haben, zwangsläufig kommen, sollte Lady Pitt noch mehr zustoßen als bisher.«

»Damit können Sie mich nicht hereinlegen!« Letterman schien über seine eigene Zunge zu stolpern.

»Aber Sie sich selbst«, gab Kitteridge zurück, plötzlich völlig sicher, wie er weiter vorgehen würde. »Wir glauben Ihnen Wort für Wort, was Sie gesagt haben. Sie haben die Macht und die Absicht, Lady Pitt zu ermorden oder ermorden zu lassen, und genau das würde geschehen, wenn wir Sie nicht daran hinderten. Das haben Sie selbst gesagt. Daher werden wir mit allen erforderlichen Mitteln dafür sorgen, dass es nicht dazu kommt. Diese Drohung war sehr töricht von Ihnen. Nachdem wir das von Ihnen gehört haben, bleibt uns keine Wahl, als Sie festzunehmen und an einen Ort zu bringen, von dem aus Sie zumindest so lange mit niemandem Verbindung aufnehmen können, bis ich erfahren habe, dass man Lady Pitt wohlbehalten gefunden hat. Es liegt in Ihrem eigenen Interesse zu hoffen, dass das bald geschieht. Das Gefängnis ist ein unangenehmer Aufenthaltsort, insbesondere für jemanden, der so viele andere dorthin geschickt hat …«

»Das können Sie nicht tun!«, stieß Letterman mit erstickter Stimme hervor.

»Ich nicht«, bestätigte Kitteridge, »wohl aber Lieutenant Livesey. Und das wird er zweifellos tun.«

»So ist es, Mr. Kitteridge«, bestätigte Livesey. »Stellen Sie sich darauf ein, eine Menge alter Feinde wiederzusehen, Mr. Letterman, und noch mehr neue kennenzulernen.« Er trat vor und legte Letterman schwere stählerne Handfesseln an.

»Das dürfen Sie nicht!«, begann Letterman. »Ich sorge dafür, dass Sie das Ihren Kopf kostet!«

Sergeant Judd, der offenbar durch die Hintertür in die Küche und von dort weiter in den Wohntrakt gegangen war, kam vom anderen Ende des Eingangsbereichs auf sie zu. »Alles in Ordnung, Sir?«, fragte er Livesey.

»Ah, Sergeant, ja, vielen Dank. Hier haben Sie Ihren Gefangenen. Haben Sie schon ein Fahrzeug angefordert? Leider ist für Sie in Miss fford Crofts kleinem roten Flitzer kein Platz. Da geht es ein bisschen eng zu. Ich begleite Sie.« Mit einem Blick auf Letterman fügte er hinzu: »Es ist natürlich wenig erfreulich, dass das so ein öffentliches Schauspiel wird, Sir, zumal um diese frühe Morgenstunde, da alle Leute noch zu Hause sind. Daran lässt sich aber leider nichts ändern.« Er wandte sich an Miriam und Kitteridge. »Danke für Ihre Unterstützung, Madam, Sir. Ab jetzt nehmen wir die Sache in die Hand. Wir melden uns wieder, wenn der Prozess ansteht, aber das wird noch eine Weile dauern.«

Miriam lächelte ihm freundlich zu.

Kitteridge war so voll Hochgefühl und so erleichtert, dass er kein Wort herausbrachte.

Als er in der Kanzlei eintraf, wartete Hobson bereits auf ihn. Mit den Worten »Ich hab sie!« gab er ihm ein Blatt Papier. »Die Quittung des Juweliers für den Kauf des goldenen Medaillons und der zugehörigen Kette.«

Kitteridge griff danach und las den Namen. Ein flüchtiges Lächeln trat auf sein Gesicht. »Gut gemacht, Hobson! Mr. Drake wäre stolz auf Sie.« Als er das Blatt in die Innentasche seines Jacketts steckte, kam es ihm vor, als brenne der Name Erasmus Faber auf seiner Brust.

Die Sonne stand schon ziemlich hoch über dem Horizont, als Daniel und Pitt das Gelände der Faberwerft erreichten. Erasmus Faber war nicht schwer zu finden. Er stand oben auf dem Gerüst der Helling eines für den Stapellauf bereiten Schiffs, das noch ausgerüstet werden musste. Es war offensichtlich für die Marine bestimmt: ein schnittiger starker Rumpf, geeignet, um auf jedem beliebigen der Weltmeere im Seekrieg eingesetzt zu werden.

Daniel verhielt den Schritt. Wie viele Menschenleben würde es kosten, falls es zum Krieg käme und dieses Schiff zu spät einsatzbereit wäre? Wie weit konnte ein Mensch vorausblicken? Sollte man wegen solcher Erwägungen jetzt über bestimmte Dinge hinwegsehen? Daniel verwarf die Frage.

Er ging auf das hoch aufragende Helgengerüst zu. Faber stand reglos da und sah zu ihnen herab. Offenbar hatte er nicht die Absicht, herunterzukommen.

Der Geruch des auflaufenden Wassers und das leise Geräusch der Wellen weckten in Daniel die Erinnerung an den Abend, den er mit Evan an der Themse verbracht hatte. Trotz seiner Höhenangst stieg er die Leiter am Gerüst empor, bis er einen Schritt von dessen Rand entfernt Faber gegenüberstand.

»Na, wen haben wir denn da?« Faber hob fragend die Brauen. »Sie sind wohl Sir Thomas' Sohn. Die Sache muss für Sie ja ungeheuer wichtig sein, wenn Sie sich hierher bemühen, um mich bei der Arbeit zu stören.«

Daniel sah ihm in die Augen und entdeckte keine Anzeichen von Furcht. Das weckte in ihm neben einer gewissen Angst auch Wut. »Sicher wissen Sie bereits, dass Bella Blades tot ist. Möglicherweise kannten Sie sie als Belinda May, was ich aber eher bezweifle.«

»Ich kenne sie überhaupt nicht«, gab Faber mit einem angedeuteten Lächeln zurück.

»Ach? Ihnen war nicht bekannt, dass sie Evan umgebracht hat? Das überrascht mich. Da *ich* das weiß, dachte ich, auch *Sie* müssten das wissen.«

Zornesröte stieg Faber ins Gesicht, aber er hatte seine Stimme vollständig unter Kontrolle. »Vermutlich sind Sie mit dem Fall besser vertraut als ich, Mr. Pitt. Ich verlasse mich darauf, dass die Polizei ihn lösen wird, sofern das überhaupt möglich ist. Sie wird mich über das Ergebnis ihrer Ermittlungen informieren.«

Daniel erwiderte sein Lächeln. »Ich fürchte, dazu wird es nicht kommen. Zweifellos hätte Letterman Ihnen das längst mitgeteilt, wenn er das als seinen Interessen dienlich erachtet hätte. Hat er gewusst, dass Bella Ihre Tochter war? Haben Sie ihm das gesagt, bevor Sie sie beauftragt haben, Ihren Sohn zu töten? Den eigenen Bruder?«

Faber verzog keine Miene, konnte aber nicht verhindern, dass alle Farbe aus seinem Gesicht wich, das mit einem Mal sonderbar verkniffen aussah, irgendwie eingefallen wirkte.

Das genügte Daniel. »In letzter Zeit ist viel geschehen«, fuhr er fort. »Man hat meine Mutter entführt. Davon haben Sie wohl auch nichts gewusst?«

Erneut lächelte Faber, aber es wirkte gezwungen und falsch. »Wie schrecklich! Das tut mir leid. Kann ich etwas für Sie tun?«

»Nicht nötig«, gab Daniel zurück. »Aber vielen Dank für das Angebot. Dank Bellas Großmutter Oma Blades ist ihr die Flucht gelungen. Die arme alte Frau war förmlich von Sinnen darüber, dass Sie ihre Enkelin ermordet haben, und hat sich auf diese Weise an Ihnen gerächt. Meine Mutter ist in Sicherheit; wir haben sie bei uns. Inzwischen kennen wir die Abfolge der Ereignisse recht genau, und zwar von Anfang an.« Er holte tief Luft. »Begonnen hat das Ganze damit, dass Sie Marie Wesley getötet haben. Es muss ein harter Schlag für Ihre Eitelkeit gewesen sein zu erfahren, dass eine junge Frau lieber mit Ihrem Sohn ins Bett ging als mit Ihnen. Zumal, nachdem Sie ihr so einen teuren Schmuck geschenkt hatten.«

Fabers Gesicht lief vor Wut purpurrot an, und seine Schultermuskeln spannten sich. Er sprang vor und packte Daniel an den Oberarmen, sodass dieser das Gleichgewicht verlor.

Einige Sekunden lang schienen der Himmel und das ganze Werftgelände zu schwanken. Es war Daniel bewusst, dass Faber ihn in die Tiefe stoßen könnte. Er sah sich schon fallen und auf das Wasser tief unter ihm aufschlagen. Oder schlimmer noch, auf einen der Betonstützpfeiler des Helgens. Ihm war klar, dass jeder Versuch, dem massigen und muskulösen Mann sein eigenes Gewicht entgegenzusetzen, aussichtslos war. Sicherlich würde dieser ihn mühelos über den Rand stoßen, ohne dabei den eigenen festen Stand einzubüßen.

Daniel rammte Faber beide Fäuste, so heftig er konnte, in den Unterleib. Der Mann keuchte, krümmte sich unwillkürlich und lockerte dabei unbeabsichtigt seinen Griff ein wenig. Diesen kurzen Augenblick nutzte Daniel zu einem Faustschlag, mit dem er Fabers Nase zu treffen hoffte. Er spürte etwas Hartes, das ein Knochen sein mochte, aber inzwischen hatte Faber ihn wieder gepackt.

Daniel senkte den Kopf und riss ihn sofort scharf nach oben unter Fabers Kinn, woraufhin dieser ins Straucheln geriet. Diesen Moment der Unsicherheit nutzte Daniel, um ihm mit dem Absatz heftig auf den Fuß zu treten. Als Faber seinen eisernen Griff lockerte, rannte Daniel erneut gegen ihn an.

Plötzlich waren Daniels Arme frei, und er stürzte zu Boden. Schon im Fallen rechnete er mit einem lähmenden Vergeltungsschlag.

Nichts geschah …

Nur ein lauter Schrei war zu hören.

Mühsam erhob sich Daniel, noch völlig benommen. Von Faber war nichts zu sehen. Er hatte wohl bei Daniels letztem Angriff erst das Gleichgewicht und dann den festen Halt verloren, sodass er vom Rand des Gerüsts in die Tiefe gestürzt war.

Während Daniel nach Atem rang, merkte er, dass er am ganzen Leibe zitterte und die Beine unter ihm nachzugeben schienen.

Vom Werftgelände herauf hörte er laute Rufe. Mit einem Mal war sein Vater bei ihm auf dem Gerüst und hielt ihn fest. Männer sammelten sich um sie, nicht etwa drohend, sondern begeistert.

»Kannst du stehen?«, fragte Pitt besorgt, ohne ihn loszulassen.

»Ja. Natürlich.« Als Daniel an sich herabsah, merkte er, dass sein Bein blutete. Er spürte es kaum, aber ihm war klar, dass es am nächsten Tag entsetzlich schmerzen würde. Er lächelte breit. »Er war schuldig«, sagte er und fügte dann hinzu: »Können wir wohl ein Stück vom Rand zurücktreten? Ich fühle mich nicht wohl, wenn ich so nach unten sehen muss. Außerdem sollten wir Mutter nach Hause bringen, damit sie sich ordentlich anziehen kann. Und den Hund füttern!«

Pitt hielt ihn fest, während er ihm über die Leitern nach unten half. Dort wartete Charlotte. Obwohl sie nach wie vor aussah wie eine Straßenhure, erschien sie ihm wunderschön. »Fehlt dir nichts?«, fragte sie besorgt.

»Ich komme mir vor, als schwebte ich in der Luft«, gab er zurück, wobei er ein wenig schwankte. Dann zuckte er zusammen, als er versuchte, das Gewicht auf das verletzte Bein zu verlagern. Er wandte sich seinem Vater zu. »Bekommst du jetzt Schwierigkeiten? Du kannst nichts dazu, denn es war meine Schuld. Ich habe ihn zum Teufel geschickt …«

»Wahrscheinlich wird man mir Vorhaltungen machen«, gab Pitt zurück. »Sir James MacPherson ist kein guter Verlierer. Ich glaube aber nicht, dass er es sich leisten kann, mich aus dem Amt zu jagen, was er zweifellos liebend gern täte. Insgeheim wird er wohl froh sein, den Mann vom Hals zu haben, den er nicht leiden konnte. Faber wollte einen Sitz im Oberhaus, wie du ja weißt. Und das sollte erst der Anfang sein …«

»Es tut mir leid, ich wollte nicht, dass er so endet. Aber verdient hat er es. Um Maries, Drakes, Evans und auch Bellas und um Mutters willen. Man kann das nicht auf sich beruhen lassen …«

Daniel sah seinen Eltern ins Gesicht. »Meint ihr nicht auch?«

Keiner der beiden antwortete ihm. Es war nicht nötig.